Unter den Augen Amgas

In der Seele eine Wenetra

Verbundenheit zeigt sich in den Momenten, in denen man den anderen am nötigsten braucht ♡

Schön, dass Du immer im richtigen Moment da bist ♡

INVICTIC

Originalausgabe, erschienen 2021
3. überarbeitete Auflage

ISBN: 978-3-96937-064-3

Copyright © 2021 LEGIONARION Verlag, Steina
www.legionarion.de

Text © Aria Sees

Coverdesign: © Enrico Frehse, www.Phantasmal-Image.de
Umschlagmotiv: © shutterstock
Kapitelbild + Trenner: © shutterstock

Druck: Eisermann Media GmbH

Das Werk, einschließlich seiner Teile, ist urheberrechtlich geschützt.
Jede Verwertung ist ohne Zustimmung des Verlages unzulässig.
Dies gilt insbesondere für elektronische oder sonstige Vervielfältigungen,
Übersetzungen, Verbreitung und öffentliche Zugänglichmachung.

Bibliografische Information der Deutschen Nationalbibliothek:
Die Deutsche Nationalbibliothek verzeichnet diese Publikation in der
Deutschen Nationalbibliografie;
detaillierte bibliografische Daten sind im Internet über
http://dnb.d-nb.de abrufbar.

**Die Handlung, die handelnden Personen, Orte und Begebenheiten dieses Buchs sind frei erfunden.
Jede Ähnlichkeit mit toten oder lebenden Personen oder Persönlichkeiten des öffentlichen Lebens, ebenso wie ihre Handlungen sind rein fiktiv, nicht beabsichtigt und wären rein zufällig.**

©LEGIONARION Verlag, Steina
Alle Rechte vorbehalten
http://www.legionarion.de
Der LEGIONARION Verlag ist ein Imprint des MAIN Verlags, Frankfurt

Aria Sees

Unter
den Augen

In der Seele
eine Wenetra

Erstes Buch

Das Buch

Eigin führt ein gefährliches Leben auf den Planeten Amga.

Nicht allein, weil sie das Geheimnis in sich trägt, als Halbblut im Volk der Nafga aufzuwachsen, vielmehr deshalb, da sie nicht existieren dürfte.

Verraten von ihrem eigenen Vater, der ihr aufträgt, sich zu beweisen, indem sie den Feind ausfindig macht, bleibt ihr nichts anderes übrig, als ihre Heimat, die Vulkanlande, zu verlassen.

Im Bewusstsein, dass sie auf Amga nur überleben kann, wenn sie der Forderung ihres Vaters nachkommt, versucht sie, die Zufluchtsstätte des feindlichen Volkes der Wenetra aufzufinden.

Jedoch zeigt sich ihr Weg ins Ungewisse rau und unbarmherzig und lässt sie schwerverletzt in der Fremde zurück.

Unverhofft wird sie von ihren vermeintlichen Feinden aufgelesen, die ihr zumeist freundlich und herzlich begegnen und nichts Schlechtes im Sinn zu haben scheinen.

Eigin beginnt, an ihrem Vorhaben und der kriegerischen Lebensphilosophie ihres Volkes zu zweifeln, und hält doch an der Hoffnung fest, eines Mondes in die Vulkanlande zurückkehren zu können.

Unweigerlich muss sie sich fragen, wie viel Schuld ihre Seele tragen kann, wenn die Leben auf Amga von ihrer Entscheidung abhängig sind.

Die Autorin

Aria Sees ist 1980 im schönen Schleswig-Holstein geboren und lebt mit ihrem Sohn und ihrer Katze Peperoni in einem kleinen Dorf nahe Kiel. Als Betreuerin und bekennende Musiksüchtige haut sie den Senioren so manchen schiefen Ton um die Ohren, und dennoch hört sie den Menschen ebenso gut zu und begegnet ihnen einfühlsam. Ihre Lieblingsfarbe ist bunt mit viel Grün und sie schätzt die Nuancen des Lebens, die allzu schnell in Vergessenheit geraten.

Schon immer den Sphären der Fantasy verfallen, bevorzugt sie Geschichten, die nicht offensichtlich sind und gerne ein Open oder Sad End haben. Vorbilder findet sie ebenso in Filmen, wie auch in Büchern.

Webseite: www.ariasees.de

Danke Mama,
für Deinen Glauben, Deine Stärke und die Kraft, wodurch wir Kinder gelernt haben, immer wieder aufzustehen
und die Krone zu richten.
Ich hab Dich lieb!

Chronologie von Amga

Amga ist ein alter, jedoch lebendiger Planet. Er besitzt eine Seele und ein eigenes Bewusstsein. Im Einklang wird er von zwei Monden umrundet, die aus der Ferne nebeneinanderher zu reisen scheinen.

Laut der menschlichen Zeitrechnung vereinen sich beide Himmelstrabanten alle 29 Tage, 12 Stunden und 44 Minuten, für das Auge ersichtlich, zu einem Mond.

Zwar wissen die Kreaturen Amgas, dass, wenn die Sonne aufgeht, Tag ist und dass, wenn der Mond am Himmelszelt steht, Nacht ist, dennoch fehlt ihnen das Gefühl für eine genaue Zeitrechnung wie der unseren.

Die Vergangenheit, Gegenwart und Zukunft zählen sie in Mondphasen und schätzen ihre Leben in Vollmonden.

29,53 Tage unserer Zeit ≙ 1 Vollmondzeit auf Amga

GLOSSAR DER GESCHÖPFE AMGAS

VOLK DES WALDES

WENETRA

Die grünen Geschöpfe der Wälder Amgas, aus deren Körper Zweige, Äste oder Schlingpflanzen sprießen. Sie beherrschen die mentale Gedankenübertragung, verschmelzen mit der Umgebung des Waldes und können, dank ihrer Kapillarkräfte, geschwind klettern.

VOLK DES FEUERS

NAFGA

Diesen Geschöpfen obliegt die Macht des Feuers. Es sind stolze Wesen mit reinem Blut, jene die Kriegskunst beherrschen, wie kein anderes Volk Amgas. Sie besitzen einen ausgeprägten Geruchssinn und häutige Flügel. Im Hohlraum der Flügelstreben wachsen Speere. Aus ihren Finger- und Fußkuppen treiben messerscharfe Krallen bei Bedarf aus.

Volk des Sandes

Kargon

Sind unter der Sonne Amgas geboren, dem Gefüge des Sandes mächtige Wesen, die sich in feine Sandpartikel auflösen können und samt ihrem Gut in die Poren des Erdreiches einsickern, um sich zu verstecken oder sich eilig fortzubewegen. Ihr Erscheinungsbild gleicht einem Menschen und ihre Art ist stets loyal. Sie haben den Rundum-Blick und sind bedachte Krieger.

Volk des Gebirges

Warkrow

Sind die klobigen und doch herzlichen Wesen Amgas, jene die Gebirgswelten ihr Zuhause nennen. Ihre Häute sind von bröckeligen bis spitzen Steinen oder gar Gebirgshängen übersät. Sie können in unterschiedliche Gesteinsarten eintreten, mit ihnen verschmelzen und sich durch sie hindurch fortbewegen. In ihnen wohnen immense Kräfte inne und es ist schwierig, sie zu verletzen.

Volk des Wassers

Lewedes

Ihre Gestalt ist von durchscheinender, beinahe durchsichtiger Natur. Ihr Körper ist ein Spiel aus Wasser, der eine gallertartiger Konsistenz besitzt. Sie sind der Schutz der Kinder Amgas, Behüter des Lebens und verfügen über die Macht der Meere, Seen und Flüsse.

Volk des Eises

Eskim

Den Wind im Rücken, erreichen sie Geschwindigkeiten, die mit dem Auge nicht zu erfassen sind. Auffällig ist ihre helle, mit Eis, Schnee und Eissplittern überzogene, anmutige Erscheinung. Sie sind ein andächtiges Volk, das nicht so schnell vergisst.

Wächter Amgas

Waldspäher

Werden erschaffen aus den genannten Geschöpfen Amgas. Als Beschützer der Wälder auserkoren, können diese, nicht sichtbaren Seelen, in jeden Baum, Strauch oder gar in jedes Getier eindringen und von ihm Besitz ergreifen.
Sie dienen allein Amga und ihren Wünschen, ohne ein Bewusstsein für Reue, Schuld und Liebe.

Diese Wesensarten, sind in ihrer Vielfalt eigentümlich. Jedes Individuum besitzt sein eigenes Aussehen und hat zusätzliche spezifische Kräfte, je nachdem, wie die Gene weitergetragen werden.

Prolog

Schreie gellten aus der unterirdischen Höhle, bahnten sich einen Weg durch die von Fackeln erhellten Tunnelgänge und kamen als süßer Schmerz bei Nag Mahvan an. Die Augen entspannt geschlossen, strich er mit der Zunge über seine scharfen Zähne und sog den Duft der verführerischen Gewalt durch seine Nase ein.

Wimmern folgte einem letzten Aufschrei und ein Weinen, welches jeder Mutter das Herz zerrissen hätte, überdeckte den erstickenden Laut des Schmerzes.

Das ihn umschmeichelnde Leiden entlockte ihm ein kehliges Knurren. Er schlug die Augen auf, atmete tief durch und musterte zufrieden die Vergessene, die sich nackt in der heißen Quelle rekelte. Er trat über das unebene Gestein in das dampfende Wasser und ignorierte das Geschrei des soeben geborenen Lebens, welches durch das Höhlenlabyrinth auf die Kammer zukam.

Ohne die Vergessene genau in Augenschein zu nehmen, blieb er im hüfttiefen Wasser vor ihr stehen. Ihr Blick verharrte auf den Bauchmuskeln, denn sie wagte nicht, ihm in die Augen zu sehen. Wie von ihr erwartet, erhob sie sich, wenngleich zögerlich, beließ den Kopf gesenkt und präsentierte ihm ihre bloße Weiblichkeit. Sie zuckte merklich, als er ihre üppige Taille packte und sie zu sich heranzog. Die vollen Brüste hoben und senkten sich stark, da sie seinen Körper hautnah an ihren spürte.

Er schob eine krallenbesetzte Hand auf ihren Rücken, zwang sie dichter an sich, während er nicht einen Moment auf ihre Flügel Rücksicht nahm.

Ihre Nervosität und Angst blieben ihn nicht verborgen. Er kratzte über die empfindliche Haut ihres Flügels, was ihr ein Klagelaut entlockte, der ihm mehr Lust bescherte, als ihr guttat.

Sie fing zu zittern an und Furcht sättigte die Kammer. Die bitterschmeckende Nuance erregte ihn zunehmend und unvermittelt presste er seine schwarzen Lippen auf die Ihren. Er roch und kostete Demütigung, einen Hauch Ekel und alles überschattende Panik. Gierig drang er mit der Zunge in ihre Mundhöhle ein, zugleich die Krallen ihre dünne Flügelhaut durchstießen und sich in das wulstige Narbengewebe auf ihrem Rücken vergruben.

Sie schrie in seinen Mund hinein, doch er ließ nicht von ihr ab und raubte ihr den Atem. Sie wehrte sich nicht. Auch nicht, als seine andere Hand über ihren Bauch zu ihrer Scham ins Wasser glitt. Aber sie wimmerte leise, als er mit der scharfen Daumenkralle über ihre Perle strich und kurz darauf die pfeilscharfen Nägel ins wollüstige Fleisch der Schenkel trieb.

Ihr Atem stockte, in ihren Augen schimmerten Tränen, doch sie gab keinen Laut von sich. Hörig spreizte sie die Beine.

»Herr«, erklang eine leise Stimme hinter ihm und mit dieser das Geschrei des Kindes. Ein blauer Schimmer schmückte die dunkelgrauen Wangen der Frau, die das blutverschmierte Neugeborene in den Armen hielt.

Ohne von der Vergessenen abzulassen, zischte Nag Mahvan: »Sprich, aber halte dich kurz.«

Blaues Blut tränkte die Quelle, nachdem sich die Krallen aus ihrem Fleisch lösten und er lange Striemen auf ihren Rücken hinterließ.

Ihre Lippen bebten, dennoch schluckte sie das aufkeimende Wimmern herunter, als er abermals ihren Mund in Besitz nahm und dabei ihr Becken kippte. Atemlos und vom Schmerz benommen traute sie sich, an ihm Halt zu suchen, bevor er tief in sie eindrang. Sie keuchte erstickt.

»Dieses Mal ist es ein Mädchen. Sie ist gesund und entspricht augenscheinlich euren Wünschen. Wollt Ihr sie begutachten?«, fragte die Frau, sichtlich verschämt.

Schweratmend ließ er von den Lippen der Vergessenen ab. »Wozu sollte das gut sein? Sie dient ohnehin nur einem Zweck. Schafft sie fort und findet eine schweigsame Amme.«

Dieses Geschöpf widerte ihn an. Von ihm erschaffen und doch nicht rein.

»Aber Herr, wer sollte sich ihrer annehmen?« Die Frau schaute mit gerunzelter Stirn auf das Kind hinab.

»Servil!«, rief Nag Mahvan auf.

Eine hagere von Demut gezeichnete Gestalt trat aus dem schattenhaften Dunkel der Wand hervor. »Begleite das Kind zu Ardere und teile ihr mit, dass ich diese Misere lebendig und unversehrt brauche.«

Servil nickte bestätigend und fragte: »Was soll mit der Waldfrau geschehen?«

»Benutzt die Wenetra«, antwortete er und lächelte der Vergessenen niederträchtig entgegen, bevor er seine Männlichkeit erneut in sie trieb. »Frönt euren Gelüsten, lasst sie leiden und werft sie ins Feuer, sobald ihr Ende naht.«

Servil verbeugte sich vor seinem Herrn. Ungerührt von dem Akt und den grausamen Worten wandte er sich ab und wies die Frau an, ihm zu folgen.

Den Blick auf das Kind gesenkt, kam sie der Aufforderung nach. Wortlos schritt sie aus der lustdurchtränkten Kammer, hinter Nag Mahvans Getreuen her, während ein grausiger Schauder ihren Rücken hochkroch.

Vertieft in die Erinnerung an den grünen, flügellosen Körper, den er einst beschmutzt und systematisch zerstört hatte, ließ ihn das Hier und Jetzt in seiner Lust vollends aufgehen.

Erheitert von dem entsetzten Gesichtsausdruck ihm gegenüber, umkrallte er die Knochenbögen ihrer kraftlosen Schwingen, drang ruckartig in die geschwollene Scham ein und brach ihr dabei geräuschvoll die tragenden Gliedmaßen.

Gepeinigt kreischte sie schrill, weshalb ein dunkles Grollen seine Kehle verließ. In ihm klang der gebrochene Schrei der Wenetra nach, in dem er sich einst ergoss. Genauso, wie er es derzeit in diesem Winseln und Flehen tat.

Seither war die dritte Vereinigung der zwei Monde vergangen und er hatte in das Opfer verdorbenes Leben eingepflanzt. Leben, das er brauchte, um Leben zu nehmen. Leben, welches ihm ermöglichte, sich an den Qualen der Mischwesen und deren Verbündeter zu laben und sie alle unter seiner Herrschaft zu begraben.

Damals konnte er die Empfänglichkeit aus jeder Pore ihrer Haut riechen, ebenso, wie er ihre Angst und Scham riechen konnte, die sie hinter ihrem Stolz zu verbergen versuchte. Der notwendige Akt wurde zum puren Vergnügen und er hatte sich nie mächtiger gefühlt, als in jener Nacht, da er die Wenetra schändete. Seitdem empfand er nicht annähernd so viel Freude bei einem Weib seinesgleichen. Auch dieses Fleisch war für ihn nicht mehr als eine leere Hülle, dessen Kopf bereits an seiner Schulter lehnte und langsam an seiner nackten Brust hinab in das heiße Wasser glitt.

Er umfasste den Hals der Vergessenen, bevor der Körper im welligen Dunkel verschwand und betrachtete das vom Leid verzerrte Gesicht. Die Augen geschlossen, atmete sie kaum mehr und der Duft der negativen Empfindungen verflog, wie sein Interesse an ihr.

Ungerührt gab er ihr einen letzten ausladenden Kuss auf die noch warmen, bewegungslosen Lippen.

Ein Lufthauch entwich dem leicht geöffneten Mund, kurz bevor die Lider aufflatterten. Doch noch ehe die Frau zu Bewusstsein kommen konnte, drückte er Kopf und Leib unter Wasser.

Es wäre ein Leichtes gewesen, ihr die Kehle zuzudrücken und ihr somit die Luftzufuhr abzuschneiden, jedoch erhielt er durch den Automatismus ihres Körpers nicht das gleiche Hochgefühl.

Er wollte ihr Sterben fühlen. Er wollte den Nachhall des Todes durch seine Nerven strömen lassen. Daher hielt er sie fest, drückte den Handballen auf ihr Schlüsselbein und wartete. Nag Mahvan wartete darauf, dass ihr Organismus erkannte, dass sie ertrank.

Er schloss die Augen und nur einen Wimpernschlag später spürte er, wie ihre Lunge auf die Atemnot reagierte. Genugtuung breitete sich in ihm aus, als sich der feine Knorpel ihres Kehlkopfes hektisch auf und ab bewegte, sie hart Wasser schluckte und die Art des Sterbens bewusst wahrnahm.

Sie trat mit den Beinen um sich und versuchte mit letzter Kraft, die Hand von ihrem Hals zu lösen … vergebens.

Ihre Lungenflügel gierten nach den Gasen, die das unterirdische Reich durchfluteten, und wurden stattdessen mit dem Wasser der Quelle gefüllt. Er konnte die Verzweiflung förmlich greifen und ein schier endloser Genuss durchströmte ihn, kurz bevor der Tod das Leben in Form von Luftblasen aus ihren Atemwegen mit sich riss.

Die Luftblasen stiegen nach und nach auf und sammelten sich auf der trüben Wasseroberfläche. Die Vergessene gab den Kampf ums Überleben auf und verlor den Faden des Lebens mit dem Erschlaffen ihres nun seelenlosen Körpers.

Wertlos ließ Nag Mahvan von ihr ab und nahm Abstand von der reglosen Hülle, die hinauf zur Oberfläche trieb. Zufrieden lehnte er sich an das Mineralgestein der Quelle zurück, stützte sich mit den Ellenbogen auf und legte den Kopf in den Nacken.

Lautlos betrat Servil den Raum und räusperte sich. »Das Kind wurde von Ardere widerwillig aufgenommen. Sie ist außer sich vor Wut.«

Ein überhebliches Grinsen breitete sich auf Nag Mahvans Gesicht aus. »Ich habe nichts anderes von meiner Gemahlin erwartet.«

»Herr?«, fragend sah Servil ihn an, »was erhofft ihr euch durch diese Misere?«

Aufstöhnend richtete der Herrscher der Vulkanlande den Blick auf seinen Getreuen. Widerstrebend löste er sich aus der bequemen Position, schritt durch das Wasser an dem leblosen Körper vorbei und zog eine Spur aus Wellen hinter sich her. Der Quelle entstiegen, entfaltete er seine flammendroten Flügel, von denen das Wasser über die schwarze Umrandung hinab lief und an den Flügelspitzen abperlte.

Ehrfurchtgebietend kam er auf Servil zu und funkelte ihn aus teersandschwarzen Augen an. »Durch sie werden wir das Ungleichgewicht auf Amga wiederherstellen. Wir werden uns die Reinheit durch ihre Unreinheit zurückholen.«

Skepsis und Verwirrung zeichneten sich auf Servils Miene ab. Er setzte zur nächsten Frage an, aber Nag Mahvan brachte ihn grollend zum Schweigen.

»Sie ist genau das, was wir brauchen. Sie ist ein Mischwesen aus Nafga und Wenetra.« Er wandte sich von Servil ab und begann geruhsam in der Höhle auf und ab zu schreiten. Dabei knirschte und knackte die poröse Beschaffenheit des Urgesteins bei jedem Schritt. »Wir werden sie in unsere Reihen eingliedern und sie zu einer Kämpferin ausbilden. Das Volk wird sie als Nafga erachten und keine Fragen stellen. Ebenso werden wir ihr das Gefühl vermitteln, zugehörig zu sein.«

Stirnrunzelnd musterte Servil seinen Herrn. »Wollt ihr dieses Geschöpf zu unseresgleichen machen?«

Ungeduld zeichnete sich auf Nag Mahvans Gesicht ab. »Sei nicht töricht«, zischte er und seine Kiefermuskeln zuckten angespannt.

Die Feuerzungen der Fackeln flammten auf und warfen tanzende Schatten an die sandverkrusteten Wände. Sie bäumten sich auf, bevor Nag Mahvan ihnen die Kraft entzog und eine Flamme nach der anderen erlosch.

Das Feuer beugte sich seinem Willen, dennoch gaben die Fackeln ein letztes Knistern von sich. Nur eine einzige Lohe brannte unangetastet, allein um den Raum schattenhaft zu erhellen.

Glimmende Rauchfäden schlichen durch die Kammer und folgten der Aufforderung ihres Meisters. Die rußigen Partikel schwebten um Nag Mahvans Gestalt herum, zu seinem Gesicht hinauf und drangen ruckartig in dessen schwarze Augäpfel ein. Seine Pupillen entflammten und er atmete geräuschvoll durch, ehe er sich Servil zukehrte.

Angesichts der lodernden Feuersbrunst in den Augen seines Herrn zuckte der Getreue zusammen.

Ungerührt von dessen Reaktion packte Nag Mahvan Servil am Hals, drängte ihn zurück an die Wand und zischte erzürnt: »Ich werde sie lehren, Respekt vor mir zu haben, wie du ihn haben solltest.« Eindringlich sah er Servil in die vor Schreck geweiteten Augen und drückte kurz und kräftig zu, bevor er ihn in einer wegwerfenden Bewegung entließ.

Nach Atem röchelnd, stützte sich Servil an der Höhlenwand ab. Er schluckte hart, während er sich den Hals bis hin zum Kiefer rieb.

»Du verstehst es noch immer nicht.« Nag Mahvan schüttelte den Kopf. »Durch sie wird uns Einlass gewährt. Einlass in die von Amga versteckten Zufluchtsstätten. Zerstörerisch werden wir in ihre Reihen einfallen und ihre Leben auslöschen«, grollte er.

»Herr«, Servil schritt nervös zur Seite, »aber vielleicht wäre es sinnvoll, ein Bündnis mit den übrigen Völkern Amgas zu wagen, um die Wenetra auszugrenzen. Das Kind ist nicht von reiner Natur. Sie würde dafür sorgen, dass …«

Wütend unterbrach Nag Mahvan ihn. »Ein Bündnis? Wo waren die Kargon, als die Wenetra ihre Schuld begleichen sollten? An welcher Seite kämpften die Warkrow, die Eskim und die Lewedes, als wir gegen die Wenetra ins Feld zogen?«

Servil runzelte die Stirn. »Herr, ich verstehe euren Zorn, jedoch bedenkt, dass ihr für drei Leben ein Blutbad hinterließt.« Schleichend entfernte sich Servil von ihm.

Nag Mahvans Blick wanderte gelassen mit. »Das Volk der Nafga hat keine Verpflichtungen gegenüber Verrätern. Jeder, der sich für die Wenetra einsetzt und sich einem Nafga in den Weg stellt, ist des Todes. Auch diese Kreatur wird eines Mondes sterben. Einen Jeden werden wir entleiben!«

Nag Mahvan war bewusst, dass es Geduld bedarf, Geduld und Zeit. Viele Monde müssten vergehen, ehe er Leid und Sterben auskosten könnte. Doch gedanklich schwelgte er bereits im Gesang aus Furcht und Schmerz, den die verdorbene Brut ihm bescheren würde, die den übrigen Völkern Amgas nichts außer den bitteren Tod brachte.

KAPITEL 1

Zweihunderteinundvierzig vereinigte Monde später …

Keuchend saß sie am Abhang.
Der kalte Wind blies ihr um die Ohren, die sich mittlerweile taub anfühlten. Ihre Muskeln zitterten und ihre häutigen Flügel hatten die Spannkraft verloren.

Anfänglich überflog sie problemlos die Hälfte der Gebirgszüge, die sich ehrfurchtgebietend inmitten Amga erhoben. Doch je mehr sie sich von den Vulkanlanden entfernte, sich tiefer in unbekannte Gefilde wagte, desto häufiger versagten ihr die Flügel, weshalb sie bald die Hänge hinaufklettern musste.

Sie drängte sich dichter an die zerklüftete Wand des Berges und atmete konzentriert in die Brust hinein. Kleine Steine lösten sich vom Rand des Felsvorsprunges und sprangen klackend den Abgrund hinab. Ihr Blick folgte ihnen in die schwindelerregende Tiefe hinab, in der sich weit unten der Fluss Innes durch das Inyan-Gebirge schlängelte und dessen Rauschen sie weit oben noch immer hörte.

Ihre Augen glitten von der Schlucht zu den Gebirgskämmen hinauf, die mit einer dünnen Schicht Schnee bedeckt waren. Der Himmel über ihr zeigte sich bewölkt und dennoch blitzte ab und an die Sonne hervor.

Trotz der imposanten Aussicht vermochte sie kaum einen Gedanken über diese zu fassen. Sie schloss die Lider, atmete ihre Erschöpfung hinaus und spürte ihre schlechte, körperliche Verfassung. Jeder Muskel, jede Sehne und jede Faser in ihrem Leib brannte.

Sie hob die Schwingen an und öffnete sie ein wenig, doch sogleich überrollte sie Schmerz. Sie ächzte, bevor ihr ein beißender Stich im Rücken die Luft zum Atmen nahm. Augenblicklich sanken ihre Flügel und sie atmete erst wieder auf, als die Schmerzwellen verebbten.

Sie schluckte die kalte, trockene Bergluft hinunter und öffnete entschlossen die Augen. Für sie gab es kein Zurück mehr und Aufgeben kam für sie nicht infrage. Also drückte sie den Rücken die felsige Wand hinauf. Dabei machte sich jeder Knochen, in ihrem verausgabten Körper bemerkbar und ihr Herz pochte wild, als sie sich auf der schmalen Fläche der Gebirgswand zuwandte.

Innehaltend lehnte sie die Stirn gegen das nackte Gestein, bevor sie zuließ, dass sich die scharfen Krallen aus ihren Fingerspitzen schoben und sich in das zerklüftete Gestein haltgebend gruben. Ihre Hand zitterte, ihrer Kehle entwich ein gequälter Laut. Erschöpft schlossen sich erneut ihre Lider und sie setzte die zweite Hand etwas höher auf.

Noch bevor sie ihre pfeilscharfen Nägel ausfuhr, hoffte sie, dass sie bald jemand fand, denn eines wusste sie: So wollte sie nicht sterben.

Koa hielt sich vor Lachen den Bauch. »Und dann hat Briem dich geküsst?«

»Sehr witzig«, knurrte Sahira, während sie einen langen, kaum zu umfassendem Ast vom erdigen Waldboden aufhob, um mit diesem nach Koa zu schlagen. Koa ging einen Schritt zurück, duckte sich und wich dem Ast aus.

»Nein, natürlich nicht. Ich bin rechtzeitig zurückgetreten und musste beobachten, wie Briem mir seine grünen Lippen entgegenstreckte.« Angewidert verzogen sich ihre Mundwinkel.

»Und das habe ich verpasst?«, kam es hinter ihr hervor.

Sahira wandte ihren Kopf in Féins Richtung und schenkte ihm ein Lächeln. »Entschuldige Féin. Ausnahmen bestätigen die Regel. Ich steh eben nicht auf grüne, schmatzende Typen.«

Koa nutzte Sahiras Unachtsamkeit aus, lief geduckt los und warf sie sich über die Schulter. »Gewonnen, gewonnen«, tanzte er mit ihr, während ihr langes, blondes Haar durch das Gestrüpp des Waldrandes fuhr.

Ihm den Triumph nicht gönnend, umfasste sie das Gehölz mit beiden Händen und traf ihn mit einem kräftigen Schlag auf die Wade.

Der Schmerz zwang ihn in die Knie.

Sahira rutschte von seiner Schulter und drückte ihn rücklings zu Boden. Drehend vergrub sie ihre Knie in seinen Armbeugen, was ihm ein Stöhnen entlockte und setzte sich aufrecht auf seinen Bauch. Sogleich schwang sie den Stock hinter sich, direkt zwischen seine Beine. Klopfend traf dieser auf dem Waldboden auf.

»Das war knapp.« Koa stieß erleichtert Luft aus, konnte sich jedoch das Grinsen nicht verkneifen. »Und nun, da du gewonnen hast, hätte ich gerne einen Kuss von dir.«

»Moment mal, eigentlich sollte ich einen Preis erhalten.«

Koas Grinsen wurde breiter. »Ja klar … sag ich doch.«

Féin lehnte sich mit verschränkten Armen vor der Brust an einen Baum an, beobachtete das Spektakel der beiden und wunderte sich kopfschüttelnd darüber, dass sie kein Paar waren.

»Blöder arroganter Idiot, du hast wohl nicht zugehört. Grün steht mir nicht.« Sie boxte ihn auf die Brust und bemerkte sein auf und ab wippendes Muskelspiel.

»Schließ deine hübschen Augen und stell dir vor, ich bin blau, grau oder wie es dir beliebt, dann passt das schon.« Verwegen zuckten Koas Brauen. Mit einem Ruck kam er hoch, umarmte Sahira und rollte mit ihr Pollen aufwirbelnd aus dem Wald auf die Blumenwiese.

Ausgelassenes Gelächter hallte aus ihren Münden. Auch Féin konnte nicht verhindern, dass ein Schmunzeln seine Mundwinkel umspielte.

Beschwingt von der Leichtigkeit und dem Lachen um ihn herum, ging er aus dem Wald auf die beiden zu. Sein Blick schweifte über das Wildblumenfeld, das sich über das gesamte Tal erstreckte und am Fuße des Inyan-Gebirges endete.

Ihre rechte Hand umfasste den Rand des Bergplateaus, während ihr Atem Wolken aus Sauerstoff freigab. In kräftigen Zügen inhalierte sie die dünne Bergluft, aus der ihre Lunge das lebensnotwendige Kohlenstoffdioxid filterte. Mit angespannten Sehnen und Muskeln zog sie sich über den Rand des kantigen Gesteins. Schweratmend setzte sie sich auf, legte ihre nachtschwarzen Flügel um sich und rieb sich die erkaltete Haut.

Wenn sie nicht an dem geringen Kohlenstoffdioxidgehalt sterben würde, würde sie sicherlich bald erfrieren. Denn Kälte lag ihrem Wesen nicht, tötete sie auf Dauer sogar.

Sie ließ die Lider sinken und langsam entspannte sich ihr Geist, während sich ihre Gedanken in die wärmenden Wogen der Vulkanlande schlichen. Sehnsüchtig gierte ihr Körper nach den heißen Strömen des flüssigen Magmas, nach der zähflüssigen Lava, die am Rücken des Sumendis hinabglitt und sich in dicken, dampfenden Rauchschwaden zischend in die Kühle der See, des Samudras, ergoss. Sie gedachte dem Geysir Yuval, dessen machtvolle Fontäne schwallartig das heiße Wasser, dem Himmel emporschoss, um anschließend in Tausenden von Tränen auf den verkrusteten Boden zu fallen. Sie erinnerte sich, wie die schwefelhaltige Luft roch und wie das Salz des Meeres auf ihrer Zunge schmeckte. Und sie vermisste die Lebendigkeit des Ursprungs, ihr Leben und das herzhafte Lachen der Kinder, deren Klang in ihrem Kopf nachhallte.

Kurz schmunzelte sie, ehe sie ihre Gedanken abzuschütteln versuchte. Sie konnte sich dem Drang an die wärmenden Erinnerungen nicht hingeben, denn sie hatte eine Aufgabe. Eine Aufgabe, die von ihr alles abverlangen würde.

Seufzend hob sie ihre Lider und öffnete ihre Flügel, während sie die Schmerzen und die Kälte weitestgehend missachtete. Sie biss die Zähne zusammen und bedachte ihres Vaters Worte: *Kein Zögern, kein Erbarmen!*

Wankend erhob sie sich und merkte sogleich, dass ihre Beine nachgeben wollten. »Verdammt nein!«, entfuhr es ihr, zugleich sie sich am Geröll des Berges abstützte.

Willensstark, unter dem Zucken ihrer Muskeln richtete sie sich auf. Tränen trieben ihr in die Augen, dennoch stand sie stolz auf der Hochebene des Berggipfels.

»Ich bin eine Nafga. Eine Kriegerin des Feuers, Tochter des Nag Mahvan!«

Der Wind hatte zugenommen und trieb die weichen Wolkenbilder entlang des blauen Himmels. Die Sonne verabschiedete sich mit einem rotorangen Farbenspiel am Rande der Gebirgskette, dessen Zunge Nadelbäume und Geröll einfasste.

Die Sonnenstrahlen, die sich durch die Wolken stahlen, blendeten Féins Augen. Er blinzelte, hob eine Hand zum Schutz über die Brauen und konnte vage in der Ferne einen Schatten zwischen den Bergen und dem trügerischen Licht erfassen.

Mit seinem nackten Fuß stieß er Koa an. »Was ist das?«

Kichernd sahen beide auf und wandten sich dem Gebirge zu, auf das Féin deutete.

»Ein Vogel«, meinte Koa, »weiter nichts.«

Doch Féin schien nicht überzeugt. »Schwarz«, äußerte er, »schwarz, wie die Nacht.« Etwas unheimlich Bekanntes kroch seinen Rücken hoch.

Der Vogel kam näher, wurde größer und die Umrisse ließen erahnen, dass es sich um etwas anderes handeln musste.

»Nafga«, wisperte Féin und schluckte die Furcht hinunter.

Koa und Sahira verstummten, während Féin die Stirn in Falten legte und nach Konzentration suchte. Jedoch herrschte in seiner Gedankenwelt Chaos. Nicht einen einzigen Ausruf schaffte er in die Lichtung des Zufluchtsortes zu übertragen, um seine Verbündeten vor dem Schatten am Himmel zu warnen. In seinem Kopf gab es nur die Vergangenheit, die ihn schlagartig einholte und sich zu dem verängstigten Jungen manifestierte, der er einst war. Der Junge, der bitterlich um seine Mutter weinte, während die Angst in ihm bebte. Angst davor, entdeckt zu werden, dem Albtraum, ebenso wenig wie seine Mutter, entrinnen zu können.

»Ruhig, ganz ruhig«, sprach er sich selbst zu.

»Lauft! Holt Hami und vermeidet Aufruhr. Erzählt es niemanden sonst.«

Sahira stand auf und zerrte Koa auf die Beine, der nicht im Stande war, sich von allein zu rühren, und stattdessen wie gebannt auf die näherkommende Erscheinung starrte.

»Was ist mit dir?«, fragte Sahira ihn beunruhigt.

»Einer muss hierbleiben und sie im Auge behalten«, erklärte Féin.

Sahira nickte, zog Koa hinter sich her, der ungläubig den Kopf schüttelte, und rannte mit ihm in den Wald hinein.

Sie ließ die Gebirgskette hinter sich und konnte das Tal von hier oben gut überblicken. Ihre Flügel waren merklich geschwächt, doch um vor dem Wald zu landen, würde ein Hinabgleiten ausreichen. Sie kniete sich auf das steinige Plateau und umfasste die scharfe Kante des Bergrandes, während sie in die endlos erscheinende Tiefe hinunter spähte.

Zu ihrer Zufriedenheit sollten nur vereinzelte Tannen und minderwertige Felsen ihr Hinabsegeln behindern.

Sie richtete sich zu schnell wieder auf, wodurch das Blut schlagartig aus ihrem Kopf wich. Schwindel erfasste sie, Schwärze verschleierte ihre Sicht und brachte sie ins Wanken. Mit tänzelnden Armen versuchte sie, das Ungleichgewicht auszubalancieren.

Zu nah am Rand, merkte sie, da ihr Fuß unter dem bröselnden Gestein absackte.

Sie fluchte, als sie vollends abrutschte, das Knie am scharfkantigen Gestein aufschürfte und ins Leere griff, bevor sie haltlos fiel.

Sie hielt den Atem an, als ein unangenehmes Kribbeln ihren Körper durchzog. Weiße Lichtpunkte blitzten vor der Schwärze ihrer Sicht auf. Adrenalin durchströmte ihre Adern und sorgte dafür, dass sie etwas sah und reagieren konnte. Instinktiv öffnete sie die Flügel und sogleich schoss ein unerbittlicher Schmerz ihre Wirbelsäule hinauf. Er durchzog die Flügelmuskulatur, bis hin zu den Flügelenden, weshalb sie gepeinigt den Kopf zurückwarf.

Das Brennen in ihren Flügelstreben wurde unerträglich. Ihre Muskeln versteiften sich und selbst in ihren Fingerknöcheln breitete sich die Pein aus und beließ die Finger abgespreizt. Einen Nanomoment im Schock gefangen, entwich ihr ein leidvolles Ausatmen. Sie gab die Spannkraft ihrer Flügel auf und ließ sie kraftlos flattern, während sie an der herausragenden Gebirgswand vorüber rauschte.

Gepresst durch die Geschwindigkeit des Falls, rannen heiße Tränen aus ihren Augenwinkeln und drückten sich an ihren Schläfen entlang. Doch trotz des Widerstands öffnete sie ihre Flügel erneut, die unter dem Druck zu zerbersten drohten. Sie ächzte auf, ehe Luftströmungen unter die gespannten Flügelhäute drangen und sie ruckartig aufstieg.

Stockend entkam ihr der Atem, als die Schmerzwellen abflauten. Schwindel erfasste sie, während sie das Aufwölben ihrer Schwingen über die letzten Gebirgszungen und Wipfel der vereinzelten Tannen gleiten ließ.

Sie sank nun wieder stetig, genau wie ihre Augenlider, die sie kaum noch offenzuhalten vermochte. Verschwommen nahm sie den nahen Wald und das Blumenmeer wahr, auf das sie zuraste. Ihre Lider flatterten, als sie die Kontrolle über ihr Bewusstsein verlor.

Féin sah, dass er sich nicht irrte. Er trat zurück und berührte die massive Eiche, die jetzt in seiner unmittelbaren Nähe stand. Sein Körper verschmolz mit den Farben des im Hintergrund gelegenen Mischwaldes, nur die eisseeblauen Augen, versetzt mit aufgeregt umherwirbelnden Eiskristallsplittern, stachen aus der naturbelassenen Umgebung hervor. Ansonsten war er für jeden unsichtbar, sogar für sein eigenes Volk.

Vorbeisehend an dem Schatten, der immer näher zu kommen drohte, suchte er den Horizont der Gebirgsgipfel ab. Jedoch folgten keinerlei Nachzügler dem Nafga, zumindest soweit sein Auge reichte.

Er wendete seine Aufmerksamkeit wieder dem herannahenden Geschöpf zu, das ohne Anmut, taumelnd und mit hoher Geschwindigkeit auf das Tal und die Wiese zuflog.

Es wird abstürzen, stellte er verschreckt fest und trat zurück.

Das Feuerwesen trat in das kniehohe Gras ein, schlug dumpf auf und schlitterte über die unebene Wiese, wobei es einen langen Landungsweg hinterließ. Staub, gepaart mit glasigen Splittern, stob in alle Richtungen aus.

Ruckartig bückte sich Féin, hielt schützend den Arm vor das Gesicht, während die Geschosse aus dem sandigen Nebel auf ihn zurasten und sich auf ihm und dem weiten Feld verteilten.

Er hustete, als der Hagel versiegte, erhob sich, wobei die glasigen Bruchstücke von seinem Körper hinab rieselten. Mit der Hand fuhr er sich durch das staubige Haar und kämmte einige Splitter heraus. Er betrachtete eingehend ein schwarz glänzendes Stück, das sich weich und biegsam durch die Reibung seiner Finger schob und über welches ein regenbogenfarbener Schimmer huschte.

Die Staubwolke lichtete sich und gab ihm die Sicht frei. Neugierig reckte er den Hals und versuchte zu erkennen, was sich zwischen den Blumen und Halmen der Wiese verbarg. Fassungslos starrte er auf das gebündelte Etwas, das sich ihm offenbarte und nur wenige Schritte entfernt vor ihm lag.

Kurz verharrend überlegte er, was er tun sollte. Sicher war es sinnvoll, es sofort zu töten, bevor es die Möglichkeit bekam sie anzugreifen. Außerdem wäre es ein gutes Gefühl, wenigstens einen von ihnen in die Abgründe Amgas zu stoßen.

Entschlossen ging er auf die Kreatur zu, während er die Muskeln kampfbereit anspannte, bedacht darauf, nicht in die Scherben zu treten, die sich auf dem Boden verteilt hatten.

Von Angesicht zu Angesicht entschied er, ehe satte, moosgrüne Fäden Féins gesamte, unsichtbare Gestalt durchwanderten und er sich wieder sichtbar von der Umgebung abhob.

Er legte den Kopf schief und betrachtete das Geschöpf unmittelbar vor sich. Ihm dem Rücken zugewandt, lag ein spärlich bekleideter, weiblich muskulöser, in schwarzen Obsidian eingehüllter Körper. Seltsamerweise schimmerte das absorbierende Schwarz der Haut durch die untergehende Sonne in verschiedenen farblichen Facetten. Zudem fielen ihm einige Blessuren und die zerfetzte Flughaut auf, die ein Entkommen für die Nafga unmöglich machte.

Irritiert fuhr er sich durch das struppige Haar, dessen Spitzen in einer klaren Eisschicht endeten. *Eine Frau?*, grübelte er und biss sich auf die Unterlippe, *und dennoch ist sie tödlich!*

Trotz der Erkenntnis schritt er näher an sie heran.

Er beugte sich hinab und wollte sie zu sich herumdrehen, als ein klägliches Fauchen ihre Kehle verließ. Erschrocken wich Féin zurück, zugleich das Schlagen seines Herzens rapide zunahm. Die Geräusche seiner Umwelt ausgeblendet, fühlte er umso mehr. Er spürte, wie sich die Gräser um seine Beine schmiegten, wie der Wind zunahm und ihn kraftvoll anstieß, sein Haar verwehte, seine Haut kühl streifte.

Einen Augenblick lang verblieb er ohne Mond und Raum, zehrte von der natürlichen Energie, die ihn umgab, bevor dumpfe Stimmen hinter ihm hervorkamen. Jemand rief etwas, doch die Worte gingen im betäubenden Rausch unter.

Die Kreatur vor ihm rührte sich leicht, stöhnte und ächzte gequält. Adrenalin kroch ihm in jede Faser und überreizte seine Sinne. Die Anspannung ließ die hölzernen Ranken aus der Seitenlinie seiner Hüfte sprießen. Wie zischende Schlangen schlichen sie aus seinem Körper, tänzelten im Wind oder schmiegten sich an seine Haut an.

Hami hastete an ihm vorbei, dicht gefolgt von Brave, der seinen gespannten Bogen auf das Feuerwesen gerichtet hielt.

Féins Ranken krochen zwischen den Gräsern auf das verletzte Wesen zu. Die Spitzen der hölzernen Pflanzenarme berührten die Nafga und Féin erschauderte, da er ihre glatte Haut betastete. Jedoch zuckten die Triebe zurück, als eine dünnfarbige Stimme in mehrfachen Echos den Wall durchbrach, der Féin schützte.

»*Hilf mir!*«, überrannte ihn die fremde Stimme in seinem Verstand. Irritiert stolperte er einige Schritte rückwärts, wobei sich die Zweige und Äste geschwind in sein Inneres zurückzogen. Sein Blick glitt zu Hami, die sich kniend vor dem Geschöpf niedergelassen hatte. Kopfschüttelnd verschwand das dumpfe Gefühl, das ihn vom klar denken und klug handeln abhielt.

»Féin hörst du mich?«, schrie Hami ihn an. »Hast du ihr etwas angetan?«

»Äh nein, ich«, stammelte Féin.

Erleichtert atmete Hami auf. »Das arme Ding. Was sie wohl durchgemacht haben musste?« Vorsichtig bettete sie den Kopf des Feuerwesens auf ihren Schoss. Sie holte tief Luft, umfasste mit ihren zierlichen Händen das Kinn der verletzten Kreatur und presste die Lippen fest auf die ihren. Warm floss das lebensnotwendige Kohlenstoffdioxid in die Lunge der Nafga. Röchelnd atmete diese aus, während sich ihr Brustkorb sichtbar hob und senkte. Beruhigend streichelte Hami die Kreatur und bemerkte das Auskühlen des Körpers.

Durchatmend sah sie zu Brave auf. »Lauf zum Fluss und mach ein Feuer in der überwucherten Höhle.«

Brave zog eine Augenbraue hoch, ließ den gespannten Bogen sinken und doch hinterfragte er ihre Anweisungen nicht. Stattdessen nickte er ihr zu und ließ seine bernsteinfarbenen Augen zu Féin schweifen, den er mit einer kurzen Geste anwies, Hami zu unterstützen. Er wandte sich von ihnen ab, schob im Lauf Pfeil und Bogen in einem Hautspalt seines Oberschenkels und löste sich im nächsten Moment in feine Sandpartikel auf. Schemenhaft ahmten die Körner seine Gestalt nach, ehe sie prasselnd zu Boden fielen und in die Poren des Erdreiches eindrangen.

Féin hatte unterdessen die Arme vor der nackten Brust verschränkt, streckte sein Kinn und rümpfte verächtlich die Nase. »Bitte? Wollen wir vielleicht noch ihre ganze Nafgasippe einladen?«

Entschlossen fiel Hamis Blick auf ihn. »Ob es dir gefällt oder nicht, ich lasse niemals ein Mischwesen zurück.«

»Mischwesen?«, wiederholte er ungläubig. »Das ist nicht möglich. Das kann nicht sein.« Er schüttelte sich verneinend. »Kein Nafga würde sich mit einer anderen Rasse paaren.«

»Und doch würde kein reiner Nafga mental um Hilfe bitten«, widersprach Hami.

Er erinnerte sich an die leisen Worte, die sich in seine Gedanken hineingeschlichen hatten. Schnaufend senkte er die Arme und ging widerstrebend auf das Geschöpf zu. Er warf der Waldländerin, der Wenetra, einen vielsagenden Blick zu, ehe er das Wesen vorsichtig in seine Arme hob.

Das Gras und die Blumen umschmeichelten seine Beine, als er sich von Hami entfernte und mit der Feuerfrau Richtung Mischwald schritt. Verwundert darüber, wie wenig sie trotz ihrer großen Flügel wog, betrachtete er ihre Erscheinung eingehend. Er bemerkte, dass sie seltsamerweise kühl in seinen Armen lag und kein Tropfen Schweiß ihre Haut benetzte.

Achtsam trat er über die knolligen Wurzeln einer Vogelbeere, als die Wiese dem Wald wich. Die letzten Sonnenstrahlen des vergehenden Tages schlichen sich zwischen die erhabenen Laubbäume und die ausladenden Zweige der Nadelbäume. Sie tauchten den Forst in ein goldoranges Leuchten, das lind die ausgekühlte Haut der Nafga wärmte. Sogleich erschauderte sie und vergrub seufzend ihre Stirn in Féins Brust. Nach Wärme gierend, schmiegte sie sich dichter an ihn, weshalb alles in ihm zu kribbeln begann.

»Eigin«, erklang ein kehliges Flüstern.

Er senkte den Kopf und schaute auf das Geschöpf in seinen Armen hinab. Sie öffnete für einen Moment ihre Lider und große, polarlichtgrüne Iriden nahmen ihn gefangen. Erinnerungen vieler Monde prasselten auf ihn ein. Es fühlte sich an, als ob er nach Hause kommen würde. Doch jenes Zuhause gab es dort für ihn nicht mehr.

Die Erinnerung verblasste, als ihre dunklen Pupillen drohend größer wurden und er die Form des schwarzen Basaltreliefs erkannte. Das Relief wirkte wie eine mahnende Grenze zwischen Feuer und Eis, die das leuchtende Grün in der unteren Hälfte ihrer Augen heller erscheinen ließ.

»Ich heiße …« Ihre Worte erstarben, ihre Lider sanken.

»Eigin«, setzte er diese fort, runzelte die Stirn und war erstaunt über die Verwirrung in ihm.

Alles in ihm schrie danach, sie zu verachten, und dennoch flüsterte ihm eine leise Stimme zu:

Beschütze sie, beschütze Eigin!

Kapitel 2

Geschäftigkeit machte der Ruhe des Waldes in der von Bäumen eingekesselten Lichtung Platz.
Aus Ranken geflochtene Körbe mit gesammelten Früchten, Kräutern und Nüssen wurden herbeigetragen.

Die Kinder schleppten eilig das Feuerholz zu den mit Steinen eingesäumten Feuerstellen, dabei wetteiferten sie darum, wer wohl am meisten tragen konnte, stießen sich gegenseitig an und schubsten sich, um den einen oder anderen Mitstreiter zu Fall zu bringen.

Eine Warkrowes, eine Steinländerin, mit harten Gesichtszügen, deren aschfahle Haut eine Gebirgskette bildete, die ihren gesamten Körper überzog, wies die Zöglinge zurecht. »Benehmt euch«, drohte sie mit ihrem geröllartigen Finger. »Oder wollt ihr auf das Abendessen verzichten?« Sie blitzte die Kleinen aus ihren dunkelblauen, beinahe schwarzen Augen an.

Sofort stoben die Kinder auseinander, um weiter den ihnen aufgetragenen Arbeiten nachzukommen, während sie verstohlen zu Utah zurückspähten, die zufrieden lächelnd ihre Hände ineinander faltete.

Jäger mit erlegten Tieren über Schultern und Armen kamen an ihr vorbei und verteilten sich am Flussufer. Dort lösten sie die Häute, entfernten die Innereien und zerlegten das Fleisch in essbare Stücke, ehe sie es mit Salz einrieben.

Lewedes, die Geschöpfe der Seen und Meere, schritten tropfend über die Lichtung, auf einen ausgehöhlten Baumstamm zu. Ihre Erscheinungen waren ein Spiel des Wassers, das sie nebelig weiß, beinahe von durchscheinender Gestalt, fließend umschlossen. Ihr Haar lag in Wellen auf Ihren Mänteln, die sich bis zur Erde ergossen, wobei sie nasse Spuren auf dem grasbewachsenen Boden hinterließen.

Sie kamen bei dem hohlen Baumstumpf an, öffneten ihre Mäntel und ließen diese in flüssigen Bewegungen in das Gefäß gleiten, bevor sich die Umhänge spritzend in einem Schwall aus Wasser auflösten.

Sahira schaute dem eleganten Spiel zu und hatte die Hände in ihre Taille gestemmt. »Müssen die immer so angeben?«, schnaufte sie und blies sich dabei eine Strähne des goldblonden Ponys aus ihrem Gesicht.

Koa hockte vor der Feuerstelle und versuchte mühevoll, ein Feuer zu entfachen, weshalb er sich auf die Zunge biss.

»Was machst du da?« Sahira kniete sich neben ihm nieder und funkelte ihn aus ihren gewittergrauen Augen an. Sie stieß ihm mit dem Ellbogen kräftig in die Seite und nahm ihm das Holz aus den Händen.

Er stöhnte auf.

»Stell dich nicht so an«, zeterte sie, rollte den Holzstab zwischen den Handinnenflächen und entfachte ein Glimmen in der Einkerbung des Feuerbrettes. »Machst du dir keine Sorgen um Féin?«, flüsterte sie leise nahe seinem Ohr.

Koa legte ein Bündel getrocknetes Gras auf das glühende Flimmern, das sogleich Feuer fing. »Moment ... nein«, sagte er und pustete die Flamme auf. »Und du solltest dir auch keine machen.« Er zwinkerte ihr zu.

Verärgert zog sie die Augenbrauen zusammen. »Kannst du einmal etwas ernst nehmen?«

Sein Blick glitt in ihr vor Zorn gerötetes Gesicht. Ihre Nasenflügel blähten sich auf, was ihn zum Schmunzeln brachte. »Féin hätte sich schon längst in unsere Köpfe geschlichen, wenn irgendetwas nicht stimmen würde. Und mal ganz ehrlich, ein Nafga?« Er schüttelte sich verneinend. »Das kann ich mir beim besten Willen nicht vorstellen.«

Die Röte verschwand aus ihren Wangen, während sie ihm das Feuerholz reichte. »Sicher stimmt das. Ich mache mir wohl zu viele Sorgen.«

Koas Augen wurden groß, er legte den Kopf schief und schob eine Hand hinter sein Ohr. »Ich konnte dich nicht verstehen. Könntest du das wiederholen?«

Sie erhob sich, ließ den Blick auf ihn hinabsinken und kam um ein kleines Lächeln nicht herum. Die Arme vor der Brust verschränkt, räusperte sie sich. »Ja ja, ist ja gut. Du wirst eventuell recht haben, aber nur eventuell«, murrte sie.

»Ah, ach so, eventuell. Nun dann, damit kann ich leben«, zwitscherte seine Stimme und er wusste genau, wie schwer es ihr gefallen war, das Halbgeständnis über ihren sinnlichen Mund zu bringen.

Unwillkürlich biss er sich auf seine Unterlippe, als sie ihn warm anlächelte und er, durch ihr betörendes Antlitz, wieder einmal in eine Tagträumerei versank.

Sein Blick glitt von ihren Lippen über ihre geschmeidige Haut, die von einem Goldbraun überzogen war und ebenso einladend auf ihn wirkte, wie ihre herausfordernde Art. Jede ihrer versehentlichen Berührungen verschaffte ihm eine Gänsehaut. Nur der Gedanke daran bescherte Koa ein Kribbeln, das die feinen Härchen auf seinem Körper aufrichtete.

Oft stellte er sich vor, mit seinen Fingern durch ihr glattes, blondes Haar zu gleiten, das in goldenen Strähnen auf ihre geschwungenen Hüften hinabfiel. Und oft, wünschte er sich Küsse über die verschnörkelten, hellbraunen Verzierungen zu verteilen, die ihre linke Körperhälfte schmückten. Er konnte nur erahnen, wo die Zierde endete, da sich die letzten Linien in ihrem üppigen Dekolleté versteckten, von dem er nur zu träumen wagte.

Diese aufreizenden Stellen, des für ihn magischen Körpers, waren bedeckt von Fellen und Häuten, deren Tiere sie selbst erlegte, was ihr ungestümes Temperament unterstrich.

In die Träumerei hineinseufzend, wurde er aus jener von Nevis geweckt. Koas Halbbruder hatte sich in seine Arme geworfen und umschlang seinen Hals.

Der Junge lehnte die Stirn an die seine und blinzelte ihn aus minzgrünen Kulleraugen an. »Papa macht Eis, kommst du mit?«, flehte er.

»Das klingt lecker. Bekomme ich ein Eis ab?« Bittend sah Koa seinen Bruder an, schnappte sich blitzschnell den Jungen und kitzelte ihn behände durch. Glucksend und quiekend wandte sich Nevis unter Koas Fingern.

Auch Sahira musste mitlachen, als sie den beiden beim Herumalbern zusah. Genau das liebte sie an ihm. Er war unbefangen, wie die Kinder, die so gerne in seiner Nähe waren.

»Hör auf, hör auf«, gluckste Nevis unter Tränen. »Bitte, bitte. Du kannst auch meins haben.«

»Oh, dann bekomme ich ja schon zwei«, zählte Koa mit Daumen und Zeigefinger auf. »Na los«, scheuchte er Nevis auf, der sich zuvor zappelnd aus dem Griff zu befreien versuchte.

Lachend stellte Koa den Jungen auf die Füße, erhob sich umständlich, und sah Sahira entschuldigend in die Augen. »Du siehst, wie dringlich dieser Auftrag ist, meine Schöne. Ich werde dir nicht mehr zu Diensten sein«, schwafelte er, wobei er lächelnd die Augenbrauen tanzen ließ.

»So so. Du willst dich also verdrücken. Aber ich glaube, ohne dich bin ich besser dran.« Sie schmunzelte und zwinkerte ihm zu.

Koa schob schmollend die Unterlippe vor.

»Nun geh schon«, lachte sie, »bevor ich es mir anders überlege.«

Er vollführte eine Verbeugung, während Nevis ungeduldig an seinem Arm zog, weshalb er der Aufforderung seines Bruders nachkam und hinter ihm her stolperte.

Die Kinder tobten bereits um Yas herum, als Nevis mit Koa im Schlepptau den Eskimer erreichte.

Ein jeder wollte sehen, wie der Eisländer aus Blaubeeren, Himbeeren oder Brombeeren leckeres Eis zauberte. Daher gab es zur Essenszeit immer ein wildes Gedränge um die besten Plätze.

Koa setzte Nevis auf seine Schultern, der vor Vorfreude in die Hände klatschte, weil er genau wusste, dass es keine bessere Position, als die hier oben gab.

Einen Haufen Früchte, Stöcker und eine Wasserschale hatte Yas für seinen Auftritt auf dem Boden vor sich verteilt. Er saß im Schneidersitz vor den Kindern, die in einem Halbbogen um ihn herumstanden, während sie gespannt und hüpfend darauf warteten, dass er endlich anfing.

Mit der rechten Hand griff er nach dem Obst und zermuste es, wobei er gleichzeitig mit der linken Wasser aus einer Schale schöpfte und beide anschließend zusammenführte. Vereint schüttelte er seine Hände kräftig, während einige Rinnsale Saft aus dem Spalt der aufeinandergepressten Innenflächen rannen und noch vor dem Hinabtropfen zu dunkelvioletten Eiszapfen gefroren.

Er hielt seine Hände in Bewegung und sammelte mit seinen Zehen einen Zweig vom Boden auf und führte ihn zwischen die Kuhle der verfärbten Handballen. Fest drückte er die Ballen aufeinander, sodass sich die Mulde um das Holz schloss.

Den eingeklemmten Stock hin und her schwenkend, ließ er seine Eisgletscheraugen durch die Reihen der erwartungsvollen Kinder wandern, die vor Spannung ganz still wurden.

Yas' Schwenken endete wiegend vor seinen hellblauen Lippen. Er öffnete den Mund und hauchte einen glitzernden Kälteschimmer auf seine Eiszapfenhaut. Spannungssteigernd entfernte er sehr langsam die Hände voneinander.

»Wer möchte ein Brombeereis?«, fragte er, während er das Eis am Stock in die Luft hielt.

Sofort wurde das Geschrei groß. Hüpfend und rufend wollten alle die Ersten sein. Yas entschied sich für ein Lewedesandisches Mädchen, das schüchtern mit den Fingern in ihren nassen Locken drehte und etwas abseitsstand. Anschließend erhielten noch drei weitere Kinder ein Eis, ehe Nevis freudestrahlend das seine ergatterte.

Yas zwinkerte seinem Sohn zu, bevor er ihm lächelnd die kühle Nascherei übergab. Nur einen Moment später blinzelte er und das Lächeln verblasste.

Koa verwirrte die Veränderung in Yas' Blick und erst in dem Moment bemerkte er die Stille, die nur vom sausenden Wirbel des Windes unterbrochen wurde. Kein Vogel zwitscherte, keine Insekten surrten oder summten. Das Leben des Waldes war verstummt.

Irritiert versuchte er zu entdecken, wohin der Eskimer starrte. »Eventuell«, gedachte Koa fassungslos Sahiras Worte, als er das Unheil erfasste.

Mitten auf der Lichtung stand sein bester Freund, trug ein Feuerwesen in seinen Armen und offenbarte dem Feind ihren Zufluchtsort. Denn sie kannten nur eine Gefahr … und die hieß Nafga!

Kurz zuvor …

Hami humpelte hinter Féin her. Keuchend legte sie ihm eine Hand auf die Schulter. »Alles gut?«, fragte sie und betrachtete dabei seinen verunsicherten Gesichtsausdruck.

Er nickte, jedoch vermochte er nicht zu antworten.

»Ich werde mich gleich um die anderen kümmern. Du versorgst allein Eigin.«

Féin verlangsamte seine Schritte, damit sie mit ihm mithalten konnte.

»Und ich erwarte, dass du die erste Wache übernimmst.«

Verblüfft hielt er inne und starrte sie an. »Woher?«

Abwinkend unterbrach sie ihn: »Ich bin vielleicht nicht so schnell wie du, aber auch nicht taub.« Sie lächelte ihn wohlwissend an, während die spitzzulaufenden Ohren oberhalb ihres Kopfes zuckten.

Stimmen, welche von freudiger und entspannter Atmosphäre erzählten, flüsterten unter dem flackernden Licht des Feuers zwischen den Bäumen und Sträuchern in den Wald hinein. Das letzte Rosaorange des Sonnenspiels verabschiedete sich und hieß den frühen Abend in einem dunklen Hellblauton willkommen.

Hami löste ihre Hand von Féins Schulter, ging vorweg und wartete, bis Féin mit Eigin dicht an sie herannahte. Sie bog die schweren Zweige zur Seite und gab die Sicht auf eine baumlose Lichtung frei. Eine Lichtung, die vor Leben wimmelte, das entscheiden würde, was Eigin bevorstünde. Zumal sie eine Gefahr für die Völker darstellte oder gar die Erlösung. Sie könnte sie in den Krieg führen oder ihnen ewigen Frieden schenken.

Hami atmete tief durch und straffte sich, bevor sie zwischen den hohen Eichen auf die belebte Waldschneise trat. Sie spürte die Blicke der Waldspäher im Rücken, die sich bis an den Waldrand herangetraut hatten und das Geschehen in tierischen, wie auch pflanzlichen Lebensformen beobachteten.

Féin folgte ihr auf dem Fuße, dabei hielt er vor Scham den Kopf gesenkt. Vollkommen durcheinander, glaubte er selbst nicht, was er da tat, denn es war ein Feuerwesen, welches er zu ihrem Versteck brachte.

Mit jedem weiteren Schritt kehrte nach und nach Ruhe ein, bis die Stille sie ganz umhüllte.

Hami kam in der Mitte des Platzes zum Stehen, was auch Féin innehalten ließ. Neben ihr verharrte er regungslos, während er steif auf die mit Grasbüscheln versetzte Erde starrte. Er selbst war angespannt und erfasste im Augenwinkel die zutiefst entsetzten Gesichter seiner Freunde und Verbündeten.

Hami hingegen begutachtete mit einer besonnenen Ruhe die Situation, ehe sie selbstbewusst zu den Anwesenden sprach. »Ich kann mir vorstellen, was ihr denkt und ihr habt recht.«

Raunen ging umher.

»Ja, das ist ein Nafga, aber dennoch ist …«

Hami wurde von der Menge unterbrochen, die wild durcheinander ihre Angst und Wut freigaben.

Ein Warkrow, dessen Hand sich zur Faust ballte und bröselndes Gestein entließ, rief ihr wutentbrannt zu: »Hamita, was soll das? Schafft es weg oder ich werde mich dem annehmen!«

»Und ich werde ihm dabei helfen!«, unterstrich ein weiterer Gesteinsmann erzürnt, wobei sich die Felsmesser aus seinen geröllartigen Schulterpartien hervorschoben.

Eigin vernahm die Gespräche nicht, stattdessen rebellierte ihr Körper unter den Schmerzen der Kälte und dem Gefühl des Erstickens. Zitternd bäumte sie sich auf, wand sich in Féins Armen, weshalb schockierte Stimmen umhergingen und einige Wesen zurückwichen.

Behutsam drückte Féin sie dicht an sich und ließ sogleich einen Umhang aus Ästen und Blättern um sie wachsen. Der Schutz entspannte ihre Glieder und ein wenig erleichtert seufzte sie in das Geflecht hinein.

Spott polterte auf Hami ein, die ruhig dem prasselnden Stimmengewirr standhielt.

Eine Kargonjerin zog ihr Wüstenkind schützend an sich, während sie mit zittriger Stimme fragte: »Sind da noch mehr? Sind sie gekommen, um uns zu holen?«

Lautes Gerede erhob sich, angetrieben von der Furcht und der Ungewissheit, welcher Hami sie aussetzte.

Yas schob sich an der Ansammlung vorbei und hielt kurz im Voranschreiten inne. Er kehrte sich zu Koa um. »Bring die Kinder zum Baum der Seelen und wartet dort auf mich«, wies er ihn an und wandte sich ab.

Die Augen wieder auf seine Frau geheftet, drängte er sich weiter durch die tobende Meute, die Hami mit Beleidigungen und Drohungen überschüttete.

Koa richtete den Blick auf die Kinder, wuschelte sich überlegend durch sein fuchsrotes Haar und versuchte, die Fassung wiederzuerlangen, um die ihm aufgetragene Aufgabe zu bewältigen.

»Wer will verstecken im Weißen Wald spielen?«, fragte er unter einem verschwörerischen Lächeln, das halbherzig war und seine haselnussbraunen Augen nicht fand.

Die Sprösslinge freuten sich lautstark und folgten Koa. Mit besorgtem Blick schaute er noch einmal zu seiner Mutter und Yas zurück, bevor er die Kinder in den Wald hineintrieb.

Doch Hami zeigte sich entschlossen, überzeugt von ihrer Entscheidung, die Nafga nicht sterben zulassen. Sie schloss die Lider und blendete das Drumherum aus, während sie ihren Horizont erweiterte, bis sie dem Gedankenchaos aller lauschen konnte und ihre lautlosen Worte die Lichtung einnahmen. »*Bitte! Was habt ihr zu verlieren, wenn ihr mir zuhört?*«

Eine kühle Hand ergriff die ihre und wirkte beruhigend auf sie ein. Sie öffnete ihre Lider und sah dankbar zu ihrem Mann auf.

»Glaubt mir, ich bin ebenso wenig begeistert«, sprach Yas die unterschiedlichen Wesen auf der Lichtung an. »Trotzdem sollten wir uns anhören, was Hamita zu sagen hat. Schließlich haben wir nicht die gleichen Ansichten, wie die Nafga. Das unterscheidet uns von den Feuerwesen.«

Die Menge wurde ruhiger, der Spott verklang. Zurückblieben zustimmendes Nicken und verächtliches Schnauben unter den Anwesenden.

Hami atmete tief durch. »Sie ist eine Nafga«, setzte sie an, »jedoch ist sie ebenso ein Mischwesen, wie viele von euch.«

Das Gesagte wühlte die Wesen auf, verscheuchte die eben gewonnene Ruhe. Ermutigend drückte Yas Hamis Hand und wandte sich dem Geschöpf in Féins Armen zu, um es genauer in Augenschein zu nehmen. Er wollte seiner Frau Glauben schenken, doch seine Stirn legte sich in Eisspalten. Trotz aller Bemühungen sah er nur eine Nafga.

»Féin, kannst du bestätigen, was Hamita uns zugetragen hat?«, durchschnitt Utahs Stimme das Getuschel der Menge.

Zögerlich nickte er und erhob den Kopf, dabei hielt er dem fordernden Blick von Utah stand, die aus der Menge trat. »Ja, dem kann ich zustimmen. Auch ich konnte ihre Worte deutlich in meinem Kopf hören«, offenbarte er.

»Gut«, nachdenklich faltete Utah die Finger zu einem Dreieck zusammen und strich mit den Zeigefingern über ihre schroffe Unterlippe. »Sag uns, was sie gewollt hat.«

Er schluckte und gebrochen flüsterte er: »Sie flehte um Hilfe.«

Gemurmel mit ungläubigem Gewisper ging durch die Reihen. Utah stieß laut Luft aus und kehrte sich mahnend den Umstehenden zu, wodurch das Raunen leiser wurde, jedoch nicht vollends verstummte. Ihr Blick glitt zu Hami, jene sie auffordernd ansah. »Hamita, du hast sie zu uns gebracht, was erwartest du von uns?«

»Ich habe hier ein verwundetes Geschöpf, der unserer Hilfe bedarf und ich erwarte, dass es die gleiche Chance erhält, wie jedes andere Mischwesen auch.«

Utah nickte zustimmend. »Das steht ihr zu. In den nächsten Monden wird sich der Kreis der Fünf zusammenfinden und besprechen, ob sie weiterhin in unserer Obhut verweilen darf. Doch in der Zwischenzeit gewähren wir ihr Schutz und ich setze eines jeden Akzeptanz voraus.« Streng ließ sie den Blick schweifen und sprach weiter: »Du wirst dich um sie kümmern und die Verantwortung für sie und ihr Handeln tragen. Zumindest solange wir nicht beschlossen haben, was mit ihr geschehen soll.«

Hami stimmte zu und flüsterte anschließend in Féins Gedanken: »*Geh und eile dich.*«

Er ruckte die Nafga in seinen Armen zurecht und hastete sogleich an den vielfältigen Wesen Amgas vorbei, deren Meinungen und Wege sich unter Diskussionen teilten, ihm kopfschüttelnd nachsahen und sich tuschelnd ihren eigentlichen Anliegen zuwandten.

Ungeduldig lief Brave vor der Höhle auf und ab, da er darauf wartete, dass Féin mit der Kreatur endlich auftauchen würde.

Vor seinem inneren Auge schwebten die Bilder, die Hami ihn sehen lassen hatte, und es machte ihn schier verrückt, dass er ihr in der fragilen Situation nicht helfen konnte. Falsch, nicht helfen durfte.

Sie hatte ihn zurückgehalten, ihn gebeten, dort auf Féin und Eigin zu warten und alles vorzubereiten, um Féin behilflich zu sein.

Das Knacken der Äste und das Geräusch von aufgewühlter Erde ließen Brave aufhorchen. Er spähte zwischen die dicht an dicht gewachsenen, vom Abendblau belegten Bäume und konnte Féin atmen hören, kurz bevor er rechts von ihm inmitten der Baumschatten auftauchte.

Mit der Kreatur in seinen Armen lehnte Féin sich an die geriffelte Rinde eines Baumes, an dem gut drei Mann Platz gefunden hätten.

Die sie schützenden Zweige und Äste zogen sich in Féin zurück, während Eisschweißtropfen von seiner Stirn perlten und auf ihren Körper schmolzen.

»Ich glaube, sie schafft es nicht«, gab Féin stoßweise von sich.

Sogleich nahm Brave ihm das erschöpfte Wesen ab und hielt mit schnellen Schritten auf die überwucherte Höhle zu. Er schob den Vorhang aus Efeu und Moos beiseite, drückte den regungslosen Körper der Nafga fest an sich und zwängte sich mit ihr durch den Höhleneingang.

Féin folgte ihm und musste unweigerlich husten, als er die in sich geschlossene, rundliche Höhle betrat. In ihrer Mitte knisterte ein Feuer, das die Hitze bereits gut verteilt hatte. Zähe Nebelfäden hingen in der rußigen Höhlenluft und nahmen ihm den Atem. Er japste nach Luft und griff sich an seine Kehle, die bereits unangenehm brannte.

Unter einem tränenden Blick und weiterhin hustend, suchte er seine Umgebung ab. Er betastete die sandige Wand und fand den Vorhang aus Moos und Efeu des Eingangs. Fest umgriff er ihn, während das reine Leben der Natur durch die Poren seiner Haut strömte. Dunkelgrüne Pflanzenranken durchwanderten Féins Körper, zeichneten sich unter seiner Haut ab und durchstießen knackend das Fleisch seiner Wangenknochen.

Er presste fest die Lider aufeinander, als die Enden die Hautschichten durchbrachen und rotes Blut an den Rändern der Fleischwunde hinaustrat. Er beachtete die Blessuren nicht und entspannte sich als sich der Organismus um seine Atemwege verflocht, sich schützend über Nase und Mund legte.

Féin atmete durch und das kratzige Gefühl in der Luftröhre verebbte. Kühl flossen seichte Ströme Sauerstoff über seine Lippen, die er dankend dem Geflecht entnahm.

Er blinzelte in die flirrende Hitze hinein, während der Rauch die Sicht verschleierte und einen beißenden Film in seinen Augen hinterließ.

Angestrengt versuchte er, wahrzunehmen, was Brave vorhatte und erkannte vage, dass der schweigsame Kargonjer Eigin auf einer Trage, gebaut aus Ästen und Zweigen, ablegte.

Brave kehrte sich ihm zu und forderte ihn auf, mit anzupacken.

Féin starrte ihn ungläubig an, denn er fragte sich, ob das Feuer als Scheiterhaufen diente.

Er schüttelte den Kopf, doch Brave zeigte sich energisch und wies Féin erneut an, ihm behilflich zu sein.

Zögerlich trat er an das Gestell heran, nahm die beiden Holzenden in die Hände, genau wie Brave es ihm vortat und gemeinsam hoben sie die Nafga in die brennenden Scheite.

Über sich selbst schockiert, wich Féin zurück. Sein Gesicht zeigte sich unentspannt, als das Gehölz im Flammenmeer knackend entzweibrach. Mit gerunzelter Stirn und gerümpfter Nase wartete er auf Schmerzensschreie und den abartigen Geruch von verbranntem Fleisch.

Eine Winzigkeit hielt Brave vor der lodernden Feuerfrau inne, bevor er sich zu Féin umkehrte und gemäßigten Schrittes auf ihn zu ging. Féins angewiderter Gesichtsausdruck brachte Brave zum Schmunzeln und verständnisvoll drückte er dessen Schulter, ehe er sich links neben ihn an die Höhlenwand lehnte.

Reglos verharrte Féin in seiner Position. Den Blick auf die züngelnden Flammen geheftet, bemerkte er, wie die Kreatur in der Hitze ihren zerfetzten Flügel ausbreitete, anschließend ihre Glieder von sich streckte und ihre Finger in den heißen Gluten vergrub. Zischend inhalierte sie den Rauch, während sich die glasigen Farben ihrer Hülle in ein Flammenmeer wandelten.

Ein Feuerwesen, natürlich, sie ist eine Vulkanländerin, erzählte ihm sein logischer Verstand, zugleich er sich mit dem Handballen gegen die Stirn schlug.

Ein klickendes Geräusch forderte seine Aufmerksamkeit ein. Er rieb sich die Augen, was diese noch mehr reizte.

Trotz der verschleierten Sicht musterte er Eigins Erscheinung, denn der eigentümliche Laut konnte nur von ihr ausgehen. Sein Blick fiel auf die Einkerbungen nahe Eigins Steiß, aus denen sich sechs dolchförmige Krallen aus hartem Obsidian gelöst hatten. An jeweils drei, der waffenähnlichen Körperteile, spannte sich ein dünner Stoff, der ihrer optischen Erscheinung glich und wohl ihre spärliche Kleidung darstellte, die nun über ihre Haut schnellte.

Er konnte das rasante Gleiten des Gewebes kaum mit dem Auge fassen und versuchte zu entdecken, wohin das Gespinst verschwand, bis er unterhalb ihrer Flügel zwei schräg angeordnete, kaum sichtbare Hautschlitze wahrnahm.

Er schüttelte den Kopf und blinzelte stärker, um die Sicht zu klären, doch was er sah, veränderte sich nicht. Stattdessen stellte er fest, dass ihre Bekleidung ein Teil von ihr selbst war. Eine zweite Haut auf ihrer Haut oder jetzt eher unter ihrer Haut.

Fasziniert starrte er sie an, obgleich sich ihr gesamter Körper nun entblößt zeigte.

Als er es bemerkte, schoss ihm verlegene Röte ins Gesicht. Nervös fuhr er sich durch das Haar und schmunzelte ungesehen. Er sah weg und doch wieder unter gesenktem Blick zu ihr auf, als die Krallen sich in die vorgesehenen Hautöffnungen des Rückens mit dem gleichen klickenden Geräusch einklinkten.

Eigins Seufzen klang erleichtert. Sie kuschelte ihr Becken tiefer in die Gluten und ihre freizügigen Regungen brachten Féin zum Räuspern.

»Hast du das gesehen?«, fragte er Brave perplex und wollte ihn anstoßen, ehe er bemerkte, dass der Kargonjer nicht mehr da war. Verwirrt schaute er sich um, ging zum Höhlenausgang und konnte nicht widerstehen, noch einmal zu Eigin zurückzuschauen.

Er kehrte sich ab und während er hinaustrat, vernahm er das flackernde Licht eines Lagerfeuers. An einem Baum lehnte ein reichhaltig gefüllter Korb und in geschwungenen Buchstaben hatte der Wüstenländer: »Sorge dafür, dass das Feuer nicht ausgeht«, in die dunkle Erde des Waldbodens geschrieben.

Kapitel 3

Ein Flüstern schlich sich in die Dunkelheit ihres Unterbewusstseins. »Eigin wach auf«, brach sich die Stimme klirrend in mehrfache Echos und sorgte dafür, dass sie die Augen öffnete. Sie starrte benommen in das schwarze Nichts, während sie eisige Kälte in sich und um sich fühlte. »Ich kann nicht, mir ist so kalt«, verließen die Worte ihre bibbernden Lippen.

»Du kannst, mein Schatz. Du musst. Steh auf.«

Am ganzen Körper zitternd, versuchte sie, gegen die Hilflosigkeit und das Verlangen aufzugeben, anzukämpfen.

Ihre Finger betasteten den glatten Untergrund, auf dem sie lag. Leicht hob sie ihre Hand an, um die blutleeren Fingerspitzen aneinander zu reiben, und bemerkte die Feuchtigkeit auf ihrer Haut.

Sie sammelte sich, stützte sich auf, doch sofort gaben ihre Arme unter der Last ihres Körpers nach. Mit einem Knall schlug sie hart auf der spiegelglatten Fläche auf, wobei der dumpfe Schmerz alles in ihr betäubte. Aufstöhnend verließ sie der warme Atem, der klamm in der Luft hängen blieb.

»Hilf mir!«, rief sie in die Finsternis hinein. Doch nur Stille kam zu der Dunkelheit und Kälte hinzu.

Verwirrt und frustriert zugleich atmete sie hastig. Sie stieß einen markerschütternden Schrei aus, der sich im Echo zehnmal lauter brach und in ihrem Trommelfell schrill gellte. Sofort rollte sie sich wie ein Fötus im Mutterleib zusammen, während sie ihre

Hände auf die Ohren presste und sich ihre Finger in die Kopfhaut gruben.

Die hohen Töne verklangen und noch etwas benommen gab sie ihr Gehör frei. Leise vernahm sie das letzte Schwingen ihres Klagelautes und mit diesem, ein ihr nur allzu bekanntes Knistern.

Wärme kitzelte ihre Füße, umschmeichelte ihre Haut und sie musste unwillkürlich an das Feuer ihrer Heimat denken, musste über die Aufgabe nachdenken, die ihr Vater ihr aufgetragen hatte.

»Finde sie. Finde sie alle und zeige mir, wo sie sich verstecken, zeige mir den Weg. Bedenke, dass du ohne Erfolg nicht zurückkehren kannst. Ohne Erfolg wird dir niemand Respekt und Anerkennung erweisen, und demnach wirst du nicht als vollwertige Nafga akzeptiert. Sei dir bewusst, dass deine wenetreanische Mutter dich verstoßen hat. Sie hat dich auf den Klippen des Samudra zurückgelassen, damit die Wellen des Ozeans dich verschlucken oder du elendig an den Hängen des Meeres verdurstest. Und trotz deiner beschmutzten Seele las ich dich auf und behandelte dich wie unseresgleichen. Jeder andere hätte dich sofort getötet, doch ich wusste, dass du etwas Besonderes bist und für mich von unschätzbarem Wert sein wirst.«

Seine Worte erwärmten ihr Herz. Eigin war dankbar, dass sie an jenem Ort nicht sterben musste und für seine Ehrlichkeit, für sein Vertrauen. Nichts lag ihr ferner, als ihn zu enttäuschen, auch wenn er ihr keinerlei liebevolle Gesten erwies und des Öfteren schlechter mit ihr umging, als mit den restlichen Rekruten. Sie verstand sein Handeln, denn als Herrscher besaß er nicht die Wahl. Schließlich herrschte er über das Volk der Nafga, von Geburt an Krieger ohne Reue, ohne Furcht. Er hütete und beschützte das Leben in den Vulkanlanden und deren Geschöpfe und erlaubte niemals Schwäche. Genau dafür respektierte sie ihn, respektierte die Härte, die sie wachsen ließ.

Sie tauchte wieder aus der Versunkenheit heraus und in die Einsamkeit der Dunkelheit ein. Die Hitze kroch nun um ihre Knöchel und durchzog prickelnd ihre Waden, bis durch ihren ganzen Körper die Wärme strömte und ihrer Muskulatur eine weiche Entspannung verschaffte.

Flammen bildeten sich auf der Oberfläche ihrer Haut, verdrängten die Kälte und verabschiedeten die Schwärze.

Blinzelnd öffnete sie die Augen. Sie fixierte das Treiben des Feuers, während sie einen Moment brauchte, um sich von der Traumwelt zu lösen.

Ich werde mir den nötigen Respekt verschaffen, werde meinem Volk beweisen, dass ich eine würdige Nafga bin, und werde mich damit gleichzeitig für das Versagen meiner erbärmlichen Mutter rächen. Jede Wenetra wird ihr Leben geben und alle anderen sollen noch Monde später um ihre Lieben trauern. Dabei werde ich ihnen zusehen und mich in ihrer Traurigkeit sonnen.

Sie wusste, dass ihre Entschlossenheit ein Versprechen war, ein Versprechen an ihr Volk und vor allem ein Versprechen an sich selbst.

Ihr Blick verschleierte sich und verschwamm mit der mentalen Fähigkeit ihres Unterbewusstseins. Flatternd schlossen sich ihre Lider und leise wisperte sie: »Nag Mahvan, sie haben mich gefunden ... gefunden«, wiederholte sie wieder und wieder.

Kaum vernehmbar hauchte sie die Worte über ihre Lippen, bis sie verklangen und Eigin fließend in einem tiefen, traumlosen Schlaf glitt.

Kleine Fackelstäbe erhellten gedimmt die herrschaftlichen Gemächer. Schatten zeigten sich flackernd auf den Höhlenwänden, tanzten verzerrt und lautlos. Nur ein Umriss bewegte sich mit knirschenden Schritten fort und verschwand in einem länglichen Streifen senkrecht zu dem steinernen Bett.

Nag Mahvan stützte die Hände auf dem harten Rahmen auf und atmete nach Beherrschung ringend tief durch. Er sah zu seiner Gemahlin auf, deren Arme und Flügel mit eisernen Haken an die Wand genagelt waren. Blaues Blut rann in Linien an ihren Arminnenseiten hinab und überstreifte ihre Brüste. Ihr nackter Schoß kuschelte sich in das glühende Lavagestein, das den Inhalt ihres Schlafgemachs ausmachte, während sie ihren Gemahl mit Argwohn betrachtete.

Dieser schabte mit den Krallen am Gesteinsrahmen, bäumte den Rücken auf, ehe er erleichtert Sauerstoff ausstieß.

Erwartungsvoll musterte Ardere ihren Gemahl, dabei fiel ihr auf, dass die lustvollen Flammen in seinen Iriden erloschen waren. Nur das Teersandschwarz blieb zurück.

Sie seufzte frustriert. Es würde ein kurzes Spiel der sehnsüchtigen Qualen werden, denn sie konnte ihn nachdenken sehen.

»Jetzt schweige nicht. Ist sie es? Hat sie Kontakt aufgenommen?«, fragte sie, obwohl sie es nicht wirklich wissen wollte, denn nur der Name seines verdorbenen Kindes widerte Ardere an.

Sein Kiefer spannte. Er hasste die Eigenart, die Eigin bei ihm auslöste, sobald sie in ihn eindrang und fremde Gedanken sein Gehirn vernebelten. Schließlich war es keine Gabe, die sein Samen ihr geschenkt hatte, sondern eine Fähigkeit des Leibes, aus dem sie entstieg.

»Ja«, grollte er, »sie hat die Wenetra gefunden«, und kniete sich auf die Gluten des Bettes auf.

»Nach all den Monden des Wartens bist du nicht zufrieden«, stellte sie fest, zugleich er ihre Waden umfasste und sie ein wenig zu sich heranzog.

Das schmerzliche Brennen in ihren Armen wurde von dem qualvoll süßen Gefühl ihrer reißenden Flügel überdeckt. Sie sog erregt die kohlenmonoxidhaltige Luft ein und leckte sich aufstöhnend über ihre Lippen.

»Solltest du nicht vorfreudig sein?«, fragte sie, doch im Grunde war es ihr vollkommen egal. Sie wollte nur noch mehr Schmerz.

»Es sind Fragmente, ungenaue Bruchstücke, die zu den Arbaro-Wäldern führen«, raunte er, kratzte mit seinen Krallen über die Haut ihrer Schenkel, bevor er sie grob spreizte.

Knackend brach das heiße Gestein unter seiner Last, als er sich ihr näherte. Er packte ihre linke Brust und knetete sie rüde, während seine Lippen den hart aufgerichteten Nippel fanden.

Vom Vorspiel unbeeindruckt sprach sie: »Dann hast du erreicht, was du wolltest. Du weißt, wo der Feind schläft.«

Er sah vom Beißen in ihre Brustwarze zu ihr auf. »Mir reichen die Informationen nicht. Und Eigin wirkt kaum noch lebensfähig.«

Der gesagte Name ließ Wut in ihr aufkeimen. »Das Dreckstück kann meinetwegen im Wald verrecken«, spie sie mit glühenden Pupillen aus.

Schande haftete an ihr, wie Asche und Staub.

Ihr Zorn funkelte ihm entgegen. Doch er blieb ungerührt, drückte und knetete ihre Brust fester, während er sich mit der anderen Hand an der Steinwand abstützte, damit er mit seinem steifen Glied in sie eindringen konnte.

Sie stöhnte nicht einmal, als er ihn herb in sie trieb, seine krallenbesetzte Hand von ihrer Brust abließ, ihr Becken umfasste und sie sogleich hart und wuchtig nahm. Nur ein angedeutetes Lächeln umspielte ihre Lippen, sobald sich die messerscharfen Gesteinsspitzen in ihren Rücken bohrten und ihn blutig ritzten.

»Das ist strategisch unklug«, raunte er, bevor er sie dominierend küsste und erst von ihren Lippen abließ, als sie nach Atem rang.

Sie murrte amüsiert, erwärmt von seiner Härte. »Du brauchst sie nicht. Du bist zu mächtig, um auf Antworten zu warten, die du bereits kennst«, keuchte sie nah seinem Ohr.

Grollend rammte er die scharfen Eckzähne in ihre Schulter. Ihr entwich ein kleiner Aufschrei, während das blaue Blut über ihren Körper floss.

»Keiner sagt mir, was ich zu tun habe. Auch du nicht. Sie ist nichts anderes als eine Quelle«, grollte er, sich das Blut von den

Lippen leckend. Seine großen Hände umschlossen ihre Pobacken, während er keinen Raum zwischen ihnen ließ, um noch tiefer in ihr zu sein.

»Dann nimm dir, was du brauchst«, flehte sie unterschwellig devot, nach mehr bettelnd.

Er küsste sie abermals, während seine Hände hinauf zu ihren Armen wanderten. »Das werde ich«, hauchte er in ihren Mund hinein, umfasste ihre Unterarme und riss das Fleisch von den Haken an der Wand.

Ardere war kurzzeitig atemlos … dann keuchte sie stoßweise mit weitaufgerissenen Augen.

Noch während der Schmerz sie schwindeln ließ, spürte sie das vergnügliche Zucken zwischen ihren Schenkeln. Stöhnend ließ sie den Kopf nach hinten fallen. Flatternd schlossen sich ihre Lider.

Er wartete, bis das Beben verebbte, ehe er ihre Schwingen langsam vom Eisen zerrte. Ihre überreizten Nerven und Muskeln zuckten, brachten ihre Flügel zum Erzittern. Sie schluckte erstickt, während sie den Nachhall genoss.

»Morgen brechen wir auf«, entschied er, als sich ihre Flügel ergeben senkten. Er ließ von ihr ab, ohne sich Befriedigung verschafft zu haben, und stand ebenso schnell vom Bett auf.

Ihre Augen öffneten sich, starrten an die Höhlendecke.

Lange war es her, dass er ihr seinen Erguss schenkte. Doch sie wusste, woran es lag. Sie litt ihm nicht genug, gab ihm keine Furcht, gab ihm nicht mehr das Gefühl schockiert oder verängstigt zu sein.

»Soll alles so geschehen wie vorgesehen?«, fragte sie, die Worte nach oben tragend.

»Ja«, antwortete er ruhig, während er sich in seine Häute hüllte. »Für einige Monde ist das Spiel der Macht das deine.«

Er sah nicht zu ihr zurück, als er sich von ihr fortbewegte. Ihre Mundwinkel zuckten erfreut, in Gedanken versunken. Ihr Blick wanderte hinab, hinter ihm her. »Wo willst du hin?«, rief sie ihm nach, als er das Gemach verließ.

»Zu Vukan. Ich werde ihn mitnehmen«, bestimmte er, ehe er seine flammenden Schwingen öffnete und durch das bläuliche Flackern, die versiegte Fumarole, emporflog.

Ardere nickte zustimmend und zufrieden, denn Vukan war ihr eigen Fleisch und Blut – rein und gewiss der Nachfolge würdig.

Lange hatte sie warten müssen, bis die Monde der wahrhaftigen Kunst des Fliegens für ihren Sohn da waren. Nur zu gerne gab sie ihn für seine Bestimmung frei.

Sie ließ sich in die Gluten ihres Bettes sinken und hauchte: »Flieg, mein kleiner Adler der Nacht ... flieg«, in das ihr vertraute Alleinsein hinein.

Die blauschwarze, sternenklare Nacht versteckte sich hinter der grauen Aschewolke, die mit dem Wind in nordöstlicher Richtung trieb.

Weit breitete sich der Pilz über die Vulkanlande aus und machte es Vukan schwer, seinen Gegenspieler zu erspähen.

Vom Himmelszelt aus, sah er mit seinen schwarzen Iriden und den weißen, sternenförmigen Pupillen durch die dicken Rauchschwaden auf die hügelige Gesteinslandschaft hinab, die er seit jeher seine Heimat nannte. Unter ihm tobte die unruhige See, der Samudra, der weiter als der sichtbare Horizont reichte, indes sich vor ihm des Lebens Ursprung in seiner gesamten Schönheit ausbreitete.

Tonfarbende Hügel, gemischt mit braunbeigen, aufgeschobenen Geröllbergen, wanden sich auf dem dunkelbraunen bis anthrazitfarbenen Gesteinsboden.

Dunstig trat Wasserdampf aus den Schichten des porösen, vulkanischen Granitgesteins, das, getragen von Bakterien und Mineralien, ein buntes Farbenspiel um die Öffnungen der Fumarolen abzeichnete.

Andere Aufschüttungen entließen in einer Säule den schwefelhaltigen Dampf der Austrittsstellen der Solfataren, die von diversen mattgrau blubbernden Schlammtöpfen umgeben waren.

Hier und da verliefen kleine Wasserläufe, die entweder in Kaltgewässern oder in Warmwasserseen endeten, wiederum anderweitige zu heißsiedenden Austrittspunkten, den Mofetten, führten.

In dieser kargen, von Feuer und Eis gezeichneten Landschaft, erhoben sich, in Form von trüben, hellblauen Thermalseen, die intensiven Farbumkreisungen der heißen Quellen, von den Nafga benannt als Augen Amgas. Selbst durch den dichten Rauch und die Dunkelheit der endenden Nacht traten sie Vukan leuchtend entgegen.

Er liebte die Anmut des erwachten Lebens, welches sich vor ihm erstreckte und besah sich gerne das erhabene nächtliche Schauspiel hoch oben am Himmelszelt.

Jedoch vermischten sich alsbald die ersten hellen Blautöne am Firmament mit dem morgendlichen Horizont und er vermochte noch nicht zu sagen, wo sich Aviur versteckte. Sobald die abnehmenden Sicheln der Monde mit der Sonne aufgingen, wäre das Spiel für ihn verloren. Deshalb ließ er sich durch die dicken Schwaden herabsinken, denn nur so übersah er das Gebiet zur Gänze.

In alle Richtungen spritzend, erhob sich in der westlichen Region, der sieben Flügel breite Geysir Yuval, den kleine Nadelhölzer umgaben, die man kaum als Wald bezeichnen konnte.

Mit verkniffenen Lidern beobachtete Vukan die Schattenbilder, die sich auf der kristallinen Fläche zeigten und meinte, eine Bewegung zwischen den Baumgruppierungen und dem Yuval wahrgenommen zu haben.

Er drehte den Speer in seiner Hand, dabei wanderten die Finger für einen besseren Griff ein wenig nach hinten. Die Fontäne des Riesens zog sich in ihr heißes unterirdisches Bad zurück und sogleich erfassten Vukans Augen das trügerische Bild von Aviurs Erscheinung.

Ohne ein Zögern holte er kraftvoll aus und entließ die Stabwaffe schneidend in die staubige Luft.

Ein Donnerschlag, gefolgt von Eruptionsschüben, brachte die Welt unter ihm zum Erzittern und ließ ihn herumfahren.

Das Herz Amgas tobte mit flüssigen Schüben aus Lava an den Klippen der Küste und ergoss sich abkühlend dampfend in die Wellen des Samudra.

Mutter Natur schien über irgendetwas erzürnt, wenn sie den feuerspeienden Vulkan Sumendi sooft zum Explodieren brachte, wie in den letzten drei Monden.

Der Ruß und die feinen Geschosse schleuderten hinaus und verteilten sich auf Vukan, der die Partikel gierig einatmete. Sofort verschmolz das splittrige Gestein mit seinem Körper. Energiegeladen sah er sich nach dem Speer und Aviur um. Tief in der umliegenden Mineralkruste des Yuvals vibrierte der Stab, dennoch fehlte von seinem Gegenspieler jegliche Spur.

Vukan fluchte, denn er ärgerte sich darüber, dass er sich ablenken lassen hatte, von etwas, das sein natürliches Dasein bestimmte.

Zischend rauschte unterhalb des Sumendi, zwischen dem heißspritzenden Yuval und den kochenden Schlammtöpfen, ein Speer aus schwarzem Obsidian direkt auf Aviur zu.

Er wich aus und zuckte merklich zurück, als das Geschoss sein Ohr streifte. Blauglühendes Brennen durchschoss seinen Körper und augenblicklich presste er die Lippen fest aufeinander, um einen Aufschrei zu unterdrücken.

Vorsichtig rieb er sich über sein flügelförmiges Ohr, dabei nahm er kaum Notiz von der Feuchtigkeit, welche seine Finger klebrig benässte. Er duckte sich und flüchtete hinter die aufgetürmten Steine einer dampfenden Solfatare, die in die hügelreiche Landschaft eintauchte.

Kurz besah er die Staubwolke am Himmelszelt, jene mit dicken Rauchschwaden die sternenklare Nacht versteckte. Trotz des verhangenen Moments vermutete er, das Vukan sich am Himmelszelt befand, denn seine Gestalt kam der Sternennacht gleich und auch das Schwadengebilde vermochte ihn nicht zu verraten.

Aufmerksamkeit erheischend donnerte der Vulkan grollend auf und brachte Aviur zum Schwanken. Geröll löste sich von den ihn einsäumenden, vulkanischen Bergen, dem er geschickt auswich. Mit einem kräftigen Satz stieß er sich vom bebenden Untergrund ab. Er öffnete die Schwingen und glitt scheinbar flügelleicht mit vier Flügelschlägen über einen heranpolternden Brocken. Der zwei Nafga hohe Gigant würfelte nur knapp unter Aviurs Füssen hinweg und riss weiteres Gestein mit sich.

Die Eruption des Sumendis verklang wellend, und er wusste nicht genau, ob es Fluch oder Segen bedeutete, das Amga in der heutigen Nacht vor sich hin grollte.

Schon seit einigen Monden schien der Vulkan unruhig zu murren, bis er sich tatsächlich entschied, der Wut Ausdruck zu verleihen. Flammendes Feuer spritzend, erhob sich der Berg ehrfurchtgebietend, wie eine Mauer aus schwarzem, hartem Felsen und rot-orange glühender Lava zwischen der fruchtbaren Erde Amgas und der wellenschlagenden, unendlichen See, dem Samudra.

Sein schwarz-roter Tanz lud zum Spielen ein, jedoch musste Aviur das verlockende Angebot des eindrucksvollen Treibens ausschlagen, denn der von Lava umwobene Vulkan, der in der Ferne thronte, ähnelte nicht annähernd seiner Erscheinung. Ebenso bezweifelte Aviur, dass er ungesehen bis zu ihm vordringen könnte. Deshalb legte er das Ziel bereits zu Beginn der Aufgabe fest und steuerte, die in östlicher Richtung liegenden heißen Quellen an.

Im geduckten schnellen Lauf, die Gesteinshürden überspringend, oder ausweichend, kam Aviur den bunten Seen recht zügig näher. Mit dem kürzer werdenden Abstand baute sich das spektakuläre Leuchten der farbenreichen Gewässer vor ihm auf. Seinem

Bestreben folgend, driftete er weiter nach links ab und blickte direkt auf den in einem schwarzen Halbmond eingefassten See.

Das Basaltgestein trat in einem geschichteten Schutz hinter der Quelle hervor. Wie die Stufen einer Treppe stiegen die Gesteinshänge zum siedenden Wasser hinab.

Weich floss das Gestein in ein tonartiges Braun über, während sich geschwungene weißliche Kalkablagerungen mit dem Mineralgestein vereinigten und den ersten Ring des Naturschauspiels zeigten.

Vor Aviurs sichtbarer Front mischte sich der braunweiße Kreis mit einem ockerfarbenen gelborange, um anschließend in einem magischen blaugrün überzugehen.

Er bremste die Geschwindigkeit mit dem Öffnen der Flügel ab und legte sich bedacht auf die farbverursachenden Mikroben und Bakterien der heißen Quelle. Seine Gestalt verschmolz förmlich mit den Farben des Auges Amgas und brachte ihm den unübertrefflichen Vorteil des Unsichtbarseins.

Vukan flog hektisch hin und her, während er mit weitem Blick die vulkanische Landschaft absuchte. Der Wind wehte in Wirbeln an ihm vorbei und vertrieb das Rauchgebilde aus seinem Sichtfeld. Dennoch fand er keine Spur, die bestimmend auf Aviurs Versteck hindeutete.

Vor Kurzem entdeckte er ihn. Warf einen Speer aus hartem Obsidian nach dem sich bewegenden Schattengebilde, in der Hoffnung Aviur zu stellen. Jedoch hatte die Ablenkung des Sumendis dafür gesorgt, dass er nicht eindeutig sagen konnte, ob Aviur sich jemals in der Nähe des Geysirs Yuval aufgehalten hatte.

Gewiss wollte Vukan ihm nicht ernsthaft schaden, eventuell ein wenig verletzen. Zumindest so, dass Aviur aufgab und er sich als Sieger hervortat. Schließlich sollte sein Vater stolz auf ihn sein und erkennen, dass Vukan ein würdiger Erbe des Thrones sein würde. Er sollte erkennen, dass er die Familienehre und das Kriegsbewusstsein verantwortungsvoll weitertrug. Doch bisher hatte Nag Mahvan sein Augenmerk zumeist auf Eigin gerichtet, weshalb Vukan und alle übrigen Nafga in Unverständnis zurückblieben. Nicht zuletzt, weil Vukan die Ehre gebührte, einst die Nachfolge seines Vaters anzutreten.

Im Stillen gab er zu, dass Eigins Fehlen ihm die erkämpfte Beachtung verschaffte, die Nag Mahvan ihm zuvor verwehrte. Er leugnete nicht, dass ihn die ungeteilte Aufmerksamkeit schmeichelte und mittlerweile prägte sich das Können so weit aus, dass er die Präsenz seines Vaters spürte, ohne ihn zu sehen. Auch jetzt verriet ihm eine Vorahnung dessen Anwesenheit.

Er sollte recht behalten.

Nag Mahvan saß in den Gluten der Lava des Sumendis, die zähflüssig über seine Haut rollte, während er seinen Zögling genau beobachtete und mit ihm dessen Fehler.

Er erhob sich aus der Lavamasse und schüttelte das angetrocknete Lavagestein ab. Mit kräftigen Schlägen flog er zum rauchdurchsetzten Himmelszelt hinauf und rief in die vergehende Dunkelheit hinein: »Vukan, ihr könnt diese Schmach beenden. Ich schäme mich für dich. Durch deine Unachtsamkeit hättest du verloren. Arbeite am Verständnis für deine Umgebung und deinem Gegenüber.«

Durch den Wind getragen, kamen die Worte gebrochen und leise grollend bei Vukan an, dessen Schultern sogleich sanken. Er verspürte Schande, denn er hatte versagt.

Nag Mahvan wartete nicht auf eine Antwort, flog eine Schleife und glitt als dunkler Schatten der Nacht über die hügelige Landschaft, bis er sich durch eine stille Fumarole in das unterirdische Höhlenlabyrinth hinabgleiten ließ.

Wenn Vukans Flügel ihn nicht am Himmel gehalten hätten, wäre er am liebsten vor Scham in einem Schlammtopf versunken. Er seufzte und suchte die Vulkanlandschaft nach seinem Konkurrenten ab, der sich am Basaltgestein der heißen Quelle zu erkennen gab.

Fassungslos über das offensichtliche Versteck seines Gegners sank die Selbstachtung ins Bodenlose.

Wie konnte er den See nicht in Betracht ziehen? Schließlich glichen die Farben der Mineralien und Mikroben Aviur von den Fußspitzen bis hin zu den Flügelenden.

Langsam flog er auf die heiße Wasseroberfläche zu und landete lautlos neben seinen Freund, dessen Unterschenkel bereits im Wasser baumelten. Er hockte sich hin, während er einige vom Sand geschliffene Steine auflas.

»Du hättest mich fast mit dem Speer erwischt«, versuchte Aviur ihn aufzumuntern.

Vukan lächelte ihn traurig an. »Ja, aber auch nur fast. Vater behält recht. Ich habe meine Umgebung schlecht eingeschätzt und war nicht achtsam genug.«

Sie schwiegen einen Augenblick und betrachteten den leuchtenden Schimmer der ruhigen Quelle.

»Eigin ist über einen halben Mondlauf fort und es scheint mir, als ob ich nie ihre Stellung bei meinem Vater einnehmen werde.« Vukans Blick streifte die Sichel der wandernden Monde, die gemächlich mit den ersten Strahlen der Sonne am Horizont aufgingen.

Aviur hob eine Braue und konnte darüber nur den Kopf schütteln. »Glaubst du wirklich, dass er Eigin bevorzugt behandelte? Ich denke es nicht. Ich habe mitbekommen, wie er ihr viel mehr abverlangte und sie sich, um seine Gunst zu gewinnen, reichlich quälte.«

Vukan blickte auf seine Handinnenfläche, in der er die flachen Steine auf und ab hüpfen ließ. Er nahm ein schwarz glänzendes Exemplar zwischen Zeigefinger und Daumen und flitschte es über die Wasseroberfläche. Er setzte die anderen hinterher, die Ringe aus mehrfachen kleinen Wellen auf der stillen Oberfläche des Sees hinterließen.

»Genau, das ist es ja. Mein Vater ist nicht der Barmherzige. Er wollte, dass sie sich durchbeißt. Das sie stärker wird, gerissener. Nur wozu?« Vukans Gesicht zeigte sich verärgert.

Missbilligend betrachtete Aviur seine Miene. »Weil sie anders ist. Hast du nicht gemerkt, wie sie sich in deinen Kopf eingeschlichen hat?«

»Natürlich habe ich das. Des Öfteren vernahm ich ihre Gegenwart im Geist. Doch hätte ich nie ihre Herkunft infrage gestellt«, erwiderte er.

Wenn er ehrlich mit sich selbst war, mochte er ihre befremdliche Gabe sogar ein wenig. Zumindest solange sie Kinder waren.

»Du klingst unglaubwürdig, Vukan. Genauso wie dein Vater. Schließlich zog er sie als sein Mündel auf und muss von ihrer zweiten Wesensnatur gewusst haben. Nichts bleibt deinem Vater verborgen.«

Ein Schatten legte sich über Vukans Züge. »Wenn dem so wäre, hätte er das Reinheitsgebot missachtet und Gnade über den Nafga walten lassen, der sich mit einer andersartigen Kreatur vermischte. Solche Zugeständnisse sprechen nicht für meinen Vater. Das ist absurd!«, sprach er den letzten Satz überzeugt aus.

Aviurs Stirn kräuselte sich. »Demnach hat sie ihm die wenetreanische Fähigkeit verschwiegen?« Aviur gab einen abfälligen Laut von sich. »Das glaubst du doch selbst nicht. Wie hätte sie das gekonnt? Mir stellt sich eher die Frage, ob er den Samen nicht selbst gepflanzt hat. Und ob …«

»Das ist Blasphemie. Du solltest vorsichtig sein, was du sagst und mit wem du darüber sprichst«, knurrte Vukan zornig mit geballter Faust.

»Ist dem so? Ich dachte, ich teile meine Gedanken mit einem Freund und nicht mit des Herrschers Sohn.« Aviur seufzte. »Derartige Gerüchte sind jedenfalls im Umlauf und auch, wenn es so sei, ist mir gleich, aus welchen Lenden Eigin stammt. Ich mochte sie. Sie war ein Freund und als jenen werde ich sie in Erinnerung behalten und das solltest du auch.« Aviur erhob sich, derweil er sich auf Vukans Schulter aufstützte.

»Tatsächlich?«, bemerkte Vukan noch immer verletzt an, sah zu seinem Freund auf und musterte dessen Gesichtszüge akribisch. »War sie nicht ein wenig mehr für dich?«, vollendete er die Frage.

Auf Aviurs Gesicht zeichnete sich ein von Trauer überspielter Moment ab. »Das war sie, aber nicht, wie du es denkst.« Er sah bedauernd auf Vukan hinab und klopfte ihn verabschiedend auf die Schulter.

Mit gesenktem Blick entfernte er sich von seinem Freund, ehe er mit kräftigen Flügelschlägen in den blaugoldenen Schein des Morgenhimmels verschwand.

Schuldbewusst verharrte Vukan vor dem See, während er in das grelle Licht der Sonne starrte. Er brütete über die Worte, die Aviur ihm zutrug, bedachte Eigin und das Verhalten seines Vaters mit verwirrten Gefühlen.

Eigin war seine Schwester und ein Freund in jeder Hinsicht, und doch war sie nicht da und würde es nie mehr sein.

Überfordert massierte er die Kopfhaut, wobei der Verstand nach Antworten suchte.

Die Wahrheit in Aviurs Worten ließ ihn zweifeln und dennoch blieb ihm keine Wahl, als die Hoffnung in die Hände seines Vaters zu legen. Es zählte allein, seinen Vater stolz zu machen. Ihm und der Blutlinie Ehre zu erweisen. Denn gewiss war er der älteste Spross der Familie, der durch das Abdanken seines Vaters eines Mondes die Herrschaft über die Vulkanlande übernahm.

Kapitel 4

Die ersten Strahlen der goldenen Morgensonne kitzelten Féins Haut. Das helle Licht traf auf seine Augenlider und gab ein angeschienenes Grün an die Linsen frei. Geblendet kniff er die Augen zusammen, gähnte herzhaft und streckte die Glieder von sich.

Bereits die dritte Nacht hatte er damit verbracht, das Feuer in der Höhle nicht ausgehen zu lassen, weshalb Müdigkeit an seinem Körper zerrte. Dennoch war es ihm vergönnt, ein wenig Schlaf zu finden. Er war erleichtert, dass ihn keine Träume in der kurzen Ruhezeit ereilten. Solche Träume, die einen aus dem Schlaf rissen und schweißgebadet hochschrecken ließen.

Er rappelte sich auf, rieb sich über das schlaftrunkene Gesicht und atmete stöhnend aus. Mitgenommen schleppte er sich zum Fluss. Gestein unterschiedlicher Art zierte dessen Bett, weshalb sich der Verlauf der Strömungen im wilden Wellenspiel darbot.

Abermals rieb er mit Daumen und Zeigefinger über die Augen und hockte sich ans Flussufer. Mit müden Gedanken ließ er die Lider sinken, bevor er sich an einem ufernden, moosbewachsenen Baum abstützte, um vom kühlen Wasser zu trinken. Er schöpfte mehrmals nach, ehe das kratzige Gefühl in der Kehle verebbte und beobachtete im Augenwinkel zwei Lewedesandes, die an einem Stein im wirbelnden Wasserlauf ihre gallertartigen Gestalten treiben ließen.

Mit dem Unterarm wischte er sich die Feuchtigkeit von Mund und Kinn, während er die beiden Wasserfrauen miteinander tuscheln sah. Sie warfen ihm verstohlene Blicke zu, bevor sie ihn kichernd mit Wasser bespritzten. Unwillkürlich zuckte er zurück, als ihn die feuchten Perlen trafen.

»Lasst das«, grummelte er, wusch sich mit verkniffenen Lidern das Gesicht und strich sich die nassen Hände an seinen nackten Oberschenkeln ab.

Einen empörten Laut gaben die Lewedesandes von sich, während sie sich umwandten und eine wegwerfende Geste mit der Hand machten, durch jene er erneut ein paar Tropfen abbekam.

Genervt zog er eine Braue hoch und wollte gerade etwas erwidern, als das Rascheln der am Ufer gelegenen Sträucher ihn aufhorchen ließ. Er warf seinen Kopf rum, doch noch bevor er reagieren konnte, sprang Koa brüllend aus dem Gestrüpp heraus.

Féin schreckte zurück, taumelte durch die Wucht des Zusammenstoßes, und fiel mitsamt seinem Freund klatschend in das hüfttiefe Wasser, das in alle Richtungen spritzte.

Die Frauen brachen in Gelächter aus, das in Féins Ohren schallte, als er hastig auftauchte. Er japste nach Luft, atmete durch die Wasserströme hindurch und drehte sich suchend zu allen Seiten um. Wassertropfen flogen ringsherum durch die Luft und brachen sich in den warmen Strahlen der Sonne.

Unter rasendem Herzen entdeckte er Koa, der sich bereits ans Ufer schleppte und sich dabei lachend den Bauch hielt.

Féin fuhr sich mit der Hand durch sein nasses Haar, das an den Spitzen sogleich gefror und ging wütend an Koa vorbei.

»Oha«, Koa sah ihm schelmisch grinsend nach, »du bist wohl nicht zu Späßen aufgelegt«, stellte er fest, schaute zum Flusslauf zurück und zwinkerte den beiden Frauen zu.

Kichernd, unter erweissten Wangen, schnipsten sie Koa herzförmige Tropfen zu, bevor sie in die seidigen Wogen der Flussströmung abtauchten.

»Nur wenn es angebracht ist«, erwiderte Féin.

Koa rollte mit den Augen und stichelte: »Also nach deiner Ansicht nie?«

»Zumindest nicht, wenn ich eine Nafga Tochter bewachen muss, die jeden Moment aufwachen könnte, um mir ihre Krallen in den Rücken zu treiben.«

Koa rieb sich über den Nacken. »Oh …, ach ja, da war ja was«, meinte er und grinste. »Wie macht sich unser Besuch denn so? Benimmt sie sich wie ein Gast?«, fragte er, während er sich triefendnass und sandig vom Ufer erhob.

»Sie schläft sich unter brennenden Scheiten aus«, äußerte Féin, während er einige Äste und Zweige vom Waldboden aufsammelte.

Koa schüttelte sich und versuchte, die feuchte Erde von seiner distelgrünen Haut abzuklopfen. Er hielt inne, sah an sich hinab und war darüber verdutzt, dass sein athletischer Körper weiterhin unbeeindruckt den Teppich aus Sand trug. Ein Gemisch aus Wassertropfen und Sandkörnern durchflog die Luft, dennoch verweilten immer noch einige Partikel an ihm und der aus Ranken verflochtenen Kleidung, die seine heiß geliebten Körperstellen bedeckten.

Nicht wissend, wie er es anstellen sollte, den restlichen Matsch zu entfernen, schaute er auf das Efeugewand hinab, das tröpfelnd die Blätter hängenließ.

Féin rieb sich die Stirn und musterte Koa ungläubig. »Kannst du dir nicht einfach etwas anderes anziehen? Ohne deine Frau bist du echt aufgeschmissen«, behauptete er und entlockte Koa ein Schmunzeln.

Dieser streifte sich das nasse Geflecht vom Körper, drehte Féin die Kehrseite zu und spielte mit den Muskeln seines nackten Hinterns, den rechterseits ein einzelnes Efeublatt zierte.

»Igitt, lass das.« Féin schob seine Hand über die Augen und verzog angewidert das Gesicht. »Jetzt habe ich Mitleid mit Sahira.«

Koas Schmunzeln wurde breiter, während er frische Efeuranken aus den Seitenlinien seiner Hüfte sprießen ließ. »Du wirst schon sehen. Eines Mondes wird sie erkennen, was für ein scharfer Mann ich bin und dann …« Er schaute über seine Schulter hinweg, wackelte mit den Brauen und warf neckisch ein paar Küsse in die Luft.

Kopfschüttelnd rückte Féin die aufgetürmten Äste und Zweige unter der Armbeuge zurecht, bevor er sich auf den Weg zum Höhleneingang begab.

»Warte auf mich!«, rief Koa ihm nach, drehte sich flink und hastete hinter seinem Freund her.

Féin blieb vor dem Eingang stehen und ordnete das Gehölz abermals. »Nein, du bleibst hier. Für deine Späße ist in der Höhle keinen Platz.« Er ließ Koa stehen und quetschte sich mit dem Brennholz durch den schmalen Eingang.

Doch Koa ignorierte die Anweisung, folgte ihm und prustete los, als dicke Rauchschwaden seine Lunge erreichten. Féin hatte sich wohlweislich einen Schutz aus Pflanzen über die äußeren Atemwege gelegt und stieß Koa an, es ihm gleichzutun. Der zischte leidvoll, als die Ranken die Hautschichten durchstießen, und atmete erleichtert durch, da der Schutz die gereizte Luftröhre entspannte.

Eigin hatte sich mittlerweile gedreht und glühte in ihrer Nacktheit, wie das glimmende Holz in den Flammen. Koa betrachtete sie blinzelnd und stellte fasziniert fest, dass eine Nafga schön war. Auf eine skurrile Art sogar einzigartig schön. Zudem musste er zugeben, dass er sie um ihre Flügel beneidete, die so groß waren, dass sie sich hätte damit einwickeln können. Fünf Knochenstreben durchzogen die Häute und führten in unterschiedlichen Längen zu den tragenden Schwingenbögen, an deren Hautendungen je eine schwarze, scharfe Kralle glänzte.

Ihm fiel auf, dass ihr Ohr die Form ihres Flügels widerspiegelte und dass ihre Haut im flackerhaften Licht glatt und geschmeidig glänzte. Ihr Haupt war haarlos, was ihrem interessanten Äußeren keinen Abbruch tat, ganz im Gegenteil. Schließlich hatte sie ein filigranes Gesicht, während ihre Augen den Großteil ihres Antlitzes einnehmen mussten, denn ihre Lider waren auffällig groß.

Sie besaß feinfaserige, dichte Brauen und lange Wimpern, die optisch Haarfasern ähnelten und dennoch aus einem stabileren Material bestehen mussten. Ihre Nase war klein, feingliedrig, und die Lippen besaßen eine angenehme Fülle. Leichte Muskeln zeichneten sich um ihren Kiefer und die hohen Wangenknochen ab, doch blieb ihr Gesicht schlank und endete in einem rundlichen Kinn.

Koa mutmaßte, dass sie nicht besonders groß war. Na ja, das war er auch nicht, aber im Gegensatz zu ihm war sie zierlich, wenngleich definierte Muskeln am gesamten Körper ersichtlich waren.

Er vermochte nicht genau zu sagen, in welches Farbenspiel sie getaucht war, denn sie glühte und brannte, wie die Feuerzungen selbst.

Anerkennend sah er Féin an. »Ich verstehe. Du hattest aufreibende Nächte. Und wer nachts nicht zum Schlafen kommt«, Koa machte eine aussagekräftige Pause, »… ist am Morgen erschöpft.«

Féin überging die überflüssige Bemerkung, während er vorsichtig das Holz zwischen die glühende Asche schob.

»Gibt es einen Grund, warum du mich morgens schon nervst?«, fragte Féin, ehe er sich nach getaner Arbeit erhob und die Höhle wieder verließ.

»Ja«, antwortete Koa und folgte ihm. »Du sollst an der Versammlung des Kreises der Fünf teilnehmen und ihnen Bericht erstatten.«

Féin nickte. »Wann soll das Treffen stattfinden?«, fragte er und klopfte sich unterm freien Himmel den Ruß von der Haut, während die Ranken sich zurückzogen und sein Gesicht freigaben.

Koa schritt etwas geduckt unter dem Mantel aus Efeu und Moos hervor. »Streng genommen gleich, oder eher vorhin, denke ich.«

Féin entglitten die Züge. Er schaute Koa böse an und suchte umgehend die Essensreste zusammen. Hastig warf er sie in den Weidenkorb und schickte Hami eine mentale Nachricht, dass er unterwegs sei.

»Was ist mit der Feuerfrau?«, fragte er Koa, »sollte nicht einer kommen, um auf sie aufzupassen?«

»Wieso?«, fragte er und biss herzhaft in einen Apfel, den er sich zuvor aus Féins Korb gemopst hatte, »der ist doch schon da.«

Zweifelnd blickte Féin drein. »Das kann unmöglich deren Ernst sein.«

»Leider hast du keine Zeit, den Fehler, der deines Erachtens gemacht wurde, zu korrigieren.« Koa pulte sich ein Stück der Frucht aus den Zähnen. »Mach dir keine Sorgen, ich kümmere mich um deine Kleine.« Und da war es, dieses Zwinkern, das nichts Gutes verhieß.

Féin hatte keine Wahl, würde dennoch umgehend darum bitten, dass jemand Koas Aufgabe übernahm. Er hoffte, dass Eigin nicht in dem Augenblick erwachte, in dem Koa mit ihr allein war. Die Vorstellung, wie verstörend dieser auf sie wirken musste, ließ ihn schmunzeln. Sie wäre ohnehin chancenlos, denn sicher würde sein Freund sie niederreden.

Er schnappte sich den Korb und verschwand wendig zwischen den dicht aneinander stehenden Bäumen.

Koa verzehrte genüsslich und schmatzend den kompletten Apfel, warf den Stiel in die Überreste der Feuerstelle, und entschied, ihrem Gast einen weiteren Besuch abzustatten.

Kapitel 5

Der Kreis der Fünf wartete bereits auf Féin, als er gehetzt bei der kleinen Gruppe ankam.

Rötungen zeichneten sich auf seinen Wangen ab, teils durch die Eile und teils wegen seines schlechten Gewissens, da er zu spät eintraf.

Er reichte Saheel zum Gruß den Arm, umfasste dessen Unterarm und legte die Hand um Saheels Armbeuge.

Dieser tat es ihm gleich und sagte mit fester Stimme und direktem Blick: »Ich grüße dich Féin, Sohn von Lehed und Yella, Krieger des Waldes und des Eises.«

Daraufhin antwortete Féin: »Ich grüße dich Saheel, Vertreter der Kargon, Mann der Wüste und des Sandes.«

Die Begrüßungszeremonie wiederholte sich zwischen den Anwesenden und sollte demjenigen Respekt erweisen. So begrüßte er noch Utah, eine Warkrowes, eine Frau der Berge und Steine. Yas, einen Eskimer, ein Mann des Eises und der Kälte. Hamita, eine Wenetra, eine Frau des Waldes, des Lebens. Und zuletzt Mirja, eine Lewedesandes, eine Frau der Flüsse, Seen und Meere, vor der er respektvoll den Kopf senkte, da diese sich im Fluss treiben ließ.

Alle setzten sich an das Flussufer des Laikül. Ein Ausläufer des Flusses Innes, der teilweise vom Arbaro-Wald und vom Inyan-Gebirge eingefasst wurde. Nur Mirja lag senkrecht im Flussbett und stützte ihr Kinn auf die Handballen auf, während sich ihre Unterarme in die feuchte Erde des Ufers gruben.

In einiger Entfernung hatte sich auch Brave dazu gesellt, dem Féin mit einer kurzen Geste Achtung erwies und diese wie selbstverständlich zurückerhielt.

Man hätte meinen können, die Atmosphäre wäre unbekümmert, wenn das Zusammentreffen der Fünf nicht von folgenschwerer Bedeutung wäre.

Féin wandte sich an die Anwesenden: »Verzeiht meine Verspätung«, dabei fuhr er sich durch sein volles Haar, weshalb die kristallweißen Spitzen aneinander klirrten.

Anerkennendes Nicken kam vereinzelnd aus der Runde.

»Mach dir keine Gedanken. Wir wollten ohnehin warten, bis die Lichtung sich geleert hat. Zudem habe ich mir gedacht, dass Koa etwas Zeit braucht, um dir die Nachricht zu überbringen.« Hami lächelte ihn verständnisvoll an.

Féin reagierte prompt. »Ich verstehe nicht, warum du ihm die nächste Schicht zugeteilt hast«, meinte er, während er mit gerunzelter Stirn den Blick fest auf den Boden heftete und mit einem Zweig gedankenlose Striche in die feuchte Erde kratzte.

Hami streichelte sanftmütig seinen Oberarm und wohlweislich antwortete sie ihm: »Habe Vertrauen in deinen Freund, Féin. Denn trotz seiner verspielten Art ist er sehr wohl in der Lage, auf sich aufzupassen.«

In der Haltung verharrend, betrachtete er die Malerei, wobei ihm nur ein nachdenkliches: »Wie du meinst«, über die Lippen floss.

Kurzzeitig herrschte Stille, bis Utah sich räusperte und die Aufmerksamkeit aller einholte. »Zunächst muss ich euch mitteilen, dass Verndari von uns gegangen ist.«

Ehrliche Trauer spiegelte sich in den Gesichtern wider.

Utah wandte sich von ihren Freunden ab und strich sich eine Strähne des kurzen, jungenhaft wirkenden, schwarzgrauen Haares hinter ihr schneebedecktes Ohr. Verndari war ein Mann des Gebirges und einer der letzten Urältesten, die sich an der Entstehung der Zufluchtsorte beteiligten.

»Wir werden seiner vor dem Abendessen gedenken«, befand Mirja, während sie Utahs trauernden Blick auffing und sie tröstend aus ihren korallenvioletten Iriden anschaute.

Utah bedankte sich für das Mitgefühl mit einer nickenden Geste und war zugleich über die empathische Ernsthaftigkeit überrascht.

Mirja war, wie alle Lewedes, von einer lebendigen Aura umgeben, die dem Erwachen des Frühlings gleichkam. Ihre Erscheinung war von frischer, milchig-weißer, teils durchscheinender Natur. Dennoch war ihre Gestalt greifbar und hatte eine gallertartige Konsistenz, die sich bei Berührungen wölbte, je nachdem, wie viel Wasser ihr Korpus in sich trug. Rotviolette Fäden verästelten sich kaum sichtbar durch ihren gesamten Körper. Geschwungen lag silbriges Haar auf ihren Schultern, deren flüssige Wellen sich in einer schäumenden Gischt spritzend an den Haarspitzen brachen. Sie hatte etwas Erhabenes, war von lebendiger Schönheit und in diesem Moment, doch so umsichtig.

Mit ruhiger Stimme unterbrach Yas den andächtigen Moment. »Weißt du, wer sein Nachfolger sein wird?«

»Nicht genau«, antwortete Utah wahrheitsgemäß, »denn wir haben zwei Älteste im selben Mondkreislauf. Ich denke, es wird zu einer Abstimmung innerhalb des Gebirgsvolkes zwischen Bohoja und Soturi kommen.«

»Dann wollen wir hoffen, dass sich das Volk für Bohoja entscheidet. Schließlich ist er darauf bedacht, Recht zu sprechen und nicht aus dem Impuls heraus zu handeln«, äußerte sich Yas und alle, außer Saheel, raunten zustimmend.

Es war kein Geheimnis das Saheel Soturi für einen guten Mann und Krieger hielt, der sich durchzusetzen vermochte und durchaus Führungsqualitäten aufwies. Ganz gleich, wie erbarmungslos und kriegsführend er handeln mochte.

Féin legte den Zweig schräg über die Malerei und begann, sich sogleich ungeduldig die Knie zu massieren, derweil Brave still der Gruppe zuhörte und sich weiterhin abseits hielt.

Utah fuhr fort, da Féins Nervosität ihr nicht verborgen blieb. »Nun gut. Kommen wir zum eigentlichen Thema dieses Treffens. Wir haben ein weiteres Mischwesen aufgenommen. Ihr Name ist Eigin, soweit mir bekannt.«

Hami nickte ihr bestätigend zu.

»Nun, wie wir wissen, handelt es sich hierbei um eine Tochter des Volkes Nafga. Bitte erzählt uns, wie es zu dieser Begebenheit gekommen ist«, dabei schaute sie Hami und Féin auffordernd an.

Hami befand, dass Féin das Erlebte vortragen sollte. Demnach berichtete er von dem Schemen am Himmelszelt, davon, dass die Nafga abstürzte und dass er sie bewusstlos, dennoch am Leben, auflas. Er beschrieb, wie Eigin sich in seinen Kopf eingeschlichen hatte und ihn um Hilfe bat.

Gespannt hörte der Kreis zu.

»Leider musste ich feststellen, dass weder ich noch Koa in der Lage waren, euch zu warnen. Ich denke, wir müssen die mentalen Kräfte stärker trainieren, damit so etwas nicht wieder vorkommen kann«, merkte er an.

»Daran werden wir auf jeden Fall arbeiten«, griff Hami das Gesagte auf. »Allerdings dürft ihr mit den Trainingseinheiten nicht so belanglos umgehen. Ich weiß, dass es schwer ist, sich in den Ernstfall hineinzuversetzen. Trotzdem erwarte ich, dass ihr alles von euch abverlangt.«

Verwirrt runzelte er die Stirn und wusste nicht, wie er auf Hamis Aussage reagieren sollte. Er nahm sich vor, das Thema in einem stillen Moment abermals aufzugreifen, denn die Gefühle, die ihn überrannten und zugleich die Vergangenheit in die Gegenwart zurückholten, hielten ihn vom Handeln fern. Anschließend band Hami die Anwesenden in das Geschehen aus ihrer Sicht mit ein.

»Die Frage stellt sich, ob sie aufgrund ihrer Hybridität geflohen ist oder ob ihre Ankunft jemandem Bestimmten dienlich sein soll«, gab Utah ihre Überlegungen kinnreibend frei.

»Ich glaube nicht, dass sie unbegründet hier aufgetaucht ist«, äußerte sich Hami besonnen. »Schließlich konnte sie mental mit uns in Kontakt treten und dafür bedarf es Reife, Zeit und Übung.«

»Da pflichte ich dir bei. Zudem stellt sie eine optische Täuschung dar, weshalb niemand augenscheinlich darauf kommen würde, dass sie ein Mischwesen ist.«

»Doch bedenkt«, mischte sich Saheel ein, »es besteht die Möglichkeit, dass wir uns irren. Denn wenn sie eine einfache Abtrünnige ist, schweben wir in großer Gefahr.«

»Warum so misstrauisch, Saheel?«, entgegnete ihm Utah, legte beschwichtigend ihre Hände auf seine Schultern und drückte sie beherzt, ehe sie sich wieder allen zuwandte. »Letztendlich ist sie eine Nafga-Wenetra-Hybride und wir wissen, dass es undenkbar ist, dass ein weiteres Wesen dieser Art geboren wurde.«

Saheel nickte und dennoch merkte man ihm die Sorge an.

»Dazu kommt, dass das Kollektiv des Waldes mehr Waldspäher als üblich erwachen lässt«, gab Mirja zu bedenken, während sie sich gemächlich in den Flusslauf schob und ihre Arme im Wasser tränkte.

Bewusstes Raunen stimmte ein. »Gab es einen erneuten Vorfall?«, fragte Yas besorgt.

»Ja. Bei Sonnenaufgang erhielt Briem die Bürde. Er hat sich bereits vollständig verpuppt und befindet sich im metamorphischen Schlaf. Die feinen Fasern des Kokons haben die graubraune Färbung und rissige Beschaffenheit der Rinde des Baumes angenommen.«

Hami seufzte und stellte fest: »Somit sind es schon dreiundzwanzig Wenetra in sieben Monden, die sich gewandelt haben. Die längst vorhandenen Waldspäher hier, wie auch im Blutwald, ausgenommen.«

»Briem eingeschlossen«, vollendete Mirja Hamis sorgenvolle Überlegung. »Wir sollten Eigin nach ihrem Anliegen befragen, sobald sie erwacht«, befand die Wasserfrau. »Vielleicht erfahren wir dadurch mehr, denn momentan bleibt uns nur die Spekulation«, beurteilte sie die Situation.

»Ihr wisst, dass es kein gutes Zeichen ist, wenn der Wald eine Vielzahl an Beschützern bereitstellt«, kam Saheels Stimme streng und wissend hervor. »Außerdem können wir nicht davon ausgehen, dass sie die Wahrheit spricht.«

»Mag sein. Doch wenn es die Wahrheit ist, könnte sie der Schlüssel zum Frieden sein. Für ein Leben ohne Angst.« Utah bewegte den Schimmer der Hoffnung.

Stille Nachdenklichkeit wehte um die Versammlung des Kreises der Fünf. Jeder für sich musste sich darüber klar werden, was ihnen für ihre Völker am besten erschien. Ebenso wussten sie, es verblieb vorerst keine anderweitige Wahl, als abzuwarten.

Saheel runzelte die Stirn. »Nun gut, lasst uns warten, bis sie erwacht, dennoch werden wir eine Entscheidung treffen müssen, eine Entscheidung, die nicht nur uns allein betrifft.« Ernst blickte er Hami an.

»Dessen bin ich mir bewusst, Saheel«, entgegnete sie ihm standfest. Sie spürte, dass Brave neben sie gerückt war und ohne den Augenkontakt zu Saheel zu unterbinden, richteten sich ihre Worte an Féin. »Du kannst gehen. Wir haben keine zusätzlichen Fragen an dich. Aber vergiss nicht … alles was im Kreis der Fünf besprochen wird, bleibt im Kreis der Fünf.«

Féin nickte still, bevor er sich erhob.

Schneidend stand die Anspannung in der Luft, ehe Utah Saheels verkrampfte Finger in ihre Hände nahm und eindringlich seinen Blick suchte.

Saheel wandte sich Utah zu und doch blieb ihm nicht verborgen, wie Brave die Faust aus der Ballung entließ.

»Wir werden Boten aussenden, um die Kunde von Eigins Ankunft weiterzutragen. Die Lande müssen gewarnt und in Kenntnis gesetzt werden«, versuchte Utah, die Situation zu beruhigen.

»Ich werde mein Volk persönlich unterrichten.« Saheel sah mit gesenktem Blick zu Utah auf. »Mich begleiten nur die Halbwüchsigen und die Erwachsenen. Die Kinder sind bereits auf den Weg nach Lawan Basted. Demnach sind wir ebenso schnell in den Wüstenlanden, wie jeder Läufer.«

Utah nickte zustimmend, bevor sie Yas fragend ansah.

»Ich habe die Kleinen bei mir. Wir sollten einen Eisländer der ersten Gruppe damit beauftragen, die Neuigkeiten zu überbringen. Somit wäre der Bote unter dem Geleit der anderen geschützt.«

»Gut, das klingt sinnvoll. Weitere Vorgehensweisen werden entschieden, wenn wir mit Eigin gesprochen haben, aber jetzt sollten wir uns dem übrigen Tagesgeschehen zuwenden«, sprach Utah bestimmend und schaute in die ihr beipflichtenden Gesichter.

Noch bevor sie sich den übrigen Geschehnissen widmeten, hatte sich Féin von der Versammlung entfernt. Weder wollte er an der Diskussion beteiligt sein noch seine Meinung dazu kundtun. Also nahm er die Unklarheit mit sich und verschwand, mit dem Durcheinander in ihm, über die Lichtung, in den Wald hinein.

Hami sah Féin nach, als man die Tagesordnungen bereits wieder aufnahm.

Sie berührte mit dem Zeigefinger die Linien seiner Zeichnung, um anschließend die Gestalt, die in Flammen lag, mit ihrem Handballen fortzuwischen.

Kapitel 6

Schweißperlen benetzten Briems Haut, zugleich er stumm die Schmerzen in seine Träumerei hineinschrie.

Das Gefühl des Erstickens schnürte ihm die Kehle zu und die Hitze gepaart mit der Enge brachten seinen Verstand an die Klippe zwischen Wahnvorstellungen und Schwachsinn.

Tausend Geräusche durchflossen seine Gedanken, viel zu viele, um Herr über sie zu werden.

Dennoch schlug sein Herz ruhig und gleichmäßig, inmitten des Durcheinanders in und um ihn herum.

Dunkel erinnerte er sich an sein Leben, an seine Familie. Daran, dass er verliebt war, dass er Sahira küssen wollte und sie ihn abgewiesen hatte. Wohl nicht ohne Grund, wie er jetzt erkannte. Denn er wusste, warum er gefangen war.

Seicht flüsterte das Kollektiv der Bäume ihm zu: »Das ist deine Bestimmung. Du bist ein Teil von uns.«

Er wurde von Amga erwählt, wie einst sein Großvater. Zum Schutze der Wenetra und der andersartigen, der Natur freundlich gesinnten Völker.

Ihn durchströmte das Bewusstsein, dass er Amga dienen würde, weil er sie spürte, sie atmen hörte. Genauso wie er das Erwachen des Morgens zuvor wahrnahm. – Mit einer Seelenruhe, ganz gemachsam und doch schmerzhaft.

Jeder Augenaufschlag, jede geöffnete Knospe und jedes erwachte Blatt durchzuckte ihn peitschend und sorgte dafür, dass er sich vor Qual zusammenrollte.

Man erzählte Briem, dass es ihn treffen könnte, aber er hatte nicht damit gerechnet. Schließlich befanden sich die Lande im Einklang mit Amga. Der Natur Achtung erweisend, ihr ergeben.

Genauso fühlte es sich richtig an – Ihr ergeben!

Sein zermartertes Gehirn trichterte ihm immer wieder ein, dass er sich fallen lassen sollte, dann würde er es schon verstehen. Doch er vermochte es nicht. Sträubte sich gegen das Wissen, sein vorheriges Leben aufzugeben. Die Wesen, die er liebte in der Vergangenheit zurückzulassen und sie allesamt zu vergessen.

Er erinnerte sich bereits nur noch vage an seine Kindheit. An die Geschichten über die Entstehung der Späher und den Verbund mit den Wäldern.

Einst den Familien genommen, um den Tueney-Wald und jene Bewohner zu schützen, gab es kein Zurück mehr. Durch die Metamorphose neugeboren, als ein Teil von etwas Größerem. Dennoch für die unendliche Ewigkeit, bis zum Tode Amgas. Geleitet durch den Herzschlag der Natur, mit dem Ziel und als Resultat dessen, ihren Planeten zu wahren.

Briem ging auf, wie schrecklich es war, dass Amga sich auf diese Art wehrte. Dass die intelligentesten Lebewesen nicht fähig waren, das Leben und ihre Umwelt achtungsvoll zu erhalten. Und allmählich dämmerte es ihm, dass er privilegiert war, ausgesucht worden zu sein. Mit dieser Erkenntnis bemerkte er, wie der Schmerz von ihm abfiel, wie er ihn nur noch als ein entferntes Pochen wahrnahm.

»So ist es gut«, flüsterten ihm die Stimmen zu. »Befreie dich von der Angst.«

Er schmiegte sich in das ihm schützende Gewebe, dabei durchfuhr ihn ein angenehmes Kribbeln, das seine Glieder taub werden ließ. Sein greifbarer Körper löste sich in die Bestandteile auf, doch es tat nicht weh, es entspannte ihn sogar.

Er wandelte sich, wie eine Raupe zum Schmetterling.

Die Puppenhaut wellte sich am Stamm des Silberahorns und dehnte sich kurz vorm Zerbersten aus. Die Furchen vertieften sich und obgleich der Kokon optisch einem Teil der Borke und Rinde glich, wirkte die ovale Wölbung anormal. Dennoch musste man genau hinsehen, um zu erkennen, dass die Aufwulstung nicht zum Baum gehörte.

Vier Ahorne von ihm entfernt verwesten bereits die Überreste der zerborstenen Haut eines neugeborenen Waldspähers, zu welchem er sich alsbald verwandeln würde.

In die Leere der Friedlichkeit, in der er sich treiben ließ, fragte er sich, ob er seinen Großvater wiedersehen würde und ob er wissen würde, dass es sein Grandpa wäre. Gesetzt dem Fall er begegnete ihm, denn er konnte überall sein. Hier in den weitläufigen Arbaro-Wäldern, bis hin zum kältegreifenden Blutwald, der sich und die Eislande vor jeglicher Bedrohung schützte. Doch gab es dort genug Eskim, auf welche die Erwählung treffen könnte.

Amga machte keinen Unterschied zwischen den Wesen und deren Ansichten. Für Mutter Natur waren sie alle eins, waren sie alle gleich. Ein sich immerwährender schließender Kreis des Lebens.

So glaubte er fest daran, dass sich sein fürsorglicher Großvater, ganz in seiner Nähe aufhielt und dass er bald wieder bei ihm sein würde.

Zufrieden schmunzelte er, sich in die warme Masse kuschelnd. Ihn überkamen neugierige Gedanken, wie es sich anfühlen musste zu der fließenden Seele Amgas zu gehören, dennoch hatte er keine Angst mehr. Hoffnungsvolle Erwartung, ließ ihn ruhig und ausgeglichen zurück, indes die Stimmen ihm sanft zu säuselten.

Offene Arme empfingen ihn, als seine Erscheinung sich bereits Brust aufwärts auflöste und sich sein Gedankengut an das neue Leben anglich.

Sein Dasein wurde himmelleicht und flog mit den Worten des Gefüges davon, das ihm eintrichterte, dass Amga ihn brauchen würde … dass Eigin ihn brauchen würde.

Kapitel 7

Koa befestige das Rankengeflecht vor dem Höhleneingang an einer Zwerglärche und war erleichtert, dass er die Höhle ohne pflanzlichen Schutz betreten konnte. Ihre Unterkunft war ihm schlichtweg zu stickig. Eigins Körper leistete keinen Widerstand, daher ging er davon aus, dass es sie nicht störte.

Trotz des nun einfallenden Tagescheins warf das knisternde Feuer, Schatten aus Flammen an die Wände und er erlag der Versuchung die Nafga-Hybride erneut zu beobachten.

Es war für ihn nicht nachvollziehbar, aber irgendetwas an ihr zog in an, schürte seine Neugier. Es war nicht die Art von Anziehungskraft, die Sahira bei ihm auslöste. Es fühlte sich vertraut und anders an. Dennoch wollte ihm nicht in den Sinn kommen, was genau es war.

Grübelnd strich er sich über das Kinn, während sich zwei Hände auf seine Schultern legten. Sofort wusste er, welche gütige Zartheit sich auf ihn niedergelassen hatte. Er bedeckte mit seiner Hand die seiner Mutter und streichelte diese sanft.

»Mein Sohn«, flüsterte Hami liebevoll, »ist sie nicht einzigartig und wunderschön?«

»Ja Mutter, das ist sie«, antwortete er und meinte es so, wie er es sagte.

»Wie geht es ihr? Ist sie zu sich gekommen?«, fragte sie besorgt und setzte sich neben ihn.

»Ich denke gut. Seitdem ich wache, schläft sie im Feuer und rührt sich ab und an.«

»Sie sieht schon viel besser aus«, befand sie, nachdem sie Eigin betrachtet hatte.

»Die Verletzungen an ihrem Flügel sind vollständig verheilt«, bestätigte er.

Hami nickte nur, weil sie gedankenverloren Eigin und das Flammenmeer fixierte.

»War die Versammlung Erfolg versprechend?«, erkundigte er sich neugierig und stupste seine Mutter schmunzelnd an.

Hami wandte sich ihm zu und schenkte ihm ein Lächeln. »Wir sind zu keinem Ergebnis gekommen, aber ich bin mir sicher, das alles gut wird. Wir haben entschieden, dass Eigin vorerst bleiben darf.«

Koa runzelte die Stirn. »Aber was bedeutet für dich, alles wird gut?«, wollte er wissen und schaute sie mit Sorge an.

»Das sie als das anerkannt wird, was sie ist. Ein Mischwesen, das nicht weiß, wo es hingehört, weil es aus der Saat verfeindeter Kulturen entstammt. Eine rastlose Seele, die ein Zuhause sucht – ein Zuhause, das wir ihr geben sollten.« Sie hielt inne und sah zu ihrem Jungen auf, der sie bereits um einen Kopf überragte und streichelte ihm das zerzauste Haar hinters Ohr. »Wenn wir anfangen, einen Unterschied zu machen, was sagt das über uns aus? Haben wir je damit angefangen, jedes einzelne Geschöpf zu akzeptieren? Was unterscheidet uns dann von einem Nafga?«

Bewundernd sah Koa sie an. »Wie kann es sein, dass ich eine so kluge Mutter habe?« Er schmiegte seinen Kopf in ihre Hände, umgriff diese und löste sie von seinem Gesicht. Sacht küsste er ihre Fingerspitzen, bevor er die Güte in ihren waldseegrünen Iriden fand.

»Koa, du bist ein guter Junge und du trägst das Herz am rechten Fleck. Ich kann von Glück sagen, dass es dich gibt. Ich sehe so viel von deinem Vater in dir und das erfüllt mich mit Stolz.«

Lächelnd stand Koa auf, gesättigt von der Liebe, die er ihr gegenüber empfand. Er beugte sich zu ihr hinab und hinterließ einen seichten Kuss auf das von Herbstlaub erzählende Haar.

Trauer befiel ihn, da er seinen Vater nie kennenlernen konnte.

Eine einzelne Träne verließ den Winkel seines Auges und rann über seine Wange. Der Tropfen Wehmut löste sich vom Kinn und fiel auf Hamis Scheitel.

Die Traurigkeit, die in ihnen beiden schwang, summte die trübsinnige Melodie ihres Lebens. Hami wollte sich jener nicht hingeben. Allzu viele Monde hatte sie um ihren Mann geweint. Zeit verging und leckte die Wunden, weshalb sie sich einer neuen Liebe öffnete, die ihr einen weiteren Jungen schenkte, Nevis. Dessen Dasein ihr jeden Tag erzählte, dass es sich lohnte, zu kämpfen. Doch der Verlust, den sie beherbergte als ihr Mann für ihr Versagen starb, würde nie verblassen.

Sie schluckte die melancholische Gesinnung herunter. »Du solltest gehen«, entkamen ihr stockend die Worte, »Sahira wartet sicher auf dich«, versuchte sie das Unbehagen zwischen ihnen zu verbannen.

Verwirrt über den abrupten Themenwechsel wischte er sich die feuchte Spur von der Wange. »Schon möglich. Du weißt ja, wie Frauen sind«, schelmisch zuckten seine Mundwinkel. »Ungeduldig und anschließend werden sie ungemütlich.«

»Ist das so«, spottete sie und winkte seine Aussage ab. »Féin und Sahira trainieren die Kinder in den nördlichen Wäldern«, sagte sie dem Feuer zugewandt.

Koa nickte von ihr ungesehen, ehe er ihrer unterschwelligen Aufforderung nachgab und wortlos die Höhle verließ.

Hamis Blick verweilte auf Eigin, die friedlich schlief. Sie fragte sich, wie man etwas so Seltenes nicht akzeptieren konnte. Eine Einzigartigkeit, die Hoffnung schenkte und zugleich beklemmende Angst auslöste. Ein Wesen, das einen jeden dazu bewegte, instinktive Entscheidungen zu treffen.

»Ich bin bei dir«, flüsterte sie in Eigins Schlaf hinein, deren Körper sich daraufhin unruhig in den Lohen regte.

Unbewusst streckte Hami die Hand nach der Nafga aus und bereute es sofort, denn die Flammen verbrannten ihre zarte Haut.

Verschreckt zog sie den Arm zurück, zischte auf und betrachtete ihre geröteten, zitternden Fingerspitzen.

Erbarmungslos brachen die Worte auf sie ein, die sie im Tueney-Wald fast das Leben gekostet hätten: *Wenetra, spiele nicht mit dem Feuer, wenn du Angst hast, dich zu verbrennen.*

Schnell schüttelte sie den Erinnerungsfetzen ab, um zeitgleich mit pochendem Herzen und schmerzender Hand aufzustehen. Im Rückwärtsgang trieb die Furcht sie zum Ausgang. Sie presste den Arm an sich, als sie sich zu dem lichtdurchfluteten Spalt umwandte.

Erst als sie in den Wald hinaustrat, atmete sie innehaltend durch. Sie begutachtete erneut die verbrannte Haut und die Äußerung des Nafga-Kriegers kamen donnergrollend zurück. *Spiele nicht mit dem Feuer ... Feuer ... Feuer ... wenn du Angst hast, dich zu verbrennen,* schallte es in ihren Verstand.

Sie schüttelte ihrem Kopf, zugleich sie die verbrannten Finger in ihrem Unterarm krallte. »Kein Feuer Amgas kann mir mehr Schmerz bereiten, als die Verluste, die meine Seele zu tragen hat«, sprach sie sich lautsagend Mut zu und verbannte die Gedanken an ihre Vergangenheit.

Sie legte den Blick auf Brave, der sie aus dem Dickicht der Bäume beunruhigt fixierte, bevor sie sich gemeinsam von der Höhle entfernten.

Eigin sah ihr mit weit geöffneten Augen nach und ließ Hamis gehauchte Worte auf sich wirken. In ihren Iriden tobten die Flammen und wie vom Wind getrieben breitete sich das Lodern, bis in ihr Innerstes aus.

Leis flüsterte sie: »Das werden wir sehen, Wenetra ... das werden wir sehen!«

Kapitel 8

Regungslos musterte Eigin ihre Umgebung, während sie versuchte, ihre Gedanken zu ordnen. Sie blendete das beruhigende Feuer aus und atmete tief die Gerüche ihrer Umwelt ein.

Noch bevor sie ausatmete, erfassten die Knospen ihres Geruchssinns, wo sie sich befand und ob sie in Gefahr war.

Definitiv und ersichtlich befand sie sich in einer Höhle, die durch gepresste Erde und Baumwurzeln gehalten wurde. Sie konnte den Duft von Waldpflanzen, Wasser und Wind wahrnehmen. Leicht lagen Rückstände von Emotionen in der Luft, die sich nicht klar filtern ließen. Keine Faser wies auf einen Kampf hin. Weder roch, noch schmeckte es nach Gefahr. Was bedeutete, dass sie keine Gefangene war, zumindest bisher nicht.

Ein Hauch von Laub und Esskastanien schwebte in der Höhle, den eindeutig die Wenetra verströmte, und weitere Nuancen, die jene mit hineingetragen haben musste. Von der Sonne erwärmte Haut, und tonhaltiger Sand fächerte Eigin entgegen. Das bedeutete, dass die Wenetra nicht allein, nicht schutzlos kam.

Abermals sog sie die Gerüche durch ihre Nase ein und erkannte, dass der Begleiter ein Kargonjer, ein Mann der Wüste war.

Zufrieden blies sie Sauerstoff aus ihren Nasenflügeln. Sie presste ihre Handballen in die Glut, drückte sich hoch und setzte sich im Flammenmeer auf.

Eingehend bemaß sie ihre Umgebung. Es gab nur diesen einen Raum, kugelrund und ganglos. Ihr Blick wanderte die Decke hinauf, die recht niedrig war, und sie konnte das Wurzelgeflecht zum Halt der Höhle ineinander verschlungen sehen. Im Grunde passten nur sie und das Feuer hier rein, für viel mehr gab es keinen Platz.

Ein leises Knirschen brachte ihre Überlegungen ins Stocken und ließ ihren Puls in die Höhe schnellen. Achtsam kehrte sie sich dem Höhleneingang zu und fixierte den taghellen Spalt.

Die näherkommenden Schritte sorgten dafür, dass sie sich instinktiv zurück auf die glimmenden Holzstücke niederlegte. Der Duft der Wenetra überschwemmte den Raum, als sich ihre Lider senkten.

Eigins Atem ging hastig, während sich die brennenden Äste und Zweige unter ihr verlagerten. Fieberhaft überlegte sie, wie sie sich verhalten sollte. Ewig konnte sie nicht schlafen und das würde ihr kaum das erwünschte Ergebnis bringen, dennoch musste sie ihren Feinden glaubwürdig gegenübertreten. Sie durfte keinen Zweifel entstehen lassen und musste gegebenenfalls die Zweifler von sich überzeugen.

Denk nach, dachte sie. *Nun gut, du bist allein, geflohen und du weißt nicht, was dich erwartet. Angst ... Verwirrung ... Traurigkeit ... Misstrauen.*

Sie riss die Lider auf und sogleich erblickte sie die Wenetra, die unmittelbar neben ihr kauerte und das Feuer mit Brennholz schürte. Eigins Blick folgte jeder ihrer Bewegungen, zugleich sie die Waldländerin akribisch musterte.

Die leicht betagte Frau ummantelte eine pastellgrüne Haut, die von bräunlich roten Trieben mit grünen Stielen und saftigen, dunkelgrünen, gezahnten, eiförmigen Blättern überzogen war. Weiße Rispenblüten, die mittig gelb oder rosarot angehaucht waren, schmückten das Geflecht, welches sich als eine Art Ranke um den gesamten Körper wand und nur ihre nackten Füße und Schulterpartien freigab. Über diese und auf den Oberarmen fielen in weichen Wellen ihre in Herbsttönen gesträhnten Haare, aus denen oberhalb des Kopfes regentropfenförmige Ohren lugten.

Deutlich erkannte Eigin die übereinander lappenden Hautschichten, die sich zwischen dem Blütengewand im Hüftbereich befanden. Aus diesen, so wusste sie, wuchs das Rankengeflecht, das den Wenetra als Kleidung und natürliche Waffe diente.

Ihre Aufmerksamkeit erfasste die Gesamtheit der körperlichen Statur. Trotz der gebückten Haltung erahnte sie, dass die Frau kleiner und bei Weitem nicht so trainiert war, wie sie selbst, jedoch nicht kraftlos wirkte. Ihr Gesicht besaß feine Züge, dessen Alter nur die Falten auf der Haut verrieten.

Das Filtern von Informationen beruhigte Eigin etwas und voller Neugier war sie nicht in der Lage, ihren Blick abzuwenden. Obgleich man sie auf die einzelnen Nuancen schulte, war es das erste Mal, dass sie sich einer leibhaftigen Waldfrau gegenübersah. Denn Eigin wurde in den Trümmern der Nachkriegszeit geboren, zu jener Zeit, als die Wenetra aus den umliegenden Wäldern flohen.

In ihren Erkundungen bemerkte sie nicht, dass Hami in ihren Bewegungen innegehalten hatte und im Bewusstsein war, dass sie beobachtet wurde.

Hamis Ohren hatten sich achtsam aufgestellt, zugleich sie aufgeregt in Eigins Richtung zuckten. Ihr Herz hämmerte hinaus, ehe sie sich bedacht zu ihr umwandte. Sie erfasste Eigins himmelgrüne Iriden und aufeinander fixiert, bewerteten sie sich gegenseitig, sodass nur das Knistern und Zischen des Feuers die atemschwere Stille durchbrach.

Hami setzte sich vorsichtig aus der Hocke zurück. Sie versuchte, ruckartige Bewegungen zu meiden, und behielt Eigins Gebärden im Blick. Hingegen diese abwartete, aufmerksam jede einzelne ihrer Regungen verfolgte, und erdrückende Anspannung in sich ertrug. Ihre Atmung trat kontrolliert nach außen, die Augen gefangen in Hamis dunklen, bergseegrünen Iriden, dessen Tiefe so undurchdringlich wirkte, dass Eigin annahm, dass sich Hunderte Geheimnisse darin verbargen.

Eine geraume Zeit lang schwiegen sie, doch bevor die einnehmende Stille sie verschlang, räusperte sich Hami. »Hallo Eigin, ich bin Hamita, eine Wenetra und eine Frau des Kreises der Fünf hier in den Arbaro-Wäldern«, ging sie behutsam auf Eigin ein.

Eigin zuckte befremdet zusammen. »Woher weißt du, wie ich heiße?«, fragte sie misstrauisch, während sie überlegte, inwieweit sie über sie Bescheid wussten.

Hami bereute ihre Worte sofort und biss sich auf die Unterlippe. »Du wirst dich nicht daran erinnern, aber du selbst hast uns deinen Namen verraten.«

Eigin spürte die Unbehaglichkeit in sich aufkeimen.

Was hatte sie ihnen noch alles anvertraut?

»Ich habe scheinbar im Schlaf gesprochen«, sagte sie, aber es klang eher wie eine Frage.

»Du hast unruhig geschlafen und Unverständliches von dir gegeben, doch außer deinen Namen konnten wir bisher nichts über dich oder deine Situation in Erfahrung bringen.«

Eigin atmete innerlich auf.

»Eigin, warum bist du hier?« Fragend sah Hami sie an. »Was ist geschehen, dass du den Weg hierher auf dich nahmst?«

Eigin erinnerte sich an Schmerz, beschwor Wut herauf und dachte an Trauer. Ihr Körper erzitterte, Tränen traten ihr in die Augen und unter Schluchzen log sie: »Sie wollten mich töten, weil ich anders bin als sie. Mein eigenes Volk wollte mich töten.« Ohne Unterlass rann eine Träne nach der anderen über ihre Unterlider und versiegten in der Hitze des Feuers, noch ehe sie die Wangen verließen.

Mitfühlend betrachtete Hami sie. Wut und Unverständnis zeichneten sich auf ihrem Gesicht ab. Sie hätte Eigin gerne in die Arme geschlossen, um ihr Trost zu spenden, aber das Lodern zwischen ihnen machte es ihr unmöglich, dem Impuls nachzugehen.

Eigin erschauderte innerlich, als das Gefühl von Mitleid den Raum sättigte, sich ihr aufdrängte. Erleichtert über die Flammen, die sie umgaben, breitete sie sich in den heißen Gluten aus. Zu viel

Nähe ekelte sie an, hinderte sie daran, ihre wahren Emotionen zu verbergen und das Gefühl, welches sie am wenigsten ertrug, war Mitleid.

Ihr Brustkorb hob sich schwer und mit zittriger Stimmfarbe fuhr sie fort: »Ein Freund half mir, zu fliehen. Ich kann nur hoffen, dass er noch lebt.«

Sie wischte ihre Tränen fort und tat, als ob sie sich zu fangen versuchte. Kraftlos zog sie sich durch die glühenden Hölzer und stützte ihren Oberkörper auf ihre Unterarme auf. »Ich wäre jetzt nicht mehr am Leben, wenn …«, sie behielt ihre Worte für sich und entließ mit bebenden Schultern ein laut klagendes Weinen. Sie schniefte, während sie sich auf die Knie aufsetzte.

In Wahrheit schleuste Servil sie durch das geheime Tunnellabyrinth aus ihrer Heimat hinaus. Er begleitete sie bis zum Ende des letzten Ganges, der sich kurz vor dem Brachland und dem großen Tueney-See befand.

Sie erinnerte sich genau daran, wie er den Stein beiseite rollte, der den Eingang vor Eindringlingen schützte, während sanftes Sternenlicht in die unterirdischen Bauten einfiel und Schatten an die Wände malte.

Lieblos drückte er ihr einen gut befüllten Nafgahautsack vor die Brust, den sie dankend umfasste und den sie alsbald leer im Gebirge zurückließ.

Unter den Worten, »mach Amga stolz«, kehrte er ihr den Rücken zu und verschwand eilig in das schattenhafte Dunkel des Tunnels.

Sie sah ihm lange nach, wobei sie den sich entfernenden Schritten lauschte, und wartete, bis nur noch das Summen der Nacht in ihr Gehör drang.

Sie wusste nicht genau, was sie erwartet hatte. Bestimmt keine Herzlichkeiten und doch kannte sie Servil so gut, dass sie seine verschrobenen Eigenarten mochte.

Als rechte Hand ihres Vaters oblag ihm die Aufgabe, sich um ihr Wohlbefinden zu kümmern. Sicherlich die meiste Zeit widerstrebend, denn er wusste, dass sie ein Mischwesen war. Trotzdem erfüllte er seine Pflicht und half ihr unversehrt aus den Vulkanlanden hinaus. Danach stand sie vor dem Anfang ihrer Reise, am Ende des Tunnellabyrinths, das einst die Sklaven des Krieges errichteten.

Erfreut über den letzten Gedankengang kam ihre Ambition zurück. Traurig ließ sie den Kopf sinken, vergrub ihn zwischen ihre Knie, während einige Gluten auf den erdigen Boden rollten, und atmete wimmernd durch.

Tausendmal zwang man sie, ihre emotionale Gefühlswelt zu kontrollieren, aber es fiel ihr jedes Mal schwer, eine gegensätzliche Reaktion hervorzurufen. Bei Versagen lehrten sie die Peitschenhiebe, was es bedeutete, Fehler zu begehen. Doch angesichts der Härte der Vulkanlande wurde diese Gaukelei zum Kinderspiel und ließ sie vollends in ihrer Rolle aufgehen.

»Ich wusste nicht wohin«, ihre Worte traten verunsichert und leise hervor. *Wie theatralisch*, fand sie und rollte gedanklich mit ihren Augen.

»Du bist hier in Sicherheit. Habe keine Angst. Wir werden uns um dich kümmern«, sagte Hami, als ob sie Eigin eine wärmende Decke über die Schultern legen wollte.

Eigin gab sich besorgt. »Bin ich eine Gefangene?«, fragte sie und lachte dabei in sich hinein, denn mit Sicherheit würde sie Gefangene machen und nicht das schwache Etwas vor ihr.

»Nein, du bist keine Gefangene, doch du wirst Geduld für das Verständnis und Vertrauen der anderen aufbringen müssen.« Hami zeigte sich bedrückt. »Du wirst dich noch einigen Fragen stellen müssen. Nicht alle im Kreis der Fünf sind von deiner Anwesenheit begeistert.«

»Ich verstehe. Ich bin eine Nafga. Wer sollte mir vertrauen?« Eigins Kopf hob sich aus der gesenkten Haltung. Sie bedachte Hami mit einem Seitenblick und entdeckte in ihren Zügen Bedauern. Doch was war für die Wenetra bedauerlich? *Eigins Situation? Oder dass sie eine Nafga war?*

Eigin presste ihre Lippen fest aufeinander und rang um Fassung. Auch wenn sie es nicht wollte, konnte sie nicht vermeiden, dass ihre Augen Hami angriffslustig anfunkelten. Das reliefartige Basaltgestein ihrer Pupillen trat deutlich hervor und überschattete das schimmernde Grün ihrer Iriden.

»Ehrlich gesagt, stellt deine Herkunft das Problem da«, äußerte sich Hami und beäugte Eigin kritisch.

»Ich verstehe.« Eigin ließ ihren Kopf im Deckmantel des Armes sinken. »Dir ist aber bewusst, dass ich eine Nafga bin?«, betonte sie die Frage.

Hami bekam eine leichte Gänsehaut. Sie war sich sehr wohl im Klaren darüber, dass Eigin als eine Nafga-Tochter aufwuchs und ihre Herkunft nicht zu leugnen vermochte.

Sie nickte. »Dennoch solltest du herausfinden, ob du fähig bist, auch eine Wenetra zu sein. Wenn du hierbleiben möchtest, müssen wir miteinander auskommen.«

Eigin sah sie zweifelnd an. »Ich werde es versuchen, aber ich kann es nicht versprechen.« Der aufbrausende Moment schwand. Das überschattende Relief ihrer Pupillen trat zurück und gab das Grün schimmernd frei.

Auf keinen Fall!, protestierte ihr Verstand.

»Das ist ein Anfang.« Hami lächelte sie mutvoll an. »Zum derzeitigen Mond wirst du geduldet und der Kreis der Fünf berät sich, ob du weiterhin bei uns verweilen darfst. Es ist davon auszugehen, dass dich die Ältesten der anderen Völker besuchen werden, um entscheiden zu können, ob du als ein Teil der Gemeinschaft angesehen wirst.« Hami stützte sich auf. »Ich muss jetzt gehen, aber ich werde mich vorab darum kümmern, dass du etwas zu Essen bekommst. Du solltest dich in der Zwischenzeit ankleiden.« Hamis Augenbrauen hoben sich, zugleich sie sich räusperte. »Bei den hier lebenden Völkern ist es nicht üblich, sich vor jedermann zu entblößen.«

Eigin registrierte erst jetzt, dass sie nackt war, und schaute unbekümmert an sich hinab. Sie konnte derartige Scham vor Äußerlichkeiten nicht nachempfinden und präsentierte gerne ihre gestählten Nafga-Kurven.

»Vor der Höhle wird jederzeit jemand wachen. Solltest du irgendetwas benötigen, teile es uns mit. Momentan kümmert sich Brave um dich und heute Abend wird sich Féin zu dir gesellen, der dich bereits in den letzten Nächten schützte. Morgen beraten sich einige Mitglieder des Kreises der Fünf erneut. Ich werde dich im Laufe des Tages über die getroffenen Entscheidungen informieren.«

»Féin.« – Starke Arme, die sie behände trugen, blitzte es in ihrer Erinnerung auf. »Moment, wie lange habe ich geschlafen?«, riss es sie aus den weichen Gedanken.

»Drei Monde sind seither vergangen.«

Eigin sah sie ungläubig an.

»Ruh dich aus. Ich weiß, dass dir nun Einiges im Kopf rumschwirrt und das Gesagte in dir arbeitet. Falls ich es schaffe, besuche ich dich zur Dämmerung abermals.« Sie lächelte Eigin warm an, die kein Ton von sich gab, während Hami sich umkehrte und zum Höhlenausgang schritt.

»Warum hast du zum Schutz den Kargonjer nicht mit in die Höhle genommen?« Eigin fand es seltsam, dass die Wenetra davon ausgegangen war, dass eine Nafga ihr nichts antat.

Hami warf einen Blick zurück, wobei sie bedacht antwortete: »Ich habe keine Angst vor dir, Eigin! Hättest du mir ernsthaft schaden wollen, wäre dieser Kargonjer, dessen Name Brave ist …«, sie machte eine Pause und ließ Eigin spüren, dass sie sehr wohl bemerkt hatte, wie jene die Worte ausspie, »… mir sofort zur Hilfe geeilt.«

Ohne eine Antwort abzuwarten, verließ Hami die Höhle, während Eigin ihr missbilligend nachsah.

Die Einsamkeit begrüßend, erhob sie sich, streckte die Glieder von sich und breitete ihre Schwingen zaghaft aus. Sie betrachtete diese eingehend und zu ihrer Zufriedenheit stellte sie fest, dass sie unversehrt waren oder sich im Feuer regeneriert hatten.

Sie faltete sie mehrmals auf und zusammen, wenngleich sie darauf achtete, dass sie nicht an die Höhlendecke stieß, und schritt geschmeidig aus den Gluten. Ihre Füße berührten den erdigen, kühlen Boden, die flammenden Farben auf ihrer Haut verblassten und zurückblieb das glänzende Schwarz des Vulkanglases. Die Hautoberfläche kühlte sich ab, doch die gespeicherte Hitze würde sie mehrere Monde wärmen.

Sanft strich sie mit den Fingerspitzen über die Verschlüsse ihrer Kleidung, die sich unterhalb des Flügelknochens und des Schulterblattes befanden. Da sie nicht mehr in den Flammen lag, gaben die Krallen ihre Haut frei.

Klickend lösten sie sich aus der Einkerbung und Eigin umwickelte sorgsam ihre intimsten Körperstellen. Sie kerbte die Sperren in die Ösen an ihrem Steiß ein und schmunzelte zufrieden.

Es war unglaublich einfach, sich in den Zufluchtsort der Wenetra einzunisten, und sie hoffte, dass es ebenso leicht werden würde, mehr über diese in Erfahrung zu bringen.

Sie blickte zum Wurzelgeflecht hinauf, das durch die Höhlendecke ragte und nur drei handbreit von ihrem Kopf entfernt war.

Sie strich sich über ihre glatte Kopfhaut, um sich zu entspannen, und ließ die Lider sinken. Instinktiv griff sie nach einer herausragenden Wurzel, atmete ruhig und konzentrierte sich auf ihre mentale Fähigkeit, um ihrem Vater eine bessere Wegbeschreibung zukommen zu lassen.

Ihr Gedankengut glitt in die Ferne, und sie versank in der Leichtigkeit ihrer wenetreanischen Gabe.

Ihre Augen rollten unter ihren Lidern und wispernd suchte sie mental nach Nag Mahvans Verstand.

Ein Ruck durchfuhr sie, als sie die Macht ihres Ziehvaters und seine ungeteilte Aufmerksamkeit deutlich spürte.

Kapitel 9

Vereinzeltes Mondlicht brach sich durch die Kronen der dicht aneinander stehenden Bäume. Das Feuer des Lagers ließ Schatten aus Ästen und Zweigen auf den Baumstämmen, Sträuchern und Fahnen tanzen. Zischend flogen Funken durch die Luft, ausgelöst von dem tropfenden Fett des Tieres, das über der Feuerstelle brutzelte. Noch ehe das Glühen den Erdboden erreichte, verglomm es im kühlen Wind des angebrochenen Abends.

Zwischen zwei angehobenen, moosbewachsenen Wurzeln einer Ulme und direkt vor dem abendlichen Schmaus, hatte es sich Brave gemütlich gemacht. Er brach sich eine saftige Haxe von dem selbst erlegten, borstigen Getier und lehnte sich zurück an die geriffelte Borke des Baumes. Herzhaft biss er in das Fleisch, während er den vergangenen Tag Revue passieren ließ.

Noch vor dem Sonnenaufgang hatte er die Rotte entdeckt, aus der er sich das fetteste Exemplar auswählte. Erst der dritte Pfeil durchstieß die dicke Fettschicht und brachte den Wildling zu Fall. Er hockte sich mit seinem Gewicht auf das massige Tier und gab ihm mit dem hölzernen Schlegel einen wuchtigen Schlag auf die Stirn. Betäubt hörten die Glieder auf, sich zu wehren, und umgehend schnürte er die Hufe mit Seilen zusammen. Zufrieden mit dem Fang schleifte er das Tier zu der Baumhöhle, die er gemeinschaftlich mit zwei Eichhörnchen bewohnte. Er befestigte den Paarhufer an einen ausladenden Ast der knorrigen Eiche und setzte direkt den tödlichen Kehlschnitt an.

Als er das meiste Blut zur Ader gelassen hatte und nur noch die letzten Tropfen mit schnellen Abständen in die Auffangschale fielen, begann er gewissenhaft, das Tier zu häuten, dabei entschied er aus dem Fell einen kälteschützenden Umhang zu fertigen. Er entnahm der Bache die Innereien, die ein schmackhaftes Mahl abgeben würden, und scharrte das Bauchhöhlenfett in ein Ledersäckchen, welches sie mit Kräutern, Pulvern und Extrakten vermischten, damit man es als heilende Salben auf Verletzungen und Wunden leicht auftragen konnte.

Nachdem er das Getier gut verschnürt abgedeckt hatte, die Säcke und Schläuche schulterte, machte er sich auf den Weg zu Hami, die ihn bat, an der Versammlung des Kreises der Fünf teilzuhaben. Das er sie anschließend zu Eigin begleiten würde, stand außer Frage.

Einst sich selbst und seinen besten Freund versprochen auf sie aufzupassen, gab er ihr gerne das Gefühl von Sicherheit. Für ihren Schutz würde er in Lebzeiten da sein, ebenso wie er sich wünschte, für Pale da sein zu können.

Fest biss er in das Fleisch und versank mit dem Tanz der Flammen in eine Erinnerung an unvergessene Monde.

Windschneidend rauschten zwei giftige Metallsterne an Braves Ohr vorbei. So nah, dass sie in der Drehung ein paar wenige Spitzen seines braunblonden Haares stutzten. Doch er zuckte nicht mit der Wimper, denn er wusste um die Treffsicherheit des Wenetreaners. Genau dieser hangelte sich raschelnd und knackend durch die Äste der Baumwipfel, ließ sich schwungvoll fallen und kam schützend vor ihm auf den Waldboden auf.

Braves hastige Atmung trübte sein Gehör, während er hektisch nach dem vermeintlichen Ziel seines Freundes suchte. Zu spät nahm er den Nafga-Krieger wahr, der unmittelbar vor ihnen hinter den dicht an dicht stehenden Baumstämmen auftauchte.

Eine Winzigkeit hielt er die Luft an, ehe einer der drehenden Sterne den Hals seines Gegners durchschnitt. Das Geschoss schlitterte durch dessen Fleisch und trat im Genick wieder hinaus, dabei spritzte das blaue Blut auf das Gesicht seines Nachfolgers.

Mit weit aufgerissenen Augen und offenstehenden Mund sackte das Feuerwesen zu Boden. Zeitgleich schob Brave Pale zur Seite und zog das gläserne Schwert aus der tierhäutigen Scheide, ehe er geistesgegenwärtig dem nachkommenden Mann den linken Arm vom Kugelgelenk an abtrennte.

Schrill und hysterisch schrie der Nafga auf, als die Blutfontäne spritzend aus dessen Oberkörper stieß. Die schwarze Haut verblasste zu einem todesgreifenden Grau, ehe dieser taumelnd rückwärts fiel. Der bleiche Kopf schlug knackend auf einer harten Baumwurzel auf.

»Oha. Das tat weh.«

Pale grinste Brave schelmisch an, woraufhin dieser unwillkürlich anfangen musste zu lachen, denn er wusste, dass sein Freund weder die scharfe Klinge noch den blutverschmierten Morgenstern meinte, der nun in der Rinde der Lärche stecken geblieben war.

Der zweite Stern flog in das Dickicht des Waldes hinein und sorgte für einen weiteren Aufschrei, der erahnen ließ, dass sich der Feind nicht unmittelbar in der Nähe befand.

Hinter ihnen schlich sich das Feuer ihres brennenden Zuhauses durch das Gehölz. Fünf bis zehn Schritte vor ihnen wurde der Wald lichter, bis irgendwann nur einzelne Holzgewächse die Feuertundra ankündigten und in dieser würde das Überleben kaum denkbar sein.

Brave bereitete die dürre staubige Landschaft keine Probleme, jedoch waren Hami und Pale Waldwesen, die im Schutz der Bäume ihren Vorteil fanden. Unter dem freien Himmel der Tundra wären sie den fliegenden Feuerwesen gnadenlos ausgeliefert gewesen und Brave hatte nicht vor, einen seiner Freunde an die Sklaverei der Vulkanlande zu verlieren. Aus diesem Grund verblieben sie weiterhin in den *noch existierenden, schmalen Baumgürtelstreifen und versuchten, so viele Nafga-Krieger wie möglich zu töten.*

Ein heiserer Schrei durchschnitt das Geäst und ließ sie innehaltend aufhorchen. Bedeutungsschwer sahen sie einander an, bevor ein weiterer Klagelaut die wenigen Vögel zum Kreischen brachte.

Ohne zu zögern, sprinteten sie los.

Wendig liefen sie an den Baumstämmen des Nadelwaldes vorbei.

Übersprangen Wurzeln und Gestein.

Rannten wie gehetzt querfeldein.

Immer weiter in die Richtung, woher die Schreie rührten, die ihnen doch so bekannt in den Ohren nachklangen.

Der Wald wurde lichter und alsbald trat Hamis Erscheinung in Braves Sichtfeld und mit ihr der Moment, in dem er erkannte, dass sie um ihr Leben rang.

Er drosselte den Lauf, um mit überlegter Geschicklichkeit dichter an das Geschehen herannahen zu können. Dabei achtete er darauf, dass Pale ihm folgte, und ließ seine Freundin nicht aus den Augen, deren Atem gefangen war in der Hand eines Hünen, der mindestens drei Köpfe größer war als die Dutzend Männer, die ihn umgaben.

Angehoben baumelte sie, zappelte unter dem harten Griff, der ihr die Kehle zuschnürte. Hautnah zog sie der Gigant zu sich heran und betrachtete sie eingehend.

Brave kam hinter einer breiten Fichte zum Stehen und hielt seinen Freund auf, unüberlegt zu handeln. Jener sah ihn mit zornverzerrten Zügen und unterdrückter Angst an.

Ohne Worte wusste Brave, wie sehr Pales Herz gegen seine Brust hämmerte, unkontrolliert antreibend, vom klar Denken keine Spur.

»Warte!«, zischte Brave ihm zu, während er versuchte, der Lage Herr zu werden, hingegen Pale nur Augen für seine Frau hatte, die bereits von Misshandlungen übersät war.

Ihre Haut war vom Bizeps bis zur Beuge mit Verbrennungen und Brandblasen gezeichnet. Kleinere Verletzungen sah man ebenso am Unterbauch, wie einen ausgefransten Schnitt am Bein.

Sie röchelte und versuchte, den harten Griff mit ihren Fingern zu lösen, doch die Hand, die sie hielt, war viel zu stark.

Zweige einer Kastanie wuchsen aus ihrer Haut nahe der Hüfte und wickelten sich um das Handgelenk ihres Peinigers. Sie schnürten sich fest und fester, dennoch entlockte es dem Nafga nur ein spöttisches Lächeln.

Die blättrigen Ruten glühten auf und gingen im nächsten Moment in Flammen auf.

Ein schrilles Aufquieken entwich der zugedrückten Kehle, ehe die Ranken sich rabenschwarz färbten und zu Asche und Staub zerfielen.

Brave schluckte, als die grauschwarzen Flocken auf den Waldboden hinab rieselten. Der Gestank nach verbranntem Fleisch durchzog den Forst, durchsetzte die Luft und legte sich auf seine Zunge.

Außer sich vor Zorn und Verzweiflung schob sich Pale an seinem Freund vorbei. Brave wollte ihn aufhalten, ihn warnen, wen sie da vor sich hatten, doch es war zu spät. Pale hastete bereits auf die aussichtslose Situation zu und schleuderte einen seiner getränkten Giftsterne auf den Krieger, der seiner Frau nach ihrem Leben trachtete.

Nag Mahvan hatte die Anwesenheit der beiden Neuankömmlinge von Anfang an bemerkt. In Windeseile kam das Geschoss auf ihn zu und noch im Flug fing er den Morgenstern auf. Kurz drehte er ihn zwischen den Fingern, ehe er ihn in einer rollenden Handbewegung fließend zurückgleiten ließ.

Schlitternd drang Pales eigene Waffe in ihn ein. Sie grub sich tief in seine Eingeweide und blieb in der Wirbelsäule stecken. Pale fiel auf die Knie und drückte eine Hand gegen die feuchte Wunde am Bauch. Die andere befühlte seinen Rücken und fand drei Widerhaken, die aus seinem Fleisch hinaustraten. Er biss die Zähne zusammen und riss den Stern knackend und glitschend aus dem Wirbelgelenk heraus.

Ein rasselndes Geräusch des Ausatmens entwich seiner Lunge.

Hami rannen Tränen aus ihren Augenwinkeln und ein schluchzendes Wimmern verließ ihren leicht geöffneten Mund. Sie zitterte am ganzen Körper, als Nag Mahvan mit seiner Nase gemachsam über ihre Halsbeuge strich und sie genüsslich in ihr schweißnasses Haar vergrub.

Tief sog er ihr Aroma ein, während seine dunklen Lippen den Ansatz ihres Ohres streiften.

»Ich rieche Angst«, flüsterte er seicht in ihre Ohrmuschel hinein und lachte anschließend freudig auf. In seinen schwarzen Augen flackerten Flammen, während er eindringlich, fast einnehmend, auf sie hinabsah.

»Wenetra, spiele nicht mit dem Feuer, wenn du Angst hast, dich zu verbrennen!«, raunte er und fuhr genussschmeckend mit seiner Zunge über ihre Wange.

»Die hier, nehmen wir mit. Tötet den Kargonjer!« Sein Blick richtete sich auf den Baum, hinter dessen Stamm Brave sich verbarg.

Nag Mahvan ließ von Hami ab, die röchelnd und hustend zu Boden sackte. Leidvoll atmend, lag ihr Blick auf ihrem Mann. Quälend langsam zog sie sich über den unebenen, dunklen Waldboden und schleifte ihr verletztes Bein hinter sich her.

Nag Mahvan zeigte sich erheitert, und noch bevor sie Pale erreichen konnte, packte er sie an den Haaren, wandte sich von dem Geschehen ab und schleifte sie über den holprigen Waldboden fort.

Ein halbes Dutzend Anhänger folgten ihm, dennoch blieben einige Krieger, wie geheißen, zurück.

Brave steckte das gläserne Schwert zurück in die Scheide. Er atmete tief durch, ehe er sich in feine Sandpartikel auflöste und in die Poren der Erde einsickerte. Ungeduldig verweilte er unter ihnen im Erdreich und geringe Zeit später gaben die Feuerwesen die Suche nach ihm auf. Die Sandpartikel sammelten sich an der Oberfläche und Brave manifestierte sich zu seiner fleischlichen Erscheinung.

Er kniete sich neben Pale nieder, der sich gegen einen Baumstumpf angelehnt hatte. Sein Freund presste die Handballen auf die blutende Wunde seines Bauches. Seine Haut war blass und Schweißperlen übersäten die Stirn. Die Atmung kam flach und stoßweise aus seinen blutgefüllten Atemwegen, dennoch lächelte er Brave an.

Brave kämpfte mit den aufsteigenden Tränen.

»Du musst sie finden, mein Freund. Hol mir mein Mädchen zurück«, röchelte er die Worte hinaus, während rote Linien über Pales grüne, rissige Lippen flossen.

Brave senkte den Blick. »Das werde ich«, *versprach er fest,* »und dann werden wir bei Schmaus und Tanz über diesen Wichtigtuer lachen«, *und zwang sich ein Lächeln ab.*

Pale ergriff stöhnend Braves Unterarm. »Beschütze sie! Beschütze meinen Jungen!« *Flüssigkeit quoll aus seinem Mund. Er hustete und spukte das Blut auf den Waldboden aus.*

»*Ich verspreche, das werde ich*«, *flüsterte Brave ihm zu, während Pale die schweren Lider schloss.*

Machtlos zog er Pale in die Arme, fühlte dessen Dasein und ertrug das rasselnde Geräusch, das Pale aus den Lungen wich. Solange, bis dessen Atemzüge immer leiser wurden und letztendlich erstarben.

Erst als der Körper seines Freundes keinen Laut mehr von sich gab und er schlaff in seinen Armen lag, übertönte Braves Verlust das näherkommende Brennen des Waldes.

Brave schleuderte die Keule von sich und kaute zornig auf dem restlichen Fleisch, das sich noch zwischen seinen Zähnen befand. Er schluckte den Klumpen herunter, ebenso wie den Albtraum seiner Vergangenheit.

Eigin trug die Schuld, dass er sich erinnerte, und sie löste bei ihm Unbehagen aus. All seine Instinkte warnten ihn vor ihr, doch ihm war bewusst, dass sie für die Völker wichtig werden könnte, und doch hatte er kein Interesse, sich mit ihr auseinanderzusetzen. Wozu auch? Schließlich hatte sie heute reichlich Besuch gehabt.

Außer Hami und Koa hatten Utah und Saheel die Höhle betreten, um sich anschließend über Eigins Aussagen zu streiten. Scheinbar hatte Saheel auf seine Fragen nicht die Antworten erhalten, die er sich erhofft hatte, und Utah empfand den Zeitpunkt unpassend, Eigin über das kriegerische Verhalten ihres Volkes auszufragen.

Jedoch konnte nicht jedes Mitglied des Kreises Eigin ihre Aufwartung machen. Mirja und Yas blieben dem rauchigen Gewölbe fern, da es nicht ihrer Natur entsprach, sich in der Hitze aufzuhalten. Außerdem machte sich Yas mit den Eskim, Eis-Hybriden und deren Zöglingen auf dem Weg in den eisigen Süden, zu der Kristallstadt Arjuna Lumen.

Es war an der Zeit, die Standorte zu tauschen, den Platz im Kreis der Fünf in den Eislanden einzunehmen und die Kinder in die Lehren und Geheimnisse des Eises einzuweihen.

Vertretend für Yas hatte sich Canol bereits auf den Weg zu den Waldlanden gemacht, damit die Einheitlichkeit der Kreise sich schließen konnte. So fand auch ein reger Austausch der Geschehnisse der Lande statt.

Am frühen Abend besuchte Hami Eigin erneut und brachte ihr ein Abendmahl, dessen Reste Eigin später durch den Vorhang des Höhleneingangs hinausschob.

Jetzt war es ruhig um den Kargonjer und der Nafga, dennoch konnten sie die Gegenwart des anderen deutlich spüren.

Brave lehnte sich an den Stamm zurück und bettete den Kopf auf seinem Arm. Er schaute eine ganze Weile in die sternenbehangene Nacht und lauschten den Geräuschen des Waldes.

Das Surren der Insekten und das Knistern des Feuers machten ihn schläfrig, weshalb er herzhaft gähnte.

Schnaufend erhob er sich und streckte die müden Glieder von sich, dabei vernahm er einige Waldspäher, die durch das Geäst huschten.

Es kam nur selten vor, dass sich die erwählten Seelen zu erkennen gaben, denn sie wurden durch die Metamorphose ein Teil des Waldes und seiner Geschöpfe selbst.

Sie waren nahezu unsichtbar, da sie sich in die lebendige Fauna und Flora hineinschlichen. Sah man ein stummes Tier oder Blätter, die sich dem Wind entgegenstellten, war davon auszugehen, dass ein Späher jenes Leben für unbestimmte Zeit beanspruchte.

Die Waldseelen gingen keinerlei emotionale Verbindungen ein, beschützten die Waldlande und ihre Wesen und handelten im Namen des Kollektivs Amga.

Unwillkürlich gedachte Brave des verheißungsvollen, zahlreichen Erwachens, ehe er seine Ablösung zwischen den Bäumen näherkommen sah.

Seufzend vor Erleichterung schritt er auf Féin zu, klopfte ihm im Vorbeigehen auf die Schulter und war dankbar, dass er zu einer Prise Schlaf kommen würde.

Féin verstand die Geste seines schweigsamen Freundes, denn er verspürte selbst die Müdigkeit der vorangegangenen Nacht und des ausgefüllten Tages. Er winkte ab, bevor er auf den Eingang der Höhle zuschritt, nahm den Vorhang beiseite und erkannte, das Eigin schlief.

Sie lag zwar nicht mehr in den Lohen, hatte sich jedoch dicht an die wärmende Quelle niedergelegt.

Leise zog er sich aus dem Eingangsbereich zurück und wandte sich dem Festmahl zu.

Lippenleckend brach er einen Schenkel aus der Sau heraus und setzte sich in die noch warme Erde, in der zuvor Brave saß. Er verzehrte die Mahlzeit und rückte danach näher an das flackernde Lager heran. Die Geräusche der Nacht machten ihn träge und ohne es zu wollen, schlief er ein.

Kapitel 10

Leis und sacht hob Eigin den pflanzlichen Vorhang an und spähte verstohlen in die Dunkelheit der Nacht hinaus.

Sie war es leid in der Höhle auszuharren, um darauf zu warten, dass ihr jemand erlaubte, ihr Domizil zu verlassen. Schließlich hatte Hami ihr mitgeteilt, dass sie sich in die Gemeinschaft eingliedern durfte, wenn sie bereit war, sich ihrem neuen Leben anzupassen. Und das würde sie, zumindest solange sie musste. Doch jetzt ersehnte sie nichts mehr, als diesem engen Käfig zu entfliehen.

Sie erfasste den schlafenden Wenetreaner, der sich vor der wärmenden Feuerstelle ausgebreitet hatte. Die Flammen seines Lagers hatten die Scheite bereits aufgezehrt und nur noch vereinzelte Gluten glimmten in der schwarzen Asche auf.

Schattenhaft glitt ihre Gestalt hinter dem Eingang hervor. Sie atmete einmal tief durch, ehe sie versuchte, über das gleichmäßige Heben und Senken seines Oberkörpers hinweg zu schleichen. Lautlos setzte sie ihre Zehen auf den erdigen Boden auf.

Dem Wenetreaner entwich ein Stöhnen. Er schlang einen Arm um ihren Knöchel und Eigin hielt vor Schreck den Atem an. Sie zögerte, bevor sie das andere Bein nachzog, und vorsichtig den Fuß aus seiner Umarmung befreite. Geräuschlos setzte sie ihn neben seinem Ellenbogen auf, vernahm die seufzenden Schlafgeräusche, die aus seiner Brust drangen, und entfernte sich schleichend von ihm und dem Lager.

Kurz warf sie einen Blick zurück und stellte zu ihrer Zufriedenheit fest, dass er seelenruhig weiterschlief.

Im fahlen Licht der Monde musterte sie ihre Umgebung, deren Schein Geschichten aus Schatten auf den pflanzenbedeckten Boden, moosbewachsenen Steinen und Baumstämmen malten.

Vor Aufregung flatterten ihre Flügel, während der Duft von Blattwerk, Nadeln und Nachtblumen über die feinen Knospen ihres Geruchsinns glitt. Der sommerliche Nachtwind umschmeichelte sie, legte sich kühl und feucht auf ihre Haut.

Sie tauchte tiefer in den Wald hinein. Überschritt knorrige Wurzeln und zeichnete mit ihren Fingerspitzen die Konturen der Schattenbilder an den Baumrinden nach.

Staunend sah sie hoch zu den Kronen der massiven Bäume, bewunderte die kräftigen Stämme, die gut siebzehn Fuß im Umfang maßen, und freute sich über die intakte Flora des Mischwaldes.

Bereits vor ihrer Geburt musste der Nadelwald, der nur dreihundertfünf Flügelschläge von ihrem vulkanischen Zuhause entfernt war, genauso prachtvoll gewesen sein.

Im großen Feuer, das die Wenetra dazu zwang, ihre Heimat zu verlassen, starb mit der Artenvielfalt der Tierwelt auch die Vegetation. Ein ganzer Abschnitt erzählte von dem Ausmaß des Krieges und trotz alledem hatte sich aus der fruchtbaren Asche ein weicher Teppich aus Weidenröschen über das weite verwüstete Feld und um dessen verkohlten Baumstumpen kultiviert.

Eigin hatte den Akt der Gewalt an die Natur nie verstanden, schließlich wurde ihr Lebensraum nur durch den Erhalt gewährleistet.

Nachdem die Vulkanländer feststellten, dass das Wurzelwerk des abgebrannten Waldes zumeist zerstört war, erklärte man die tote Zone zu Brachland. Das Brachland reichte bis zu dem großen Tueney, einer von vielen Seen, die in den zahlreichen Tälern des Inyan-Gebirges verteilt waren.

Eigin flog gerne zu dem Meer aus amethystfarbenen Weidenröschen, um in die weiche Träumerei an eine dicht bewachsene Waldlandschaft zu versinken. Doch ihre Vorstellungskraft trog sie, denn nie hatte sich etwas lebendiger angefühlt als der Wald, in dem sie sich jetzt befand und mit ihren Sinnen erfasste.

Sie spreizte ihre Fingerspitzen auf die Rinde einer großwurzeligen Eiche und legte ihre gesamte Handfläche über das schattenhafte Gemälde.

Tief sog sie die Waldluft ein, während ihr Herz im Takt mit der Ruhe der Bäume schlug. Glück streute sich unter ihre Haut, Glück und Beseeltheit.

Mit einem Lächeln auf den Lippen löste sie ihre Hand vom Baum und gab der Neugierde nach, weiter in den Wald hinein zu schreiten. Sie bemerkte nicht, dass Féin ihr folgte, auch nicht, dass er sie im Schutze seiner natürlichen Anpassungsfähigkeit beobachtete.

Erstaunt betrachtete er die Sanftheit, mit der sie seinen Lebensraum entdeckte. Er musste sich unwillkürlich fragen, ob sie die gleiche Energie des Waldes wahrnehmen konnte, wie er selbst.

Ihre dunkle Erscheinung verschwand in der Verästelung zwischen den Stämmen, weshalb er sich eilte, ihr zu folgen. Dabei vergaß er achtsam zu sein und erschrak angesichts des lautstarken Knackens der Äste unter seinen Füßen.

Hastig versteckte er sich hinter dem Baum, der unmittelbar neben ihm verwurzelt war. Aufgeregt atmend senkte er seine Lider, während sein Herz vor sich hin stolperte.

Eigins fließender Gang verlangsamte sich. Sie lauschte dem verräterischen Knacken und unruhigen Rascheln der Farne, wie auch Gräsern. Ihr Impuls forderte sie auf, verschreckt davon zu laufen, doch statt sich der Aufforderung des Körpers hinzugeben, zwang sie sich zur Ruhe.

Während ihre Augen sich unauffällig umsahen, knipste sie einen noch unbefruchteten, purpurnen Zapfen von der Fichte vor sich ab. Sie rollte ihn zwischen den Handinnenflächen und wandte sich geruhsam um, wenngleich sich in ihr Anspannung und Nervosität breitmachten. Ihr Puls jagte durch ihre Venen und Arterien und ihre Halsschlagader pochte spürbar.

Angestrengt lauschte sie in den lauen Wind und die Dunkelheit hinein und verzog dabei keine Miene. Sie hob die reibenden Hände zu ihrer Nase und sog konzentriert die umherschwebenden Duftnuancen in sich ein. Sofort sortierte ihr Gehirn die einzelnen Gerüche ihres Umfeldes.

Sie roch: *abgebrochene Rinde, Schichten des Holzes, klebriges Harz, der Duft der Blüten eines Blauregens, dunkle feuchte Erde. Eis eines Gletschers, quirliges Wasser eines Baches. Halt!*, hielt sie gedanklich inne. *Die Blüten eines Blauregens? Das Eis eines Gletschers?*

Ihre Krallen schoben sich aus den Spitzen ihrer Fingerkuppen, als sie die verräterischen Aromen und die kurze Distanz zwischen sich und ihrem Verfolger erkannte. Sie wirbelte herum, presste ihre Flügel dicht an ihren Rücken und stellte erstaunt fest, dass niemand hinter oder neben ihr war. Verwirrt sah sie sich um, denn ihr Geruchssinn trog sie nie und behauptete weiterhin, dass sie nicht allein war.

Leicht öffnete Féin die Lider und sah Eigin atemnah vor sich. Heimlich blickte sie sich um und trotz ihrer beherrschten Ausstrahlung bemerkte er das unruhige Kreisen ihrer Hände, die einen schuppigen, unreifen Fichtenzapfen hin und her rollten.

Er war sich sicher, dass sie ihn nicht sehen konnte. Dennoch hatte er das befremdliche Gefühl, dass sie seine Anwesenheit wahrnahm.

Eine kleine verwirrte Falte legte sich auf ihr Nasenbein, während Angst in ihren wunderschönen Augen schimmerte.

Einen Moment zu lange hatte er ihr in die Augen gestarrt und erkannt, dass das nur möglich war, weil sie direkt in sein Eisblau sah.

Zischend durchschnitten ihre Krallen die Luft, zugleich der Zapfen kreiselnd zu Boden fiel.

Féin war wie versteinert. Er zuckte erst zusammen, als die heftige Empfindung von Schmerz ihn in atemraubender Geschwindigkeit durchflutete.

Rotes Blut floss aus den striemenhaften Wunden seines Armes, bahnte sich warm einen Weg über seine kühle Haut und tropfte vom Handgelenk hinab auf den Waldboden.

Instinktiv drückte er seine Hand auf die drei tiefen Einschnitte, die sie auf seinem Unterarm hinterlassen hatte. Für sie ungesehen, ließ die Wut seine Wangen erröten und reaktionsschnell stellte sich der feine Flaum auf seiner Haut auf. Ein klebriger Saft trat aus jeder einzelnen Kapillare und verteilte sich auf seinem Körper. Er presste sich dicht an die Rinde des Baumes, setzte seine Hände über seinem Kopf an den Stamm auf, und schwang sich in einer Rückwärtsrolle den Baum hinauf. Dank des Films haftete er am Stamm, wie eine Fliege unterhalb eines Blattes.

Eigin war aufgebracht, das konnte er klar sehen. Sie schaute sich hektisch um, während sie nur einen Kopf weit von ihm entfernt war.

Féin begutachtete die Kronen der Bäume und fand einen stabilen Ast. Geschwind krabbelte er rückwärts den Stamm empor, um sich gleich darauf behände den dicken Ast zu greifen.

Er ließ sich fallen, baumelte, holte Schwung und setzte sich mit einem Salto über Eigin hinweg.

Achtsam huschten Eigins Augen von einem Rascheln zum anderen. Das Gletscherseeblau seiner Iriden war in dem Moment verschwunden, als ihre Krallen spürbar in sein Fleisch eintraten. Ein lautes Poltern hinter ihr ließ sie einen Satz vor machen. Sie warf den Blick zurück, doch noch ehe sie reagieren konnte, packte Féin ihre Handgelenke und presste diese dicht an ihre angelegten Flügel. Schlingen eines Blauregens fesselten Eigin. Wie Schlangen umwickelten sie ihre Beine bis hinauf zu ihrer Hüfte. Selbst ein Teil ihrer Flügelenden spannen sie mit ein, sodass ihr keinerlei Möglichkeit verblieb, zu fliehen.

Sie zischte und fauchte, wand sich in der Fesselung. »Lass mich sofort los!«, schrie sie ihn an. Jedoch je mehr sie sich wehrte, desto fester zogen sich die hölzernen Zweige um sie zusammen.

»Ich denke nicht daran«, schnaufte Féin zurück, legte den freien Arm um ihre Taille und zog sie an seine unsichtbare Gestalt heran.

Trotz der Wut, die in ihm brodelte, prickelte seine Haut angenehm durch die Nähe ihres Körpers. Ihre glatte, weiche Flügelhaut berührte seine Brust, berührte hauchfein seinen Unterbauch. Sein Puls vermochte sich nicht zu beruhigen und schnellte weiter hinauf, während sich die feinen Härchen abermals aufstellten. Stoßweise entließ er seinen Atem im Takt seines Herzens.

Der warme Hauch glitt über Eigins empfindliche Kopfhaut und sank auf ihren Nacken nieder. Ihre Schultern erzitterten, zuckten fröstelnd.

»Ich dachte, ich sei keine Gefangene?«, fragte sie, aufgeregt, mit einem argwöhnischen Unterton.

»Wenn du aufhörst, dich wie ein wildes Tier zu benehmen, bist du das nicht.« Féin stieß hörbar Luft aus und seufzte. Er spürte, dass die Anspannung von ihr abfiel. Zögerlich milderte er den Druck um ihre Handgelenke, wobei er versehentlich mit dem Daumen über ihren Handballen strich.

Ein Schauer rann über Eigins Haut und ihre Stimme wurde zu einem samtenen Flüstern. »Wenn ihr mich bei jedem Schritt bewacht, verfolgt und beobachtet … dann bin ich ebenso wenig frei«, gab sie zu bedenken, während sie seiner Atmung lauschte, die sich nun ruhig und gleichmäßig auf ihre Haut legte. Ihr Körper entspannte sich zunehmend, die Krallen wichen in ihr Fleisch zurück.

Féin genoss die Sanftheit ihrer Worte und musste ihr zustimmen. Er wusste, dass es ihm ebenso missfallen würde, ein Gefangener zu sein und lockerte die Ranken, die sich in ihn zurückzogen und Eigin freigaben.

Sie war erstaunt über sein Handeln, dennoch entging ihr nicht, dass er noch immer ihre Handgelenke hielt, wenngleich nur leicht.

»Entschuldige bitte«, erklärte Féin sich, während er ihre Hände losließ, sich durch sein volles Haar fuhr und dabei einen Schritt zurücktrat.

Befangen massierte er seinen Nacken. »Du hast dich so lautlos in die Dunkelheit geschlichen, dass ich annahm, dass du etwas vorhast«, sprach er leise weiter.

Seine Stirn legte sich in Falten, während sich die Schmerzen seines Armes bemerkbar machten. Er ließ ihn sinken, betrachtete die blutigen Wunden, und drückte die Schnittstellen zischend zusammen.

Von Eigin falsch gedeutet, kehrte sie sich abrupt zu ihm um und wollte gerade zu einer Antwort ansetzen, als sie sich in den endlosen Wellen seiner Iriden verfing.

Ein Lufthauch entwich ihren Lippen, dennoch blieb sie wortlos. Verwirrt darüber, dass sie nicht mehr, als seine Augen zu sehen bekam. Zögerlich streckte sie ihre Hand nach ihm aus, während ihr Blick den seinen nicht verließ. Behutsam und fasziniert zugleich berührte sie seine unsichtbare Gestalt.

Wie machst du das?, lag die Frage in ihren Augen.

Forschend betasteten ihre Finger seine Brust und wanderten langsam zu seinem Bauchnabel hinab.

Féin sog scharf Luft ein, weshalb seine Bauchmuskeln zurückwichen. Vor Aufregung und Erregung verblieb sein Körper angespannt, seine Atmung stockte.

Er wollte etwas sagen und brachte doch kein Wort heraus. Aufgewühlt wirbelten die Eiskristalle in dem tiefen Blau seiner Augen umher und gaben preis, wie nervös sie ihn machte. Dennoch ließ sie nicht von ihm ab, befühlte jede unsichtbare Kontur.

Deutlich manifestierte sich seine Gestalt vor ihrem inneren Auge. Sie betastete die kraftvollen Wölbungen und malte sich in ihren Gedanken sein Erscheinungsbild aus. Sanft umfasste sie die Seitenlinien seiner Hüfte, spürte die Bewegungen der Ranken unter der Haut, unter ihren Händen und strich mit dem Daumen über den ausgeprägten Beckenknochen.

»Eigentlich«, sie machte eine kurze genussvolle Pause, »habe ich nur die von Amga gegebene Schönheit bewundert«, erklärte sie flüsterhaft und beantwortete so recht zweideutig seine vorangegangene Aussage.

Sie tippte mit ihren Fingerspitzen Bauch aufwärts, bevor sie ihre Hand ganz von seiner Haut löste und konnte sich ein, auf die Unterlippe beißendes Schmunzeln nicht verkneifen. Verlegen senkte sie den Blick und wenn es nicht so dunkel gewesen wäre, hätte er gewiss auf ihren schwarzen Wangen den blauen Schimmer der Scham erkennen können.

Féin konnte nicht sagen warum, denn er kannte sie kaum, dennoch wollte er den intimen Moment nicht verstreichen lassen. Er ignorierte die mahnenden Worte seines Verstandes, las Eigin behände auf und hob sie in seine Arme.

Ein quiekender Aufschrei entwich ihr, als sie den Boden unter den Füssen verlor.

»Schließ die Augen«, bat er sie und sie hätte schwören können, dass die kleinen Splitter in seinen Iriden greifbar hervortraten.

Sie kam seiner Bitte nach, lauschte gespannt in die Nacht hinein, und legte sich in den starken Armen zurück, während ihre Hände auf seiner warmen Brust verweilten.

Es war surreal, denn sie konnte ihn spüren und ebenso wusste sie, wenn sie nur für eine Winzigkeit die Lider öffnete, könnte sie durch ihn hindurchsehen. Doch sie tat es nicht, gab sich der Neugierde nicht hin und genoss stattdessen das ungezwungene Gefühl von Freiheit.

Leichtfüßig bewegte sich Féin durch das Geäst und lächelte, weil ihn ein Strom aus Zufriedenheit durchfloss. In ihrer Anmut, Hingabe und Wahrnehmung war die Nafga einzigartig schön. So schön, dass er kaum glaubte, dass etwas Böses in ihr ruhte.

Sie neigte leicht den Kopf zur Seite, als der Wind frisch an ihr vorüberwehte und sie darauffolgend das Plätschern eines Baches wahrnahm.

Féin folgte dem Lauf des Wassers, bis jener in dem breiten Laikül überging.

Das Rauschen des großen Flusses stieg Eigin in die Ohren und an Féins Bewegungen merkte sie, dass er die Strömung überqueren musste.

Mit einem Satz kam er am Ufer an, lief mit ihr weiter in den Wald hinein, und folgte anschließend einem schmalen Ausläufer, der tief ins Waldinnere hineinführte. Plätschernd fiel der

Wasserlauf über eine kaskadenartige Granittreppe und versiegte inmitten eines blaugrünlichen Sees.

Eigin schreckte auf, als sie feine spritzende Perlen trafen, während Féin am Granitgestein hinabkletterte. Fest schlang sie die Arme um seinen Hals und presste sich dicht an ihn.

»Lass die Augen zu, Schönheit. Wir haben es gleich geschafft«, verriet er und ein schiefes Lächeln zauberte sich auf sein Gesicht.

»Keine Angst, ich schummle nicht«, sagte sie schmunzelnd an seiner Brust, weshalb sie das Hüpfen seines Herzens spüren konnte.

Ein Aufquieken entwich ihr, nachdem er mit einem Satz am Rande des Ufers im wadenhohen Wasser landete und das kühle Nass auf ihre Kehrseite spritzte.

Er entstieg dem See und setzte sie behutsam auf feuchter Erde und weichem Moos ab. Leise trat er zurück und lehnte sich an die gräuliche, tiefgefurchte Borke einer alten Silberweide, deren ausladende peitschenartige Zweige sanft auf dem ruhevollen Spiegel schwammen.

Die Wurzeln breiteten sich als weiter Teppich auf und in dem dunkelbraunen Waldboden aus, während sich einige Stränge vom Gewässer benässen ließen. Ebenso, wie eine Vielzahl an ufernden Laubbäumen es der Weide gleichtaten.

»Jetzt«, erlaubte er ihr, rieb sich seine ineinander gefalteten Hände und wartete gespannt auf ihre Reaktion.

Eigin blinzelte ihre Sicht frei und eröffnete ihrem Geist ein unglaubliches, mitternächtliches Farbspektrum, eingefasst in einer himmlischen Oase.

Sprachlos stand sie auf, hörte dem Surren und Zirpen der Insekten zu, die sich in einer hohen Diversität an den moosbewachsenen Baumstämmen oder auf der schimmernden Wasseroberfläche tummelten.

Kleine Käfer und Nachtfalter flirrten um sie herum, deren Flügel in sonnenhellen Farben, von Himmelblau bis hin zum leuchtenden Rot, zuckende Lichtpunkte auf dem welligen Wasser hinterließen.

Das Gras, die Blätter der Bäume und das feuchte Moos erhielten durch die große Anzahl der glimmenden Tiere, einen hellen phosphoreszierenden Grünton. Die Schwärze der Nacht wurde durch die Farbgesamtheit unterstrichen. Nur die Monde spiegelten sich in zwei schmalen Sicheln auf der Oberfläche des Sees und ließen den kaskadenartigen Wasserfall silbrig glitzern.

Eigin traten Tränen auf die Lider. »Das ist wunderschön«, sagte sie und sah sich suchend nach Féin um.

»Nein. Du bist wunderschön«, flüsterte er so leise zu sich selbst, dass sie es unmöglich hören konnte, dennoch schaute sie ihn seit der letzten Silbe seiner Worte direkt an.

Ihr Lächeln erreichte ihre Augen und erst jetzt fiel ihm auf, dass sein Körper von nachtblauen Faltern übersät war. Ihre spitzzulaufenden Flügelenden blitzten silbern und zeichneten schemenhaft die Konturen seiner Gestalt nach.

Er zuckte mit den Schultern, dabei schreckten die Schmetterlinge auf und flogen in einem wilden Durcheinander um Féin herum und an Eigin vorbei.

Ein kleiner Schwärmer setzte sich auf Eigins Zeigefinger. Er schlug die Flügel auf und nieder, ehe er in das bunte Treiben zurückkehrte und doch einen Streifen Silberstaub auf ihrer dunklen Haut hinterließ.

Eigin besah sich ihren Finger und erinnerte sich an die süßlich cremigen Nuancen von Flieder und Tulpe, Blauregen, dessen Duft ihre Poren aufnahmen, sobald Féin sie in seinen Armen trug. Wie Balsam lag sein Eigengeruch auf ihr und genauso anziehend, wie sie diesen empfand, wirkte Féin auf die ihn umsäumenden Insekten, die von seinem Nektar trinken wollten.

Sie lachte auf, als er verlegen über sein Schmetterlingshaar wuschelte und die Falter irritiert aufflatterten.

»Schön, dass es dir gefällt«, freute er sich. »Leben zu erhalten ist viel bewegender, als Leben zu nehmen«, gab er zu bedenken.

Ihre Augen verengten sich zu Schlitzen. »Wie meinst du das?«, fragte sie mit einem misstrauischen Unterton.

Er räusperte sich. »Du musst zugeben, dass deinesgleichen dazu neigt, die Natur zu zerstören.«

Ihre Wangen färbten sich bläulich, allerdings nicht aus Scham, sondern vor Wut. »Das bedeutet dann also für dich, jemand wie ich hat keine Achtung vor der Natur?«, hob sie die Stimme.

Schneidend standen die Worte zwischen ihnen und verdrängten den vertraulichen Moment.

»Verzeihung, aber Brachland würde ich nicht gerade als eine idyllische Landschaft bezeichnen«, setzte er ihr aufgebracht entgegen.

»Die Vulkanlande bestehen aus weitaus mehr als nur ödes Brachland.« Ihre Stimme vibrierte, ebengleich wie ihre Hände zitterten. »Unser Lebensraum ist der Ursprung allen Lebens«, sprach sie weiter, »mein Volk ist der Ursprung allen Lebens!«

Féin blieb die Spucke weg, das freudige Strahlen verschwand aus seinen Augen. »Was?«, brach es entsetzt aus ihm heraus und ihr Hochmut machte ihn wütend. »Ja sicher, ihr seid ja so erhaben, erhaben über jedermann und jedes Geschöpf, erhaben über Amga. Schade, denn offenbar besitzt ihr keine Achtung.«

»Achtung? Vor wem sollten wir Achtung haben?« Ihre Hände ballten sich zu Fäusten, ihre Muskeln spannten sich an. »Vor euch niederen Wesen?« Sie reckte ihr Kinn in die Höhe und spie die Worte von oben herab hinaus.

Das hatte gesessen. Mit einem Schlag traf Féin die Wahrheit. Ihre Anmut verblasste und zurückblieb nur der Hass an ihrem Volk und an seiner Naivität. Dieser gefühlte Fehler würde ihm nie wieder passieren.

»Du bist so dumm!«, verspottete er sie, während er die restlichen Nachtschwärmer von seinem Körper schüttelte.

Zornig schritt er auf sie zu, sein unsichtbarer Deckmantel verabschiedete sich, das satte Grün trat allmählich hervor, hingegen das klare Blau seiner Iriden dunkler und wilder wirkte. Sein Gesicht bekam kantige maskuline Konturen, dessen ausgeprägte Wangenmuskeln angespannt auf und ab fuhren. In seiner vollständigen Erscheinung packte er forsch ihren Oberarm, zog sie dicht zu sich heran, während er so etwas wie Bedauern in ihren Augen suchte.

Doch Eigin war nicht gewillt, ihn in ihre Seele blicken zu lassen. Stattdessen gab sie ihm mit verbitterten Zügen zu verstehen, dass sie jegliche Form von Nähe verweigerte.

»Hami irrt sich!«, spie er ihr entgegen. »Du bist es nicht wert ein einziges Leben zu vergeuden!«, er stieß sie von sich, wodurch sie über die ausladenden Wurzeln der Weide rücklings zu Boden fiel.

Gedemütigt grub sie ihre Finger in die feuchte Erde, bebte vor Zorn und starrte ihn aufgebracht an. Ihr wurde klar, wie bedeutungslos sie in seiner Welt war. Wie viel Verachtung sie ihrem Volk entgegenbrachten und mit diesen Erkenntnissen verflog die kurze Unbeschwertheit, die sie zugelassen hatte. »Ich bin Hunderte mehr wert als jeder Einzelne von euch. Ihr seid alle Schatten neben mir«, brach es aus ihr heraus, während sie ihm eisige Kälte entgegenschlug.

»Vielleicht solltest du verschwinden, bevor du uns Ärger machst«, gab er ihr zu verstehen und wandte sich von ihr ab. Die Hände zu Fäusten geballt, verließ er den Ort, den er ihr als Geschenk dargeboten hatte und aus einem reinen Gefühl heraus ihr offenbaren wollte.

Eigin zügelte sich, etwas Boshafteres zu sagen. Sie brauchte einen Augenblick, ehe sie ihm hinterherschrie, »und jetzt lässt du mich hier allein zurück?« Verwirrt und wütend zugleich blickte sie ihm nach.

Féin kehrte sich nicht zu ihr um. Wortlos verschwand er in der dichten Dunkelheit des Waldes.

Eigin konnte kaum glauben, was gerade passiert war, und gleichzeitig konnte sie es nicht fassen, dass er sie tatsächlich allein zurückließ. Statt sich zu rühren, ließ sie ihren Kopf auf ihre angewinkelten Knie sinken, kreuzte die Füße übereinander und wiegte sich verloren.

Wie konnte es sein, dass er sie so eingewickelt hatte? Konnte eine schöne Kulisse sie vergessen lassen, wer sie war und warum sie hier war?

Eigins Gedanken schlugen Purzelbäume und sie fühlte sich überrannt, durcheinander von ihren Gefühlen.

Sie war dumm gewesen. Genau wie er es gesagt hatte. Wie ein kleines Kind hatte sie sich gefreut und dabei ihren Auftrag missachtet. Sie hatte sich, von den Augen, in denen man ertrinken möchte, betören lassen.

Das emotionale Chaos überwältigte sie. Sie sammelte die salzigen Tränen, die über ihre Lippen rannen, mit ihrer Zunge auf.

Sie versuchte durchzuatmen, sich gegen das Aufbrechen ihrer Gefühle zu wehren, doch die Tränen waren nicht aufzuhalten. Ein Schluchzen entwich ihr und leise weinte sie in die Nacht hinein.

Kapitel 11

Schützend in die Felle gehüllt, kämpften sich die Nafga durch den eisigen Schneeregen, der ihnen ins Gesicht peitschte. Sie suchten Zuflucht in den Ruinen des Caldera-Gebirges, das sich aus dem Eis und dem Vulkanitgestein des Ona Sules gebildet hatte.

Von den Feuerlanden aus lohnte es sich nicht, einen Flügel zu heben, um die kraterreiche Landschaft zu erreichen, die auf der warmen Sonnenseite von feurigen Ergüssen erzählte. Dennoch wiesen die von Raureif überzogenen Gebirgshänge auf das Weichen der Vulkanlande hin und kündigten die unendlich scheinenden Eislande an.

Einmal die Hürde in die Eisigkeit überwunden, stellte man schnell fest, wie weitläufig sich das Caldera-Gebirge ausgebreitet hatte und wie hart und erbarmungslos sich die Kälteregion zeigte.

Ursprünglich entstand die bergige Landschaft aus einem exorbitanten Krater, der eine Eisgesteinssenke mit mehrfachen Kraterhöhen und Tiefen hinterlassen hatte. Unglaublich riesenhaft im Durchmesser und trotz seiner einst lebendigen Entstehung waren die vielzähligen Schlote nur noch von Schnee und Eis gefüllt.

Sich das zugefrorene Naturereignis zunutze machend, schufen die Eskim und Warkrow eine Heimat, nahe gelegen an den Feuerlanden, die bis zum stillen Vulkan Jarol und der berglosen Eiswüste reichte.

Doch der Krieg ließ die Eissteinstadt zerstört zurück. Vor den Toren und Türen lagen die Überreste der zertrümmerten Behausungen und boten nur wenig Zuflucht vor dem unbarmherzigen Unwetter. Nur hier und da fand sich eine Schutz bietende Nische, in die sich die zahlreichen Nafga-Krieger kauerten, um das Ende des Sturms abzuwarten.

Über das Eis und den Schnee schleifend, rollte Nathan die Runde Gesteinsplatte zur Seite und betrat ein fast unversehrtes Gemäuer. Der eisige Schneeregen rauschte in den geschützten nachtschwarzen Raum hinein, den er sogleich verschloss.

Polternd entließ er den rückengroßen Nafgahautsack auf den vereisten dunklen Gesteinsboden. Er schüttelte seine Flügel aus und klopfte sich Wasser und Schnee vom Fellmantel. Im Schutze der Kapuze besah er sich den länglichen Bau, der vom Krieg verschont blieb und im Dunkel schemenhaft zeigte.

Er streckte den Zeigefinger von sich und wartete ab, bis eine kleine Flamme auf seiner Fingerkuppe züngelte. Wie eine lichtspendende Kerze hielt er seine Hand von sich, damit er sich alles genau besehen konnte.

An einigen Stellen fehlten Gesteinsstücke im Mauerwerk, weshalb der Wind die Kälte pfeifend hineintrug. Kantiges und spitzes Gestein ragte rechterseits in die Kammer. Inmitten der bedrohlichen Felswand befand sich ein Durchgang, zugeschüttet von überfrorenen, schwarzen Brocken, die sich bis zum eineinhalb Mann hohen Eingangsbogen auftürmten und eine Zunge aus Geröll zu seinen Füssen bildeten.

Er nahm an, dass dieses Schutzgemäuer als Eingang zu den anderen Räumlichkeiten diente, da der Raum nur spärlich eingerichtet war. An den Wänden hingen massive Fackelhalter, in denen noch einige komplett eingeeiste, faserige Stifte steckten. Man hatte keinerlei Sitzmöglichkeiten geschaffen, was einen weiteren Hinweis darauf gab, dass es sich ausschließlich um eine Eingangspassage handeln musste. In der hintersten Ecke, links von ihm, stand eine aus Stein und Holz gefertigte Spitzhacke, die von

Eis überzogen war und an deren gebogener Steinklinge beidseitig Eiszapfen hinunter wuchsen. Den Rahmen der zugeschütteten Tür zierten Überreste von Eisenbeschlägen, welche ebenso im vereisten Gestein des Fußbodens hineingearbeitet worden waren.

Nathan kniete sich hinab und rieb mit seinem fellüberzogenen Unterarm über den vereisten Boden, dabei hauchte sein Atem dunstige Wolken hinaus.

Unter der Eisdecke versteckt, trat nebelhaft ein grüner Smaragd zum Vorschein, dessen Glanz mit der Flucht der Warkrow vergraben wurde.

Jetzt war er sich sicher, dass er sich im Vorbau einer Steinländerfamilie befand, möglicherweise von einem ganzen Verbund und dennoch schien alles wie leer gefegt.

Nathan stand auf und brach knackend eine Fackel aus der Halterung heraus. Er schlug den gusseisernen Flammenschutz schallend auf den gefrorenen Boden. Das Eis um die Fassung barst rissig auf, während sich feine Kristallsplitter vom Untergrund lösten und er eine randgetreue Einkerbung mit dem Schlag schuf.

Er scharrte die Überreste des Eises mit seiner Daumenkralle vom kegelförmigen Faserdocht und befühlte die feuchten, haardünnen Stränge. Zufrieden legte er die Fackel nieder, zog den Beutel näher zu sich heran und öffnete den breiten Knoten mit einer Hand.

Achtsam, den flammenden Finger von sich gestreckt, holte er eine zusammengefaltete, gefüllte Nafgahautdecke hervor und begann jene, mehrere überlappende Felle und ein paar Leinen aufzuschlagen.

Als er das Brennholz freigelegt hatte, sammelte er die Hälfte auf, ging in eine hintere, windgeschützte Ecke des Gemäuers und platzierte das kantige Holz körperbreit nebeneinander. Obenauf lehnte er einige Scheite zu einem Dreieck aneinander, jedoch ließ er den Rest auf den Felldecken liegen, denn er wollte sparsam mit dem, für ihn lebensnotwendigen, Material umgehen.

Er kehrte zurück zu seinem Hab und Gut und zupfte sich eine Handvoll Fasern vom befreiten Docht, knetete die Fäden zu einem Knäuel und schritt auf die errichtete Feuerstelle zu.

Durch seine innere Wärme verließ die Feuchtigkeit die magnesiumdurchsetzten Stoffstränge. Das daumenballengroße Bündel trocknete, bevor ein leises Knistern von ihm ausging. Die Fasern in seiner Hand begannen zu glühen, ehe sie in Flammen aufgingen.

Mit dem brennenden Knäuel ging er in die Hocke und schob den bereits bräunlichen Ball behutsam zwischen die aufgestellten Holzscheite.

Eine Weile sah er dem gefräßigen Knistern zu, legte einige Faserstränge nach, während die Flamme auf seiner Fingerkuppe erlosch.

Er pustete die Lohen des Lagers auf und gedachte der Ereignisse vergangener Monde, die ihrer aller Schicksal besiegeln sollten.

Nag Mahvan hielt hinter vorgehaltener Hand an der Entscheidung fest, dass nur ein Nafga-Wenetra-Hybrid die Wenetra und deren Zufluchtsgebiete finden könnte.

So entsprang aus des Herrschers Lenden Eigin, die zu den damaligen Monden nicht als erstes unreines Kind geboren wurde, dennoch als Einzige den Ansprüchen Nag Mahvans genügte.

Nathan wurde schlecht, als er sich an die misshandelten Frauen und zum Tode geweihten Kinder besann. Nur ein Nafga-Mischling wuchs zu einer starken Frau heran, die alsbald damit beauftragt wurde, die Waldländer ausfindig zu machen.

Auch ohne Eigins Hilfe wusste er bereits, dass die Wenetra hinter dem Inyan-Gebirge und inmitten den Arbaro-Wäldern Schutz suchten. Doch er gehörte dem Bund der Aufständischen an und würde nicht noch einmal den Fehler begehen, sich auf die falsche Seite zu schlagen.

Als Nag Mahvan ihm und dem wachhabenden Dour befahl, die Hälfte der Recken mit ausreichend Proviant und Kleidung auszustatten, wusste er, dass sie in den Krieg ziehen würden und dass Eigin die Wenetra gefunden hatte.

Er hätte nur nicht damit gerechnet, dass Nag Mahvan den Marsch über das Caldera-Gebirge und die kältezehrenden Eislande wählen würde. Denn es gab gewiss unbeschwerliche Wege, um zu den Arbaro-Wäldern zu gelangen.

Dies erschloss sich ihm nicht. Ebenso wenig, warum der Herrscher vorsätzlich einen Teil der Krieger in den Vulkanlanden zurückließ. Zudem behagte ihm der Anblick der zerrütteten Eissteinstadt nicht, die kein Leben mehr von sich gab.

Nathan hatte einst im Tueney-Wald und hier im Caldera-Gebirge gekämpft, die Schlachten miterlebt. Er zerstörte die Hoffnungen der Ahnungslosen und tötete hinterrücks deren Familien. Er verriet seine Überzeugungen und seine einstigen Freunde. Anders als Dour, der Nag Mahvan verehrte, bereute Nathan seine Taten. Sie widerten ihn an und er verabscheute den Mann, der er war.

Er rieb sich über sein gezeichnetes Gesicht, vergrub es voller Scham in den Händen und konnte nur hoffen, Wiedergutmachung zu leisten.

Seine Brust fühlte sich eng an, als er sich erhob und sich vom Feuer abwandte. Er atmete durch, kniete sich zu den verbliebenen Hölzern nieder, wickelte sie bedacht in die Lagen und Häute ein und verstaute sie in dem Nafgahautsack. Eine Felldecke ließ er liegen, stand auf und brach die übrigen vier Fackeln aus ihren Halterungen heraus.

Er kratzte so eben das Eis vom letzten Docht, als sich der mächtige Torstein zur Seite rollte und der Wind schneeverwehend hineintrieb. Sogleich stellte er sich schützend vor dem brennenden Lager.

»Eile dich und verschließe den Eingang!«, befahl er dem Eindringling.

Knarzend und unter Stöhnen schob eine Nafga-Kriegerin den Stein zurück. Das Fuchsfell klebte triefend nass an ihrem Hals, Waden und Armbeugen.

Sie wischte sich den feuchten Film aus ihrem Gesicht und schniefte. »Ich habe dich aus der Ferne hier hinein huschen sehen und wusste, dass du die komfortabelste Unterkunft erwählen würdest.« Sie lächelte ihn an, dabei ließ sie ihr schweres Gepäck unmittelbar neben seinem fallen, und versuchte anschließend, das klitschnasse Fell abzustreifen.

»Diese Nacht werden wir hier ausharren müssen, Mallorie. Bis dahin werden die Sachen getrocknet sein«, sprach er, während er die Scheite verlagerte.

Mallorie nickte, wrang im Eingangsbereich den tropfenden Pelz aus und hängte ihn weit ausgebreitet über das spitze Gestein der hineinragenden Felswand.

Nathan schlug seine Kapuze zurück und den flackernden Flammen offenbarte sich seine entstellte Gesichtshälfte, die rechterseits kein Ohr besaß. Nur die Öffnung des Gehörgangs zeigte sich verwuchert verwachsen, ansonsten fehlte das Knorpelgewächs oder gar eine auffangende Muschel.

Obwohl das entstellte Organ jeder Frau als unansehnlich, gar abscheulich erschien, brachte es ihm gegenüber den Anwärtern der Kriegskunst Respekt ein.

Er selbst empfand den Moment, als er sein Ohr verlor, unehrenhaft und wenig ruhmreich, denn die wulstige Haut erinnerte ihn Mond um Mond daran, dass er auf der falschen Seite kämpfte. Es erinnerte ihn daran, wie schnell Freundschaften zerbarsten.

Er knotete die Riemen, die das Fell eng am Körper hielten, auf, zog es aus, und tat es Mallorie gleich.

Jene war derweil damit beschäftigt, ihre eigene Feuerstelle zu errichten. Überrascht stellte sie fest, dass er wohlweislich einen weiteren Mantel unter dem ersten trug und sich auch von diesem entkleidete.

Die Tierfelle bedeckten nun der Länge nach das spitze Gestein der Wand und es wirkte, als ob Jäger ihre Trophäen zur Schau stellten. Von den Säumen der Mäntel rann die Feuchtigkeit hinab und tropfte klang- und taktvoll auf den Eisgesteinsboden.

Mallorie stellte die Holzstücke auf, bevor sie die klammen Hände aneinander rieb, und hatte Mühe, ihre innere Wärme bis in die Finger zu treiben.

Nathan griff sich das Tierfell und zog es hinter sich her. Sorgfältig breitete er es dicht am Lagerfeuer gelegen aus und reihte, die einigermaßen von Eis befreiten, Fackeln nebeneinander auf jener auf.

Er wandte den Blick Mallorie zu, die mit zitternden Fingern versuchte, eine Flamme zu entfachen.

Er schüttelte den Kopf. »Wir haben noch nicht die Hälfte unseres Weges durch die Eislande bestritten und du scheinst bereits nicht mehr in der Lage zu sein, eine einzelne Lohe zum Züngeln zu bringen.« Abermals schüttelte er den Kopf.

Peinlich berührt, senkte Mallorie den Blick.

Mutmachend drückte Nathan ihre Schulter, während ein bedauerndes Lächeln über sein Gesicht huschte. »Es ist nicht deine Schuld, Mallorie. Er treibt euch absichtlich an eure Grenzen«, sprach er sorgenvoll.

Mallorie sah zu ihm auf. »Aber warum macht er das? Braucht er die vereinten Kräfte nicht für den Kampf?«

»Doch, die braucht er. Aber so erkennt er, wer mit dem Feuer sparsam umgeht. Was in deinem Fall bedeutet, dass Dour und ich versagt haben.« Verärgert über die Erkenntnis, drückte er ihre Schulter fester. »Wir hätten euch zeitweilig hungern lassen oder euch die Möglichkeit auf Feuer einige Monde verwehren sollen.«

Sie blinzelte überrascht, doch er sah entschlossen auf sie hinab. »Mallorie, ein Krieg ist lang und besteht nicht aus der Schlacht allein. Viel Zeit wird vergehen, ehe wir nach Hause zurückkehren können.«

Sie legte beschwichtigend eine Hand auf die seine verkrampfte. »Du ahntest nicht, dass er den Weg durch die Eislande wählt. Keiner hätte das in Betracht gezogen.«

Nathan entließ den Griff und seufzte. »Leider nicht. Sein Bewegen gibt mir Rätsel auf. Er hat keinerlei Andeutungen gemacht und ich bin davon ausgegangen, dass er sich für dieselbe Strecke in die Arbaro-Wälder entscheiden würde, wie Eigin es uns vortat.«

Sie nickte, ihn verstehend.

»Du kannst dich auf meinen Scheiten ausruhen«, bot er ihr mit einer weisenden Geste an. »Ich werde mich um ein neues Lager kümmern.«

Sie stand auf und schritt auf die brennende Feuerstelle zu. »Geht es Eigin gut?«, fragte sie nachdenklich, ehe sie den braunschwarzen Taschengürtel, der sich um ihre rosaroten Hüften schwang, abstreifte und sich bedacht in den Flammen niederließ.

»Soweit ich weiß«, antwortete er ruhig, während er die Flammen auf seiner Hand zum Tänzeln brachte.

»Aufbruch!«, ertönte es durch die Lücken des intakten Mauerwerks.

Mallorie rieb sich über ihre schlaftrunkenen Augen, während sie sich müde aus der Seitenlage aufsetzte. Aus dem kleinen Spalt ihrer Lider erkannte sie, dass Nathan sich vollständig angekleidet hatte und die letzten Habseligkeiten in dem großen Sack verstaute.

Sie schaute durch eine Fuge hinaus und sah, dass die Krieger früher als gedacht aufbrachen. Das Dunkel der Nacht verweilte am Himmelszelt, der Horizont zeigte sich mittelblau. Es würde sicher noch eine gewisse Zeit dauern, bis die trübe kurze Sonnenzeit hervortrat. Zumindest der Sturm war verklungen und blies den Wind kaum noch in das schützende Gemäuer hinein.

Sie eilte sich, aufzustehen, bedeckte ihre Nacktheit mit der körpereigenen Kleidung, band den Taschengürtel um ihre Taille und verlagerte ihn so, dass er locker auf den Hüften lag. Geschwind nahm sie den Fuchsfellmantel von der Felswand ab.

Nathan sah durch einen Spalt hinaus. »Du musst dich sputen, der Wind ist uns wohlgesinnt und die ersten Schwingen erheben sich in die Lüfte.«

Er kehrte sich ihrem aufgezehrten Lager zu und wühlte suchend in der kalten Asche nach brauchbaren Überresten, jedoch verstrich er nur den Staub auf das freigelegte Gestein.

Mallorie steckte ihren Kopf durch das rotbraune Fuchsfell und platzierte es ausgebreitet auf den Schultern. Als sie behutsam die Flügel durch die eingearbeiteten Fellschlitze steckte, erschauerte sie kurz, da sich das noch klamme Fell kühl auf ihre Haut legte. Platzsuchend ruckte sie es zurecht, ehe sie den Pelz hautnah umschloss, und den buschigen Fuchsschwanz um ihren Hals wärmend drapierte.

»Wie lange werden wir in den Eislanden unterwegs sein?«, fragte sie und war überrascht über das angenehme Gewicht des Beutels, das sie auf ihren Rücken verspürte. Sie straffte die Riemen fest, darauf bedacht, dass der klobige Ledersack ihre Schwingen beim Fluge nicht behindern würde.

»Schwer zu sagen, da ich noch herausfinden muss, was Nag Mahvan vorhat. Wenn er sich am Randgebiet der Eislande fortbewegt, schätze ich, drei bis sechs Monde.« Er ging an Mallorie vorbei und auf die Steinplatte zu. »Es kommt ganz darauf an, ob wir fliegen oder laufen werden.«

Mallorie lächelte, als sie sich neben ihn stellte und gemeinschaftlich mit ihm den großen Stein ins Rollen brachte. »Jetzt sieht es gerade nach Ersterem aus.« Sie duckte den Kopf aus der Höhle heraus und blickte gen Himmel, während einige Feuerwesen an ihnen vorüberzogen. Im Halbdunkel entdeckte sie Aviurs hell leuchtende Erscheinung. Gleich daneben schritt, dunkler als die Nacht, Vukan voran, dicht gefolgt von ihrer besten Freundin Nyx, die dem Blau des vergehenden Dunkels glich.

Sie winkte ihren Freunden zu und erhielt einen Gruß zurück. Noch ehe sie sich von Nathan entfernen wollte, hielt er sie am fellüberzogenen Oberarm fest. »Pass auf, dass du unser Vorhaben nicht verrätst«, trichterte er ihr mit einem verschwörerischen Blick ein.

»Ich bin nicht lebensmüde, Nathan«, erklärte sie ihm, sich der Gefahr bewusst. »Außerdem würde ich meine Familie nie im Stich lassen«, unterstrich sie ihre Worte.

»Gut«, meinte er und nickte, während er ihren Arm losließ. »Sei vorsichtig im Umgang mit Vukan. Wir können ihm nicht vertrauen und er hat augenscheinlich etwas für dich übrig.« Er lupfte eine Braue, hingegen Mallorie verschmitzt grinste und ihren näherkommenden Freunden abermals zuwinkte.

»Kann schon sein. Ich werde mir die Privilegien zunutze machen.« Sie schenkte Nathan einen lasziven Augenaufschlag. »Warte es ab. Nicht mehr lange, dann schmilzt er in meiner Hand, wie dieses verdammte Eis unter meinen Füssen.« Schmunzelnd wandte sie sich von ihm ab und schritt auf ihre Freunde zu.

»Mallorie!«, rief er ihr leise nach, »pass auf dich auf! Ich habe versprochen, dass dir nichts geschieht.«

Sie kehrte sich ein letztes Mal zu ihm um. »Keine Bange. Ich bin ein großes Mädchen«, meinte sie, obwohl sie die Sorge in seinem von Leid gezeichneten Gesicht wahrnahm.

Sie verbannte die negativen Gedanken und schluckte den bitteren Geschmack von Furcht hinunter.

»Geht es dir nicht gut?«, erkundigte sich Nyx, mit dem Versuch ihrer Freundin in die Augen zu schauen.

Mallorie runzelte die Stirn und zog die Brauen zusammen. »Doch. Ich habe nur schlecht geschlafen«, log sie und rang sich ein Lächeln ab.

»Das geht uns allen so«, erwiderte Nyx und stieß Mallorie an, während ein Windstoß über ihre Köpfe hinwegfegte und sie Nathans gräuliche Gestalt mit der unverkennbaren dunkelroten Zeichnung am Himmel davongleiten sah.

Kapitel 12

Ein Schwall kaltes Wasser riss Eigin aus dem Schlaf und schleuderte sie zurück in die surreale Realität. Verschreckt die Luft anhaltend, fuhr sie hoch, während das kühle Nass ihren Rücken hinabrann.

»Guten Morgen, Träumerin«, begrüßte sie eine tiefe, samtige Frauenstimme, derer sarkastischer Unterton ihr nicht verborgen blieb. Sie blinzelte die feinen Tropfen aus ihren Lidern und besah sich die junge Frau, die sich der aufgehenden Sonne in den Weg stellte.

Eigin fröstelte es im Schattenwurf der Kargon, die sich breitbeinig, mit in die Hüften gestemmten Händen, selbstbewusst vor ihr aufgebaut hatte. Die ersten gelblichen Strahlen des morgendlichen Scheins schimmerten durch ihr Haar und ließen es gülden erstrahlen. Seidig zeigte sich ihre von der Sonne geküsste Haut an den wenigen unbedeckten Stellen ihres Körpers. Eine leichte Brise strich durch das hüftlange Haar und fächerte Eigin eine warme Note aus salzigem Meeressand und flirrender Hitze zu.

»Es wird Zeit aufzuwachen. Du wirst schon sehnsüchtig erwartet und vermisst«, forderte sie die Wüstenländerin auf, die sie verschmitzt anlächelte.

Eigins Augenbraue huschte spöttisch nach oben, doch ehe sie ihr etwas entgegensetzen konnte, vernahm sie ein glockenhelles Kichern. Neugierig reckte sie den Hals an den Beinen vor ihr vorbei, die ihr die Sicht versperrten, und entdeckte im See ein Mädchen mit silbrig blauen Locken, das ihr mit leuchtend türkisen Augen einen belustigten Blick zuwarf. Weshalb Eigin verstand, wem sie das morgendliche Bad zu verdanken hatte.

»Hallo Eigin. Einer da?«, forderte die unverschämte Blume der Wüste ihre Aufmerksamkeit ein. Sie wedelte mit der Hand vor ihrem Sichtfeld, was Eigin genervt die Falte auf ihre Nase trieb.

»Ich störe dich nur ungern, aber könntest du dich allmählich aufraffen?« Die sonnengleiche Erscheinung reichte ihr aufhelfend die Hand.

»Was sollte ich schon Dringendes zu tun haben?«, gab Eigin schnippisch von sich, wohingegen sie die Hilfe widerstrebend annahm.

»Einiges«, entgegnete die Kargon, als Eigin sich aufrappelte. »Denn wie ich gehört habe, möchtest du ein Teil der Gemeinschaft werden. Oder ist mir etwas Falsches zu Ohren gekommen?«, fragte sie und der blanke Hohn sprach mit. »Allerdings musst du dir den Respekt verdienen. Mit der Sklaventaktik kommst du hier nicht weit. Schrecklich, ich weiß.« Süffisant ließ sie den Blick über Eigin schweifen. »Und ich weiß auch, dass es komisch für dich klingen muss, aber das Kollektiv funktioniert durch gemeinnützige Arbeit.«

Ein abfälliges Grinsen huschte über Eigins Gesicht, während ein angriffslustiger Schimmer in ihren grünen Iriden aufblitzte. »Wirklich?«, gab Eigin gespielt naiv von sich. »Entschuldige, aber das versteh ich nicht. Schließlich bin ich eine Nafga und zu meinen tyrannischen Neigungen bekanntlich dumm!«

Die Kargon gab ein ehrliches Lachen frei. »Schön, dass wir das geklärt haben, Eigin.« Sie zwinkerte ihr zu. »Ich bin übrigens Sahira.«

»Wie ich bemerke, kennt jeder meinen Namen bereits«, äußerte sich Eigin.

»Sicher. Du wirst auf die Höflichkeitsfloskeln der anderen Wesen verzichten müssen.«

»Gut, damit kann ich leben. Hat das Mädchen auch schon von mir gehört?«, fragte Eigin, während sie mit ihrem Kopf in Richtung der Wasserländerin nickte.

Die Lewedesandes saß auf den Stufen der Kaskade und ließ sich von dem hinabfallenden Wasserlauf durchnässen.

Sahira wandte sich zum See um. »Die lebhafte Frau hinter mir heißt Maree. Es mag augenscheinlich nicht so wirken, aber sie ist vermutlich einige Mondvereinigungen älter als du«, behauptete Sahira, obwohl kaum zu glauben war, dass die Lewedesandes das Erwachsenenalter schon erreicht hatte. »Lass Dich nicht von Äußerlichkeiten täuschen, alle Lewedes behalten ihr jugendliches Aussehen. Zudem ist ihre Mutter eine Eskim, was sie voraussichtlich konserviert.« Sahira strich sich eine goldene Strähne hinter das Ohr. »Leider hat nicht jeder so viel Glück.« Sie seufzte missmutig. »Ich bin von der Sonne gezeichnet und werde mit Sicherheit bald die ersten Falten erhalten.«

»Ich ahnte schon, dass ich normal bin«, scherzte Eigin.

»Ja, wahrscheinlich bist du die Normalste von uns allen. Wir wissen es nur noch nicht.«

Amüsiert schmunzelte Eigin, sich bewusst, dass sie heute ein leichtes Spiel haben würde.

Sahira stieß einen Pfiff aus, um Marees Aufmerksamkeit zu gewinnen. »Mach es gut, Süße. Ich breche mit Eigin auf. Wir sehen uns später.«

Sie winkten sich zum Abschied zu, bevor sich Sahira vom See entfernte und einen Beutel aufhob, der an einem Baum anlehnte. Behände schulterte sie die mehrfädigen Striemen, ehe sie den Hügel, der zum Wasserlauf führte, hinaufstieg.

Eigin eilte sich, ihr zu folgen. »Also ist Maree auch ein Halbling?«, fragte sie Sahira und hatte Mühe, die nasse von Holzresten, Laub und Humus bedeckte Anhöhe zu erklimmen.

Sahira hingegen ging geschwind und leichtfüßig über den feuchten Sand, ganz anders als Eigin, die ständig mit ihren Füßen wegrutschte und mit ihren Händen Halt suchte.

»Ja, genau wie meine Wenigkeit und Aberhunderte andere, die du kennenlernen wirst.«

Eigin hielt kurz in ihrem mühevollen Aufwärtskampf inne und war erstaunt, dass weder das optische Erscheinungsbild noch ihre gute Nase einen Hinweis darauf gaben, welcher Mutation Sahira angehörte.

Die Kargon drehte sich zu Eigin um, packte ihren Unterarm, und zog sie die Walderhöhung hinauf.

Von hieraus konnte man direkt auf den Waldsee hinabblicken und Eigin erkannte, wie groß der ungleich geformte, grünbläuliche Maarsee in Wirklichkeit war.

Sie sah Maree nach, die tauchend davonschwamm, ehe sich ein lautes Knurren bemerkbar machte. Eigin legte eine Hand auf ihren brummenden Bauch.

»Wohin gehen wir?«, wollte sie wissen, während sie ihn beruhigend streichelte.

»Überall dorthin, wo du noch nicht warst«, Sahira grinste.

»Dann hast du zur heutigen Sonnenzeit ausschließlich mit mir zu tun«, gab Eigin zurück.

»Ich weiß«, seufzte Sahira, »doch mein Gefühl meint, dass wir tatsächlich Spaß haben werden.«

»Tatsächlich?«, erkundigte sich Eigin amüsiert.

»Ja, sieht so aus.«

Abermals grummelte Eigins Magen.

Sahira sah hinab zu der Hand auf Eigins Bauch.

»Ein wenig wirst du noch ausharren müssen, bis wir ein feines Frühstück zu uns nehmen.«

Sie klopfte auf den vollen Beutel, während ein widersprechendes Knurren aus Eigins Magengegend kam.

Sahira lachte erheitert, kehrte sich dem kleinen Lauf zu und überwand ihn mit zwei großen Sätzen. »Komm, ansonsten verhungerst du noch«, trieb sie Eigin an, während sie bereits die Anhöhe auf der anderen Seite schräg hinabstieg und Eigin ihr folgte.

»Welche gemeinnützige Aktivität soll ich bei dieser Besichtigungstour erfüllen können?«

»Da gibt es ganz viele Möglichkeiten. Aber vor allem wurde mir aufgetragen, dir ein wenig von den Waldlanden zu zeigen und zu erklären.«

Zeitgleich zu Sahiras Worten wanderten sie weiter.

»Betrachte mich also als deinen Wegweiser, im Zufluchtsgebiet der Wenetra«, erklärte sie.

Unten angekommen, wurde der Wald dichter. Nur einzelne Sonnenstrahlen berührten den von Farnen, Gräsern und Waldpflanzen bewachsenen Boden. Vereint mit der Sonne brachte der Morgentau die Halme und Blätter zum Glitzern, während Vogelgesang zwitschernd den Morgen begrüßte.

Eigins Augen folgten ein paar Eichhörnchen, die von Ast zu Ast sprangen und sich spielerisch jagten. Ein Rascheln im Unterholz eines vermoosten Baumstumpfes, zwischen zwei Steinen, forderte ihre Aufmerksamkeit ein und sie verweilte beobachtend. Eine Maus lugte aus der braunen Erde hervor, dabei wackelte ihr Näschen flink auf und ab. Sicherlich trieb die Suche nach Nahrung sie aus ihrem Versteck, was Eigin das Grummeln im Magen zurückbrachte.

»Momentan befinden wir uns in den südlichen Waldlanden der Arbaro-Wälder, die sich hinter oder auch vor dem Inyan-Gebirge befinden. Je nachdem, aus welchem Blickwinkel man es betrachten mag«, wog Sahira ab. »Dieses Territorium ist zum größten Teil von den Wenetra und deren Hybriden besiedelt«, erzählte sie. »Das heißt, jegliche Mischform der Hybridität, die mit den Wenetra einhergeht.«

Aufmerksam und interessiert hörte Eigin ihr zu, während sie sich mit Sahira an den eng aneinandergewachsenen Bäumen vorbeidrängelte. Auf dem von Grün überwucherten Waldboden lagen diverse Steine, die stetig an Mehrheit und Masse gewannen.

Geschickt lief Sahira einen größeren Brocken hinauf, um anschließend von einem zum anderen voran zu springen, dabei wackelte der Lederbeutel an ihrer rechten Taille mit. Sie hielt inne und kehrte sich zu Eigin um, die es ihr nachtat.

»Natürlich wirst du auch reinen Lebensformen begegnen, da sich die Familienmitglieder zumeist beieinander aufhalten. Auch ist das Gebiet der Steinländer, der Inyan-Warkrow, nicht weit, die durch die Nähe der Gemeinschaften ein inniges Verhältnis zu den Wenetra aufgebaut haben.«

Sahira kehrte sich von Eigin ab und sprang weiter von Gestein zu Gestein.

»Die Wenetra sind ein Volk, das im Kollektiv miteinander agiert. Das bedeutet, dass alle Früchte, die erlesen oder gesammelt werden, dass jedes Getier, was erlegt oder gefangen wird und jedes Fasergewand, was beispielsweise geklöppelt, geflochten oder getundelt worden ist, gerecht verteilt wird.« Sahira schnaufte sich ihren Pony aus der Sicht, als sie vor einer Gesteinsgruppierung zum Stehen kamen, auf die sie hinaufklettern mussten.

»In dem Kollektiv der Waldlande findet kein Handel statt und das System der Gemeinschaftlichkeit funktioniert nur, wenn jedermann seinen Beitrag dazu leistet.«

Sahira hatte den ersten Hang erklommen und reichte Eigin als Aufstiegshilfe ihre Hand. Eigin ergriff diese und achtete darauf, dass ihr Fuß als Stütze den richtigen Halt in einer Kuhle der Steinwand fand. Sie stieß sich ab und zog sich dank Sahiras Hilfe die Gesteinsfläche hinauf.

Hände abklopfend, lächelte Eigin sie an, dabei flogen grauweißliche Staubpartikel durch die Luft, die in den spärlichen Sonnenstrahlen tanzten.

»Dann leben die Wenetra nur von dem, was ihnen ihr natürlicher Lebensraum bietet?«, erkundigte sich Eigin, die steinige Steigung betrachtend, deren Breite immer weitläufiger zu führen schien.

»Nicht wirklich. Andere Lande, andere Sitten. In den Wüstenlanden«, Sahira zwinkerte ihr zu, ehe sie sich rechts an Eigin vorbei drängte, »und auch in den Eislanden wird reger Tauschhandel betrieben.«

Verwirrt sah Eigin ihr nach. »Aber was hat das ...«

Sahira unterbrach Eigins Frage. »Da in allen fünf Landen Mischwesen vorzufinden sind, findet ein regelmäßiger Austausch von Waren statt. Der älteste Eskimer des Kreises der Fünf in den Waldlanden, Yas, ist gerade mit den Wenetra-Eskim-Hybriden auf dem Weg zur Kristallstadt Arjuna Lumen. Genauso wie Saheel, ein Kargonjer und der Älteste des Kreises der Fünf der Waldlande, derweil mit den Kargon-Wenetra-Hybriden auf dem Weg in die Wüstenlande ist.«

»Saheel durfte ich bereits kennenlernen«, grummelte Eigin, denn sie konnte sich gut an den Besuch des Kargonjers erinnern, der ihr einige unbequeme Fragen gestellt hatte.

Sahira sah über ihre Schulter hinweg in Eigins argwöhnisches Mienenspiel, was sie schmunzeln ließ. »Ja, Saheel ist ein wenig ... gewöhnungsbedürftig«, gab sie zu, während sie die Gesteinswand hinaufkletterte, die allmählich zu einem Gebirge überging. »Du solltest wissen, dass er alles dafür tun würde, um sein Volk zu beschützen.«

Eigin erklomm neben Sahira die Steigung, und erkannte, als sie nach unten blickte, dass sie den Waldboden weit zurückgelassen hatten. Nur die himmelhohen Bäume ragten mit ihren Ästen und Zweigen hoch hinauf und zwischen den zerklüfteten Felsen hindurch.

»Deine Anwesenheit macht ihn nervös«, unterstrich Sahira ihre letzten Worte.

Etwas beunruhigt zog Eigin die Brauen zusammen, dabei rieb sie sich nachdenklich die Stirn.

Sich dessen bewusst stieß Sahira sie mit den Ellbogen an. »Mach dir keine Gedanken. Der Kargonjer ist vermutlich nicht mehr in den Arbaro-Wäldern und befindet sich auf dem direkten Weg zur Glassandstadt Lawan Basted.«

Eigin rang sich ein Lächeln ab, dessen Verdruss Sahira nicht entging.

»Und er wird gewiss einige Monde fort sein«, sie lächelte Eigin aufmunternd zu. »Immer, wenn ein Ältester des Kreises der Fünf die Mischwesen und ihre Familien zu den jeweiligen Landen geleitet, tauscht dieser den Platz im Kreis.«

Verwirrt sah Eigin sie an.

Sahira schüttelte, um einen Moment bittend den Kopf. »Das heißt, dass gerade Canol, der den Kreis der Fünf in den Eislanden angehörte, das Areal mit Yas eintauscht. Yas gibt also seine Stellung bei dem Volk der Wenetra frei, weil er die Wenetra, Eskim und deren Mischwesen nach Arjuna Lumen behütend begleitet.

Wenn Canol bei uns ankommt, nimmt er automatisch die Position des ältesten Eskimers in den Waldlanden ein, während Yas den Thron in den Eislanden besteigt.«

Eigin nickte verstehend.

»So findet außerdem ein reger informativer Austausch zwischen den Regionen statt.«

Sahira sah die steile Felswand hinauf, die vor ihnen emporragte, während sie die Striemen des Beutels über beide Schultern führte und fest anzog. Sie rieb sich motiviert die Hände, ehe sie anfing, den Berg zu erklimmen.

Eine ganze Weile kletterten sie die Gebirgswand empor, ohne dass sie miteinander sprachen. Sahira konzentrierte sich darauf, den sichersten Weg für Eigin zu wählen, dabei blickte sie hin und wieder zu ihr hinab, um sich zu vergewissern, dass sie unbeschadet hinterherkam.

Eigin ließ sich Sahiras Erzählungen noch einmal durch den Kopf gehen, um die wichtigsten Informationen für sich zu filtern. Oben angekommen, setzte sich Sahira im Schneidersitz auf das Plateau, während ihre Nägel wartend, auf die mit feinen Sandkörnern überzogene Fläche trommelten.

Eigin stöhnte lustlos auf, »kannst du mir mal verraten, warum wir die Begehung nicht auf festem Boden durchführen?«

Schnaufend kam sie bei ihr an, stützte sich mit ihren Ellenbogen auf der Kante ab, und sah enerviert zu Sahira auf, ehe sie sich schwerfällig über den Rand zog.

Sahira erhob sich. »Weil ich vorhabe, mit dir eine Sichtung zu machen.« Sie schmunzelte Eigin an, als sie ihr aufhalf. »Und keine Begehung.«

Eigin richtete sich vollständig auf und stieß sogleich an ein ausladendes Blattwerk. Selbst in dieser Höhe wuchsen noch immer die schwungvollen Zweige der Nadelbäume und die ausschweifenden Äste der Laubbäume.

Sahira war durch den Blätterschmuck bereits nicht mehr zu sehen, nur ihre Beine bewegten sich auf dem Felsvorsprung von Eigin weg. Die Nafga-Hybride schob das Astwerk zur Seite und wand sich daran vorbei.

Eingesäumt von den letzten Bäumen, traten die Kämme einer weiten Gebirgskette aus ihrem Waldversteck hervor. Fasziniert schritt Eigin über den großflächigen Hang, auf dessen Boden Sahira gerade eine dünne Felldecke ausbreitete. Die Kargon setzte sich auf die Decke und klopfte weisend neben sich, doch Eigin sah gebannt auf das weitläufige Gebirge.

Auf ihrem beschwerlichen Weg hatte sie manches Mal die unendlich scheinende Gebirgslandschaft betrachtet, jedoch konnte sie in ihrem kräftezehrenden Auf- und Abstieg die Schönheit der Landschaft nicht bewusst wahrnehmen.

Nun hatte sie Zeit, Zeit und Ruhe.

Ihre Flügel hoben sich, während sie tief den Duft der frischen Bergluft einatmete. Dem Himmel nah, die dichten Kronen und Wipfel der Bäume hinter sich lassend, öffnete sie versonnen die Schwingen in Gänze, breitete sie freiheitsrufend aus und fühlte sich hier, umgeben von nichts außer dem Wind, der sie lau umwehte, und der wärmenden Sonne, lebendig.

»Ähm, Eigin«, kam ein Staunen aus Sahiras offenstehenden Mund heraus. »Du kommst jetzt aber nicht auf die Idee, eine Runde am Himmel zu drehen?«, fragte sie, fasziniert von der Ästhetik und Größe Eigins entfalteter Flügel.

Aus der hoffnungsvollen Träumerei gerissen, ließ Eigin diese widerstrebend sinken. Sie seufzte gequält. »Aber irgendwann muss ich wieder fliegen. Sie sehnen sich nach Bewegung, nach dem Wind.«

»Kann ich verstehen«, sagte Sahira und klopfte dennoch weisend auf das dünne Fell.

Eigin beugte sich Sahiras Bitte und setzte sich unmittelbar neben ihr auf die Decke, deren vorderes Ende über den Gebirgshang herabhing.

Mit bedauernder Miene sah Sahira sie an. »Ich würde dir gerne deinen freien Willen lassen, aber es wären zu viele Augenpaare auf dich gerichtet.« Sie deutete auf die Täler hinab, die sich zwischen den Gebirgsketten in einer Vielzahl sichtbar zu erkennen gaben.

Eigin legte sich auf den Bauch, um besser über die Kante und somit in die Tiefe spähen zu können. Verblüfft entdeckte sie eine Vielzahl an Warkrow, die sich in zwei Senken eingefunden hatten. Die Talbecken wurden durch eine schmale Schlucht voneinander getrennt und in einem der Täler hatte sich aus längst vergessenen Mondzeiten ein dunkelblauer Maarsee gebildet.

Herzhaft biss Sahira in einem Apfel, während sie sich ebenso auf den Bauch bettete. Sie zog den bereits entknoteten Beutel zu sich, wühlte ihn weiter auf und hielt ihn Eigin hin. Eigin entnahm ihm ein Säckchen, aus dem ihr das herb süßliche Aroma von knackigen Haselnüssen lockend entgegenströmte. Sahira setzte den Beutel ab, wischte sich mit ihrem Handrücken über ihre Lippen, während Eigin den Knoten der Lederbänder löste und sich eine einzelne Strauchfrucht herausnahm.

»Wie du siehst, können wir von hier oben einen Teil der Steinlande überblicken.« Sahira biss noch einmal herzhaft in den Apfel, ehe sie kauend weitersprach. »Die Gebirgskämme, die sich vor uns und um uns erstrecken«, sie räusperte sich, »gehören zum Inyan-Gebirge und somit zum Gebiet der Inyan-Warkrow.«

Genussvoll ließ Eigin die Nuss zwischen ihren spitzen Eckzähnen knacken.

»Allerdings gibt es auf Amga verschiedene Arten von Gesteinswesen, deshalb ist es schwierig, die Steinlande einzugrenzen. Man könnte also sagen, dass die Warkrow überall lebensfähig sind.«

Eigin sah auf die Kreaturen hinab, die eifrig schaffend ihren Tätigkeiten nachgingen, dabei konnte sie deren äußerliche Erscheinungen kaum erfassen, da sie mit der felsigen Umgebung förmlich verschmolzen.

Sahira zog einen Trinkschlauch aus dem Beutel und nahm einen kräftigen Schluck. Sie wischte sich mit ihrem Handrücken das Wasser von den Lippen, ehe sie ihn an Eigins aufgestützten Ellbogen anlehnte.

»Zwischen und auf den Bergen wirst du immer wieder auf Waldgruppierungen stoßen, die zu den Inyan-Wäldern gehören, in denen beispielsweise die Tueney Äffchen leben und viele andere Tierarten, die sich nach dem großen Brand des Tueney-Waldes in die Gebirgslandschaft zurückgezogen haben.«

Auch Eigin trank aus dem Wasserbeutel und erinnerte sich an die neugierigen wachen Affen, die sich am Rande des Sees ab und an blicken ließen, jedoch sofort zurückschreckten, wenn man ihnen näherkam.

»An den letzten Gebirgszungen und um die bergigen Gesteinsausläufer befindet sich der weitreichende Akazienwald. Er umgibt das Ende des östlich gelegenen Inyan-Gebirges und reicht bis hin zu den Wüstenlanden und dessen Flötenakazien umsäumter Wüstenstadt Dari Nihar.«

Sahira kramte ein Bündel aus Kräutern, Blumen und Gräsern hervor, knipste sich eine Blüte ab und drehte sich auf den Rücken, bevor sie jene genüsslich verspeiste, während Eigin sich eine Handvoll Nüsse einverleibte.

Sahira bettete einen Arm unter ihren Kopf und blies sich ihren Pony aus der Sicht. »Falls du irgendwann mal auf die Idee kommen solltest, meine Heimat zu besuchen, gehe niemals allein durch den Wald. Vielerlei Gefahren würden dort auf dich lauern und mit Sicherheit würdest du dich in dem dichten Nebel verlaufen.«

Sahira drehte sich einige Halme um den Finger, ehe sie diese in ihren Mund steckte und die Stängel mit ihren Zähnen abstreifte.

Eigin sah Sahira dabei zu und rümpfte angewidert die Nase. »Wenn ich mich zufällig nach dem Nichts der Wüste sehne, werde ich dir sogleich Bescheid geben«, meinte sie, während sie weiter kaute und den Blick in die Ferne schweifen ließ.

»Du würdest dich wundern, denn die Wüste lebt«, entgegnete ihr Sahira und schlug sie gespielt mit dem Pflanzenbündel, während sie zum wolkenvollen, aber freundlichen Himmel hinaufsah.

»Anders als die Eskim, die sich vorwiegend in der Eiskristallstadt Arjuna Lumen und der Eissternenstadt Aletea Liora aufhalten, existieren in den Wüstenlanden dreizehn Städte, jene die meisten Wesen der Fünf Lande beherbergen. Zumindest laut einer recht ungenauen Zählung. Dazu gehören natürlich auch die Kargonischen Hybriden.«

»Meint ihr?«, gab Eigin ein wenig hochnäsig von sich.

»Wieso? Spricht deiner Meinung nach etwas dagegen?«, fragte Sahira über Eigins Ausdruck vergnügt.

»Soweit ich weiß, besteht Amga aus sechs Lande. Da habt ihr bei eurer Zählung doch glatt ein ganzes Volk vergessen«, merkte Eigin bescheiden klingend an, »und glaube mir, ihr wäret gewiss aufgefallen.«

»Vielleicht haben wir das und sind unter der Gefangennahme und Folter kläglich gescheitert, unser Wissen weiterzutragen.« Sahiras Mundwinkel zuckten. »Tot zählt es sich so schlecht.«

Eigin verschluckte sich beinahe an den Nüssen und konnte sich ein unterschwelliges Lachen nicht verkneifen. »Einfach kann doch jeder. Wenn du willst, nehme ich dich gerne einmal in die Vulkanlande mit«, feixte sie.

»Ja, aber auch nur ein ... Mal.« Das Gelächter der beiden Frauen erfüllte das Tal und ließ einige Wesen zu ihnen hinaufschauen.

Sahira hielt sich kichernd eine Hand vor dem Mund. »Scheinbar ziehen wir zu viel Aufmerksamkeit auf uns«, gluckste sie und seufzte entspannt auf.

»Ehrlich?«, schniefte Eigin. »Dabei gebe ich mir die größte Mühe, nicht aufzufallen.« Sahira schüttelte lachend ihren Kopf und seufzte belustigt.

»Augenscheinlich …«, setzte Sahira an, ehe sie einen wilden schneeweißen Haarschopf hinter einem hellgrauen Gesteinsbrocken entdeckte. Sie stützte sich auf ihren Ellbogen auf und stieß Eigin räuspernd an.

»Ich habe das unbestechliche Gefühl, das wir beobachtet werden«, gab sie Eigin zu verstehen.

Eigin sah zu dem Felsen, in jener Richtung Sahira nickte, und entdeckte dahinter das weiße Haar eines kleinen Eskimers, nebst dem ein grauer Kopf mit schwarzem Haarkamm und gelblichen Iriden hervorlugte.

»Und das von zwei so hübschen Männern«, betonte Eigin grinsend.

Die beiden Kinder glucksten und kamen langsam aus ihrem Versteck hervor. Sie hockten sich vier Schritte vor den Frauen hin und musterten Eigin neugierig. Sie flüsterten sich etwas ins Ohr, um anschließend die Nafga-Hybride erneut aufgeregt anzuschauen.

»Du scheinst wirklich etwas Besonderes zu sein«, merkte Sahira lächelnd an, bevor sie sich den Ledersack auf ihren Schoß zog und ihre Nase tief in den Beutel hineinsteckte.

Sie sah zu den Jungen auf. »Mhh, das duftet nach süßen Himbeeren«, erzählte sie Lippen leckend.

Aufgeweckt reckten die Jungen ihre Hälse und näherten sich ihnen an.

Sahira seufzte gespielt. »Nur habe ich gerade keinen Appetit auf leckere Beeren. Du vielleicht Eigin?«

Eigin schüttelte den Kopf, drehte sich vollständig um und stützte sich rücklings mit den Ellbogen auf, während sie die Flügel leicht anhob.

Ihre Beine auf der Decke von sich gestreckt, tippte sie sich überlegend mit einem Finger auf ihre Unterlippe. »Nein, ich möchte keine. Eventuell finden wir jemanden, der Lust auf saftige, rote Früchte hat«, gab sie spielerisch zu bedenken.

Die Kinder huschten dicht an die beiden Frauen heran.

Der Junge mit dem weißen Schopf, der keine zweiundsiebzig Mondvereinigungen alt sein konnte, hatte längst das Köpfchen in den Lederbeutel gesteckt.

Fragend blickte er mit minzgrünen Augen zu Sahira auf. Sahira nickte ihm mit einem Wimpernschlag zu. Schnell entnahm er dem Sack ein Bündel aus übereinander gelappten Blättern, in dem Sahira die Beeren schützend verwahrt hatte. Er öffnete sie ungeduldig und stopfte sich eine Handvoll Früchte in den Mund. Klebriger Saft blieb an seinen Mundwinkeln zurück, während er sie schmatzend verzehrte.

»Nevis«, mahnte Sahira, »gib Parsem auch was ab.«

Nevis grinste frech, dabei zeigten sich seine rot verfärbten Zähne, ehe er hastig nochmals hineingriff und anschließend das Beutelchen hinter sich weiterreichte.

Ganz anders als der kleine Eskim-Wenetra-Mischling griff Parsem zaghaft hinein und holte nur eine einzelne Frucht hervor, die er genüsslich verspeiste.

Ohne zu fragen, setzten sich die Jungen zu ihnen auf das Fell, während sie Eigin beim Naschen interessiert musterten.

»Warum bist du noch in den Waldlanden?«, erkundigte sich Sahira bei Nevis.

»Wo hascht du meinen Bruder gelaschen?«, umging Nevis die Antwort mit vollen Wangen kauend.

Sahira rückte etwas zurück. »Eine Frage beantwortet man nicht mit einer Gegenfrage«, maßregelte sie ihn. »Aber ich vermute, dass Koa mal wieder irgendjemanden reinlegt oder mit den schönen wenetreanischen Frauen liebäugelt.«

Nevis schluckte die Strauchfrüchte hinunter, leckte sich über die Lippen und wischte sich den Fruchtsaft an seinem Unterarm ab, auf dem schmierige Schlieren verblieben. »Das kann nicht stimmen«, schmatzte er hervor, »der hat nur Augen für dich.«

Sahira grinste. »Ist das so?«

Nevis nickte eifrig, sich seiner Worte sicher.

»Vielleicht ist das so,«, gab Sahira versonnen lächelnd von sich, »dennoch hast du meine Frage nicht beantwortet«, holte sie sich aus den Gedanken zurück und sah ihn auffordernd an.

Missmutig verzog Nevis sein Gesicht. »Ich hatte keine Lust auf die öden Eislande«, maulte er. »Die Eskim in Arjuna Lumen sind immer so spröde und streng.«

»Aber ich kann mir kaum vorstellen, dass deine Mutter dir erlaubt hat, hierzubleiben«, überlegte Sahira laut und sah ihn fragend an.

»Das hat sie auch nicht«, erzählte er, dabei färbten sich seine Wangen dunkelrot.

»Nevis!«, schimpfte sie ihn, wohingegen Eigin den beiden ruhig und interessiert zuhörte, während Parsem sich genüsslich eine Frucht nach der anderen in den Mund schob.

»Wie kann sie nicht wissen, dass du noch in den Waldlanden bist?«, forderte sie die Antwort unnachgiebig ein. »Und dein Vater? Weiß er, dass du die Gruppe nicht begleitest?«

»Nun ja. Mama denkt, ich bin mit Papa unterwegs. Und Papa wird es langsam bemerkt haben, dass ich nicht mitgekommen bin.« Unschuldig zuckte er mit den Schultern. »Er ist ja schon eine Weile fort«, schlussfolgerte er.

Sahira massierte sich nachdenklich die Stirn. »Dann müssen wir dich jetzt auf jeden Fall zu deiner Mutter bringen«, entschied sie und seufzte missgestimmt, ehe sie sich aufrichtete.

»Aber zuerst«, bat Nevis unter einem so frechen Lächeln, dass es Eigin ein Schmunzeln ins Gesicht trieb, »sollten wir sicherheitshalber Parsem nach Hause begleiten.«

Er sprang auf und sah Sahira so flehentlich an, dass sie kaum Nein sagen konnte. Sie versuchte, standhaft zu bleiben, und konnte doch das Grinsen, das ihr über das Gesicht huschte, nicht verbergen, während sie den Trinkschlauch und das leere Nusssäckchen im Lederbeutel verstaute.

Auch Eigin stand auf, bückte sich zu dem kleinen Mann hinab und stupste mit dem Zeigefinger seine Nase.

»Ich finde es sehr löblich, dass Nevis bedacht darauf ist, dass sein Freund wohlbehalten Zuhause eintrifft«, half sie und deutete ein Zwinkern an, ehe sie sich aufrichtete.

Verdattert schielte Nevis auf seine geschwungene Nasenspitze, dorthin, wo ihn eben noch Eigins Finger berührte. Sie kehrte ihm ihre Flügel zu und hob die Decke auf, um sie zusammenzulegen. Nevis klappte die Kinnlade runter, während er auf die dunklen Schwingen mit dem farbenreichen Schimmer starrte.

»Wenn ich anmerken darf«, Parsem räusperte sich.

Sahira und Eigin richteten sich zu dem Warkrow um.

»Dann vermag ich zu behaupten, dass ich durchaus selbstständig den Weg in das Tal«, er lehnte sich vor und wies so den Abhang hinab, »finden würde.«

Eigin sah zuerst Parsem und anschließend Sahira überrascht an, ehe sie kopfschüttelnd die Felldecke einpackte und die Riemen des Lederbeutels zuschnürte.

»Verräter«, grummelte Nevis mit zusammengekniffenen Augen, dabei stieg ihm etwas Zornesröte auf die Wangen.

Parsem schluckte, als er einen Seitenblick auf seinem Freund warf. »Aber ich würde mich sehr freuen, wenn mich zwei so hübsche Frauen nach Hause geleiten würden.«

Er reichte Sahira auffordernd seine Armbeuge, die seine Geste mit einem dankenden Nicken quittierte und sich mit ihrem Handgelenk bei ihm einhakte.

Sofort verschwand Nevis Ärgerlichkeit und erwartungsvoll blickte er zu Eigin auf. Zögerlich hielt er ihr seine Hand hin, als Eigin den Beutel auf die rechte Seite schulterte. Kurz sah sie auf die Kinderhand hinab, ehe sie ihre um seine schloss.

Kapitel 13

Héin ergriff weit über sich den herausragenden Gesteinsbrocken, bevor er sich ein beachtliches Stück die Felswand hinaufzog. Haltsuchend sah er zu seinen Füssen hinab, wobei sein Atem auf die Gesteinswand traf und sich feucht auf seine nackte Brust legte. Er schloss die Lider, während er die Stirn an das kalte Gestein anlehnte. Tief atmete er durch, dabei hoben und senkten sich seine Wangenmuskeln durch den Druck der aufeinander reibenden Zähne.

Sein Arm und der Streit mit Eigin ließen ihn unruhig schlafen. Immer wieder wachte er suchend auf, in der Hoffnung, das Eigin zur Höhle zurückkehren würde.

Doch sie tat es nicht.

Noch vor den ersten Strahlen der aufgehenden Sonne packte er eilig den Proviant zusammen und machte sich auf den Weg zur Waldschneise. Dort angekommen, versorgte er zuallererst seine Verletzungen, ehe er Eigin am Waldsee auflesen wollte. Er bandagierte gerade seinen Arm mit Leinen, als Hami mit Sahira im Schlepptau auf ihn zukam. Sogleich spürte er, wie sich Stress in ihm aufbaute. Er wusste genau, dass es Hami missfiel, dass er Eigin allein zurückgelassen hatte.

Er sollte recht behalten.

Hamis Gebärden zeigten deutlich, was sie von seiner Reaktion auf eine »Meinungsverschiedenheit«, wie sie es nannte, hielt.

Eigentlich brauchte sie gar nichts zu sagen, denn die Rüge ihres Gesichtsausdrucks überschwemmte ihn mit Schuldgefühlen und Gewissensbissen. Was nicht bedeutete, dass er Eigins Verhalten ihm gegenüber tolerierte. Dennoch ließ ihn der Drang, sie zu beschützen, nicht schlafen.

Er stieß frustriert seine Stirn gegen die Gesteinswand, ehe er sich stöhnend aufmachte, den Berg zu erklimmen.

Oben angekommen, zog er sich kraftvoll auf die Hochebene, auf der Sahira so gern ihre Zeit verbrachte und hockte sich auf die steinige Fläche.

Obwohl Hami entschieden hatte, dass Sahira die heutige Sonnenzeit mit Eigin verbringen sollte, konnte er nicht davon ablassen, sich zu vergewissern, dass es ihr gut erging.

Pessimistisch erhob er sich, während ihn der laue Wind einhüllte. Er hatte gehofft, die beiden hier vorzufinden, doch weder ein Wort noch ein Flüstern erfüllte sein Gehör.

Nachdenklich fuhr er sich durch sein Haar, ehe er sich durch die Verästelungen duckte und zum Rand des Abhanges schritt. Sein Blick schweifte über die Täler des Inyan-Gebirges und dessen Gipfel, Wälder und Seen, bevor er zu den geschäftigen Warkrow hinabsah.

Er suchte nicht lange, ehe er die auffällige Erscheinung der Nafga-Hybride inmitten des Getümmels der argwöhnischen Steinländer entdeckte.

Nachdem die vier einen kleinen Abstieg hinuntergeklettert waren, folgten sie einem schmalen Pfad dicht an der Felswand entlang, der sie direkt in das Gesteinstal führte.

Eigin war überrascht, dass kaum einer Notiz von ihr nahm, als sie an den ersten Steinländern vorbeigingen.

Vertieft in ihre Aufgaben, bemerkten sie Eigin augenscheinlich nicht und da sie gut auf Ärger verzichten konnte, hatte sie nichts dagegen, keinerlei Aufmerksamkeit auf sich zu ziehen.

So großflächig wie das Tal von der Anhöhe aus wirkte, kam es einem von hier unten nicht vor. Mit all den aufgehäuften Gesteinsansammlungen und den abgerutschten Geröllmassen verblieb nur wenig Platz, sich frei zu bewegen.

In Seelenruhe betrachtete sie das handwerkliche Schaffen und die vollendeten Arbeiten der Warkrow. Sie schlenderten an einem Mann vorbei, der vor einer Geröllanhäufung hockte und mit einem Schlagstein auf eine Feuersteinknolle schlug, die er mit einer Hand fest auf den Boden drückte. Er brach drei unterschiedlich geformte Stücke aus der Knolle, aus denen er vermutlich ein Scheibenbeil oder Faustkeile formen würde.

Sein Körper war überzogen von brüchigem Gestein, das sich in dreierlei Grautönen schichtete, welche von Orange, bis hin zum Rostbraun durchzogen waren, genau wie die farbenreiche Knolle, die er soeben zerschlug.

Seine linke Brust zeigte sich gesteinsfrei, in einem krustigen Braungrau. Eigin erkannte, dass sich zwischen den Brocken raue Haut verbarg und dass ebenso das rechte Schienbein von Gesteinsansammlungen frei war.

Auch konnte sie klar seine Gesichtsproportionen definieren. Eine breite Nase prangte hervor, die Augen waren klein, umringt von Kieseln, und die Lippen dünne, rissige Linien. Er hatte schwarze, buschige Brauen und einen offenen Haarschopf, der ihm bis zum Ende seiner Schulterblätter reichte und jede Frau vor Neid erblassen ließ.

Die Warkrow waren sich in ihrer Erscheinung untereinander sehr ähnlich und andererseits auch wieder nicht. Alle besaßen recht dunkles Haar. Das Gestein verteilte sich willkürlich auf ihren Körpern. Auch bestanden die Gesteinsarten, die sie durchzogen, aus andersartiger Feste und Farbe. So zeigte sich der arbeitsschaffende Mann, wie der Feuerstein selbst und Eigin nahm an, dass ebenfalls seine Fähigkeiten von jenem herrührten. Wohingegen den Warkrow, der soeben an ihnen vorbeipolterte und eine zusammengeschnürte Ladung Hölzer auf den Rücken trug, ineinander verschlungene Gesteinsstücke überliefen, die Magnetit-Zwillingen ähnelten.

Eigin entdeckte, dass sich nebst den Steinen im Nacken des Mannes eine glänzende, klüftige Haut verbarg und genauso konnte sie die verletzbaren Hautstellen bei den übrigen Steinländern entdecken.

Wissend breitete sich die Genugtuung in ihr aus, ehe sie lächelnd auf Nevis hinabsah, der ihre Hand fest in seiner hielt und zurücklächelte.

Das Treiben um sie herum wurde mit jedem Schritt dichter und die Gespräche wurden lauter. Eigin erfasste nicht, was den Wesensauflauf verursachte.

Sie blieben bei der Traube stehen, während sich die nachfolgenden Geschöpfe an sie herandrängten und einen gefahrlosen Rückzug versperrten.

Eigin verunsicherte die Enge. Ihre Augen suchten nach einem Ausweg, dennoch fand sie weder rechts noch links eine freie Passage. Sie würden sich wohl oder übel durch die Massen hindurchzwängen müssen. Mit Unbehagen presste sie ihre Flügel dicht an sich und bemerkte erst jetzt, dass sich Nevis von ihrer Hand gelöst hatte.

Er war nicht mehr da.

Hektisch sah sie sich nach dem Jungen um, jedoch konnte sie ihn durch die aneinandergedrängten Körper nicht entdecken.

Parsem stand unmittelbar vor ihr und schien rückwärts in sie hineinkriechen zu wollen. Sie legte ihre zittrigen Finger auf seine Schultern und obwohl ihr unwohl zumute war, beruhigte sie die Erkenntnis, dass sie sich um Parsem kümmern musste.

Sahira drehte sich lächelnd zu ihnen um und bückte sich zu dem kleinen Mann hinab. »Parsem, keine Angst. Du hast noch Zeit.«

Parsem presste seine Lippen zu einem dünnen Strich aufeinander, derweil er den Kopf sinken ließ. Angsterfüllt starrte er auf seine Füße.

Sahira hielt ihm auffordernd ihre Hand hin. Kopfnickend nahm er sie entgegen und reichte seine andere Eigin.

Eigin hatte gerade ihren Zeigefinger mit den seinen verhakt, als sie bereits von Sahira durch das Gedränge gezogen wurden. Krampfhaft versuchte sie, den winzigen Finger nicht zu verlieren, während sie diverse Wesen anrempelten. Sie sah sich entschuldigend um und nahm die argwöhnischen und hasserfüllten Blicke wahr. Offenbar war sie doch nicht so unerkannt geblieben, wie sie gehofft hatte. Sie schluckte das Unbehagen herunter, als sie sich von den Umstehenden abwandte.

Die Stimmen gewannen an Stärke, Ansporn und Siegesrufe klangen in ihr Gehör. Allmählich wurde es zwischen den Körpern lichter und sie stellte fest, dass sich einige Väter und Mütter vor ihre Kinder knieten oder sich zu ihnen hinab bückten, um ihnen Mut zuzusprechen.

Die Halbwüchsigen nahmen diese Geste ganz unterschiedlich auf. Einige zeigten sich stolz, freuten sich aufgeregt. Anderen war die Angst ins Gesicht geschrieben. Genau die Art Angst, die Parsem immer stärker ausstrahlte, je näher sie dem Zentrum der Ausrufungen kamen.

Ein Mädchen starrte Eigin mit weitaufgerissenen Augen an, als sie sich unmittelbar neben ihr vorbeidrängelte. Das Kind, das eindeutig einem Warkrow-Lewedes-Gemisch entsprang, streckte ihre Finger nach Eigins Flügel aus und streifte die glatte Haut einer Schwinge. Die Muskeln in Eigins Spann zuckten und die Flügel entfalteten sich leicht.

Das Mädchen schlug sich eine Hand vor dem Mund, während sie ihre Finger, mit denen sie eben noch Eigins Flügel berührte, fassungslos betrachtete.

Eigin kehrte sich erschrocken um und blickte in das erstaunte Gesicht der Halbwüchsigen. Aufwendig verflochtene Zöpfe lagen auf ihren Schultern. Ihr dickes Haar wirkte wie durchsichtiges schwarzes Glas, durch das Eigin schwach die bröckelige Gesteinslandschaft des Körpers, und die Wesen im Hintergrund sehen konnte.

»Ich bin Ariella«, kam es flüsterhaft über ihre Lippen.

»Dann wünsche ich dir viel Glück, Ariella«, entgegnete ihr Eigin mit einem Lächeln, bevor sie sich im Lauf wieder von ihr abwandte. Eigin wählte ihre Aussage bedacht, denn eine alte Legende aus den Vulkanlanden besagte, dass ein unbemerkter Streif über die Schwingen eines Nafga einen ganzen Mondkreislauf Glück und Wohlgesinnung bringen würde.

Sie bekam nicht mehr mit, wie Ariella sich freute, auch nicht, wie sie mit einem Fingerzeig hinter ihr her wies, wobei sie ihren Eltern aufgewühlt von der schönen Fremden erzählte und deren glückbringenden Flügeln. Aber Eigin spürte, dass sie mit ihren Worten das Mädchen zum Strahlen brachte. So blieb das zufriedene Schmunzeln bei ihr, als sie Nevis weißen, wirren Haarschopf in der vordersten Reihe entdeckte, auf die Sahira zuhielt.

Nevis hüpfte aufgeregt und schrie Anfeuerungen hinaus, die Eigin erst zuordnen konnte, sobald sie ihn erreichten.

Zwei Warkrow jüngeren Alters standen sich im Kreis gegenüber. Die Muskeln gespannt, mit Achtsamkeit im Blick, umrundeten sie einander, fixiert auf den jeweilig anderen, kampfbereit in der kleinen, natürlichen Arena.

Noch bevor Eigin fragen konnte, was hier geschah, gingen die beiden Jungen aufeinander los.

Gesteinsdolche schoben sich aus der kieselartigen Brust eines Kämpfers. Er griff nach einem der Dolche, zog ihn geschwind und knackend aus der Haut, um ihn sogleich in die steinfreie Rippe seines Gegners zu stoßen. Jedoch wich sein Gegenspieler geschickt aus, während dieser eine Steinaxt aus einer schluchtartigen Spalte seines Oberschenkels zerrte. Gestein bröckelte von ihm ab und sprang über den sandigen Boden.

Parsem zuckte zusammen. Er klammerte sich mit seinen schweißnassen Kinderhänden an Eigins Unterarm, während Nevis euphorisch mit der Menge mitgrölte, hüpfte und die kleine Hand so ballte, dass man annehmen musste, dass er am liebsten freiwillig gekämpft hätte.

Die Axt zischte durch die Luft und blieb in einem Kieselsteinberg des Oberarmes seines Gegners stecken.

Der Junge, in dessen Gesteinshaufen die Axt fest verweilte, grinste schelmisch. »Schlecht für dich, Onyx«, behauptete dieser, wobei er gleich darauf zwei weitere Dolche aus seiner Brust zog und allesamt seinem Gegenspieler entgegenwarf.

Onyx duckte sich ausweichend weg und schlug mit seinem schwarzen, von Quarzen überzogenen Arm, zwei der drei Messer zu Boden. Er stöhnte auf, als sich die Spitze des dritten Wurfmessers in die freie Haut seines Schulterblattes bohrte.

Ein älterer Warkrow betrat den Kreis und riss den Arm des anderen Halbwüchsigen in die Höhe. Eine Frau klopfte Onyx aufmunternd auf die verletzte Schulter, was ihm ein klagendes Stöhnen entlockte, und entfernte anschließend die Klinge aus dessen Fleisch. Sogleich quoll das Blut aus der Wunde und floss schwarzweiß über die Gesteinserhebungen seines Körpers, während die Menge dem Sieger zujohlte.

Eigin verstand nicht, was hier vor sich ging und spürte, das Zittern Parsems an ihrem Arm. Sie ließ den ledernen Beutel von ihrer Schulter hinabgleiten und stellte ihn neben Parsem ab, während sie sich zu dem Jungen hinunterbeugte.

»Kannst du mir erklären, warum die Männer miteinander kämpfen?«, flüsterte sie ihm ins Ohr und hoffte ihn von seiner Angst ablenken zu können. Sie hockte sich neben ihn hin, um auf Augenhöhe mit ihm zu sein.

»Das kann ich«, antwortete er mit gebrochener Stimme. »Alle Kinder der Steinländer, die mindestens die hundertfünfundvierzig Mondzusammenführungen erreicht haben, müssen sich diesem Ritual stellen.«

Seine Haltung wurde entspannter durch die Erzählung und dadurch, dass er sich ausschließlich auf Eigin und nicht auf den nächsten Kampf konzentrierte.

»Es ist den Warkrow-Hybriden freigestellt, an dieser Mutprobe teilzunehmen.« Parsem räusperte sich, »jedoch wäre es für den entsprechenden Elternteil eine Schande, das eigene Kind nicht antreten zu lassen. Daher stehen die Warkrowianischen Sprösslinge in der Pflicht, die Gefechte auszutragen.«

Er schluckte und Eigin bemerkte, wie das Unwohlsein zu ihm zurückkehrte.

Abermals erhob sich Aufruhr in Form von Geschrei und Applaus. Sogar einige Pfiffe gellten durch die Reihen.

»Ich hör dir zu«, sprach Eigin ruhig und fing haltgebend seine enziangelben Iriden auf.

»Hierbei ist das Geschlecht gleichgültig. Jungen wie auch Mädchen müssen an dem Spektakel teilnehmen.«

»Aber worum geht es bei der Mutprobe? Was entscheidet darüber, wer gewonnen hat oder wer verliert?«

Parsem atmete tief ein und wieder aus, dabei hob und senkte sich schwerfällig seine Brust. »Eigentlich stellt jeder Warkrow das trainierte und erlernte Können unter Beweis. Es geht weniger darum, jemanden zu verletzen, als sich zu schützen.«

Eigin runzelte verwirrt die Stirn.

»Steinländer sind von Natur aus kräftig und haben durch das Geröll und Gestein auf ihrer Haut, einen guten Schutz nicht so leicht verletzt zu werden. Dennoch besitzen sie recht empfindliche Hautflächen, an denen man ihnen schweren Schaden zufügen kann.«

Verstehend glättete sich ihre Stirn. Sie nickte ihm zu.

»Deshalb nimmt die Abwehr einen großen Teil des Trainings bei uns ein.«

Laute und Rufe erhoben sich, ein weiterer Kampf schien beendet. Jedoch blendete Eigin die Geschehnisse aus und ging nur auf Parsem ein.

»Wie klobig die Warkrow auch aussehen mögen«, fuhr er fort, »sie können sehr wendig und schnell sein.« Ein wissender Stolz breitete sich auf seinem Gesicht aus. »Sieger ist derjenige, der als Erster seinen Gegner zum Bluten bringt.«

Eigin richtete sich aus der Hocke auf. »Aber ist das nicht gefährlich?«

»Natürlich gibt es hierfür einige Regeln, die besagen, dass man seinen Gegenspieler nur an unwichtigen Hautstellen treffen darf. Dafür gibt es diverse Übungen, die vorab mit uns Kindern trainiert werden, dennoch passieren hin und wieder unschöne Unfälle.« Parsems Brauen zogen sich beunruhigt zusammen.

»Und du hast keine Lust auf eine Herausforderung?«, fragte Eigin vorsichtig.

»Ich meine, dass ich ein hohes Maß an Wissen besitze und ich weiß, dass ich eines Tages durch die Lande ziehen möchte, um andere Kulturen kennenzulernen.«

Eigin konnte die Überraschung über Parsems erwachsene Worte nicht verbergen. »Du scheinst genau zu wissen, was du einmal wollen wirst?«, äußerte sie amüsiert, während ihr Mundwinkel belustigt nach oben zuckte.

»Ja«, sagte er standfest. »Ich weiß, was ich will. Und ehrlich gesagt, weiß ich ebenso, was ich nicht will. Ich bin kein Kämpfer und ich fürchte mich vor dieser Art der Auseinandersetzung. Dazu kommt, dass ich den Kämpfen keinen Spaß beimessen kann. Außerdem erscheint es mir wertlos, sich auf irgendeine Art verletzen zu lassen. Oder gar jemanden anderen zu schaden.« Parsem seufzte auf. »Nur habe ich nicht die Wahl. Ich bin ein reinrassiger Warkrow und so, wie es mir immer wieder beteuert wird, verhalte ich mich unter meinesgleichen nicht normal.« Er schüttelte gesenkt den Kopf.

Eigin hob Parsems Kinn an und sah, dass dem Jungen Tränen auf den Lidern lagen. »Parsem«, sprach sie sanft. »Du bist einzigartig. Genau wie ich. Und irgendwann wirst du deinen Weg finden und egal, was alle von diesem halten mögen, wird es dein Weg sein. Es wird der Weg sein, der dich glücklich macht.« Sie schenkte ihm ein bestärkendes Lächeln.

Parsem sah zu Eigin auf, ehe er sich vollständig zu ihr umdrehte, sich an sie warf und seine Arme um ihre Beine schlang. Dankbar drückte er sich fest an sie, während sie einen Augenblick mit steifen Gliedern verweilte. Sie sah auf seinen schwarzen

Haarkamm hinab und eine Winzigkeit später schlossen sich ihre Hände um seinen kleinen steinigen Kopf. Zögerlich fuhren ihre Finger durch seine seidigen Strähnen.

Leichte Traurigkeit befiel sie, da sie wusste, dass die hilflosesten Geschöpfe im Krieg als erstes starben.

»Drückst du mir die Daumen?«, hörte sie eine aufgeregte Stimme hinter sich.

Das Mädchen mit den schulterlangen Zöpfen hielt kurz bei ihr inne, ehe ihre Eltern sie zum Kampfplatz vorantrieben. Sie sah zurück, während Eigin nickte. Ariellas Mutter lächelte Eigin verlegen und um Verzeihung bittend an, bevor auch sie an ihr vorbeizog.

Eigin war überrascht über die freundliche Geste, jene die Frau ihr entgegenbrachte, und fühlte sich in dem Gemenge etwas beruhigt, denn nicht alle schienen ihr gegenüber missgestimmt zu sein.

Mutig, fast verspielt, und doch mit einer gewissen Unschuld stellte sich Ariella ihrer Gegnerin, die sie um eine halbe Armlänge überragte. Dazu kam, dass jene weitaus gefährlicher aussah.

Ihren Körper überliefen glasige Gesteinssplitter, die weit hervortraten, und ihre Augen wirkten durch das glanzlose, dunkle Braun düster. Eigin vermutete, dass sie eine Warkrowianische Kargon sein musste oder umgekehrt. Genau konnte sie es nicht definieren, aber bekanntlich lagen Sand und Gestein nicht allzu weit voneinander entfernt.

In dem Moment wünschte sie Ariella tatsächlich viel Glück. Jedoch tat das Mädchen weiterhin unbekümmert und tänzelte bereits um ihre Gegenspielerin herum, dabei wippten ihre Zöpfe mit jeder flinken Bewegung auf und ab.

Eigin nahm Parsems Hand und ging dicht an Nevis und Sahira heran. Nevis blickte zurück, zu ihr auf und warf ihr ein zuckersüßes Lächeln entgegen. »Ist das nicht spannend?«, fragte er aufgeregt mit einem engagierten, schwitzigen Kopf.

»Wer soll gewinnen?«, wollte Eigin von ihm wissen.

»Ariella wird siegen!«, rief er inbrünstig aus.

»Da bist du dir sicher?«, zweifelte Eigin seinen Instinkt an.

»Todsicher!«, behauptete Nevis.

»Dann wollen wir mal hoffen, dass du recht behältst«, äußerte sich Eigin mit einer hochgezogenen Braue.

»Nevis hat ein gutes Gespür für kriegerische Talente«, mischte sich Sahira ein. »Es ist erstaunlich, dass er kein Warkrow ist«, schmeichelte sie ihm.

Nevis spannte demonstrativ seinen Oberarm an, auf dem sich kleine weißgrüne Erhebungen zeigten.

»Beeindruckend«, sagte Eigin, befühlte die Muckis und machte einen schwärmenden Augenaufschlag.

Nevis Wangen bekamen die Farbe von dunkler Kirsche und schmunzelnd wandte er sich dem Kampf zu.

Ariella war wirklich flink. Jedem Angriff wich sie gekonnt aus und setzte ihrer Gegenspielerin mit ihrer Steinschleuder ordentlich zu. Eigin erkannte, dass Ariellas Stärke nicht aus Kraft, sondern aus Ausdauer bestand. Sie bewegte sich wendig und schnell, verweilte nicht auf einer Stelle und sorgte dafür, dass ihr Gegner müde und somit langsam wurde.

Das Splittermädchen keuchte bereits und schlug wirr mit einem Glasabbruch um sich. Nach Atem ringend, taumelte sie auf die Knie, währenddem Ariella einen spitzen Stein in ihre Schleuder legte und ihn gezielt auf das nackte Ohr des Mädchens schleuderte.

Jubel und Applaus erfüllte die Menge, als das Blut von ihrem durchschossenen Ohrläppchen tropfte. Sie feierten Ariella, die so frisch wirkte, als ob ihr Kampf erst begann.

Nachdem der Siegesarm hinabfiel, stürmte sie auf Eigin zu und drückte sie fest in eine Umarmung. »Danke, danke, danke!«, schrie sie Eigin ins Ohr, »dein Flügel hat mir Glück gebracht«, beteuerte die Kleine.

»Ich glaube, dass du so gerissen bist, dass du überhaupt kein Glück brauchst«, gab Eigin anerkennend zu.

Beide lachten auf und erst, als ihre Stimmen verklangen, hörte Eigin die einnehmende Stille. Ebenso bemerkte Ariella das Schweigen um sie herum. Sie ließ Eigin los und irritiert blickten die zwei in die entsetzten und von Argwohn gezeichneten Gesichter. Entschuldigend schaute Ariella Eigin an, bevor ihre Eltern sie schützend von ihr wegzogen.

Eigin fing Sahiras Miene auf, deren unbekümmerter Gesichtsausdruck der Besorgnis gewichen war. Sie winkte die Jungs an ihre Seite und zischte in einem Tonfall, der keine Widerworte duldete: »Nevis, bring Parsem nach Hause und bleibt dort. Wir kommen bald nach.«

Nevis nickte stumm, ergriff Parsems Arm und zerrte seinen verdatterten Freund durch die Menge hinter sich her. Auch taten einige Mütter und Väter es ihm gleich, sodass sich die Traube ein wenig lichtete. Doch die Neugierigen füllten die Lücken schnell auf.

Eigin hörte das Rauschen ihres Blutes in den Ohren, während sie sich bedacht umsah. Sie räusperte sich: »Ich heiße Eigin«, kam es leise aus ihr heraus, als sie sich von den Umherstehenden entfernte und die freie, staubige Fläche im Rückwärtsgang betrat. Sahira klebte dabei an ihrer Seite, wie Harz an einem Baum. Das Knirschen des Sandes unter ihren Sohlen trat laut hervor und von ihnen unbemerkt, überliefen sie die Tropfen und Spritzer des siegreichen Blutes.

Sie schluckte. »Ich bin eine Tochter des Volkes Nafga und eine Tochter des Volkes Wenetra«, sprach sie aufrichtig und hob die Stimme bei ihren letzten Worten.

Raunen und empörtes Flüstern durchsetzte die Menge. Zornig schrien die Wesen ihre Abscheu hinaus: »Du lügst!« »Verschwinde!« »Du gehörst hier nicht her!« »Erbärmlich!«, polterte es ihr entgegen. Einige verhielten sich still. Ein paar schienen bereits von ihr gehört zu haben. Andere tuschelten aufgeregt und gestikulierend weiter, und wenige sahen sie bedauernd an und doch fand sie in den meisten Gesichtern Wut, Zorn und abgrundtiefen Hass.

Der Kreis um sie beide wurde enger und Eigin stolperte vorwärts, als sie jemand von hinten anstieß. Sahira schob sich beschützend an ihren Rücken, während sie einen Krummsäbel aus den überlappenden Stofffetzen im Lendenbereich zog. Die gläserne, gekrümmte Klinge blitzte in der Sonne auf und wirkte fast so bedrohlich wie Sahira selbst.

Eigin schaute sich hektisch um, als knackende Geräusche, die von den Waffen der Zornigen erzählten, die Unruhe in dem dichten Gedränge erfüllten. Das Gebrüll und die Ausrufungen mit erhobenen Fäusten wurden zu einem wilden Durcheinander und Eigin verhasste sich einmal mehr, blindlings unter ihre Feinde getreten zu sein.

Energisch drängte sich Féin durch die Menge, die mit jedem Schritt an Fülle gewann. Er verabscheute Wesensaufläufe und die Enge, die mit jener einhergingen.

Suchend sah er sich nach Eigin um, dennoch vermochte er sie in dem Getümmel nirgendwo zu entdecken. Der hohe Stand der goldenen Scheibe zeigte an, dass die halbe Sonnenzeit bereits um war. Aus den umliegenden Geröllbauten strömte der köstliche Duft vom warmen Essen hinaus, in das Gemenge hinein. Vielleicht sollte er einfach umkehren und sie in Ruhe lassen, schließlich sah es von der Anhöhe nicht so aus, als ob es ihr schlecht erging. Doch zu der nervigen Besorgnis kam Zorn darüber hinzu, dass sie nicht gedachte, an jenem Abend zurückzukehren, und leider wurde dieser mit jedem Schritt mehr.

Er näherte sich der Traube an, die sich um den Kampfplatz drängelte und auf dem sich die Halbwüchsigen beweisen mussten. Die Kämpfe schienen spannend, denn die Umstehenden tuschelten aufgeregt miteinander und er konnte das Gebrüll, das von vorne durch die Reihen schwang, deutlich vernehmen. Féin verharrte kurz, als das Gespräch dreier Frauen in sein Gehör drang und er sie daraufhin aufmerksam belauschte.

»Sie wird vom Kreis geschützt«, meinte die eine.

»Sie ist ein dummes Ding, wenn sie glaubt, hier aufgenommen zu werden«, lästerte die Älteste der Runde.

»Nach allem, was die Völker erleiden mussten. Kaum zu glauben«, eine reine Warkrowes schüttelte ihren Kopf.

»Widerliche Nafga Brut«, fluchte die Wenetra-Warkrow-Hybride, deren Worte Féin zu Beginn innehalten und aufhorchen ließen. Ihm war sogleich klar, über wen die drei Tratschen sprachen, und kurzzeitig schloss er die Augen, um schweratmend die Fassung zu bewahren.

Angespannt massierte er sich die Schläfen, ehe er die Lider öffnete und tief durchatmete. Er kehrte sich von den Frauen ab und zwängte sich durch die eng aneinander gedrängten Körper, dabei ignorierte er die Beleidigungen, die man ihm hinterherwarf, als er sich mit hochzüngelnder Wut immer schneller vorwärtstrieb.

Mit den weiteren Worten, die er aufschnappte, wusste er, warum ihn die Ausrufungen so euphorisch laut und durch die Reihen hinweg ausdrucksstark vorkamen. Es wurde nicht mehr zur Frage, wo er Eigin suchen sollte, denn das ungehaltene Gebrüll der aufgebrachten Menge ließ ihn direkt auf den Kampfplatz zusteuern.

Juraim trat mit seiner breiten Gestalt an dem Massenauflauf vorbei, der ihm zusammengepfercht Platz machte. Ein wenig belustigte ihn der Anblick der aneinandergepressten Wesen, die sich auch ohne sein Erscheinen kaum drehen und wenden konnten. Doch besaßen sie alle so viel Respekt vor ihm, dass sie ihm den freien Durchgang ermöglichten. Sich dessen bewusst, schritt er erhaben auf den Schauplatz zu.

Kurz zuvor kamen zwei seiner Jungen aufgeregt zu ihm, und erzählten ihm von dem Tumult, den die Nafga-Hybride mit sich brachte. Als Kampfausbilder wusste er natürlich von Eigins Eintreffen in den Arbaro-Wäldern und ihm war durchaus klar, dass ihr Gepäck von großer Bedeutung für jeden Einzelnen von ihnen war. Dennoch durfte er die Wohlgesinnung seines Volkes nicht verspielen und musste einen diplomatischen Weg finden.

Die vordersten Reihen raunten auf, ehe sie zur Seite wichen und die kleine Fläche mit den beiden Frauen freigaben.

Mit einem Seitenblick vernahm Sahira Juraims Näherkommen und erleichtert fiel die Anspannung von ihr ab. Sie ließ den Säbel zusammen mit ihrer Hand hinabsinken, bevor Juraim den Kreis betrat.

Das Gebrüll der Anwesenden wurde zu einer preisenden Ankündigung und statt hasserfüllt, waren die Ausrufungen nun voller Erwartungen.

»Juraim, Juraim!«, dröhnte es in Eigins Ohren, die den Warkrow erst bemerkte, als er direkt neben ihr zum Stehen kam und seinen Arm ruhegebietend erhob.

»Schweigt still!«, polterte er, obwohl die Rufe durch seine bloße Anwesenheit verklangen.

Eigin sah zu dem muskelbepackten Mann auf, der nur einen halben Kopf größer als sie war, dennoch ordentlich Masse besaß. Das Gestein, welches ihn überlief, bestand zweifellos aus leicht bläulich, meist gräulichem Granit und umhüllte ihn vollständig. Nicht eine einzige angreifbare Stelle entdeckte sie zwischen den Brocken, nur Risse und Klüfte, welche die porigen Steine beweglich wirken ließen.

Zwischen weiteren Gesteinsbrocken lag sein Gesicht und doch waren die Gesichtsmerkmale, die einem Wesen zur Mimik und Gestik verhalfen, unschwer zu erkennen. Die Lippen traten wulstig und dunkel hervor, während seine Augen kaum ersichtliche Lider besaßen, deren aschgraue Iriden jeden gebannt einnahmen. Das Haar hatte er auf die rechte Seite geschlagen und es fiel kinnlang, glatt und pechschwarz hinab. Der Nasenrücken war lang, schmal und die Nasenflügel bildeten absolut asymmetrische Öffnungen.

Eigin fand, dass er nicht besonders schön war, dennoch machte sein Auftreten einen selbstsicheren, sogar selbstverliebten Eindruck. Sie wusste nicht, ob sie beunruhigt oder erleichtert über sein Eintreffen sein sollte, denn trotz der Misere, in der sie sich befand, huschte ein schmunzelndes Zucken um seine Mundwinkel.

Auch wenn sie ihm kein Vertrauen schenken könnte, vertraute sie in diesem Moment Sahiras Gebärden, deren Körper sich fühlbar an ihrem Rücken entspannte.

»Glaubt mir! Ich kann euer Missfallen an dem Neuankömmling durchaus verstehen«, sprach er mit bassvoller Stimme. »Ebenso will sich bei mir keine Freude einstellen. Doch sollten wir ihr die Gelegenheit geben, sich zu beweisen.« Nun grinste er verschlagen. »Amga schenkt uns einen sonnenreichen Tag«, meinte er und richtete den Blick gen Sonne, ehe er wieder zu den Anwesenden schaute. »Und bei Amga, wir werden sie lehren, uns Respekt zu zollen!« Sein Grinsen trat breit hervor, wie auf vielen anderen Gesichtern in der Menge. Bereitwillige Rufe waren zu vernehmen.

Eigin verstand noch nicht, wofür sich die Freiwilligen meldeten und ehe sie fragen konnte, wie sie sich beweisen sollte, bemerkte sie den einnehmenden Seitenblick Juraims.

»Du darfst nicht gewinnen«, flüsterte er ihr zu, während er weiterhin in die Runde lächelte. Verwirrt sah Eigin zu ihm auf, dabei spürte sie die Kälte an ihrer Rückseite. Sahira hatte sich von ihr entfernt und stellte sich links neben dem Warkrow auf.

»Ich werde gegen sie kämpfen!«, rief sie laut aus, ehe sie den Säbel im Stoff verschwinden ließ und ausdrucksstark die Hände in ihre Hüften stemmte.

Juraim schüttelte bestimmend den Kopf, »du hast die Brut hierhergebracht und sympathisierst mit ihr. Du bist nicht die richtige Vertreterin für unser Volk.«

Die Menge johlte bei seinen Worten und gab ihm recht. Sahira wirkte etwas entrückt, allerdings fing sie sich schnell, als sie die Absichten ihres Kampflehrers verstand.

Juraim sah sich um und nickte einer Warkrowianischen Frau auffordernd zu, die ungefähr in Eigins Mond sein musste. Die Freude und der Stolz schwangen in ihren Bewegungen mit, als sie sich zum Kampfplatz durchdrängelte.

Sahira ging an Juraim vorbei und hielt kurz bei Eigin inne, ihr Kopf sank zu Eigins Ohr hinab. »Das ist Pita.«

Eigin musterte die schlanke Warkrowes, die durch das Gemenge auf sie zukam und mit dem abgerundeten Steinchen auf ihrem Körper vollkommen ungefährlich wirkte.

»Lass dich nicht von ihrem Aussehen täuschen. Sie ist klug, flink und besitzt die Kraft des Gefüges«, verriet Sahira ihr, ehe Pita sie geflissentlich anrempelte und von Eigin wegstieß, dabei blickte sie Eigin angriffslustig an.

»Spiel dich nicht auf, Pita«, zischte Sahira sie an, bevor sie sich in das Gedränge zurückzog.

Pita grinste hämisch, dennoch verlor sie den Augenkontakt zu Eigin nicht.

Sahira verschränkte die Arme vor ihrer Brust, machte sich mit den Ellenbogen Platz und blies den Pony aus ihrer Sicht.

»Pita«, sprach Juraim die hochmütige, junge Frau an und wies sie an, sich an seiner linken Seite aufzustellen, ehe er die Traube ansprach. »Wir wollen der Feuerfrau einen fairen Kampf ermöglichen«, erklärte er. »Da sie von Haut nur so übersät ist«, einige Wesen fingen zu kichern an, »muss Pita sie an zwei unterschiedlichen Körperstellen verletzen, wohingegen Eigin nur einen einzigen blutigen Treffer erzielen muss.« Juraim sah in die Menge, doch keiner widersprach, also fuhr er fort. »Alle Fähigkeiten und Kräfte sind erlaubt. Verboten ist unfaires Verhalten und das Zielen auf eine lebensnotwendige Körperregion.«

Zustimmendes Nicken ging reihum.

Er entfernte sich drei Schritte aus der Mitte der beiden Frauen, kehrte sich zu ihnen um und fragte: »Pita, nimmst du die Herausforderung an, gegen Eigin, einer Tochter des Volkes Wenetra anzutreten?«

»Für mein Volk, ja!«, rief diese lautstark und entschlossen aus. Die Meute grölte und jubelte.

Juraim nickte bestätigend. »Eigin, nimmst du die Herausforderung an, gegen Pita, einer Tochter des Volkes Warkrow anzutreten?«, wiederholte er die ritenhaften Worte.

Eigin antwortete zögerlich, mit gerunzelter Stirn, und verarbeitete weiterhin, was gerade geschah. Sich bewusst, dass sie sich dem stellen musste, straffte sie ihre Schultern und entschied: »Es ist mir eine große Ehre in eurem Kreis kämpfen zu dürfen.«

Vereinzelte Anerkennungen kamen hervor, jedoch hielten sich die meisten Wesen bedeckt oder waren weniger begeistert.

Eigin schluckte, als Juraim sich entfernte und sich zu der Traube gesellte.

»Bezieht Stellung«, wies er sie an, und sie taten wie ihnen geheißen.

Eigins Anspannung war so präsent, dass sich der Blutrausch in ihren Ohren auf ihrem gesamten Körper ausbreitete. Für einen kurzen Moment schloss sie ihre Augen, spürte das Blut durch ihre Adern fließen, und versuchte bewusst, zu atmen. *Du kannst das*, dachte sie noch, als der antreibende Pfiff Juraims Lippen verließ.

Féin konnte bereits Sahiras Mähne sehen und wunderte sich über die einnehmende Stille der Umstehenden. Ein gellender Pfiff ertönte, der jeden zum Tosen und Toben brachte. Etwas erschrocken zuckte er zusammen und musste sich unweigerlich fragen, ob sie noch klar im Geist waren, da die Kämpfe der Zöglinge immer zur gleichen Sonnenzeit stattfanden.

Er versuchte, durch den Massenauflauf hindurch zu spähen, jedoch standen die Wesen so dicht beieinander, dass es unmöglich war, das Kampfgeschehen zu erfassen. Erst als er in der zweiten Reihe ankam und zu den vordersten Schaulustigen vordrang, entdeckte er Eigin inmitten des Kampfplatzes.

Sahira schwante Böses, nachdem sie Féins Anwesenheit zwei Steinländer weiter bemerkte. Noch ehe er in das Geschehen eingreifen konnte, drängte sie sich an den Wesen zu ihm vorbei, packte seinen Oberarm und hielt ihn mit einem nachdrücklichen »Nein«, zurück.

Verwirrt riss er sich los.

»Féin. Sie muss sich beweisen, sonst wird sie nicht anerkannt«, teilte sie ihm im gleichen Zuge mit.

Er murrte störrisch und ballte die Fäuste, während Pita und Eigin sich aufmerksam umkreisten.

Sahira schloss ihre Hand um seine linke Geballte. »Du weißt, dass es stimmt«, unterstrich sie, ohne den Blick vom Kampfgeschehen abzulassen.

»Darüber sprechen wir später«, zischte er zwischen aufeinander reibenden Zähnen hervor.

Eigin nahm sich Zeit, ihre Gegenspielerin genauestens zu beobachten, dabei spürte sie deutlich, wie einer der Obsidianspeere im Knochenhohlraum ihres Flügels wuchs und die Spitze nebst der Kralle hervortrat.

Es war ein seltsames Gefühl, das sie schon eine ganze Weile nicht mehr verspürt hatte. Eine Mischung aus Schmerz und einem leichten Prickeln, das sich nach Kraft und Macht anfühlte. Allerdings würde sie ihre Flügel leicht auseinanderfalten müssen, damit sie ihre natürliche Waffe erreichen konnte, was ihre Angriffsfläche vergrößerte und ein deutlicher Nachteil war.

Pitas fieses Grinsen zeigte ihr, dass auch sie sich dessen bewusst war und ehe Eigin den Speer aus ihren Flügelknochen herausziehen konnte, griff Pita sie an. Geschwind zog sie einen langen Strang aneinandergereihter Steine aus den Anhäufungen ihres Nackens und wirbelte ihn peitschenartig über ihren Kopf hinweg.

Eigin drehte ihre Hüfte seitlich zurück, als die Steinkette auf sie niederging. Die Glieder durchschnitten die Luft und schlugen aufeinander klirrend auf den körnigen Boden auf. Staub stob aus und vernebelte die Sicht. Doch noch bevor die feinen Körner niedersanken, presste Eigin ihre Flügel zusammen und katapultierte den vollendeten Speer gen Himmel. Sie stöhnte auf, als das Geschoss sie verließ und weitere Spieße in den Hohlräumen ihrer Knochen zu wachsen begannen. Dennoch fehlte ihr die Zeit, auf deren Vollendung zu warten. So musste der eine Wurfspeer für den Kampf und zur Verteidigung ausreichen.

Der Speer schoss hoch hinaus und fiel pfeilschnell auf die Kampffläche hinab, zugleich Pita ihre Kette wellenförmig einholte. Sie bückte sich leicht vor, warf die Steinkette seitlich hinter sich und ließ sie gekonnt schwungvoll durch die bodennahe sandige Wolke in einem Dreiviertelkreis auf Eigin zugleiten.

Noch ehe die aneinandergereihten Steine Eigins Fesseln berühren konnten, sprang sie hoch, öffnete ihre Flügel und hielt sich mit wenigen Schlägen in der Luft. Geschickt fing sie den hinabsausenden Speer auf, während das Steingefüge unter ihr hinweg schnellte. Dumpf landeten ihre Füße auf dem staubigen Boden. Sie zog die Schwingen dicht an sich und wehrte einen weiteren Angriff mit dem glänzenden Stab ab, um gleich darauf selbst anzugreifen.

Eigin holte aus und stieß mit den Stabende scheppernd gegen Pitas Brust. Entsetzen spiegelte sich in Pitas Augen wider, als sie von der Wucht getroffen zurücktaumelte.

Raunen ging umher. In den Reihen hörte man luftziehende und zischende Laute, ebenso erstauntes Gemurmel. Auch Féin entließ hörbar den Atem, während das Verlangen einzuschreiten immer stärker wurde. Sahira hingegen hielt die Luft vor Erstaunen an. Teils beeindruckt von Eigins Können, teils beunruhigt, dass Eigin Juraims Warnung keinerlei Beachtung schenkte.

Auf Eigins Gesicht lag ein spottvolles Grinsen, als Pita schockiert zurückstolperte. Sie fühlte die geschmeidige Wärme ihrer Muskeln, spürte, wie sie danach gierten weiterhin in Bewegung zu bleiben. Sie war in ihrem Element, in der Seele einer Kriegerin.

Sie warf den Speer abwartend von einer Hand in die andere, während sich Pita sammelte und ein zweites Steinseil aus der Innenseite ihres Oberschenkels zog.

Die Frauen umtänzelten sich mit wachem Blick, bevor Pita die zwei Seile geräuschvoll im Wechsel über ihren Kopf hinwegwirbeln ließ. Wippend, Schritt um Schritt steuerte sie auf Eigin zu.

Eigin verfolgte jede noch so kleine Bewegung und doch wusste sie, dass es an der Zeit war, sich verletzen zu lassen. Sie seufzte in sich hinein. Zu schade, denn für sie hatte der Kampf gerade erst begonnen. Doch sie verstand die Worte des Warkrows, hinter dessen massiger Erscheinung mehr Verstand steckte, als man auf den ersten Blick annahm.

Sie vermochte nicht zu leugnen, dass Pita eine starke Gegnerin war, dennoch erahnte Eigin bereits ihr Vorhaben. Sie gab Sahira recht. Pita war klug und flink, aber auch durch die sich wiederholenden Bewegungsabläufe durchschaubar.

Die kreisenden Steinseile schnellten auf Eigin zu und obwohl sie es gekonnt hätte, schlug sie nur ein der zwei Gesteinsketten mit ihrem Speer nieder. Die andere Kette wickelte sich um ihr Handgelenk und einen Nanomoment später durchfuhr Eigin ein reißender Schmerz.

Rau und schmirgelnd gruben sich die Steine in ihre Haut.

Ein Fauchen schlich sich aus ihrer Kehle.

Pita zurrte die Schlaufe fester und sorgte dafür, dass sich das Seil weiter in Eigins Fleisch schnitt. Blaues Blut quoll hervor und überlief die Steine an ihrem Handgelenk.

Die Menge johlte, schrie eifernd und anfeuernd Pitas Namen hinaus. Sahira sah sich um, hob spöttisch eine Braue und lächelte über die Naivität der Anwesenden, die die halbherzige Abwehr nicht erkannten. Sie warf einen Blick auf Féin, der das Schlagen seines Herzens brusthebend zur Schau trug und mit Unverständnis in Sahiras gewittergraue Iriden sah.

»Es ist in Ordnung«, meinte sie und drückte beherzt seine total verkrampfte Hand.

Féin zeigte sich ungläubig und wandte sich schnaubend wieder dem Geschehen auf dem Kampfplatz zu.

Eigin hatte Pita bereits die Kette entrissen, die immer noch fest um ihr Handgelenk baumelte und dessen Glieder bei jeder Bewegung schwangen und aufeinanderklirrten. Die Nafga-Hybride gönnte sich ein wenig Spaß und Pita musste einiges einstecken, bevor Eigin zuließ, dass jene sie ein weiteres Mal und somit siegreich verletzte.

Eigin präsentierte sich der Menge gebeutelt und niedergeschmettert. Sie ließ sich auf die Knie fallen, wodurch sie Pita ihren Rücken zukehrte.

Herzhaft lachte Sahira zwischen der tobenden und begeisterten Meute, während Féin sie für verrückt erklärte.

Der Kampf endete, der Triumph sollte den Warkrow gehören, doch in Pitas angriffslustigen Augen schimmerte noch immer die Wut. Ungesehen griff Pita in die Gesteinsanhäufung ihres Unterbauches und zog geschwind einen mannlangen, gliedervollen Strang hervor.

Sie schlug die Steine lautstark in den Staub und holte die Aufmerksamkeit aller ein, deren freudvoller Siegestaumel beschämt schwand.

Eigin sah mit einem Seitenblick zu Pita zurück, ehe die Kette durch die Luft sauste und sich um ihren Hals wickelte. Instinktiv schob sie die Daumen unter die Glieder und versuchte verzweifelt, die Schlingen von ihrer Kehle zu lösen. Sie röchelte nach Atem, als Pita sie mit einem Ruck rücklings zu Boden riss.

Durchsetzt von bestürzten Lauten, raunte die Menge auf.

Wütend sah Féin Sahira an, »nichts ist gut«, knurrte er, jedoch wusste Sahira daraufhin nichts entgegenzusetzen und schaute betroffen drein.

Féin eiste sich von ihr los und trat inmitten des Geschehens. Er eilte an Eigin vorbei und packte das Mittelstück der langen Steinkette, an der Pita zerrte. Er sah hinab zu Eigin, die japsend und keuchend nach Luft rang und zog die Tyrannin mit einem kräftigen Zug zu sich heran. Seine Kiefer mahlten, als ihre Augen ihm entgegenfunkelten.

»Lass los!«, presste er hervor und bekam nur ein boshaftes Lächeln als Antwort, das ihr sogleich verging, als Juraim von hinten ihre Schulter packte und sie grob zu sich herumdrehte.

Er sprach so laut und drohend zu ihr, dass es ein jeder hören konnte. »Halte ein!« Er sah missbilligend auf Eigin hinab. »Pita, du hast aus einem großartigen Kampf eine Schmach gemacht. Du bist eine Schande für unser Volk.«

Pita schaute ihn fragend an, während die Kette aus ihren Händen glitt. »Wie kannst du eine Nafga bei uns tolerieren?«, kreischte sie hysterisch. Sie lachte schrill auf und blickte in die schockierten Gesichter der Umstehenden. »Warum seht ihr mich so an? Sagt bloß, ihr habt Mitleid mit dieser Kreatur.« Sie lachte kopfschüttelnd auf.

Inmitten des Gedränges sah man die Wesen vor einem großgewachsenen, schlaksigen Warkrow weichen, der sich erzürnt einen Weg in die Arena suchte. Allerdings war er bei Weitem nicht so zornig, wie seine Frau, die ihm nur bis zum Bauchnabel reichte und sich vor ihm einen Pfad durch die Ansammlung pferchte.

Schnurstracks ging sie auf Pita zu, holte ohne zu zögern aus, und ließ das Klatschen ihrer Hand auf Pitas Wange durch die Reihen wallen.

Jeder Mann und jede Frau verstummte, nur das weitentfernte Treiben im Hintergrund trat in das Gehör. Auch Pitas verstörter Lachanfall erstarb mit der Handlung ihrer Mutter, welche sich mit fest aufeinandergepressten Lippen von ihr abkehrte und wieder in der Traube verschwand. Pitas Vater schüttelte verständnislos den Kopf, ehe er seiner Gemahlin folgte und Pita auffordernd hinter sich herwinkte.

Pita sah in die beschämten und zutiefst betroffenen Gesichter, schaute auf Eigin hinab, die sich langsam durch Féins und Sahiras Hilfe erholte.

Sie senkte ihr Haupt, blickte noch einmal unverstanden zu Juraim auf, der ihre Schulter entließ und dennoch keine Miene verzog, ehe sie gedemütigt ihren Eltern folgte.

Kapitel 14

Die verächtlichen Ausrufe, die Pitas Abtauchen in der Menge folgten, klingelten in Eigins Ohren nach. Juraim half ihr auf und entschuldigte sich in aller Form für das verwerfliche Auftreten der Warkrowes, was ihm sichtlich schwerfiel. Es musste eine Seltenheit sein, dass der gestandene Mann ein fehlerhaftes Verhalten zugab.

Auch wenn die nervösen Gesten Juraims ein leichtes Zucken um Eigins Mundwinkel auslöste, vermochte sie nicht zu sprechen, denn ihre Kehle fühlte sich rau und verletzt an. Also nickte sie stumm, während sie die offene Wunde rund um ihren Hals zögerlich betastete.

Juraim löste die Traube mit kurzen Worten auf. Somit fanden die Kämpfe für heute ein frühes Ende, und niemand schien irgendetwas dagegen zu haben.

Eine Weile unterhielt sich der Warkrow mit Féin, dessen Anspannung weiterhin in ihm pulsierte, wobei er versuchte, nicht vor dem Kampfausbilder aus der Haut zu fahren. Sahira kramte währenddessen in ihrem ledernen Beutel, um nach dem halb vollen Trinkschlauch zu suchen, dabei fluchte und zeterte sie, da angeblich alles auf mysteriöse Weise im Nirgendwo des Beutels verschwand. Als sie ihn endlich hervorholte, kehrte sie mit schnellen Schritten und mit wehendem Haar zu Eigin zurück und reichte ihr das Trinkgefäß. Dankend nahm diese es an und trank so hastig, dass ihr das Wasser aus den Mundwinkeln rann und von ihrem Kinn tropfte.

Juraim verabschiedete sich höflich von ihnen, drückte beherzt Eigins Hand und beteuerte, wie sehr es ihm leidtäte und dass sie keine Schuld an der misslichen Situation trug.

Féin sah ihm einen Augenblick nach, ehe er sich Sahira zuwandte und seine Wut freigab. »Was habt ihr euch dabei gedacht?«

»Weißt du Féin …«, begann sie.

Er ließ sie nicht ausreden. »Wie kann man so bescheuert sein, sich mit einer Nafga unter die Warkrow zu mischen?« Seine Stimme klang scharf und wurde laut. »Dass sie ein naives Ding ist, weiß ich bereits, aber von dir hätte ich mehr erwartet!«

Eigin schoss die Zornesbläue ins Gesicht.

»Moment mal!«, protestierte Sahira, »ich glaube, ich kenne mein Volk besser als du«, wütend funkelte sie ihn an.

»Ist dem so?«, spottete er, »hat ja wunderbar geklappt.« Er lachte verständnislos auf. »Ganz gleich, wohin du mit dem Feuerwesen gehst. Sie wird nirgendwo willkommen sein.«

»Jetzt mach aber mal halblang«, unterbrach sie ihn, »alles lief einwandfrei, bis Pita über die Stränge schlug. Keiner, und ich meine keiner, kam uns vorher bedrohlich nahe«, behauptete sie standfest. »Und du solltest mal ganz still sein.« Unverhohlen tippte sie mit ihrem Zeigefinger gegen seine moosgrüne Brust. »Schließlich hast du sie allein am See zurückgelassen. Du kannst Amga danken, dass ihr nichts zugestoßen ist.«

Seine Kiefermuskeln zuckten, die Zähne knirschten und seine Hände ballten sich so heftig, dass seine Unterarme zitterten. »Wenn ihre Überheblichkeit sich zu fein ist, mir zur Höhle zu folgen, sollen sie ruhig die Späher holen«, stieß er hervor.

»Klasse Féin. Zum Glück wird sie von den Waldseelen toleriert.« Sahira hob eine Braue und wackelte siegesbewusst mit dem Kopf.

Féins Anspannung blieb, auch wenn ihn irritierte, dass Eigin vom Gefüge des Waldes geduldet wurde.

Mit einem krächzenden »Stop« ging Eigin dazwischen. »Also erst mal«, sprach sie kehlig, »vielen Dank, Féin, für die netten Komplimente.«

Er schnaubte, ohne sie anzusehen.

»Und dann, kann ich für mich selbst sprechen und vor allem, ich handle eigenbestimmt.« Sie schaute von einem zum anderen.

Sahira schmunzelte leicht, wohingegen Féins Miene noch finsterer wurde.

»Ich bin mir sicher, dass Pitas Verhalten mir zugutekommen wird.« Eigin grinste verschlagen, während Féin und Sahira Blicke austauschten. Eigins Grinsen wurde breiter.

»Wie meinst du das?«, fragte Sahira verwirrt.

»Pita hat einen folgenschweren Fehler gemacht. Sie hat Schande über ihr Volk gebracht. Nachdem eine hinterlistige Nafga, einen so fairen Kampf ablieferte.«

Sie schenkte Sahira einen verschlagenen Seitenblick über die Schulter und die Kargon verstand prompt. »Und du glaubst, dass die Wesen, jene am Spektakel teilgenommen haben, so etwas wie Reue oder gar Mitgefühl dir gegenüber empfinden oder übrighaben?«, vollendete Sahira Eigins Überlegungen.

»Kein Volk auf Amga kann eine derartige Schmach auf sich sitzen lassen«, äußerte Eigin und flüsterte beinahe zu sich selbst, »na ja, solange es nicht meines ist.«

Féin horchte auf, »was hast du gesagt?«, wollte er wissen, ehe er sie am Oberarm packte und unsanft zu sich herumzog. Eine Handbreit von ihr entfernt, musterte er ihre Gesichtszüge unter verengten Augen und verweilte auf ihren geschwungenen Lippen.

»Nichts«, antwortete sie betont gelangweilt.

Er ruckte ihren Arm. »Das ist kein Spiel, Eigin. Meinst du, Pita ist die Einzige, die so über dich denkt?«

Eigins Lächeln schwand. Ärger baute sich in ihr auf.

»Deine Überheblichkeit wird dich das Leben kosten!«

»Féin, nun komm mal runter«, mischte sich Sahira ein. »Wir

wären ja gar nicht hier, wenn Parsem und Nevis nicht aufgetaucht wären.«

Féins Blick richtete sich auf Sahira, jedoch ließ er Eigin nicht los. »Warum ist Nevis hier?«, fragte er, und die Art der Betonung verriet ihr, dass er ihnen die Schuld daran gab.

»Bitte. Es ist wohl nicht unsere Aufgabe, darauf zu achten, dass die Kinder Yas begleiten«, fuhr sie ihn entrüstet an. »Aber wenn wir schon mal beim Thema sind, kannst du uns bestimmt erklären, warum du nicht auf den Weg zur Kristallstadt bist. Vielleicht wäre dir dann Nevis Fehlen aufgefallen. Doch es ist sicherlich bequemer die Schuld auf andere zu schieben, während man in den Waldlanden verweilt.«

Eigin horchte auf.

Sahira schlug sich eine Hand vor den Mund. »Entschuldige Féin. Das meinte ich nicht …«

Féin winkte ab. Abscheu zeichnete sein Gesicht, während sich seine Hand von Eigins Arm löste. Er ließ den Kopf sinken.

»Féin wirklich, es tut mir leid«, beteuerte Sahira.

»Ist schon gut«, behauptete er und vermochte sie dennoch nicht anzusehen.

Eigin räusperte sich: »Es ist zwar amüsant euren Bekundungen beizuwohnen, aber wir müssen den Ausreißer noch bei Parsem abholen.«

Sahira nickte zustimmend, während Féin finster zu Eigin aufblickte. »Du nicht. Du hast heute für genug Furore gesorgt. Ich bringe dich jetzt zur Höhle und Sahira wird sich um Nevis kümmern.«

»Ist gut«, antwortete Sahira einverstanden, was Eigin überraschte, denn die blonde Kargon gab bis gerade eben nicht so einfach klein bei.

Sahira sah zur Sonne hinauf, die sich mittlerweile gen südwestliche Richtung neigte. »Es wäre schön, wenn du Eigin ein Abendmahl bereiten würdest. Unser Frühstück war dürftig und ich nehme an, dass sie hungrig ist.«

Sahira zwinkerte Eigin zu, während sie sich ihren Beutel schnappte und im Rückwärtsgang auf den Weg machte.

Féin besah sich Eigins schlanke Gestalt, von der er annahm, dass sie kaum Nahrung zum Überleben brauchte.

Sahira grinste. »Sonst wird sie dich wohl oder übel anknurren oder beißen.« Sie lachte schallend, ehe sie sich umwandte und fortlief.

Féin fuhr sich durch sein Haar und lupfte eine Braue, als er sie anhielt, mitzukommen. Eigin vernahm das Klirren seiner Haarspitzen und zwei Dinge wurden ihr durch das Gespräch klar. Sahira war eine Warkrow-Kargon-Hybride und Féins zweite Wurzeln lagen in den Eislanden, die er aus irgendeinem Grund mied.

Eine ganze Weile ging sie schweigend hinter ihm her und kaute gedankenversunken auf der Unterlippe herum, bis sich, wie Sahira prophezeite, ihr Magen grummelnd meldete.

»Ich verstehe«, entwich es Féin und er warf einen Blick zurück. Verlegen sah sie auf ihren Bauch hinab und musste ebenso grinsen, wie Féin, der seinen Blick bereits wieder von ihr abgewandt hatte. Er drosselte seine Geschwindigkeit, sodass sie bald auf gleicher Höhe nebeneinander liefen. »Vielleicht können wir uns zusammen etwas zubereiten. Ich habe nämlich auch etwas Hunger«, meinte er ruhig, fast schon ein wenig schüchtern. »Natürlich nur, wenn du magst?«

Mit großen Augen warf Eigin ihm einen ungläubigen Seitenblick zu, wobei ihr auffiel, was für maskuline Konturen sein Gesicht besaß.

Seine Wangenknochen traten unter der Haut hervor und ausgeprägte Kiefermuskeln umschmeichelten seine kantigen Gesichtszüge. Im Kontrast dazu hob sich seine Haut weich von der markanten Schönheit ab, deren kräftiges Grün von sattem noch feuchtem Moos erzählte, das sich auf den Wangen rot angehaucht zeigte.

Ihm so nah, verlangte es sie, seinen schmalen, geraden Nasenrücken nachzuzeichnen. Mit dem Finger über die Rundungen der

Spitze und der Nasenflügel zu fahren, um anschließend mit dem Daumen über seine sinnlichen Lippen zu streichen.

Féin kehrte sich ihr zu und fuhr sich stirnrunzelnd durch das Haar, das sie an dunkles, herbes Kakaopulver erinnerte, das sie selten zu kosten bekam.

Sie seufzte leise und von sich selbst erschrocken, blinzelte sie sich aus ihrer Gedankenwelt heraus. Erst dann erkannte sie, dass sie stehen geblieben war, und appellierte an ihren Verstand, derart Streiche sein zu lassen.

Sie musste ziemlich verdattert ausgesehen haben, da die Falten auf Féins Stirn an Mehrheit gewannen und er kopfschüttelnd abwinkte.

»Verstehe«, er räusperte sich, »ich bin ein Idiot«, sprach er fast zu sich selbst, als er sich wieder von ihr abkehrte und in Bewegung setzte.

»Nein«, gab sie zögerlich von sich, noch immer befangen von ihren Emotionen. »Das, das könnten wir …«

»Was?«, er drehte sich sichtlich gereizt zu ihr um.

Sie schluckte nervös.

Er winkte ab. »Komm jetzt. Ich bringe dich zur Höhle und besorge dir etwas zu essen. Danach werde ich verschwinden, keine Bange.« Zornig stapfte er davon.

Überrollt von seinen Gemütsschwankungen, sah sie ihm verdattert nach.

Er blieb stehen und wandte sich erneut zu ihr um. »Was ist? Braucht die Nafgabrut eine Extraeinladung? Du musst dich schon bewegen, wenn du mich loswerden willst.«

Eigin verengte die Augen. »Du hast Recht, je schneller wir ankommen, umso eher muss ich deinen Gestank nicht mehr ertragen«, keifte sie, während sie versuchte, hinter ihm her zu kommen. Jedoch machte er keinerlei Anstalten das Tempo zu verringern.

Eigins Laune sank ins Bodenlose, bei dem Versuch mit ihm Schritt zu halten. Für jeden Fuß, den er setzte, brauchte sie einen mehr. Am liebsten hätte sie Anlauf genommen und wäre einfach davongeflogen. Über seine Arroganz hinweg, triumphierend dem wolkenlosen Himmel entgegen. Doch sie wusste, dass das Blätter- und Nadeldach des Waldes einem ineinander verwobenen Feld glich, das ihr die Sicht auf die Seelen der Waldlande verwehrte. Wohl oder übel würde sie mit ihm mithalten müssen. Auf keinen Fall würde sie ihm die Genugtuung geben, zu kapitulieren.

Trotzig verschränkte sie die Arme vor der Brust und erkannte bereits den steinigen Pfad, der den Abhang hinaufführte und den sie zuvor hinabgewandert waren.

Féin verschwand hinter den ersten Felserhebungen, ohne auf sie zu warten. Aber Eigin dachte gar nicht daran, ihm zu folgen. Sie bog vor dem grauweißen Sandsteinfelsen und dessen Pfad nach rechts ab.

Féin kam nicht nach, also hatte er es nicht bemerkt und während sie den Abhang hinter sich ließ und sich allmählich beruhigte, verlor sich das Treiben um sie herum. Die Wesen beachteten sie kaum und wenn doch, nickten sie ihr zumeist freundlich zu. Die Mundpropaganda hatte offensichtlich gute Arbeit geleistet.

Vor einem Berg, der das Tal teilte und letztendlich doch in das Gesteinsgefüge rundherum überging, blieb sie stehen. Sie überlegte, welchen Weg sie einschlagen sollte und entschied, sich linkerseits zu halten. Schließlich wollte sie sich zu allem Überfluss nicht auch noch in den Steinlanden verlaufen.

Sie schlenderte an den unebenen Gebirgswänden vorbei und erkannte erst auf den zweiten Blick die Behausungen der Warkrow, die sich ihr durch die nahe Betrachtung offenbarten. Zumeist bestanden diese aus unterschiedlich großen Steinen mit kegelförmigen kurzen Schloten, die man als Halbmond-Waben beidseitig in die Gebirgswände hineingearbeitet hatte. Vollkommen asymmetrisch, entweder rund und oval oder kantig und eckig, zierten sie in stufenlosen Höhen das jeweilige Gestein der Berge.

Fasziniert von den skurrilen und doch beeindruckenden Heimen der Warkrow löste sich ihr Ärger in Luft auf. Ihre Finger rappelten über die ungleichmäßigen Steine der Außenwände hinweg.

Kinder spielten vor den Eingangsbereichen der Steinbauten, während die Frauen in dampfenden Tiegeln und Töpfen kochten, die man auf knisternden Feuerstellen aufgesetzt hatte. Der Duft nach warmen Speisen stieg Eigin in die Nase und ließ ihr das Wasser im Munde zerlaufen.

Die heimelige Atmosphäre brachte ihr die Ruhe und Neugierde zurück, die ihrem Auftrag so viel besser tat als der Streit mit entbehrlichen Individuen.

Dass einige Wesen ihr nachsahen, beachtete die Nafga-Wenetra-Hybride nicht und dass ein paar Kinder ihr folgten, störte sie nicht. Sie hielten einen gehörigen und respektvollen Abstand, soweit Eigin beobachten konnte.

Sie nahm an, dass die Kinder noch nie eine Nafga zu sehen bekommen hatten, weshalb ihre Neugier sie nicht überraschte.

Gespielt sorglos ging sie weiter und drehte sich plötzlich abrupt zu ihnen um. »Erwischt!«, rief sie aus, während die Kinder schreiend auseinanderstoben und sich, hinter den Bauten verbargen.

Eigin huschte ein Lächeln über das Gesicht. Sie kehrte sich dem Geschehen vor sich zu und wartete, bis sich die Angsthasen feixend aus ihren Verstecken trauten, um ihr zaghaft nachzulaufen.

Die Älteren betrachteten das Verhalten der augenscheinlichen Nafga mit Argwohn. Als sie jedoch bemerkten, dass diese ein immer wiederkehrendes Spiel daraus machte, nahmen sie ihre Tätigkeiten wieder auf.

Die Neckereien gingen so weit, dass Eigin den Spieß umkehren konnte und sich vor den Kindern versteckte. Bis diese die Berührungsängste verloren und Eigin freudig und voller Stolz gefangen nahmen.

Triumphierend zeigten einige ihre winzigen Muskeln, andere reckten sich siegreich und erzählten den Erwachsenen, dass sie eine Nafga bezwungen hätten. Eigin spielte die Ergebene. Sie genoss das unbefangene Herumtollen mit den Kindern, deren Seelen frei von Kummer und Sorge waren.

Durch die Schlucht des Tals gellten Rufe. Immer mehr Zöglinge ließen von ihr ab und folgten den Aufforderungen ihrer Eltern, sich zum Abendessen einzufinden.

Eigin kniete sich, mit den übrig gebliebenen Kindern im Schlepptau, auf den kieseligen Boden. »Ihr müsst nach Hause gehen, eure Eltern warten bereits auf euch.«

Sie erntete Stöhnen und widerstrebendes Raunen.

Eigin grinste schief: »Aber wisst ihr was, ihr dürft zum Abschluss meine Flügel berühren. Das bringt nämlich Glück.«

Die Kinder bekamen große Augen und voller Begeisterung sahen sie, wie Eigin ihre Schwingen in Gänze öffnete. Sie ließen sich nicht zweimal bitten und berührten die dünne Flughaut überall.

Eigin erschauerte mehrmals. Sie war es nicht gewohnt, dass sich so viele Hände auf einmal auf sie legten und doch machte es ihr in diesem Fall nichts aus. Zu sehr freute sie sich für die Kleinen, die noch lange von der heutigen Sonnenzeit erzählen würden.

Umring von den Kindern, entging ihr, dass eine Frau auf sie wartete.

Diese knetete nervös ihre Finger, bevor sie sich räusperte.

Eigin blickte auf, erhob sich aus der Hocke und schickte die letzten Sprösslinge mit ein paar Worten fort, ehe sie sich der Frau zukehrte und sie erkannte.

»Du bist Pitas Mutter?«, brachte Eigin hervor und das unbeschwerte Gefühl wich dem Unwohlsein.

Féin bog auf die zweite längere Gerade des Pfades ab und die hügelige Gesteinslandschaft hinauf. Vollkommen enerviert von Eigins arrogantem Gehabe, behielt er sein schnelles Tempo bei.

Er sah es nicht im Geringsten ein, auf sie zu warten. Sie sollte ruhig einen gewissen Abstand zu ihm haben. Wenn er den Abhang hinaufstieg, würde er nachsehen, wie weit sie gekommen war, und würde sich gegebenenfalls dazu entscheiden, geruhsamer hinaufzuklettern.

Er verstand sich selbst nicht mehr. Normalerweise hätte er sich derartige Dreistigkeiten nicht gefallen gelassen und dennoch fiel er ständig in ein Gefühl hinein, das ihn dazu bewog, nett zu ihr zu sein. Dabei war er sich sicher, dass er sie nicht mochte und dass sie nur Ärger bedeutete.

Er seufzte auf, während er einen kurzen Blick über seine Schulter warf. Doch da war nichts. Eigin lag also weit zurück.

Der Pfad wurde allmählich schmaler und endete vor den Felsüberhängen, die er mit drei, vier Zügen überwinden würde. Die Wärme der Sonnenzeit hatte den Wind, der ihn umwehte, bereits verlassen und wirbelte kühl seine Haare auf. Er konnte von hier aus die gesamte Steigung nicht vollends überblicken und hievte sich ein Stück die Felswand hinauf. Das Leinentuch, das seine Wunden umhüllte, blies sich auf, was die brennende Haut etwas kühlte.

Er schaute auf die Strecke hinab, bis hin zum Gebirgstal, jedoch fehlte von Eigin jegliche Spur. Er ließ seinen Blick schweifen, doch sie war nirgendwo im Tal zu entdecken.

Fluchend schlug er mit der Faust gegen die Wand. Steine lösten sich und fielen bröselnd hinab, während sich feiner Sandstaub auf seine geballte Hand legte.

Die Frau räusperte sich abermals. »Ich bin Eleonora und ja, ich bin Pitas Mutter«, sagte sie mit fester Stimme.

Eleonora war eine kleine Frau, mit wuseligen, schwarzen Locken, die wirr von ihrem Kopf abstanden und sich bis zu den spitzen Ohrläppchen kräuselten. Die Linie ihres Scheitels war von bröckeligem Gestein durchzogen, das vom Stirnansatz bis zum Nacken reichte, weshalb sich ihr Haar deutlich teilte. Sie kam ein Schritt auf Eigin zu und reichte ihr die Hand. Eigin kniff die Augen zusammen, musterte die Frau, zögerte eine Winzigkeit, und nahm die gut gemeinte Geste dennoch an.

»Ich bin Eigin«, sagte sie, während ihr Eleonoras kräftiger Händedruck auffiel. Diese nickte, löste sich aus der Begrüßung und faltete die Hände vor ihrem Bauch ineinander.

»Nun, mein Mann und ich haben dich in unserer Siedlung umherstreifen sehen. Wir haben uns gefragt, ob du nicht mit uns speisen möchtest?« Sie schaute Eigin nervös, jedoch hoffnungsvoll an.

Eigins Misstrauen verschwand. Sie erkannte, wie viel Überwindung es Eleonora kostete, die Einladung auszusprechen. Innerlich abwiegend entschied sie, dass es gar nicht schlecht wäre, wenn sie sich friedlich gegenüber Pitas Familie zeigen würde, und sie wusste genau, dass Eleonora Schadensbegrenzung betrieb.

Ein aufgesetztes Lächeln legte sich auf Eigins Lippen. »Ich nehme gerne die Einladung an«, bestätigte sie und sah die Last von Eleonoras Schultern fallen.

Ehrlich erleichtert, lächelte diese zurück. »Schön, da werden sich alle freuen. Komm, es ist nicht weit.« Während sie das sagte, winkte sie Eigin zu sich heran und machte sich bereits auf den Weg. »Wir sind recht viele«, meinte sie, nicht ohne Stolz in der Stimme. »Du musst Pita verzeihen. Sie ist zwischen einer Horde Brüdern aufgewachsen und glaubt, sich durchsetzen zu müssen.«

Eigin hörte ihr aufmerksam zu und blieb dennoch still, da sie wusste, dass es hier nicht allein um den Stellenwert innerhalb der Familie ging, sondern um Toleranz.

»Und lass dich von meinen Männern nicht überrumpeln. Sie können sehr, nun ja, einnehmend sein.«

Eigins Braue lupfte sich, kurz bevor sie einer kleinen Linksbiegung folgten. Die Abzweigung endete in einem Halbkreis, umgeben von Gesteinswänden, an denen sich der längliche Wabenbau, der so groß war, dass er drei Schlote besaß, anschmiegte.

Ein knisterndes Feuer schmückte die Mitte des Vorhofes und zwei Knirpse balgten sich im graubraunen Sand des Platzes.

Der schlaksige, riesenhafte Mann, der seiner Frau treu gefolgt war und seine Tochter aufforderte, mit ihnen heimzukommen, packte die beiden Burschen und riss sie auseinander. Trotz der Ermahnungen ihres Vaters gingen sich die Jungen weiterhin an. Sie traten und hauten sich, während sie Flüche ausstießen. Verzeihend schaute er Eigin an, die sogleich schmunzeln musste. Er entließ die Zwei aus seinem Griff und winkte ab. Die Jungen sackten zu Boden und balgten sich hinter ihrem Vater weiter.

Zielstrebig kam er auf Eigin und seine Gemahlin zu. Er bückte sich tief hinab, zugleich sich Eleonora auf die Zehenspitzen stellte, nahm sie in eine Umarmung und gab ihr einen zärtlichen Kuss.

Eigin war überrascht über die Intimität in ihrer Anwesenheit. Verlegen senkte sie den Blick, stupste mit ihrem Fuß einen kleinen Kiesel fort und umfasste abwartend die Oberarme. Im Augenwinkel nahm sie wahr, dass sich sechs weitere Wesen um das Feuer tummelten. Vier von ihnen waren eindeutig Warkrow. Bei den beiden Frauen, an der Seite zweier der vier Männer, war sie sich nicht sicher.

Der hochgewachsene Mann entließ Eleonora aus seinen Armen und reichte Eigin die Hand. »Ich bin Sadik und heiße dich in unserem Heim willkommen«, begrüßte er sie freundlich. Schuldbewusst betrachtete er Eigins verletzten Hals. »Scheint, als ob die Wunde bereits heilen würde«, meinte er und versuchte, das Vergehen seiner Tochter wegzulächeln.

»Es ist nicht so schlimm«, winkte Eigin ab, wissend um ihre besonderen Gene.

»Nimm Platz.« Er wies auf die Feuerstelle, auf welcher ein dampfender Tiegel vor sich hin brodelte. »Ich hoffe, du bist hungrig? Ich habe heute eine Extraportion Pilzkerbelragout zubereitet«, erzählte er und sah Eigin erwartungsvoll an.

Da Eigin ohnehin flau im Magen war, von den Gerüchen, die sie umgaben und verheißungsvoll lockten, nickte sie eifrig. »Das klingt fantastisch«, bestätigte sie ihm lächelnd, »und es duftet herrlich.«

Zufrieden blickte er auf sie hinab. Er wies auf die Kochstelle, die mit ungleichmäßigen, abgerundeten Brocken eingefasst war, auf denen bereits ein Warkrow saß. Er hatte sich locker zurückgelehnt, während er sich mit den anderen Anwesenden unterhielt.

Sadik rief die beiden, sich balgenden Jungen zur Ordnung und forderte sie auf, sich zu benehmen, da sie einen Gast hätten. Mit den lauten Worten zog er sogleich die Aufmerksamkeit auf Eigin.

Eleonora tätschelte Eigins Hand, die nur langsam auf das Zentrum des Familienkreises zuschritt und platzierte sie direkt an die Feuerstelle auf einem dunkelgrauen Stein.

»Kinder, das ist Eigin. Eigin hat sich zum Sonnenhöchststand einen fairen Kampf mit Pita geliefert und wir wollen sie gastfreundlich bewirten.«

Still musterten sie die Nafga-Hybride und ihr war bewusst, dass alle schon von der großartigen Leistung ihrer Schwester gehört hatten. Je nachdem, wie sie es betrachten mochten.

»Dort drüben.« Eleonora zeigte quer über den Tiegel hinweg. »Steht mein Zweitältester, Asam, mit seiner schwangeren Frau Somja.« Fürsorglich streichelte Asam Somjas klüftigen, rundlichen Bauch und nickte Eigin zur Begrüßung zu. Auch Somja lächelte freundlich.

»Er hat bereits ein eigenes Heim, jedoch sind die beiden die meiste Zeit hier.«

»Ach Mama. Zu Hause ist es am schönsten«, entgegnete einer seiner Brüder ihr, Asam helfend, und zwinkerte Eigin zu.

»Dieser Frechdachs ist Kehem. Er gehört, genau wie der junge Mann neben dir, zu den Halbwüchsigen meiner Familie.«

Sadik räusperte sich, während seine Hände auf Eleonoras Schultern lagen und er mit seinen Daumen ihren rissigen Nacken streichelte.

»Entschuldige, zu unserer Familie.« Eleonora sah zu ihrem Mann auf, der ihr einen Kuss auf die steinige Stirn gab.

Eigin bewunderte den innigen, liebevollen Umgang, den Sadik und Eleonora miteinander teilten und dennoch verstörte sie die allumfassende Nähe zunehmend, die sich doch so fremd anfühlte.

Der junge Mann neben ihr hatte sich aus seiner lässigen Haltung aufgesetzt und war unbemerkt dichter an Eigin herangerückt. Er nahm ihre Hand und hauchte ihr einen schmetterlingszarten Kuss auf ihren Handrücken.

Erschrocken wich Eigin zurück, wandte sich von der zarten Geste der Erwachsenen ab und dem unverfrorenen jungen Mann zu, der kaum älter als hundertsechzig vereinigte Monde sein konnte.

»Du kannst mich Dein nennen«, gestattete er ihr charmant, während seine Mundwinkel zuckten.

Die Anwesenden prusteten los und fielen anschließend in ein lautes Gelächter, wohingegen Eigin ihn mit großen Augen anstarrte.

Er grinste. »Du hast wunderschöne Augen«, behauptete er in einem verführerischen Singsang und versuchte sogleich, ihre Hand in die seine zu legen.

Die Falte zeigte sich auf Eigins Nasenbein, dabei hob sich eine »Bitte?« ausdrückende Braue, während sie von ihm abrückte.

Eleonora winkte ab: »Immer das gleiche Spiel.« Dennoch lachten alle weiter. Sogar Sadiks Brust bebte bei dem kleinen Wortwitz mit. »Ist ja gut, ist ja gut. Ihr bringt Eigin ganz durcheinander. Der Charmeur hier«, sie stieß ihn mit der Faust an, »heißt Dein.«

Dein wog sich getroffen hin und her, wobei er schelmisch grinsend Eigin zuzwinkerte.

Ihre verwirrte Miene wechselte zu einem amüsierten Grinsen. »Schöner Name.«

»Nicht wahr«, gab Dein höhnisch zurück.

»Unsere Mutter ist sehr kreativ, wenn es um die Vergabe der Namen ihrer Kinder geht«, gab der letzte Sohn im Bunde von sich, während er mit seiner Freundin auf die Feuerstelle zuging.

Die Runde lachte laut und Eigin stimmte mit ein.

»Papperlapapp«, schüttelte Eleonora das Frotzeln ab, »daran bin ich nicht schuld, Ondit«, behauptete sie fest. Woraufhin Eigin noch verdutzter dreinsah.

»Ja genau. Unser Brüderchen ist nur ein Gerücht.«

Eigin schüttelte ungläubig den Kopf und lachte leise. »Die Geschichten zu den Namen würde ich gerne hören«, sagte sie, als alle anderen ihren Platz an der Feuerstelle einnahmen.

Eleonora schöpfte mit einer Steinkelle das köstlich dampfende Ragout in ovalen Specksteinschalen und reichte die Gefäße an die Anwesenden weiter. Asam und Ondit erzählten unterdessen von Deins Geburt und wie ihre Mutter unter dem Leiden des Gebärens ihren Mann ankeifte: »Das ist deiner. Du bist schuld. Das ist dein Sohn«, und jener so zu seinem Namen kam. Auch die Geschichte über Ondit wurde vorgetragen. Den Eleonora ohne Erlaubnis väterlicherseits und als Vorbote der Vermählung bereits unter ihrem Herzen trug. Und so kam mit der Fülle ihrer Hüften, dass Ondit der Schwangerschaft in Umlauf, welches sie bis zu seiner Geburt vehement abstritten.

Es war eine fröhliche, ausgelassene Stimmung, in der sich Eigin rundum wohlfühlte. Sie schlürfte, mit einem Lacher zwischendurch, ihre stückige Suppe und genoss sichtlich das familiäre Miteinander. Ihr war nicht bewusst, dass ihr diese Art von Herzlichkeit fehlte, je gefehlt hatte, und so nahm sie die Wärme, die sie umgab, dankend an.

Die Schale unter ihren Arm geklemmt, trat Pita aus dem Steinbau hinaus und ließ sie prompt an ihrer Seite hinabgleiten. Scheppernd schlug sie auf den körnigen Boden auf und sorgte dafür, dass sie sich Pita zukehrten.

Ihre Wangen wurden schwarz vor Zorn, die Lippen so stark aufeinandergepresst, dass nur noch eine dünne, rissige Linie verblieb. »Was soll das?«, stieß sie angewidert aus.

»Schatz. Setz dich zu uns. Lerne Eigin kennen. Wir haben sie schon ins Herz geschlossen und du solltest es auch versuchen. Ich bin mir sicher, dass du sie mögen könntest.«

Enttäuscht und verzweifelt sah Pita ihre Familie an. »Das glaub ich jetzt nicht«, zischte sie in die Runde, machte auf den Absatz kehrt und verschwand wieder in dem Steinbau.

Eleonoras Blick begegnete Eigins entschuldigend. Sie stand auf und eilte hinter ihrer Tochter her.

Sie aßen nun still vor sich hin. Nur die beiden Jüngsten nahmen keine Notiz davon, ärgerten sich gegenseitig und hielten den jeweils anderen vom Essen fern.

Eigin sah auf ihre Schale hinab, in der sich nur noch eine kleine Pfütze befand. Sadik rückte zu ihr auf und ersetzte den Platz seiner Frau.

»Schmeckt es dir nicht?«, fragte er sie, in der Hoffnung ihr das Unwohlsein ein wenig nehmen zu können.

»Doch sehr«, entkräftete sie und sah unsicher zu ihm auf.

Ein warmes Lächeln kam ihr entgegen. »Na dann. Es ist genug da.« Er nahm ihr die Specksteinschale aus den Händen und gab sie randvoll gefüllt zurück. Dafür musste er, dank seiner Größe, nicht einmal aufstehen.

Sie führte die Kante der Schüssel an ihre Lippen, verspeiste achtsam einen Schluck von der braunen, schmackhaften Brühe und machte ein zufriedenes Geräusch, was Sadik zustimmend nicken ließ.

Die Gespräche untereinander wurden wieder aufgenommen. Sie waren nicht so lustig wie zuvor, aber durchaus interessant, eh der lautstarke Streit zwischen Mutter und Tochter zu ihnen hinausdrang.

»Glaubst du, dass ich ihn nicht vermisse. Glaubst du, dass ich je vergessen kann, was uns damals angetan wurde!«, schrie Eleonora ihre Tochter an.

»Wenn dem so wäre, würdest du nie dieses Monster zu uns einladen!«, kreischte Pita.

Eigin schluckte und mied die Gesichter der anderen.

»Eigin gehört nicht zu den Kriegern, gegen die wir einst kämpften. Sie war noch ein Kind, genau wie du. Und kann für das fehlerhafte Verhalten ihres Volkes nicht zur Rechenschaft gezogen werden«, argumentierte Eleonora weise.

»Hört«, stieß Dein dümmlich grinsend aus.

»Du Idiot«, maßregelte ihn Asam und versetzte seinem Bruder einen Schlag auf den Hinterkopf.

Ondit und Kehem schüttelten verständnislos die Köpfe, während die beiden Frauen Eigin mitleidig ansahen.

Nur Eigin wusste, dass Pita im Recht war, denn nichts hatte sich im Gedankengut der Nafga gegenüber den übrigen Völkern geändert.

»Wo willst du hin, Tochter. Wir sind noch nicht fertig!«, keifte Eleonora. Danach wurde es atemschwer still.

Wut stapfend kam Eleonora aus der Behausung heraus. Sie hielt ein zusammengeknülltes Leinentuch zwischen ihren geballten Fingern und blies sich fahrig einige Locken aus der Sicht.

Sadik sah zu seiner Frau auf. »Was ist passiert?«, fragte er mit zusammengeschobenem Gestein auf der Stirn.

»Ach, sie ist wieder abgehauen.«

Eleonora schaute über Eigin hinweg und ihr Blick blieb an einem neuen Besucher hängen, dessen Nasenflügel bebten und dessen Wangen stark gerötet waren. Skeptisch legte sie den Kopf schief.

Nicht unbemerkt, wandten sich auch die übrigen Familienmitglieder dem Neuankömmling zu, nur Eigin nahm ihn nicht sofort wahr, die Finger fest um die Schüssel gelegt, mit den Gedanken woanders.

»Féin, tut mir leid, aber Meo wollte lieber auf der Lichtung bleiben«, erklärte Eleonora freundlich.

Eigin drehte sich mit dem Schälchen an ihren Lippen zu ihm um.

»Was eine Schande ist, denn er kann Pita viel besser beruhigen als ich«, fluchte Eleonora vor sich hin.

Doch Féin reagierte nicht auf die freundliche Frau. Schnurstracks ging er auf Eigin zu, riss sie hoch und zerrte sie hinter sich her. Das Ragout schwappte über den Rand der Schüssel, bekleckerte den Sitzstein, auf dem Eigin zuvor gesessen hatte, und spritzte zischend auf die Außenseite des heißen Tiegels. Das Gefäß landete mit einem scheppernden »Kalong« auf dem Boden und die restliche Flüssigkeit versickerte im körnigen Sand.

»Entschuldigt bitte, ich muss scheinbar gehen«, sagte Eigin noch hastig, als Féin sie hinter sich herzog.

Entsetzt und verwundert sah die Warkrow-Familie ihnen nach.

»Es war wirklich schön bei euch. Vielen Dank für eure Gastfreundlichkeit!«, rief sie, bevor Féin mit ihr hinter der Kurve verschwand.

Sie kehrte sich im Lauf zu ihm um. »Du kannst mich jetzt loslassen«, murrte sie und versuchte sich, aus dem schmerzenden Griff zu befreien. Jedoch ließ er nicht von ihr ab. Zielstrebig schritt er weiter und sprach kein Wort mit ihr.

»Man kann es auch übertreiben«, keifte sie, derweil sich ihre Haut in einem wütenden Dunkelblau färbte.

Féin zerrte sie vor sich, ließ ihren Arm los und trieb sie schubsend an, ohne dabei auf ihre Flügel zu achten.

»Hallo, geht es noch«, fauchte sie und schlug seine groben Berührungen weg.

Doch es nützte nichts. Vollkommen ungerührt trieb er sie an, rasch weiterzugehen. Das Szenario vollzog sich durch die gesamte Siedlung, über den Pfad, bis hin zur Felswand, die sie erklimmen mussten. Die Einwohner sahen ihnen verdutzt und etwas schockiert nach, schüttelten die Köpfe und tuschelten unter abwinkenden Gesten miteinander.

»Kannst du mir mal erklären, was das soll?«, fragte Eigin gänzlich erbost.

»Halt den Mund und kletter den verdammten Abhang hinauf«, schnauzte Féin sie an.

Erschrocken wich sie ein Stück von ihm ab und wusste nicht so recht, was sie sagen sollte. Sie verschränkte die Arme vor ihrer Brust und stellte sich stur.

Ohne sie direkt anzusehen, umfasste Féin ihre Taille und hievte sie blitzschnell die erste kleine Anhöhe hinauf.

»Was machst du da?«, fluchte sie und versuchte, seine Hände von ihrem Körper wegzuschieben. Er ließ sie los und sogleich suchte sie nach Halt, wobei ihre Flügel ihr beim Gleichgewichtfinden behilflich waren.

Als sie sich wieder gefangen hatte, hielt sie mit gesenktem Kopf kurz inne, faltete ihre Schwingen zusammen und atmete ein paar Mal tief durch.

Sie wusste nicht, wann sie das letzte Mal so wütend auf jemanden gewesen war und musste sich zusammenreißen, nicht vollends aus der Haut zu fahren. Sein Verhalten war respektlos.

Jedoch hatte sie kaum Zeit, darüber nachzudenken, denn er drängelte sich bereits dicht von hinten an sie heran. Da sie nicht gleich reagierte, packte er mit der Linken ihren Oberschenkel, unterhalb der Rundung ihres Gesäßes, und griff mit der Rechten grob und unverhohlen in ihre Backe. Er hob sie leicht an, doch sie schlug die Unverfrorenheit mit einem Fauchen fort.

Flink und geschickt kletterte sie hinauf, als ob der Feind direkt hinter ihr wäre. Sie floh so geschwind, dass Féin ihr gerade so folgen konnte.

Nachdem sie sich auf das Plateau gezogen hatte, machte sie keine Pause. Getrieben überlief sie die Fläche, schob die Äste und Zweige beiseite und kletterte die Gesteinswand auf der anderen Seite sofort wieder hinab.

Unten angekommen, wartete sie nicht auf ihn und hetzte in das Dickicht des Waldes hinein. Dennoch war er ihr dicht auf den Fersen und ließ sie keinen Moment aus den Augen.

Als sie allmählich in die falsche Richtung abdriftete, und Féin parallel zu ihr zwischen den Baumstämmen voraneilte, konnte er sich ein spöttisches Grinsen nicht verkneifen.

Sie warf einen Seitenblick über ihre Schulter, wandte ihren Kopf stur nach vorne, blinzelte verwirrt, ehe sie ein zweites Mal hinsah und begriff, dass Féin einen anderen Weg durch das Gestrüpp einschlug.

Mit wehenden Armen zog sie ihre Schritte an und lief quer

durch das Unterholz. Sie hob ihr Kinn, straffte ihre Schultern und kreuzte unterm Rascheln der Farne und Gräser seinen Weg, bis sie wieder vor ihm hereilen konnte.

Féin schüttelte seinen Kopf und runzelte die Stirn. Er folgte ihr immer solange, bis ihr Ziel eine Richtungsänderung verlangte, und amüsierte sich köstlich, wenn sie wieder einmal von der Route abkam.

Kurz bevor sie sich ihrer vorläufigen Behausung näherten, merkte er, dass sie zielstrebiger wurde und ihre Umgebung erkannte. Er beeilte sich sie einzuholen, denn er würde ihr auf jeden Fall seine Meinung sagen wollen. Doch durch das Anziehen seiner Schritte bemerkte sie seine Absichten, bevor er an ihr vorbeiziehen konnte.

Sie sah zum nahen Lager und wieder zu ihm zurück, wurde etwas schneller und tauchte in den Eingang der Höhle ein, ehe Féin sie erreichen konnte.

Ihre bezaubernde Kehrseite verschwand hinter dem Umhang aus Moos und Efeu und ließ ihn vor ihrer Privatsphäre zurück.

Schwer atmend verweilte sein Blick beim letzten Schwingen der verwobenen Pflanzen, während er sich unter einem stummen Schrei auf die Knie fallenließ und mit den Fäusten auf den Waldboden trommelte.

Kapitel 15

Féin saß müde vor den verglimmenden Gluten des Lagers und warf dünne Zweige in die heiße Asche. An Einschlafen war nach dem aufreibenden Tag nicht mehr zu denken, obwohl er nach seinem Wutausbruch noch zur Lichtung aufgebrochen war.

Mal ganz abgesehen davon, dass er Hunger hatte, da er nicht so festlich speisen konnte wie Eigin, hoffte er, dass die Anwesenheit seiner Freunde ihn ablenken würde. Jedoch half es nicht. Er grübelte still vor sich hin, dachte über die Geschehnisse nach, während ihn das Gefühl ereilte, er müsse auf Eigin achtgeben.

Frustriert brach er einige Zweige entzwei, die auf seinem Schoss gebettet lagen, und schleuderte sie nacheinander weit in den Wald hinein. Erschrocken stoben ein paar Vögel aus, als die Geschosse einen Ast streiften.

Das geräuschvolle Erwachen durchzog das morgendliche helle Blau, das die Sonne ankündigte und Féin fragte sich zwangsläufig, welche Überraschungen die heutige Sonnenzeit für ihn bereithielt. Als Aufpasser für Eigin konnte es nur ein sehr mühseliger und anstrengender Tag werden.

Er streckte sich, gähnte herzhaft und stöhnte lustlos, ehe er sich erhob und auf den Fluss zuging, sich gewiss, dass das kühle Nass seine Lebensgeister wecken würde.

Müde schüttelte er seine Gedanken ab, sprintete los und tauchte kopfüber in die hüfttiefe Strömung des Flusslaufes ein.

Eigin erwachte verstört und nicht wissend, ob es Tag oder Nacht war. Sie konnte sich nach dem herrischen Verhalten von Féin nicht so schnell wieder beruhigen und schritt grübelnd und ziemlich lang in der Höhle auf und ab. Am liebsten wäre sie hinausgestürmt und hätte ihm gehörig ihre Meinung gesagt und doch hielt sie sich zurück.

Sie konnte niemanden brauchen, der sie pedantisch beobachtete und bewachte, der ihr beim Suchen nach Informationen für ihr Volk in die Quere kam.

Zwar konnte sie einiges über die Steinländer in Erfahrung bringen und doch fehlte ihr die Konzentration, das Gedankengut zu übertragen. Féin füllte ihren Kopf und sie hätte derzeit die negativen Empfindungen nicht über das wirklich Wichtige stellen können. Weshalb sie sich noch mehr über sich selbst ärgerte. Sie fragte sich, wie lange sie ihn im Rücken spüren würde, ohne dass er ihr Vorhaben erkannte. Sie konnte sich nicht erlauben, entlarvt zu werden, dann wäre sie verloren. Niemand würde sie in eine der Gemeinschaften aufnehmen oder gar tolerieren, weder in den fünf Landen noch unter ihresgleichen. Auf Amga alleingestellt, war man zum Sterben verurteilt.

Diese und viele weitere Gedanken trieben sie durch die Nacht. Jetzt lag sie wenig damenhaft bäuchlings mit ausgestreckten Armen und Beinen auf den brennenden Scheiten und versuchte krampfhaft, ihre Augen zu öffnen.

Ihre Zehen gruben sich in die dunkle Erde, während sie ihren Kopf seitlich in die Gluten kuschelte und schwerfällig seufzte. Doch so sehr sie sich es wünschte, sie wusste genau, sie würde nicht mehr einschlafen können. Also zwang sie sich, aufzuwachen, und rollte ungeschickt aus den Lohen.

Sogleich fröstelte es sie, weshalb sie blind die Umgebung nach den wärmenden Flammen abtastete und doch ins Leere fasste. Stöhnend hievte sie sich auf und hockte sich auf ihre Knie. Sie rieb sich die Asche von den Lidern und streckte ihre müden Glieder von sich.

Kurz befühlte sie ihren Hals, dessen Wunde vollständig verheilt war, was sie zufrieden murren ließ und fuhr anschließend mit ihren Fingerspitzen über die Verschlüsse ihrer zweiten Haut, die sich mit einem Klacken öffneten.

Erst dann stand Eigin auf und zog sich an. Sie umwickelte die wichtigsten Partien und klinkte die Krallen in die Ösen an ihrem Steiß ein.

Sie grübelte, wer heute Morgen vor der Höhle wachen würde, und betete inständig darum, dass es zur Abwechslung jemand anderes wäre.

Behutsam schob sie den verwobenen Umhang beiseite und blinzelte die ersten grellen Strahlen der Sonne aus ihren noch schlaftrunkenen Augen.

Die Vögel zwitscherten bereits fröhlich in dem dichten Geäst der Baumkronen und ein kühler Wind strich um ihre Nase, der die Blätter zum Rascheln brachte.

Tief sog sie die Gerüche um sich herum ein. Sie erfasste den erdigen Duft des Waldes, gemischt mit einem einladenden Frühstück und leider zwei Nuancen, die sie am liebsten gemieden hätte. Frustriert stöhnte sie auf. Aber auch wenn sie wusste, dass Féin hier war, konnte sie ihn nicht in unmittelbarer Nähe sehen.

Witternd sah sie sich nach dem Essen um, das sie zuvor wahrgenommen hatte, und fand einen kleinen Korb eingeklemmt zwischen den Wurzeln einer Eiche. Sie bückte sich hinab und nahm sich eine Handvoll Nüsse und einen Strang Fliederblüten heraus. Die Blüten dufteten herrlich, dennoch freute sie sich mehr über die kernigen Strauchfrüchte, von denen sie nicht genug kriegen konnte.

Knackend verleibte sie sich einige davon ein und streckte sich noch einmal ausgiebig, bevor sie an den Baumstämmen vorbeischlenderte, auf das Flussufer zu.

Sie streichelte mit den Fliederblüten ihre Nase, genoss ihren Duft und setzte sich auf die breiten Wurzeln einer ufernden Erle, die von Farnen und Sträuchern umsäumt war. Die greifenden Adern des Baumes gruben sich in die braune, feuchte Erde, wobei deren Spitzen in das fließende Wasser abtauchten.

Behutsam steckte sie die Zehe in das kühle Nass und erschrak angesichts der Kälte, die ihr sogleich eine Gänsehaut bescherte. Abstützend neigte sie sich leicht vor und tauchte ihre Beine bis zu den Waden zaghaft ein. Ihre Atmung trat stockend hervor, während ihre Haut prickelte. Einmal tief Luft holend, entließ sie den Schockmoment mit einem Erschaudern ihrer Schultern, samt der Flügel. Ein Seufzer der Erleichterung entwich ihr, als sie sich allmählich an die Kühle gewöhnte und die umschmeichelnden Wogen nicht mehr als unangenehm empfand.

Sie entdeckte eine Forelle, die über die im Fluss verankerten Steine hinwegsprang. Die Sonnenstrahlen, die sich durch die dichte Verästelung der Baumkronen brachen, brachten die silbernen Schuppen zum Schimmern. Sie sah den biegenden Sprung hinterher, bis weitere Fische auftauchten und sich ebenfalls über die Hindernisse hinwegsetzten. Sicherlich ein ganzer Schwarm, der vollkommen ungerührt von Eigins Anwesenheit war.

Durch die hochgebogenen Flossen wirkte es, als ob sie ihr zuwinken wollten, und Eigin genoss lachend den verspielten Tanz. Sie genoss das morgendliche noch langsame Treiben und die Brise des Windes, die zu flüstern schien.

Sie bemerkte nicht, dass Féin sie aus einiger Entfernung erstaunt beobachtete. Auch nicht, dass sich auf den Ästen und Zweigen der Erle mindestens zwanzig Spatzen tummelten und sie neugierig betrachteten.

Kein Laut drang aus ihren Schnäbeln und obwohl das Leben des Waldes weiterhin existierte, hörte Féin nur die aufmerksame

Stille, während der Baum sie schützend und doch kaum ersichtlich in einer Umarmung umrahmte.

Die nassen Perlen verließen Féins Haarspitzen, tropften auf seinen Oberkörper, überliefen die Stirn und verfingen sich in seinen dunklen Wimpern.

Er blinzelte und schluckte zugleich, sich sicher, dass Eigin umgeben war von Waldspähern. Spähern, die um ihre Gunst warben, ohne dass sie es gewahrte und so nah verweilten, wie sonst nie bei einem anderen Geschöpf. Geschweige denn, dass er sie jemals so bewusst wahrnahm und sie in derartiger Vielzahl vor sich sah. Die Seltenheit einen der unsichtbaren Gestalten in tierischer oder pflanzlicher Form zu Gesicht zu bekommen, lag gleich mit der Unmöglichkeit.

Die schnellen Tropfen verschleierten ihm die Sicht. Er hob den verletzten Arm und rieb sich mit Daumen und Zeigefinger die Augen, während das Wasser seinen dürftigen Verband hinunterrann. Das Bild vor ihm schärfte sich, jedoch waren die Spatzen fort, die Fische sprangen nicht mehr und die Erle wiegte sich geschmeidig im Wind. Auch fehlte von Eigin jede Spur.

Verwirrt und nachdenklich senkte sich sein Blick auf die wellende Strömung. Zwei Fische schlängelten sich an seinen Beinen vorbei, die er jedoch durch die Tiefe nicht beobachten konnte. Ein kleiner Strang Fliederblüten ließ sich von der Strömung treiben und wog sich innehaltend an seinem Bauch. Er sammelte ihn ein, betrachtete die Blüten und sah wieder auf, in der Hoffnung den magischen Moment nochmals einfangen zu können. Doch von Eigin und dem faszinierenden Erscheinen der Späher war weiterhin nichts zu sehen.

Seine Stirn legte sich in Falten. Kein Zweifel, er konnte sich nur getäuscht haben. Er schüttelte den Kopf, ehe er sich seitlich zurückfallen ließ, um seine Gedanken zu verwerfen, und tauchte in die Wogen ein.

Das morgendliche Licht brach sich zwischen den harzverklebten Blättern, Ästen und Zweigen des Kobels. Die Wände der Baumbauten waren dick, schützten vor Wind und Wetter und hielten die Wenetra zur Winterzeit geborgen warm.

Das goldbraune Harz der Nadelbäume, das dem Konstrukt den Halt versprach, ließ durchscheinend das Sonnenlicht hinein. Die natürlichen Materialien hatten sich miteinander vereinigt, wie das sorgfältig angelegte Nest eines Vogelpaares. Der Stamm machte das Zentrum der Bauten aus, auf dessen Rinde das Sonnenlicht Schatten der Harz ummantelten Blätter warf.

»Steht auf, die Sonne lacht.« Hami rüttelte an der dünnen Leinendecke, die Koa bis zur Nasenspitze reichte und Nevis komplett verbarg.

Koa stöhnte lustlos, wohingegen sich Nevis dichter an seinen Bruder schmiegte und das Deckenende fest umwickelt hielt. Mit einem Ruck wirbelte der Stoff aufplusternd auf und nahm den beiden die kuschelige Wärme. Nevis blinzelte sich wach, gähnte laut, drehte sich zu Koa, um ihn in eine drängende Umarmung zu nehmen und noch etwas Körperwärme zu erheischen.

Ein weiteres Stöhnen entwich Koa, doch dieses Mal hörbar genervt. Er schlang die Arme um seinen Bruder und drückte ihn kräftig an sich, wodurch Nevis ein glucksendes Quieken entließ, ehe er die Augen einem Spaltbreit öffnete.

Hami faltete die Decke zusammen und legte sie ans Ende des moosbedeckten und aus Weidenruten verwobenen Bettes, auf dem ihre Kinder lagen. »Aufstehen, ihr Schnarchnasen«, rüttelte sie die beiden auf, bevor sie den Schlafbereich verließ und eine dreiviertel Rundung um den immensen Stamm weiterzog. Sie stellte sich auf die Zehenspitzen und streckte sich zur Decke ihrer Behausung. Ihre Fingerspitzen hoben die kreisrunde, handbreite Platte aus ihrer Fassung und schoben sie auf das Dach des Baus.

Sogleich durchwirbelte feuchte, frische Waldluft ihr Haar und ihr Zuhause.

Sie hörte Nevis Kichern, dann flügelleicht lachen und musste unweigerlich schmunzeln, obwohl das ungute Gefühl und die Sorge ununterbrochen in ihrem Bewusstsein waren.

Mit zittrigen Fingern legte sie eine verirrte Strähne hinter ihr regentropfenförmiges Ohr und versuchte, die angsterfüllte Besorgnis zu verdrängen. Sie hoffte, dass sie im Unrecht war, dass nicht ein jeder in Gefahr schwebte. Doch ihr Leben erzählte ihr von Leid und Tod.

Sie schloss die Augen und atmete tief durch, ehe sie mit ihren Händen die kreisrunde Öffnung umfasste und sich auf das Dach des ansonsten verschlossenen Kobels hinaufzog. Sie kniete sich auf die glänzende Wölbung, während sie sich an einem ausladenden Ast der Baumkrone festhielt, durch jene der Wind kräftig wehte. Ihr Haar wirbelte hin und her und die Blumen ihres Gewandes tanzten wippend im Takt der Lüfte. Eine neue Sonnenzeit hatte begonnen und mit dieser die Aufgabe, Eigin die Waldlande und die andersartigen Völker ein Stückchen näher zu bringen. Eine Herausforderung, der Hami sich stellen musste, um der Nafga-Hybride aufzuzeigen, wer sie wirklich war.

Äußerlich eine Nafga, doch war zu hoffen, in der Seele eine Wenetra.

Eigin schreckte auf, als sie Féin im Fluss entdeckte. Sie wollte nicht so wirken, als ob sie ihn aus dem Deckmantel der Sträucher und Farne beim Baden beobachtete.

Mit dem geschwinden Rückzug über die Baumwurzeln der Erle verschwand ebenso der Fischschwarm, der sich ihr wunderschön schimmernd zeigte.

Gebückt schlich sie am Dickicht vorbei und eilte geschickt zur

Feuerstelle. Noch bevor Féin das Ufer betrat, griff sie erneut in den Korb, nahm ein paar Strauchfrüchte heraus und setzte sich hastig vor die Gluten.

Sie verleibte sich eine Nuss ein und hielt im Kauen inne, als Féin geschmeidig, wie ein Leopard und der Kraft eines Bären, zwischen den Baumstämmen auf sie zukam. Das braune Haar war übersät von gefrorenen Perlen, die durch den hellen Schein der Sonne glitzerten. Klare Wasserfäden strömten sein markantes Kinn hinab und fanden ihren Weg auf dem Heben und Senken der Brustmuskeln. Ihre Augen folgten den Rinnsalen zu den klardefinierten Wölbungen seiner Bauchmitte, die tropfend die ausgeprägten Linien der Leisten verließen. Schwer und dunkel nahmen die Zweige, die aus der Seitenlinie seiner Hüfte wuchsen und sich unterhalb seines Bauchnabels miteinander verwoben hatten, die Flüssigkeit auf.

Angesichts des vielen Wassers fühlte sich Eigins Kehle staubtrocken an. Gedanklich flehte sie, die Feuchtigkeit zu kosten. Sie schluckte, leckte sich genüsslich über die Lippen und versuchte sich, vom Augenblick des Verlangens loszueisen. Doch sie konnte sich gegen die schöne Aussicht nicht wehren, auch wenn die Vernunft sie aufforderte, den Blick zu senken.

Sie lächelte versonnen, bis der gestrige Tag in ihr Bewusstsein trat, und schallt sich für die dumme Träumerei.

Sie warf sich eine weitere Nuss ein, schloss ihre Finger angespannt um die restlichen Strauchfrüchte und zog die Knie nah ihrem Körper heran. Bevor Féin bei ihr ankam, machte sie ihm etwas Platz, denn sie wollte sich nicht sagen lassen, unhöflich zu sein.

Féin schüttelte die klaren Perlen ab, schnappte sich den Korb und nahm die gut gemeinte Geste ihrerseits nicht an. Er setzte sich im Schneidersitz ihr gegenüber, mit dem Rücken zum Fluss und stellte das Holzgeflecht zwischen den Beinen ab. Weder brachte er ein »Guten Morgen« hervor, noch sah er Eigin an. Er schaute an ihr vorbei, durch sie hindurch oder zum Korb, aus dem er sich ein paar Brombeeren fischte. Sie existierte offenkundig nicht für ihn. Zwischen ihnen herrschte absolute Eiszeit.

Eigin beobachtete sein abstruses Verhalten und spürte Verdruss aufkeimen. Sie bezweifelte, dass sie gemeinsam den Tag so schnell hinter sich bringen würden und zügelte sich etwas Unhöfliches von sich zu geben.

»Was machen wir heute?«, fragte sie, bemüht es fröhlich klingen zu lassen, dennoch ohne Erfolg.

Seine Augen huschten zu ihr auf. Nur ganz kurz und übertrieben gelangweilt, ehe er einen Nanomoment später den Blick abwandte.

Sie runzelte die Stirn und verstand nicht, was das sollte. Irritiert begann sie, auf ihrer Unterlippe herumzubeißen, sog sie ein und entließ sie schnalzend. Dabei wünschte sie sich, den Pony aus der Sicht pusten zu können, so wie es Sahira tat, wenn sie ihrem Unmut Luft machte, jedoch fehlte ihr hierfür das Haar.

Féin hielt zwischen dem Kauen inne und musterte sie verständnislos. »Geht es dir gut?«, fragte er sie verhöhnend.

Sie zog eine Braue hoch. »Warum sollte es mir schlecht gehen?«, entgegnete sie ihm aufhorchend.

»Weil ich befürchte, dass dir die gestrige Sonnenzeit zu Kopf gestiegen ist«, antwortete er, wobei sein Blick bereits von ihr ab und hinab zum Korb schweifte.

Sie sog ihre Unterlippe ein, während sie nach Fassung rang und ihre Lider kurzzeitig schloss. Durchatmend öffnete sie diese wieder. »Wieso sollte das so sein?«, fragte sie gespielt freundlich. »Ich fand die Sonnenzeit informativ und anschaulich.« Herausfordernd lächelte sie ihn an.

»Informativ. Wie darf ich das verstehen, Eigin? Möchtest du mir vielleicht irgendetwas mitteilen?«, merkte er mit Skepsis an.

»Nein, ich will damit nur sagen, dass ich eine sehr schöne Sonnenzeit verbracht habe«, gab sie zurück.

»Komisch«, befand Féin und kaute weiter, »das habe ich ganz anders in Erinnerung. Aber ich merke schon, dass unsere Unterhaltung zu nichts führt.«

Eigin stöhnte auf, »gut, Féin, was haben wir heute vor?«, fragte sie abermals, des Themas müde.

»Ich denke, da gibt es nur zwei Möglichkeiten. Entweder erzählst du mir, warum du dich wie ein verzogenes Kind verhältst oder du kannst den Tag in deiner Höhle verbringen«, sprach er schroff, dabei wurde er mit jedem Wort lauter.

Eigin spürte, wie sich ihr Puls beschleunigte und in den Adern zu pochen begann. Sie knetete ihre Knie fest, bis die Haut sich gräulich zeigte. Mit einem Ruck stand sie auf, wobei er sie weiterhin taxierte, und kehrte sich von ihm ab.

»Dann wähle ich die zweite Option«, presste sie bissig hervor und ging auf den Höhleneingang zu. Doch Féin war schneller, als sie dachte, packte ihren Oberarm und zog sie zu sich herum.

»Was ist das für ein Spiel, Eigin?«, zischte er sie an und sah ihr voller Misstrauen in die Augen.

»Was soll das?«, fragte sie ausweichend, den Blick gesenkt auf den harten Griff um ihren Arm, ehe sie zu ihm aufsah. »Ich versuche, zurechtzukommen und mich auf die Waldlande einzustellen, doch du scheinst es mir, unnötig schwer zu machen. Das kannst du natürlich nicht verstehen, denn du musst nicht dein Leben schützen oder gar deine Herkunft verleugnen.« Blasiert funkelte sie ihn an. »Zudem glaubst du, alles zu wissen und jedem deinen Willen aufzwingen zu müssen. Tut mir leid, dass ich dieses Spiel«, führte sie zwinkernd an, »nicht mitspiele. Such dir gefälligst ein anderes Opfer!«, fauchte sie und riss sich von ihm los.

Féin hob einhaltgebietend die Hände. »Ich will dir auf keinen Fall deine Freiheit rauben. Wenn du nicht beschützt werden willst und denkst, du kommst ohne Hilfe zurecht, dann will ich dem nicht im Weg stehen. Das ist kein Problem. Hier wird sich nicht einer freiwillig darum reißen, auf dich aufzupassen!«, keifte er herablassend zurück.

Eigin stemmte ihre Hände in ihre Hüften und rollte mit den Augen. »Das ist ja zu gütig von dir, dass du dich so bereitwillig um mich kümmerst und sorgst. Aber ich bin bisher allein klargekommen und ich brauche niemanden, der mich wie ein kleines Kind behandelt.«

»Wenn du dich wie eines verhältst, kannst du nicht erwarten, dass ich anders mit dir umgehe. Gedankenlos treibst du dich bei den Warkrow herum, die dank deinesgleichen zusammen mit den Eskim am meisten Leid erfahren mussten.«

Seine Aussage brachte Eigin zum Stutzen und machte sie kurzzeitig sprachlos. Achtsam und fragend, wenn auch noch gereizt, betrachtete sie ihn. In seinen eisseeblauen Iriden stoben die Splitter aufgeregt durcheinander.

»Du gerätst in einem Kampf und als ich dich auffordere, aus Sicherheitsgründen mit mir die Steinlande zu verlassen, verschwindest du. Was denkst du dir bloß dabei? Bist du wirklich so naiv?«

Schweratmend machte er einen Schritt auf sie zu, weshalb sie sich, nur eine Handbreit entfernt, gegenüberstanden. Zornig funkelte sie ihn an, während Féin mit dem Kiefer mahlte.

Sie starrte ihm in das endlose Blau seiner Augen und wusste auf einmal nicht mehr, was sie ihm entgegensetzen wollte.

Betreten suchte sie nach Worten und vernahm nur seine unmittelbare Gegenwart. Sein Atem legte sich warm auf ihr Gesicht, auf ihren Hals und streifte ihr Schlüsselbein. Sie erschauerte wohlig und unbewusst verminderte Féin die winzige Distanz zwischen ihnen.

Ihm so nah, meinte sie, ihrer beider Herzen im Einklang schlagen zu hören. Sein Mund senkte sich auf ihrem hinab, während seine Finger ihr Handgelenk fanden und es sanft umschlossen. Ihre Lippen öffneten sich leicht, als seine nur noch einen Wimpernschlag entfernt waren. Der warme Hauch seines Atems umhüllte ihr Gesicht. Sie vergaß zu atmen, während sich ihre Lider schlossen.

»Ist etwas geschehen?«, kam es besorgt aus dem Geäst hervor.

Überrascht blinzelte Eigin die Augen auf, wobei Féin drei Schritte zurücktrat.

»Nein, ich meine, ja. Wir haben nur …«, er wuschelte sich verlegen durch das Haar, »ein paar Meinungsverschiedenheiten aus dem Weg geräumt.«

Eigin starrte Féin fassungslos an.

»Das hörte sich gerade aber anders an. Ihr wart ziemlich laut«, gab Hami misstrauisch zu verstehen. »Eigin?«

Eigin nickte, »doch, wir haben die Unstimmigkeiten klären können«, gab sie ein wenig benommen von sich, obwohl überhaupt nichts geklärt war, eher verwirrender erschien.

»Dann ist ja gut«, Hami schmunzelte, während sie den Weidenkorb, den sie bäuchlings trug, umfasste. »Schön, dass ihr noch nicht unterwegs seid. Ich würde Eigins Zeit gerne für mich beanspruchen«, sie sah zu Féin auf, der seinen Blick verträumt auf dem Waldboden festhielt.

Er nickte, »ist gut, dann kann ich mich wichtigeren Dingen widmen«, behauptete er zu Hami aufsehend, während sich Eigins Lider und Brauen affektiert hoben und sie die Arme abweisend vor der Brust verschränkte.

Hami runzelte die Stirn.

»Ich habe nichts Besseres vor«, merkte Eigin kühl an, den Blick auf Hami gerichtet, Féin komplett ignorierend. Wenngleich sie genauso wenig Lust hatte, ihre kostbare Zeit mit der Wenetra zu verbringen.

Féin schnaufte. »Dann lass ich euch zwei allein«, entkam es ihm zaghaft, während er nervös mit der Ferse auf den Boden tippte, dabei sah er Eigin eingehend, beinahe abwartend an. Doch sie setzte dem nichts entgegen.

Er ließ den Kopf sinken, wandte sich ab und verschwand nackenreibend zwischen den Baumstämmen.

Obwohl sie es nicht wollte, sträubte sich alles in Eigin, ihn gehen zu lassen und intuitiv sah sie ihm nach.

Kapitel 16

Hami sah an den Ästen und Zweigen vorbei und schenkte Eigin ein zuversichtliches Lächeln. »Es ist nicht mehr weit«, versicherte sie ihr.

Eigin verunsicherte das freundliche Verhalten zutiefst. Genauso, wie die Anwesenheit des Kargonjers, der ihnen durch das Gestrüpp mit einem gewissen Abstand folgte.

»Darf ich wissen, wohin wir gehen?«, entkam es ihr gestresst. Sie schob die hüfthohen Gräser beiseite und sah sich immer wieder zu ihrem heimlichen Begleiter um.

»Wir werden in den nordwestlichen Abschnitt des Arbaro-Waldes eintreten«, erzählte Hami ihr. »Die Sonne ist uns wohlgesinnt und wird uns einen warmen Tag bescheren.«

Eigin sah verdrießlich drein und sogleich legte sich die bekannte Falte auf ihr Nasenbein. Die Wenetra zeigte sich so gut gelaunt, dass Eigin es kaum ertragen konnte. Mit einem ährenvollen Halm in der Hand, den länglichen Korb vor Brust und Bauch, schlenderte sie zwischen dem Geäst der Bäume und der ausschweifenden Pflanzenwelt am Flussufer entlang. Ab und an summte sie ein Lied und erklärte sich rätselhaft poetisch.

Eigin fiel es schwer, Hamis Heiterkeit zu ignorieren, während sie dem Flusslauf folgten, der sie immer weiter gen Norden führte und nicht enden wollte.

»Westlich von uns«, begann Hami, »endet der Wald an der

Steilküste des Samudras. Weit im Norden befindet sich der arktische Kreis und mit ihm die Sternenstadt Aletea Liora.«

Eigin spitzte die Ohren und stieg über eine hochgewachsene Wurzel, derweil Hami unter dieser hindurch huschte. Dabei fiel ihr auf, wie klein Hami doch war, denn als jene sich aufrichtete, reichte ihr herbstliches Haupt gerade eben bis an Eigins feine Nasenspitze.

»Durch die Feuchtigkeit des Ozeans, die vielzähligen Flüsse und Seen, durch die kühlen Luftströme der Eislande und die jetzige Sommersonnenzeit werden die nordwestlichen Waldlande von einem dichten Nebel durchwoben. Beim frühmorgendlichen Erwachen halten sich dortzulande viele Lewedesander und Lewedesandes auf«, erklärte Hami. »Jedoch ist ihr Verweilen an jenem Ort oft von kurzer Dauer. Der Grund, weshalb wir vor dem Sonnenhöchststand ankommen sollten«, gab sie zu verstehen.

»Bedeutet das«, wollte Eigin, nun vollkommen verwirrt von Hamis Worten, wissen, »dass wir uns auf dem Weg zu den Wasserlanden befinden?« Sie wich einem niedrig hängenden Ast aus, ehe sie Hami nach dem Vorbeischreiten des Stammes wieder ansehen konnte.

Hami lachte auf. »Nein, es soll nur heißen, dass sie zu dieser Sonnenzeit ebendort aufzufinden sind. Die Wasserwelt ist groß und endlos und offenbart sich nur denjenigen, die an das Unerklärliche glauben.«

In Hamis dunkelgrünen Augen blitzte ein Funkenstreif auf, der aus der Tiefe des Sees ihrer Iriden aufleuchtete und an der Wasseroberfläche sprühte. Eigin suchte in dem Glitzern eine Antwort und sah zu, wie diese glimmend erlosch und ihr wieder einmal geheimnisvolle Stille entgegentrat.

»Ich weiß, du hast viele Fragen. Nur Geduld, wenn du soweit bist, wirst du mich verstehen.«

Eigin verstand überhaupt nichts mehr. Das Einzige, was ihr klar wurde, war die Tatsache, dass sie es leid war, andauernd alles und jeden hinterfragen zu müssen.

Ihre Gereiztheit nahm ein neues Ausmaß an, denn das ihr unbekannte Leben fühlte sich anstrengend an, durchgehend anstrengend. Eine Mischung aus Überreizung der Sinne und Gedanken, gepaart mit einer ordentlichen Portion Heimweh. Sie sehnte sich nach Hause. Vermutlich waren die Begegnungen mit Féin nicht ganz unschuldig daran.

Ihre Atmung tränengelagert, kämpfte sie sich stur und barsch durch die Farne und Gräser, die ihr den Weg versperrten. Alles war ihr zu viel. Auch der Wüstenländer, der ihnen mit Sicherheit zum Schutz der Wenetra im Stillen folgte. Nicht allzu lang war es her, dass sie in den Arbaro-Wäldern ankam, obgleich sie das Gefühl hatte, dass die Verantwortung, die sie trug, sie niederdrücken würde.

Hami wandte sich um einen Stamm und suchte sich dicht neben Eigin einen Weg durch das Gestrüpp. Sie bemerkte sehr wohl, dass Eigins Laune immer weiter sank, und war doch nicht gewillt, auf die Schwankungen einer jungen Erwachsenen einzugehen.

Der Fluss teilte sich und schmälerte den Lauf zu einem Bach, in dem das Wasser weich plätscherte und geruhsam vorantrieb. Die schmale Rinne war nur noch von einer Flügelbreite, jedoch nahm die Blütenfülle am Ufer stetig zu.

Durch die karge Bewaldung am Fluss und das Eintreten der sich offenbarenden Sonne, zeigten sich die am Ufer gelegenen Blumen in ihrer vollen Pracht. Dem hellen Schein ergeben, reckten sie ihre Köpfe himmelwärts und forderten, sich leicht in den frischmorgendlichen Lüften wiegend, die wärmenden Liebkosungen ein. Sacht berührte Hami Eigins Oberarm mit der Hand, in welcher der Halm verweilte.

»Mein Kind, haste nicht so. Wir wollen noch einige Pflanzen für das Allgemeinwohl sammeln«, bestimmte sie und wieder schenkte sie der Nafga-Hybride ein wärmendes Lächeln.

Eigin wurde schlecht. Bemüht darum, ihr Befinden nicht preiszugeben, gab sie ein Lächeln zurück und vermochte die Abneigung gegenüber den allzu großen Nettigkeiten doch nicht zu verstecken. Sie entzog ihr unweigerlich den Arm und befreite sich aus der sanften Berührung.

Durch Eigins abweisendes Verhalten in Verlegenheit gebracht, räusperte sich Hami und ließ sich dennoch nicht aus der Fassung bringen. Ihre Hände fanden abermals den Korb. Merkwürdigerweise sah dabei ihr freundlicher Ausdruck nicht gespielt aus. Argwöhnisch schaute Eigin auf sie hinab, wobei Hami sich bereits umwandte und mit einer weisenden Geste auf das Blütenmeer deutete.

»Hier, am sonnenreichen Bachlauf, wachsen viele Pflanzen, die mit verschiedenartigen Fähigkeiten aufwarten.« Sie schritt näher an das steinige Ufer heran, stellte sich zwischen mehrere, taillenhohe Korbblütler und fuhr mit den Fingern den rötlich haarigen Stängel bis zu den dunkelrosa Röhrenblüten hinauf.

»Dieser Schönling hier kümmert sich um äußerliche Geschwülste, Quetschungen und Altersleiden. Außerdem nutzen wir den Blauwetterkühl oder auch Hirschklee, um Leinen schwarz zu färben. Alles an diesem Gewächs ist nützlich und kann vollständig, mit Besonnenheit, verwertet werden.«

Liebevoll strich Hami über die dichten Doldenrispen.

Mit neu erwachter Neugier sah Eigin zu ihr herüber und hörte ihr interessiert zu. Sie trat an Hami und das hochgewachsene Blütengewächs heran.

Hami schritt zur Seite und streifte den Korb ab. Sie stellte ihn auf das feste Gestein des Ufers und winkte Brave auffordernd aus dem Gestrüpp heran. Leise raschelnd trat er hervor und kam ihrer Aufforderung nach.

Eigin fuhr mit der Hand über den weichen Flaum der sich emporstreckenden Sporen, während Hami den Bachlauf entlangwanderte, der sich weiter vom Norden weg und dem Westen entgegen schlängelte. Sie hielt vor ein paar Sträuchern, durchsuchte das struppige Geäst und fand, was sie suchte, zwei wildwüchsige Büsche später.

Auffordernd winkte sie Eigin zu sich heran, welche, auf ihre Umgebung aufmerksam gemacht, nur gemächlich der Bitte nachkam.

Zwischen den Steinen entdeckte sie ein gelbes, wucherndes Kraut und am Saum des Baches wuchsen Binsengewächse und Süßgräser hoch hinaus. Schwebfliegen und Zweiflügler schwirrten umher oder labten sich an dem einladenden Blütenbuffet. Nur wenige, kleine Bäume versammelten sich in Bachnähe. Der Wald zeigte sich mit Abstand, als ob er dem Wasser wich, für die freie, eigentümliche Entfaltung der Vegetation und Insektenwelt.

Kurz sah sie dem Lauf des sonnengoldenen Flusses nach, ehe sie bei Hami ankam. Hami hatte sich bereits zu dem niedrig wachsenden, weißen, mit rosa überhauchten Blüten niedergekniet. Sie ergriff Eigins Handgelenk und zog sie dicht zu sich. Automatisch ging Eigin neben Hami in die Knie, dabei stieg ihr das süß herbe Aroma der Esskastanie in die Nase. Wenn auch die Nuss nicht ersichtlich war, nahmen sich die Rispenblüten, die Hamis Körper übersäten, zurück und gaben nur den angenehmen Duft von warmen Maronen frei. Die Stränge und Köpfe tanzten wippend im Wind und neigten sich der Sonne entgegen.

Hami steckte den ährenvollen Halm in ihr Haar, schob die Ranken, die sich immer weiter hinaufschlängelten, auf ihren Platz zurück und ermahnte jene schnalzend. Sie schmunzelte Eigin mit erröteten Wangen kurz an, ehe sie ihre Hand durch das Geflecht führte und auf Rippenhöhe ein handgroßes Gefäß hervorholte. Sie stellte es haltgebend zwischen ihren Beinen ab und pflückte anschließend einige büschelige Cymen aus der bodendeckenden Pflanze heraus. Sie entfernte den borkigen Verschluss des kleinen Behältnisses und träufelte ein paar Tropfen Wasser aus diesem in ihre andere Hand, auf die feinen Blüten. Sie rieb die getränkten Blütenblätter und sogleich schäumten sie blasig auf.

Erstaunt betrachtete Eigin die pflanzliche Reaktion auf das kühle Nass und zuckte mit ihren Fingern zu Hamis Handinnenfläche.

»Nur zu«, meinte diese schmunzelnd, »es tut nicht weh.«
Zögerlich kam Eigin ihrer Aufforderung nach.
»Das ist Echtes Seifenkraut. Durch den hohen Saponinanteil in dem Gewächs gischt das Kraut auf. Wir benutzen es, um Kleidung zu säubern, und sich selbst, wenn man mag.«
Eigin befühlte das weiche, seifige Extrakt und führte ihre feuchten Fingerspitzen an die Nase. Ein leichter, nelkenartiger Duft durchfloss ihre Geruchsknospen.
»Ab der Abenddämmerung und in der Mondphase, wird ihr angenehmes Aroma intensiver, denn sie ist ein Nachtblüher und kümmert sich um die Insekten der Dunkelheit.«
Hami verschloss das Fläschchen und steckte es zurück in ihr Gewand. Sie zog hinterrücks ein Leinentuch aus dem Geflecht, rieb sich die Hand trocken, wobei die Blütenreste zu Boden und auf ihren Schoss rieselten, und reichte es an Eigin weiter. Eigin nahm das Tuch an und stand beim Abtrocknen auf. Sie gab es ihr zurück und schritt sich umschauend voran.
Ihr Wissensdurst war gepackt und die unangenehmen Begegnungen verflogen. Voller Eifer ging sie auf ein Gewächs zu, das sie schon von Weitem an der frischen Note erkannte. Sie bückte sich zur feuchten Wiese am Ufer hinab und knipste sich eines der Blätter ab. Dabei beachtete sie die schneeballförmigen Blüten kaum. »Das ist Minze«, befand Eigin freudig, während eine Libelle lautstark an ihrem Ohr vorbeiflog und sie zu Hami hinübersah, die das Echte Seifenkraut zur Mitnahme auflas.
Hami nickte zustimmend und runzelte kurz darauf die Stirn. »Woher weißt du das? In den Feuerlanden wächst keine Minze, oder?«
»Doch«, entgegnete Eigin zu schnell. »Nun ja nicht direkt«, verlegen sah sie auf das Blatt hinab, das sie durch ihre Finger rieb. »Allerdings wächst sie im Caldera Gebirge. Kurz vor Beginn der Eislande.«
Hami hob eine Braue. »Ich wusste nicht, dass ihr euch soweit von den Vulkanlanden entfernt.«

Eigin räusperte sich und drehte ihre Ferse erwischt und betreten in den feuchten dunklen Boden. »Das dürfen wir auch eigentlich nicht.«

»Verstehe«, wissend sah Hami Eigin an, und noch ehe sie weitersprach, stand sie auf und ging mit dem Seifenkraut in die entgegengesetzte Richtung auf Brave zu.

Brave hatte Mühe den Blauwetterkühl, samt seiner Wurzel, dem Erdreich zu entnehmen.

»Ich glaube, einige Regeln sind zum Brechen da«, sagte Hami, warf einen Seitenblick zurück und zwinkerte Eigin aufmunternd zu.

Sorgsam platzierte sie das Kraut in dem Korb und ging anschließend neben Brave in die Hocke, schob die übrigen Steine beiseite, jene die Pflanze säumten, lockerte die nasse Erde und legte so die dicken Wurzelstränge für ihn frei.

Währenddem schritt Eigin auf einen Blütenteppich zu, der sich auf der Waldwiese zwischen den Bäumen ausgebreitet hatte. Elegante, weiße, weit voneinander abgespreizte Blütenblätter lugten kurz über den Gräsern hervor und schienen ihr keinerlei Beachtung zu schenken.

Eigin versuchte, den Duft der anmutigen Ansammlung zu filtern, und dennoch vernahm sie keine einzige Nuance. Am grünen Blattwerk gespart, bestand diese nur aus ihren Köpfen und den weißgrünlichen Stielen, die nahtlos ineinander übergingen. Im Unglauben darüber, dass sie deren Bouquet nicht wahrnehmen konnte, beugte sie sich zu der Blütenpracht hinab.

Gellende, Einhalt gebietende Rufe wallten laut zu ihr herüber und ließen sie verschreckt zurückzucken und überrascht dreinblicken. Abrupt entfernte sie sich im Rückwärtsgang von den Schönheiten, die ihr doch so unschuldig vorkamen, während Hami auf sie zu eilte.

Ihre sandige Hand legte sich beruhigend auf Eigins Schulterblatt, oberhalb der Flügel. Eigin erschauderte.

»Sie wirkt außergewöhnlich, nicht wahr?«, flüsterte Hami.

Eigin nickte stumm.

Hami lachte auf, »entschuldige meine Hysterie, die Herbstzeitlose beißt natürlich nicht, wenn du sie dir besiehst.« Hamis Arm sank und sie trat einen Schritt vor, sodass sie sich Eigins leicht verstörten Gesichtsausdruck besehen konnte. Mutmachend rieb Hami über ihren Oberarm. »Du darfst sie nur nie anfassen, pflücken oder gar essen. Wahrscheinlich wäre nicht wirklich etwas passiert, jedoch kann sie ihr Gift geschwind wirken lassen, während sie dich bei vollem Bewusstsein qualvoll zum Tode führt.«

Eigin sah entsetzt drein und verharrte noch einen Moment, als Hami an ihr vorüberschritt. Ebenso wie Brave, der den Blauwetterkühl und das Echte Seifenkraut in dem geschulterten Korb mit sich trug und Eigin durch seinen warmen Geruch aus der Schreckstarre herausholte.

Den Blick beim Vorbeigehen auf die Herbstzeitlosen geheftet, in deren Kelchen sich nektarsuchend einige Hummeln tummelten, folgte sie Hami und Brave, den Bachlauf entlang. Dann und wann blieb Hami stehen, erklärte ihr den Nutzen der jeweiligen Pflanze, beließ sie an Ort und Stelle oder sammelte sie behutsam ein.

Der Bach verließ die Blumenpracht und suchte sich schüchtern einen Weg in den Wald hinein, während die Sonne sich spärlich durch die Verästelungen drängte und der Bewaldung ein goldenes, sanftes Licht schenkte.

Neblige Fäden hingen in der feuchten Luft und gewannen stetig an Mehrheit, bis sich dunstige Schwaden bildeten und der Morgenschein in den Baumkronen verweilen musste. Die letzten Sonnenstrahlen, die durch den Dunst stießen, wurden von der weichen Nebelwand verdrängt, bis die drei Wanderer nur noch von weißen Wellen umhüllt waren.

Aufmerksam, mit wachen Sinnen, und bedacht nicht über die Wurzeln zu stolpern, schritt Eigin neben Hami her, die der Stille lauschte. Auch Eigin nahm das Rascheln der Blätter im seichten Wind wahr, hörte dem Gesang der Vögel zu und spürte bei jedem Schritt die bodendeckende Pflanzenwelt, die ihre Fesseln streifte.

Mittlerweile sah sie in des Nebels Dichte nicht einmal mehr die Hand vor Augen. Der Bach verschwand in den wabernden Wolken, auch wenn sie sein Plätschern noch zu hören vermochte. Immer wieder schaute sie sich zu Hami um, von jener nur schattenhafte Umrisse verblieben, um sich zu vergewissern, dass sie noch da war. Brave hatte sie ab den ersten schleichenden Schwaden nicht mehr erspähen können und sie wollte ungern allein durch den zähen Nebel wandern.

Erschrocken fuhr sie herum, als etwas Kühles, Feuchtes ihren Arm streifte. Unter einem kleinen Aufschrei zuckte sie zusammen, als es abermals geschah. Sie griff nach Hamis Arm und fasste ins Leere. Hektisch sah sie sich um und bemerkte, dass der Schattenumriss der Wenetra fort war.

Als glockenhelles Lachen durch das endlose Nichts des Waldes wallte, wand sie sich zu allen Seiten. Panik breitete sich in ihr aus und unter dem unsteten Klopfen ihres Herzens trieb sie sich eilig voran. Wieder berührte sie jemand, etwas. Sie wich zur Seite aus und fiel in einem schnellen Lauf, dabei suchten ihre Augen nach dem mehrstimmigen Gelächter, das weiterhin durch den weißen Wald schallte. Ihr Atem stieß nunmehr laut und hastig hervor. Dieser Wald machte ihr Angst. Oder war es viel mehr der allumfassende, undurchdringliche Nebel?

Sie wurde langsamer, als sie spürte, dass die Erde an Feuchtigkeit gewann und mehr Steine sie übersäten. Auch das nahe Plätschern des Baches, ließen sie aufmerksamer werden. Vorsichtig schritt sie über die glatten Steine des Ufers, bevor sie durch den wadentiefen Lauf hastete. Im fließenden Wasser waren die Berührungen überall und das glucksende Lachen kam hundertfach hervor. Ihr erschrockenes Herz ließ sie das andere Ufer hinaufhechten. Ihre Füße glitschten über den Steinen weg, dennoch rannte sie davon, doch der lachende Hall klang nicht ab. Nicht wissend, wohin sie lief und nicht ersichtlich, was vor ihr lag, stolperte sie über eine Wurzel. Sie berappelte sich, warf noch einen achtsamen Blick zurück, bevor sie taumelnd die dichte Nebelwand durchbrach.

Warme Sonnenstrahlen sanken von weit oben auf sie nieder. Geblendet vom hellen Schein blinzelte sie und schaute sich verschreckt um. Ihr Herzschlag verlangsamte sich, als sich ihr eine goldene, lichtdurchflutete, kreisrunde Lichtung offenbarte. Feine Strahlen brachen sich aus den wenigen Wolken am Himmelszelt und streichelten den von Pflanzen überzogenen Waldboden oder endeten an der undurchlässigen, weißen Wand, welche die großflächige Lichtung geisterhaft umwallte.

In der Mitte des unwirklichen Lichtspiels hatte ein uralter Baum seine Wurzeln in die feuchte Erde geschlagen, ganz für sich und erhaben. Sein massiver Stamm wirkte, als ob er aus Hunderte ineinander verwachsener Bäume bestehen würde. Mächtig zeigte sich die Krone mit ihren Verästelungen, die ausladend ein dunkles Purpur als Blätterschmuck kleideten. Der warme Windhauch, der Eigin umwehte, vermochte die sich tief verneigenden Zweige nicht zu wiegen, als ob sie eine bedeutsame Schwere zu tragen hätten. In den Sonnenstrahlen tänzelte der Staub, obwohl sich dicke Tropfen über die glatten, herzförmigen Blätter schlichen und träge hinabregneten.

Eigin war ergriffen, von der niederknienden Schönheit. Fasziniert betrachtete sie den uralten Baum, ehe eine wellende Gestalt zwischen dem Geäst der Einzigartigkeit hervorkam, jene die verträumte Anmut zusätzlich unterstrich. Ein milchweißes Gewand kleidete ihren beinahe durchscheinenden Körper und lag hinab auf ihren nackten Füssen. Silbriges, wellendes Haar bedeckte ihre freien Schultern und wog sich mild hin und her, als ob der Wind ihr allein gehören würde. Einige Strähnen verliefen sich verwehend und an den Haarspitzen brach sich spritzend und schäumend die Gischt, während sie würdevoll auf Eigin zuschritt.

Im Sog des Bannes vergaß Eigin alles um sich herum. Weder nahm sie das Gelächter, das durch den Nebel drang, noch das Zwitschern der Vögel und Surren der Insekten wahr. Den Blick geheftet auf die korallenvioletten Iriden, die ihr näherkamen und sie fixierten.

Das weibliche Wesen lächelte freundlich, als es Eigin erreichte. Eingehend betrachtete die Frau sie, ehe sie Eigins Hände in die ihren nahm und mit melodischer Stimme sprach: »Willkommen Eigin. Wir freuen uns, dass du zu uns gefunden hast. Ich bin Mirja und das ist der Baum der Seelen.«

Eigin schluckte schwer. Sie wollte höflich sein und brachte doch keinen Ton heraus.

Fürsorglich lächelte Mirja und rieb mit ihren Daumen über Eigins Haut. Eigins Finger fingen angenehm zu Kribbeln an, bevor sich Mirja von ihr löste.

Gelächter wurde hinter ihnen laut und zwei Mädchen, nicht älter als Nevis, tobten durch die Nebelwand an ihnen vorbei. Versehentlich rempelten sie Eigin an, die einen Satz nach vorne machte, und sich zu den Kindern umkehrte.

Die beiden lachten schallend weiter, während sie auf den prachtvollen Baum zuliefen. »Wartet!«, rief ein weiteres Mädchen den Zweien hinterher, die ebenso aus dem dichten Weiß hervorhuschte und ihnen nachlief. Alle drei Kinder waren, wie Mirja, von durchscheinender Gestalt, wobei Letzteres sich mit grünen Linien durchzogen zeigte.

»Diese frechen Tropfen«, sagte Mirja kopfschüttelnd und dennoch mit liebevollem Klang. »Ich hoffe, sie haben dich im Weißen Wald nicht allzu sehr erschreckt?« Ihr Blick ruhte fragend auf Eigin.

»Ein wenig«, kamen die ersten Worte gebrochen über Eigins Lippen.

»Das tut mir leid«, gab Mirja bedauernd zu verstehen. »Du musst wissen, Wasserkinder sind verspielte Schelme.« Verwegenheit zeichnete das Wellenmeer ihres Gesichtes. Eigin sah überrascht genauer hin. Mirjas Erscheinung wirkte, als ob sie nicht real wäre, als ob sie durch sie hindurchgreifen könnte, und doch hatte sie die Berührungen deutlich, auch innerlich gespürt.

Interessiert legte sie den Kopf schief. »Das habe ich gemerkt, aber es war nicht der Rede wert«, erzählte sie, sah der Lewedesandes in die einnehmenden Augen und kam um die Bläue auf ihren

Wangen nicht herum, denn sie untertrieb maßlos. Sie konnte sich nicht daran erinnern, wann sie das letzte Mal eine derartige Panik verspürte.

»Nun dann«, meinte Mirja, schlug ihre Lider einmal nieder und wieder auf, ehe sie sich dem Baum zukehrte und auf das Glanzstück der Lichtung zuschritt. Auffordernd winkte sie Eigin zu sich heran, die ohne ein Zögern, jedoch mit ehrfürchtigem Abstand nachkam.

Mirja warf mit gesenktem Kinn und wippendem Wellenhaar einen Seitenblick zurück, bevor sie Eigin aufforderte, dichter heranzukommen. Als Eigin auf gleicher Höhe mit ihr voranschritt, hakte sich Mirja bei ihr unter und lächelte sie fröhlich an. Eigin besah sich kurz ihre gebieterisch wirkenden Gesichtskonturen, die von seltsamer Feinheit waren. Nicht perfekt und doch versprühte sie eine solche Eleganz, dass Eigin sie als unglaublich schön empfand.

Sie wandte ihren Blick von Mirja ab und richtete ihr Augenmerk auf die Pracht vor ihnen. Beinahe leichtfüßig schritt sie über den Waldboden hinweg, so verzaubert und gefesselt war sie von dem Anblick des Baumes, als ob er sie auf irgendeine Weise anziehen würde.

Unablässig prasselten feine Tropfen sein Blattwerk hinab, die teilweise in das Erdreich einsickerten, andererseits Pfützen bildeten, die sich vor und zwischen den Wurzeln und auf der bereits feuchten Erde unter dem Geäst ansammelten.

Aufgeregt schlug Eigins Herz, ehe sie unter die ersten, schweren Zweige traten. Fest legte sie ihre Hand um Mirjas Arm, deren Nähe ihr Sicherheit und Mut zusprach.

Sie zogen an den Verästelungen vorbei, während klare Perlen die Blätter überliefen, voll fielen oder gar auf den purpurnen Herzen verharrten. Jedoch benässte nicht einer der vielen ihre Haut, zugleich es um sie herum niederprasselte.

Die Wasserlachen wichen vor ihnen zurück und ebneten vorweg einen Pfad durch den Riesen. Verwundert beobachtete Eigin die weichenden Pfützen, aus welchen seltsam glucksender Singsang erklang.

Mirja löste sich von ihrem Arm, bückte sich zu einer dieser hinab und tippte sie behutsam an. Sofort fing jene zu kichern an. Ein Schwall Spritzer schoss aus der Lache heraus und verteilte sich auf Mirjas Antlitz und Haar. Die Feuchtigkeit drang in Mirja ein und verschwand spurlos in ihrer transparenten Erscheinung. Mirja schmunzelte keck, tauchte zwei Finger in das Wasser und zerrte ein Ohr samt Kopf aus dem Nass hervor.

Eigins ungläubiger Gesichtsausdruck sprach Bände.

»Au, aua«, klagte der junge Wassermann, dessen körperliche Gestalt sich allmählich vor Eigins Augen aufbaute, während die Pfütze immer kleiner wurde.

Seine blauklaren Haare wellten sich im wilden Durcheinander, schimpften und versuchten die Fingerspitzen von der ersten, oberen Windung des runden, spiralförmigen Ohres zu lösen. Die übrigen Wasserlachen erzitterten nach dem Klagelaut ihres Freundes und schlichen sich heimlich davon. So leis, dass Eigin ihr verschwinden nicht bemerkte.

Von der Pfütze des Kindes verblieb nur ein einsamer Tropfen, der orientierungslos über den sandigen Boden rollte. Ansonsten war das Wasser im Körper des Jungen verschwunden, den Eigin nicht reifer als vierzig oder fünfzig Vollmonde schätzte.

Vermutlich war er eher jünger, wie es bei den meisten Lewedes sein mochte.

Auch Mirja wirkte höchstens hundertzwölf vereinigte Monde älter als sie selbst und doch erzählte ihre anmutige Haltung und die allgemeine Körpersprache etwas anderes.

Mirja entließ das Ohr aus der Gefangennahme, woraufhin die Strähnen sorgsam die gezwickte Stelle streichelten.

Komplett manifestiert, besaß der Knirps ganz gewöhnliche Arme, Hände und Beine. Trug bis hin zu den Kniekehlen ein langes weißes Gewand und reichte Eigin gerade eben bis zum unteren Hüftansatz. Er sah zu Mirja auf, die ihm liebevoll die wilden Wellen hinter das Ohr strich.

Eigins Aufmerksamkeit huschte zu der kleinen Perle, die weiterhin aufgeregt auf dem Boden hin und her rollte und, wie sie meinte, dringlichst nach Hilfe rief. Es war nur ein leises Quieken und hätte bei dem Winzling jedoch einem Elefantenruf gleichkommen können.

Sie kniete sich auf die Erde nieder und bückte sich zu ihm hinab. Ihre Augen folgten den unruhigen Bewegungen, derweil Mirja mit dem Jungen sprach. Doch der Spross schien unaufmerksam. Seine Konzentration auf den Waldboden geheftet, suchte er nach dem, was ihn vervollständigte und er dennoch nicht auf Anhieb fand.

Eigin horchte auf. Jetzt konnte sie den Laut nicht nur hören, sondern sogar in Form von Blubberbläschen sehen. Sie streckte einen Finger nach dem Tropfen aus und schaute kurz überrascht, als er das Angebot annahm und auf diesen hüpfte. Still lag Eigins Hand im Sand. Sie rührte sich nicht, als er das erste Glied ihres Daumens hinaufsprang. Seltsamerweise sickerte die lebendige Träne nicht in ihre Haut ein und sie sonderte keine Feuchtigkeit ab. Als Eigin vorsichtig ihre Hand hob und ihren Oberkörper aufrichtete, hüpfte der Tropfen weiter, während seine Spitze bei jedem Satz, von einer Seite auf die andere wippte. Auf ihrem mittleren Handknöchel verharrte er abwartend.

Eigin hielt ihre Hand nun dicht vor ihre Augen und genauso erstaunt, wie sie ihn besah, schien er sie zu beobachten.

Der junge Lewedesander stupste Eigin mit dem Fuß am Knie an und holte sie aus ihrer Faszination heraus. Er unterbrach ebenso die Ruhe des einsamen Tropfens, der sich abkehrte und eilig von ihrem Finger auf den Zeh des Kindes zu trippelte, während Eigin die Hand vorsichtig auf ihr Knie hinabsinken ließ.

Zu ihrem Erstaunen wirkte die Ecke des kleinen Zehs unvollständig, ehe der Tropfen sich mit ihr vereinigte. Der Junge setzte seinen Fuß auf die Erde ab und bewegte die Zehe, als ob er das Wasser ausgleichend verteilen wollte.

Eigin sah zu dem kleinen Mann auf, der sie spitzbübisch, mit einem Finger im Mund, anschmunzelte.

Mirja nahm den Knirps auf den Arm. »Das ist Kanja«, erzählte sie anstelle des Jungen, der Eigin neugierig anschaute.

Eigin lächelte den Lewedesander an. »Ich bin Eigin«, stellte sie sich vor und richtete sich zugleich auf.

»Bist du neu?«, fragte er unverhohlen.

Mirja lachte auf, »Nein, sie ist nicht neu. Sie ist eine Nafga-Wenetra-Hybride, die nur ganz selten vorkommen, deshalb hast du noch nie ein Wesen dieser Art gesehen.« Sie senkte ihre Stirn an die seine und streichelte sein Haar zurück, während er Eigin verstohlen betrachtete.

»Ich wollte Eigin gerade zeigen, wie toll ihr eure Aufgaben erfüllt. Möchtest du uns dein Können vorführen?«

Kanja nickte eifrig. Es nicht abwarten könnend, hüpfte er in Mirjas Armen auf und ab.

»Nun dann. Auf auf!«, wies Mirja ihn an, verlagerte das Gewicht des Jungen auf ihre Hüfte und kitzelte ihn am Hals, während sie leichtfüßig voranschritt.

Kanja entließ ein kicherndes Glucksen.

»Das klingt spannend«, meinte Eigin erwartungsfroh, ehe sie links neben den beiden ankam und Kanjas baumelnde Füße ebenfalls kitzelte. Lachend warf er seinen Kopf zurück, weshalb Eigin einen Schritt von ihnen abrückte, kurz hinter sich blickte und zur Krone hinaufsah.

Das Astwerk des Baumes war gigantisch. Das Ausmaß glich einer Behausung, die mehrere Generationen beherbergen könnte und trotz der unzähligen, vollen Äste und Zweige, fand die Sonne immer noch einen Weg, die tränenschweren Blätter zum Glitzern zu bringen. Das Gelächter, welches die Lichtung umwallte, spielte leis im Hintergrund, während über ihr das Geäst knackte.

Eigin reckte den Hals, um zu erspähen, was durchs dichte Blattwerk huschte. Sie lauschte achtsam und erst jetzt fiel ihr auf, dass es von allen Seiten knirschte und knisterte, raschelte und knackste. Dennoch konnte sie in den Stockwerken des Baumes das Treiben nicht peilen.

»Pst«, Mirja legte, um Ruhe gebietend, den Zeigefinger auf ihre Lippen. Kanja sah sie aufmerksam an und tat es ihr nach, kurz bevor sie an einem weit herunterhängenden Ast ankamen.

Unmittelbar vor ihnen befanden sich die Säulen des Riesens, so breit, dass Eigin, so sehr sie es auch versuchte, nicht an den miteinander verschlungenen Stämmen vorbeispähen konnte.

»Steige nur einen Stock hinauf«, bat Mirja den Jungen, der nach oben schaute, und sogleich geschickt das Geäst hinaufkletterte. So bedacht und leise, wie es Eigin von einem so jungen Kind nicht erwartet hätte.

Sie sah ihm nach und obwohl er sich sichtbar über ihre Köpfe durch das Blätterwirrwarr schlängelte, verschwand er vor ihren Augen, als ob er niemals die tragenden Arme emporgeklettert wäre.

Verwirrt suchte Eigin die Verästelungen ab, ging auf den verwobenen Stamm zu und an ihm entlang, den Blick fest auf die riesige Krone geheftet. Doch wo sie auch hinsah, der Junge war nicht mehr da.

Mit einer Seelenruhe kam Mirja auf sie zu und legte eine Hand auf ihre Schulter. »Sieh genau hin«, meinte sie, während sie auf einen Zweig deutete, der dicht in ihrer Nähe hing.

Wasser trat aus der dünnen Purpurhaut der Herzen, fügte sich zu einer Einheit zusammen und floss verbunden über die Herzspitzen der Blätter abwärts. Schwer getragen, fielen die Tropfen hinab und landeten unbeschadet auf dem sandigen Boden. Einige Perlen schüttelten sich benommen, ehe sie aufgeregt aufeinander zu hopsten und sich miteinander vereinigten. Kleine Finger schlüpften mitsamt zweier Kinderhände aus der Pfütze hervor. Sie suchten und fanden den Waldboden, der die entstandene Lache weich umrahmte. Fest umgriffen sie den erdigen Rand, als ob die Pfütze von Tiefe wäre, und zogen Arme, Kopf und Hals empor.

Kanja schnaufte vor Anstrengung, ehe er sich aufstemmte, hochzog und mit einem Plopp die Glieder von sich streckte. Die letzten Tropfen hüpften auf ihn zu, machten einen Satz und formten vollendend seine Füße.

»Das war großartig«, applaudierte Eigin staunend, während Kanja sich schüttelnd aufstellte.

»Ja, das hast du gut gemacht«, stimmte Mirja ihr zu und lächelte den Jungen zufrieden an.

Kanja richtete sich stolz auf. »Klar habe ich das. Schließlich bin ich stark«, behauptete er und stemmte mit vorgeschobener Brust die Fäustchen in die Hüfte.

Die beiden Frauen lachten.

»Oh ja. Das bist du«, sagte Mirja betont ernst, »und damit das so bleibt, übst du jetzt fleißig weiter.«

»Kein Problem«, sagte er und sogleich griff er sich den nächst, niedrighängenden Ast.

Nachdem er bereits im Blattwerk verschwunden war, verblieb das Schmunzeln bei Eigin. »Das war klasse«, fand sie an Mirja gewandt.

»Ja, das macht er gut für sein Alter«, stimmte sie zu.

»Aber welchen Nutzen bringt euch die Wandlung?«

»Das ist eine gute Frage, Eigin«, Mirja faltete die Finger ineinander und rieb nachdenklich den linken Daumen über die Ballung der Rechten.

»Lewedes sind das Volk des Wassers. Wir können Flutwellen hervorrufen, für starken Seegang sorgen, Strudel verursachen oder gar jemanden ertränken, wenn wir es müssten, nichtsdestotrotz ist unsere Kraft begrenzt.« Mirja seufzte. »Einst haben wir versucht, unseren Freunden beizustehen. Nur leider nicht mit dem erwünschten Erfolg.« Sie lehnte sich an die geriffelte Borke und ließ den Kopf betroffen sinken.

Eigin trat an sie heran, ihren Erzählungen lauschend, und lehnte sich ebenfalls an den mehrstämmigen Baum zurück.

»Unser Körper ist so beschaffen, dass wir nicht allzu lang ohne Flüssigkeit auskommen. Deshalb siedeln wir uns oft in der Nähe von Binnengewässern und Meerzungen an. Werden wir dem Feuer ausgesetzt und des Wassers entzogen, sterben wir ohne jegliches Zutun. Damals waren wir im Inland nur von kurzer Dauer hilfreich und mussten uns zu früh zurückziehen. Wir konnten nur dabei zusehen, wie Freunde und Verbündete starben. Und doch besitzen wir eine Gabe, die uns ermöglicht zu helfen. Wir besitzen die Fähigkeit, Leben zu verstecken und so zu beschützen.«

Mirja blickte auf, wohingegen die Fragen bei Eigin verblieben. Spärlich zeichnete sich ein Lächeln auf Mirjas Lippen ab. »Ich zeige es dir«, entschied sie, federte sich vom Baum ab und begab sich gute fünfzehn Fuß um den breiten Stamm.

Voller Neugierde wich Eigin nicht von ihrer Seite und mit jedem Schritt, den sie setzten, drängte sich das Gelächter von zuvor in den Vordergrund.

Eigin wurde ein wildes Durcheinander von Lewedes, Wenetra und anderer Geschöpfe Amgas dargeboten. Sie war überrascht über die Anwesenheit so vieler, diverser Wesen, die sich unter dem Geäst und vor dem nebelhaften Wald tummelten.

Mehrere Wasserländer erhoben sich aus ihren Pfützen, derweil sich Kinder fingen und Erwachsene unterhielten. Sie entdeckte Hami, die umringt war von einer Horde bunt gemischter Kleinkinder, die sie versuchte, unter die nassen Zweige und Blätter des Baumes aufzustellen, während die Kinder ihr immer wieder entwischten.

Als sich auch der letzte Knirps unter einem Ast befand, fiel ihr Nevis ins Auge, der ungeduldig mit einem Fuß auf den Boden tippte. Keck grüßte er sie, als er sie bemerkte und während sie weiter hervortrat, winkte sie zurück.

Alle Kinder schienen gewollt positioniert, als Eigins Blick auf Hami fiel, die ein verängstigtes Mädchen tröstete, das schluchzend weinte. Noch ehe die ersten Perlen von den Blättern auf das knospenbraune Haar der Kleinen landeten, hatte Hami ihr die Tränen fortgewischt und drückte ermutigend die zarten Hände.

Die Tropfen stürzten sich wie Klippenspringer von den Blättern und verteilten sich auf den Sprösslingen von den Haarspitzen bis zu den Zehen. Sie vereinigten sich umgehend, sobald ein Tropfen den anderen berührte, und bildeten einen feuchten Film um die Schützlinge. Selbst unter die Fußsohlen kroch das Wassergefüge und erst, als der jeweilige Körper vollends umschlossen war, dehnte sich das gallertartige Gefüge als Haut aus.

Die Kinder blieben in einer Art Luftblase zurück und wurden sanft emporgehoben. Nur eine Spannweite vom Erdboden entfernt strauchelten sie im Luftraum der Körper und suchten nach Balance. Weich wiegend schützten die wabernden Wellen die Mädchen und Jungen vor dem Fall, bis sie das Gleichgewicht selbst fanden.

Unter dem Blätterdach des Baumes schwebten nun mehr als fünfzehn Kinder jeglicher Wesensart. Milchige Häute umhüllten sie und warfen ein kühles, flimmerndes Licht ab. Die tragenden Hüllen wandelten sich. Elastische Gliedmaßen bauten sich auf, gaben Beine und Füße frei, wie auch links und rechts Arme und Hände. Zum Schluss entwuchsen der Kopf und zumeist wellendes Haar. Es waren erwachsene Lewedes, die in ihrem Inneren die Kinder, die Wehrlosen, schützend trugen und verbargen.

Mirja war erfreut über Eigins beeindrucktes Schweigen, die sich nicht von Ort und Stelle gerührt hatte. Sie beugte sich zu Eigins Ohr hinab und sprach flüsterhaft: »Wir können die Kinder bis zum Alter von hundert Monden in uns aufnehmen. Je nachdem wie zart und groß sie sind, können es auch ein paar Monde mehr oder weniger sein. Doch irgendwann wird die Schwere der Last unhaltbar.«

Den Blick auf die Aufgabe der Lewedes verbleibend, fragte Eigin: »Sind die Kinder jetzt vor Angriffen geschützt?«

»Leider nicht«, antwortete Mirja. »Wir sind immer noch verwundbar. Jede Schneide könnte ebenso das Kind in unserem Leib verletzen oder gar töten. Wir dienen eher als Zufluchtsort.«

Eigin sah zu, wie die Träger beruhigend und mutmachend auf die Schützlinge einsprachen, sich etliche sogar mit ihnen bewegten und einige in des Waldes Dunst verschwanden.

Maree, die lebendige Lewedesandes, die ihr tags zuvor das morgendliche Bad bescherte, schritt an ihnen vorbei und ebenso auf den Weißen Wald zu, wobei sie Eigin unter einem Lächeln zuzwinkerte und Nevis aus den weichen Wogen der Bauchmitte seine Zunge herausstreckte. Überrascht, mit einem Zucken um die Mundwinkel, sah sie den beiden nach.

Nachdem sie im dunstigen Nebel verschwunden waren, schaute sie fragend zu Mirja auf.

»Die Kinder müssen lernen, sich fallenzulassen, deshalb wollen wir sie nicht überfordern und verweilen hier. Diejenigen, die sich an die Hülle gewöhnt haben, üben angstfrei und ruhig zu atmen, ehe wir sie in die Unterwasserwelten mitnehmen können.«

Eigins Augen wurden groß. »Moment mal! Ihr könnt sie in die Tiefe des Samudras führen? Ohne dass sie ertrinken?«, brach es aus ihr heraus.

Mirja nickte: »Ja genau. So können wir ebenso einen Beitrag leisten. Wir sind der Schutz der Kinder.«

Überrumpelt von den Informationen versuchte Eigin zu verstehen, was ihr vorgetragen wurde. Sie schritt auf einen Lewedesander zu, der sie freundlich anlächelte und das Gewand seitlich zur Seite schob, damit sie hineinspähen konnte. In ihm war das Mädchen, welches zuvor weinte und jetzt staunend seine Umgebung betastete.

Der Magen des Mannes, samt nesselartiger Faserstränge, hatte sich in die Ummantelung seiner Gestalt zurückgezogen, platzmachend für das Geschöpf. Eigin konnte keinerlei andere Innereien ausmachen, auch fehlten dem Wasserländer jedwede Knochen und doch wirkte das Gewebe knorpelähnlich. Da sie nur einen spaltbreit sehen konnte, vermochte sie nicht zu wissen, was sie in seiner Nacktheit vorfinden würde.

Ein wenig irritiert, dennoch neugierig wartete sie auf seine Zustimmung, ehe sie ihre Hand auf seine kühle Haut legte. Das Kind, welches genauso überwältigt war wie sie selbst, tat es ihr nach. Ihre Finger spreizten sich auf der wellenden, wogenden Wand im Inneren, als ob sie Eigins Hand berühren wollte.

Vollkommen bei dem Mädchen, bemerkte Eigin nicht, dass Mirja herangenaht war und nun dicht bei ihr stehen blieb. »Das ist der Grund, warum Kanja bereits in jungen Jahren das Auflösen und Zusammenführen üben muss. Und das ist auch der Grund, warum der Baum der Seelen wirkt, als ob er weint«, flüsterte die Lewedesandes bedacht.

Eigin nahm die Hand von des Mannes Körper und zwinkerte der Kleinen zu, noch ehe er das Hemd fallenließ. Sie konnte nicht widerstehen, auch den Stoff zu befühlen, der wie seine Erscheinung fließend milchig wirkte und sich ebenfalls kühl anfühlte, dennoch verbarg er die Sicht auf das Mädchen und mehr.

Der Lewedesander schmunzelte Eigin interessiert an. Mit aufsteigender Hitze trat sie einen Schritt zurück und ließ den Blick verschämt sinken.

Er stieß sie an. »Du wirkst, als sei dir etwas warm geworden«, sein Grinsen wurde frecher. »Sicherlich würde dir eine Abkühlung guttun«, unterstrich er verheißungsvoll.

»Wie?«, war alles, was Eigin hervorbrachte, ehe er und die übrigen Träger sich spritzend um und über die Kinder ergossen. Dabei schoss so viel Wasser durch die Luft, dass die Umstehenden, nebst Eigin, vollständig überschüttet wurden.

Pitschnass und triefend stand sie in einer Wasserzunge, welche über ihre Füße hinweg und die Waldschneise hinunter rann. Verschreckt von der Kälte rang sie stockend nach Atem, während die Kinder unter dem Wasserspaß glucksten und schrien, sich schüttelten und »noch mal! Noch mal!«, riefen. Sie tobten und zerstäubten das Wasser in alle Richtungen, während sie durch den gefluteten Waldboden rannten. Sie bespritzten sich gegenseitig oder rutschten die Wasserbahn hinab, die in den Weißen Wald hineinreichte.

Eigin kehrte sich um, schaute den Sprösslingen zu, die durch den dichten Dunst schlitternd verschwanden, und entdeckte Mirja, die sich von ihr wohlweislich entfernt hatte. Sie versuchte, den Lewedes aus dem Wassermischmasch zu helfen, genau wie Hami es ihr gleichtat und andere ebenso.

Tausende Tropfen sprangen wild umher und mehrfache Regenbögen zeigten sich auf der sonnenbeschienenen Lichtung in leuchtenden Farben.

Die verbliebenen Perlen auf Eigins Körper hüpften von ihr herunter und ließen sie vollständig trocken zurück. Wenn sie es nicht besser gewusst hätte, hätte sie beinahe gemeint, dass der letzte Tropfen frech kicherte, aber dem konnte unmöglich so sein.

Leicht hob sich eine Braue, als sie dem Winzling nachsah. Kopfschüttelnd lachte sie auf, schob die Vernunft beiseite, nahm Anlauf und stürzte sich in den schimmernden Sprühregen.

Kapitel 17

Eigin erwachte leise lachend im Flammenmeer ihres Lagers. Sie hatte eine so schöne Sonnenzeit mit den Lewedes verbracht, dass sie noch bis in den späten Abend auf der Lichtung des Weißen Waldes verweilte. Selbst in ihre Träumerei hatte sich das bunte Treiben, mit all seinen Faszinationen, hineingeschlichen.

In den letzten Monden hatte sie hier so viel erleben und kennenlernen dürfen, dass es ihr schwerfiel, etwas Schlechtes in den andersartigen Völkern zu sehen. Natürlich waren ihr die ein oder anderen Personen weiterhin suspekt, aber grundlegend mochte sie die meisten Wesen sehr.

Sie seufzte und war nicht gewillt ihr Traumland zu verlassen, welches ihr versprach, entspannte Glückseligkeit zu schenken. Nur hatte sie ihr Vorhaben, die Augen zuzulassen und wieder wegzugleiten, ohne Sahira gemacht, die gnadenlos rücksichtslos den Vorhang aus Ranken zur Seite schob.

»Steh auf, Süße, die Sonne lacht«, sagte diese fröhlich gestimmt, währenddessen sie ungefragt die Höhle betrat.

Eigin ächzte auf, während Sahira einige Stücke Klaubholz mit in die Höhle brachte und die Hölzer auf die mittlerweile gestapelten Reihen, an der Wand entlang, ablegte.

Wenig begeistert kehrte Eigin ihr den Rücken zu.

»Wenn du nicht aufstehst, muss ich anfangen zu singen. Und

glaube mir, es gibt Dinge, die ich nicht kann.« Sahira grinste verschlagen.

»Bitte nicht«, stöhnte Eigin hervor.

»Vielleicht reicht dir auch der Anreiz, dass ich mit dir frühstücken möchte. Wir beide wissen doch, dass du ein ganzes Muli in einer Sonnenzeit verspeisen könntest.«

Eigin lächelte mit verschlossenen Augen. Sie streckte ihre Glieder von sich. »Ist ja gut«, gähnte sie, »ich komme ja schon«, und prompt grummelte ihr Magen.

»Ich gehe jetzt raus und zähle bis zwanzig, danach fange ich zu singen an. Ich kenne da ein schönes Lied, über ein verliebtes Pärchen, das einen langen … langen Weg vor sich hat. Sehr spannend.«

Eigin knautschte mit halb offenen Lidern ihre Wangen. Sie hörte auf das Murren ihres Magens und setzte sich auf. Noch einmal gähnte sie herzhaft, ehe sie sich müde Schlaf und Asche aus den Augen rieb, wobei sie ihre Flügel ausbreitete und dehnte.

»Du sprühst ja vor Sarkasmus«, gab Eigin matt von sich, während sie sich zu Sahira umdrehte, die bereits im Begriff war, die Höhle zu verlassen.

»Alles, was ich sage, meine ich ernst. Ich kenne dieses Lied und mein lieblicher Gesang würde dich umhauen«, versicherte sie ihr trocken. »Ach ja übrigens, schöner Hintern.« Sahira schritt hinaus.

»Eins«, drang die erste Zahl in Eigins Gehör.

»Zwei«, ging es weiter.

»Drei … Vier.«

Eigin stand auf, trat aus den Gluten und schüttelte sich die Asche vom Körper.

»Neun.«

Sie rollte mit den Augen, denn Sahira zerrte an ihren Nerven. Mit zusammengefalteten Flügeln versuchte sie sich, anzukleiden, jedoch verhedderte sie sich in der Eile.

»Siebzehn.«

Ein lautes »Autsch«, entwich ihr, als die Häute unbeabsichtigt zurückschnellten.

»Zwanzig.«

Abermals umhüllte sie ihre Weiblichkeit, dennoch musste sie gute zweieinhalb Zeilen des Liedes ertragen.

Als sie hinaustrat, bedeckten ihre Hände fest die Ohren. »Bitte, du kannst jetzt aufhören«, flehte sie Sahira an, die einen Mordsspaß daran hatte, Eigin frühmorgendlich in den Wahnsinn zu treiben.

Sahira sang die letzten Töne noch ein wenig schriller, ehe sie mit dem Lallen aufhörte und sogleich loslachte.

Eigin gab ihr Gehör frei, stieß Sahira an und schmunzelte, »das klang schrecklich.«

»Nicht wahr?«, Sahira atmete tief das Lachen weg. »Ich kann vieles, aber Trällern gehört nicht dazu.«

»Und wo ist nun das versprochene Frühstück?«, fragte Eigin, die nur die Bäume, den Fluss und die ausgekühlte Feuerstelle sehen und riechen konnte.

»Nun ja. Vielleicht habe ich ein bisschen geflunkert.« Breit grinste sie Eigin an.

Eigin ließ stöhnend die Schultern samt Schwingen sinken.

»Also, wir wollen schon etwas essen. Nur nicht hier.«

»Ist es weit?«, wollte Eigin missmutig wissen.

»Es geht. Je schneller wir aufbrechen, umso eher sind wir da«, meinte sie, als sie an ihr vorbeiging.

Heute trug sie jedoch keinen Lederbeutel mit sich und Eigin fragte sich unwillkürlich, ob sie noch auf die Jagd gehen mussten.

Schlurfenden Schrittes folgte sie Sahira, in der Hoffnung, dass sie nicht recht behielt. Sie sah zum Himmel hinauf, der sich leicht bewölkt zeigte, und dennoch versprachen die hervorblitzenden Sonnenstrahlen, dass ihnen ein warmer Tag bevorstand.

Eine ganze Weile trottete Eigin hinter Sahira her, bis jene inmitten der dichten, breiten Baumstämme stehen blieb und scheinbar auf Eigin wartete. »Wir befinden uns bei den Unterkünften der wenetreanischen Familien«, erzählte sie, als Eigin bei ihr ankam. »Wie auch bei den andersartigen Völkern, sind die Behausungen den Lebensumständen und Lebensweisen angepasst.«

Sahira schaute sich aufmerksam um. »Wir sollten leise sein. Womöglich schlafen sie noch.«

Eigin verschränkte protestierend die Arme vor der Brust. »Das ist jetzt nicht dein Ernst«, murrte sie, während sie mit den Zehen auf den Boden tippte. Sahira zuckte schmunzelnd mit den Schultern, ehe sie weiterging. Eigin schüttelte ungläubig ihren Kopf und schritt hinter Sahira her.

Sie blickte in die Bewaldung hinein, um die Bauten zu erspähen, dennoch trat ihr nur die endlose Vegetation entgegen. Das Einzige, das auffällig überhandnahm, waren die Efeuranken, die sich auf den Waldboden verteilt hatten, um Wurzeln und Stämme wuchsen und die meiste Fläche bedeckt hielten.

»Habt ihr etwas gegen ungebetene Gäste?«, fragte Eigin, »denn ich kann die Unterkünfte der Wenetra nicht entdecken.«

»Ungebetene Gäste hat doch niemand gern«, erwiderte Sahira, während sie sich an die tiefrissige Rinde einer alten Eiche lehnte und Eigins Suchspiel zwischen den Sträuchern und Farnen des Waldes zuschaute. »Wenn du so willst, ist es ein natürlicher Schutz«, erzählte sie leise, dabei kletterten ihre Augen mit dem Efeugewächs empor.

Eigin verfolgte Sahiras Blick und entdeckte ein verwobenes Netz aus unterschiedlich großen Kobeln, die man in die Baumkronen hineingearbeitet und um die Baumstämme herumgebaut hatte. Die harzgoldenen Kugeln wurden von den ineinander verschlungenen, ausladenden Ästen mit einer Leichtigkeit getragen, dass sich nicht einmal das breite Astwerk bog. Goldbraun glänzten die äußeren Hüllen im Sonnenlicht, während die grünen Blätter aufgeregt im Wirbel der Lüfte flatterten.

Eigin schritt um das kräftige, bemooste und mit Efeu besetzte Wurzelwerk einer Ulme herum. Ihren Kopf weit nach hinten gelegt mit der Sicht gen Himmel, bestaunte sie die beeindruckenden Konstruktionen. Aus den glatten Außenwänden lugten hier und da Rutenspitzen hervor. Vereinigt mit humusartigen Laubresten, getrockneten Moosen und Gräsern gaben jene den Behausungen den nötigen Halt. Gut versteckt und bedeckt, zwischen und in den Rankengewächsen und den blätterschweren oder nadelvollen Zweigen.

Eigin stellte fest, dass die Untergründe der Bauten von einem schattenhaften Braun waren. Sicherlich vermochten die hellen Arme der Sonne nicht alle Seiten des Kobels zu erreichen, dennoch zeigten sich deutlich die geschichteten Alterslinien. Viele Monde mussten vergangen sein, ehe der harzige Sirup die Bauten vollständig umschlossen hatte.

Die unteren, dunklen Ringe erhellten sich aufsteigend in honigfarbenen Nuancen, bis hin zu einem durchscheinenden, glasigen Bernstein, der im Licht des Morgens strahlte. Kein Fenster gab sich zu erkennen, nicht einmal eine Tür konnte sie in der dichten Ummantelung entdecken. Trotzdem versteckten sich hier und da pflanzliche Strickleitern zwischen den rankenden Gewächsen an der Rinde.

Kleine Spatzen flogen fröhlich trällernd umher. Stibitzten sich die herausragenden Zweige oder hatten sich gar ein Nest auf den Ruten errichtet. Auch auf den erwärmten Dächern, besonders inmitten der Efeugewächse und deren Blätter waren einige Brutstätten zu sehen, in denen der Nachwuchs hungrig schrie. Zwischen dem Geäst schwangen bauschige Federn im Wind, verfingen sich in den dünnen Gerten der Bäume und fielen nur selten hinab auf den Waldboden. Die Mauser der Vögel neigte sich dem Ende und mit ihr das Fallen des Federkleids.

Voller Neugierde griff Eigin nach der faserigen, spröden Kordel einer hinabhängenden Leiter. Sie sah auf und stieg die ersten wackeligen Tritte empor.

»Eigin«, Sahira umfasste Einhalt gebietend ihren Knöchel, »das ist privat«, meinte sie bestimmend. »Vielleicht gewährt dir jemand Einblick in sein Leben, aber solange musst du die Privatsphäre der Wenetra respektieren.«

Eigin schaute auf Sahira herab und verstand den Einwand. Sie sprang die erklommenen Stufen leichtfüßig hinunter. Nochmals aufschauend, knetete sie ihre Hände und sah anschließend Sahira nachdenklich an.

»Bestehen die Konstrukte ausschließlich aus Harz? Oder benutzen sie ähnliches Klebewerk?«

»Gut erkannt«, befand Sahira, überrascht über Eigins Interesse an der Bauart. »Ja, sie bestehen nur aus einfachen Baumharzen, die wir den Nadelhölzern im geringen und bedachten Maße entnehmen. Eine Tätigkeit, die du im Laufe der Zeit ausführen wirst«, erklärte sie. »Aber glaube mir, das Abzapfen des klebrigen Werkstoffes ist bei Weitem nicht so spannend, wie ein Nahkampftraining mit mir.« Verschlagenheit funkelte in Sahiras Augen.

Voller Spott hob sich Eigins Braue, während sie Sahira von oben bis unten taxierte. Arrogant tat sie, als ob sie ihre Haare zurückwerfen würde, die sie nicht besaß.

»Ich bezweifle, dass deine strahlende Erscheinung mit meinem stählernen Körper mithalten kann.«

Sahira zwickte Eigin in die Seite und warf ihr Haar zurück.

»Autsch, das tat tatsächlich ein bisschen weh.« Eigin grinste breit.

»Mach nur weiter so. Du wirst schon sehen, was du davon hast. Spätestens, wenn wir das erste Training zusammen absolvieren, vergeht dir der Spott.«

»Mir schlottern schon die Knie«, entgegnete Eigin, und tat gelangweilt, weshalb Sahiras Mundwinkel zuckten und beide zu lachen begannen.

Geräuschvoll wurden einige Harzplatten über die Dächer der Verschläge geschoben. Sahira horchte auf und wurde still. Auch Eigin vernahm das kratzige Schleifen und sah zu den Kobeln auf.

»Komm schnell, ehe sie feststellen, wer sie zur frühen Sonnenzeit aus dem Schlaf reißt«, flüsterte Sahira, bevor sie durch das Gestrüpp davonschlich.

Eigin verweilte einen Moment, ließ ihre Gedanken schweifen und konnte die Flammen in diesem Teil des Waldes schlagen sehen, konnte sich die Feuersbrunst in und um die Bauten ausmalen, spüren wie sich das Baumharz erhitzte und wie es unter den Flammen zerbrach.

Genugtuung breitete sich in ihr aus. »Sehr schön«, hauchte sie leis hinaus. Sie wandte den Blick ab und schlenderte Sahira hinterher, die sie bereits auffordernd heranwinkte.

Mit der Daumenkuppe strich sie überlegend über ihre Unterlippe, während sie einen Vers aus Kindertagen vor sich hin summte.

»Gute Glut brenn gut, brenn gut gute Glut!«

Kapitel 18

Weich schwebten sechsstrahlige, symmetrische Schneeflocken aus der dicken Decke der weißgrauen Nimbostratuswolken. Sie wurden gebildet aus den feinen Staubpartikeln der einst lebendigen Vulkanlandschaft und der eisigen Kälte der Eislande. Leicht ließen sich die vielfältigen und komplexen Schneesterne von den Luftströmungen tragen. Auf und Ab wogen sie um die verschneiten Eisskulpturen und Bäume, die vom Schnee eingehüllt, bizarren Wesen ähnelten und Geschichten über Kälte, Wind und Eis erzählten.

Langsam tauchte eine kleine Flocke in den vorangeschrittenen Tag der Eislande und drehte sich im Wirbel des Windes um sich selbst. Aus ihrer Himmelsperspektive sah die Masse der Krieger wie erwärmtes Basaltgestein aus, welches das ewige Weiß der Landschaft zu verdrängen versuchte. Nebelige, dampfende Rauchschwaden hüllten die dunkle Fläche ein, die jedoch nur durch die Atemluft und Wärme der dicht aneinander liegenden Körper freigegeben wurden.

Sacht landete die Schneeflocke auf Kristells pastellrosa glitzerndem Haar, das sie zu einem lockeren Zopf verflochten hatte. Sie hielt sich an den Wölbungen eines kegelförmigen Eisschlotes, der vereisten Gesteinswelt des inaktiven Vulkans Jarol, fest, während sie kaum sichtbar hinter der Säule hervorlugte. An einem weiteren gewundenen Schlot, rechts von Kristell, kauerte ihre Freundin Fiolla, die sich nervös auf die Unterlippe biss.

Neugierig verfolgte Kristell das Treiben der Feuerwesen, die, ihres Erachtens nach, ziemlich weit in die Eislande vorgedrungen waren. Normalerweise konnte man die Nafga im Grenzgebiet der Eisfelsen des Caldera-Gebirges beobachten, auf dessen vulkanische Mondlandschaft mehrere zugefrorene Maarseen und einst belebter Vulkankrater thronten.

Die weiß auf Schwarz gehaltene Berglandschaft erhob sich, geformt aus den ehemals explodierenden Eruptionen und den eingestürzten Magmakammern des Kraters Ona Sule, zwischen den Vulkanlanden und dem ewigen Eis der Eskim. Dennoch waren die Nafga jetzt hier, genau wie die beiden Frauen, zum Leidwesen von Fiolla. Denn als Kristell durch die letzten Tannen des Blutwaldes, die dunkle, atmende Masse in der Ferne entdeckte, überwog die Neugierde und das Verlangen, dem fremdartigen Wirken näher zu sein.

Mit verschränkten Armen und einem Ausdruck, der sagte, »nie im Leben«, sträubte sich Fiolla gegen das Flehen in Kristells Mimik. Doch sooft sie es versuchte, vermochte sie ihr einfach keinen Wunsch abzuschlagen.

Kopfschüttelnd seufzte sie und nahm doch Kristells Hand, um sie im schnellen Lauf hinter sich herzuziehen. Wenn sie schon ein Abenteuer erleben mussten, fühlte es sich besser an, den sichersten Weg zu der fragwürdigen Erscheinung zu nehmen.

Eigentlich reichte es Fiolla bereits, dass sie sich wieder einmal von der Eiskristallstadt Arjuna Lumen entfernt hatten. Und das nur, weil Kristell darauf hoffte, das Rudel unter dem Leitwolf Gwendal ausfindig zu machen. Weshalb ihre Freundin so fasziniert von dem struppigen, grauweißen Tier war, dem ohnehin ein Auge fehlte und dessen linke Lefze unnatürlich verformt war, blieb Fiolla ein Rätsel. Sie musste erschaudernd zugeben, dass der Wolf Kristell trotz mondelangen Drohgebärden tolerierte.

Neidvoll wünschte sie sich so manches Mal, ebenso viel Mut zu haben, wie ihre Freundin. Doch je mutiger Kristell wurde, desto mehr Angst wuchs in ihr.

Kaum gegensätzlicher, profitierte die eine aus den Stärken der anderen. Fiolla hielt sie zurück, wenn der Eifer die Überhand gewann, hingegen Kristell ihr Erlebnisse schenkte, von denen Fiolla nur zu träumen gewagt hätte.

Wieder einmal vertraute sie Kristells euphorischem Enthusiasmus und steuerte rasant auf die Meerenge zu, während der Sog der Geschwindigkeit Unmengen an Schnee und Eis hinter ihnen aufwirbelte. Das blaugrüne Meer trat unmittelbar vor ihnen in Erscheinung, dennoch bremsten sie nicht vor dem zweimännerlangen Eissund ab. Mit kräftigen Sprüngen und ineinander verschränkten Händen setzten sie sich über die Enge des Samudras hinweg. Erst als sie auf der gegenüberliegenden Gletscherküste landeten, ließen sie sich los und brachen in schallendes Gelächter aus.

Vor ihnen offenbarten sich die himmelhohen Gletscherriesen, die sich zur Sonnenzeitschmelze vorwärtsdrängten, während hinter ihnen Eismeerschollen auf der wellenden See trieben. Die eisigen Berge waren durchzogen von blauschimmernden Gletscherspalten, die sich fortwährend, durch das Aufschieben des Eises in den Kälte- und Wärmephasen, veränderten und ihnen ein wandelndes Gletscherspaltenlabyrinth boten. Aber die Frauen blieben unbeeindruckt von dem Naturschauspiel, dessen riesige Risse bis in die endlosen Tiefen des Meeres reichten, denn zur derzeitigen Kältezeit konnten die beiden den Riesen gefahrlos durchwandern. Außerdem mangelte es ihnen nicht an einem guten Orientierungssinn und so fanden sie stets den richtigen Weg hinaus.

Das Auf- und Absteigen im Labyrinth verbrauchte Zeit, weshalb sich die verschleierte Sonne schon gen südöstliche Richtung neigte. Auf der oberen Ebene des Gletschers angekommen, hockte sich Kristell auf die eisige Fläche und holte aus den Taschen ihrer kristallinen Kleidung einen Streifen Dörrfleisch hervor, der eigens dafür bestimmt war den Eiswolf Gwendal anzulocken.

Sich sicher, dass der Wolf zuweilen von einem Waldspäher übernommen wurde, versuchte sie, seit einigen Monden, Kontakt mit dem Tier aufzunehmen.

Stolz konnte sie behaupten, dass er ihre Gegenwart tolerierte, zwar mit einer gewissen Distanz, dennoch ohne Drohgebärden. Kristell behielt die Geduld und hoffte, dass sie sich ihm irgendwann annähern dürfe.

Seufzend teilte sie das getrocknete Fleisch und reichte eine Hälfte an Fiolla weiter, die dankend ablehnte und ihren Blick über die hügelige Moränenlandschaft des in naher Ferne gelegenen Caldera-Gebirges schweifen ließ.

Kristell stand auf, steckte das restliche Dörrfleisch zurück in ihre Tasche und fegte mit nicht mal drei Schritten an Fiolla vorbei.

»Warte!«, rief diese ihr nach, während die aufgewirbelten Lüfte ihr kinnlanges, schneeweißes Haar zerzausten, ehe sie ihr genauso geschwind folgte.

Alsbald ließen sie die Geröllhügel hinter sich und fanden sich, schneller als gedacht, in den Bergen aus vereistem Vulkanitgestein wieder. Mühsam erklommen sie die zugefrorene Wand des Jarols, der ihnen nach und nach die Sicht auf die letzten, moränenhaften Gebirgshügel und das zerklüftete Eistal und dessen Eiswüste freigab. Sie kämpften gegen das umhertreibende Schneegestöber an, das ihnen den Aufstieg erschwerte und dennoch nicht verhinderte, das Kristell als Erste das Tal erfassen konnte. Sie hielt inne und starrte gebannt auf die fremden Wesen, die sich zu Hunderten, wenn nicht Tausenden auf der gefrorenen Fläche unter dem Geschrei eines wahrhaftigen Hünen abmühten.

Unachtsam rempelte Fiolla Kristell an und schlitterte erschrocken einige Schritte zurück.

»Sind das …?« Ihr Atem stockte.

Kristell nickte, während sich der Blick fest auf die trainierende Truppe heftete. Fiolla kehrte sich um und begann sogleich, den stillen Vulkan hinabzusteigen.

»Wo willst du hin?«, fragte Kristell wie hypnotisiert.

»Nach Hause. Die Nummer ist einfach zu groß für uns«, erwiderte sie entschlossen.

»Warte!« Auf ihre Schritte achtend, eilte Kristell ihrer Freundin hinterher. Sie griff zweimal nach, ehe sie das Kleid zu fassen bekam.

Mit rollenden Augen drehte sich Fiolla zu ihr um.

»Diese Gelegenheit werden wir nie wiederbekommen«, sagte Kristell flehentlich.

»Und diese Gelegenheit könnte uns den Kopf kosten«, entgegnete Fiolla eindringlich.

»Komm schon. Ich habe alles im Griff. Gab es jemals einen Moment, wo ich dich ernsthaft in Gefahr gebracht habe?«

Fiolla sah mit nachdenklichem Blick in die bittende Gebärde ihrer Freundin. Mit böser Miene trat sie an sie heran. »Wenn das schief geht, schwöre ich dir bei Amga, dass sich mein Onkel um dich kümmern wird.«

Kristell schmunzelte, obgleich sie keinen Zweifel daran hatte, dass Yas ihr die Hölle heißmachen würde, wenn seine Nichte auch nur einen Kratzer abbekäme. Doch momentan hielt er sich nicht in der gläsernen Stadt Arjuna Lumen auf, dennoch wurde gemunkelt, dass er die Arbaro-Wälder bereits durchquerte und in den nächsten Monden in den Eislanden eintreffen würde.

Selbstverständlich wollte Kristell ohnehin nicht, dass weder ihr noch Fiolla etwas geschah, demnach suchte sie die hügelige Landschaft nach einem angemessenen Versteck ab.

Sie entdeckte unmittelbar vor den furchteinflößenden Kriegern eine kleine schneebedeckte Gletscheranhöhe, auf der sich drei kegelförmige, gewölbte Eisschlote emporhoben. Einst in der aktiven Zeit des Vulkans geschaffen, um anschließend vom Eis die skurrile schlauchartige Form zu erhalten.

Die Breite der Schlote erlaubte, dass sie ungesehen die Feuerwesen beobachten konnten. Vereiste Eisschlundöffnungen traten nahe dem fantasiereichen Gebilde hervor und wiesen auf unterirdische Eisgänge hin, welche sich durch das komplette Vulkanitgebirge erstreckten und sie in westlicher Richtung über das Tal in den Blutwald führen würden.

Zwar könnten sie auf diesem Wege nicht vollkommen unbemerkt in den Wald vorstoßen, dennoch hätten sie einen guten Vorsprung und sobald sie den sagenumwobenen Nadelwald betraten, minimierten sich die Chancen ihrer Verfolger, denn die Bäume hüteten und beschützten ihre Bewohner, wie die Kälte das Eis.

»Mit Sicherheit wird Yas das«, bestätigte Kristell mit einem schiefen Lächeln auf den Lippen. »Aber es wird nicht dazu kommen.« Sich gewiss, ging sie an Fiolla vorbei und stieg die Anhöhe hinab. »Komm mit«, forderte sie ihre Freundin auf, während sie im geduckten Gang zielsicher auf die Schlote zusteuerte.

In den hintersten Reihen mühte sich Aviur in einem unentwegten Kampf gegen die Kälte ab, die nicht seiner Natur entsprach. »Dein Vater ist doch nicht mehr ganz dicht«, fluchte er atemlos, als er sich nach dem hunderteinundzwanzigsten Liegestütz auf den Rücken rollte. Lustlos legte er seinen mit einem hellen Hasenfell bekleideten Arm über die Stirn, zugleich er beobachtete, wie sein Freund unaufhörlich und scheinbar ohne Widerspruch die angeordneten Übungen ausführte.

»Er will uns stärken«, meinte Vukan, während sich sein Kiefer bei jedem Absetzen seines Bizepses spannte.

»Wofür Vukan? Sag mir wofür?«, fluchte Aviur. »Wir durchlaufen die Eislande seit vielen Monden und ich verstehe einfach nicht, warum er keinen anderen Weg gewählt hat? Hier gibt es nichts, außer verdammt kaltem Schnee und noch kälterem Eis. Was denkst du, wie lange wir es in der Scheißkälte aushalten werden?«

»Er wird schon seine Gründe haben«, gab Vukan kurzangebunden zu verstehen und legte seinen gestählten Oberkörper auf das braune Bärenfell ab. Er drehte sich auf den Rücken, verschränkte die Hände hinter dem Genick und begann, seine Bauchmuskeln zu trainieren. »Wenn Du weitermachen würdest«, keuchte er, »wäre dir nicht kalt«, und stieß ihn auffordernd mit dem Ellbogen an.

Aviur schnaubte in sich hinein und fing ebenso an, die nicht minderkräftigen Muskeln zu erwärmen. »Ich kann deine Gelassenheit nicht nachvollziehen.« Er schüttelte den Kopf. »Findest du es normal, dass wir uns in der Kältezone befinden? Ich meine, dein Vater war schon immer etwas bizarr, aber allmählich muss ich an seinen Führungsqualitäten zweifeln.« Aviur musterte seinen Freund eingehend, jedoch zeigte Vukan keine emotionale Regung. »Ganz zu schweigen, was wir machen, wenn uns die Brennmaterialien ausgehen oder wir nicht mehr in der Lage sind, die Hitze heraufzubeschwören. Lässt er uns dann qualvoll erfrieren?«

Aviur verstand die ungewöhnlichen Methoden Nag Mahvans nicht und ihm missfiel, dass jener sie in die Eislande begleitete. Das konnte nichts Gutes verheißen, das spürte er.

Genervt verharrte Vukan in seiner angewinkelten Position und sah angespannt auf Aviur hinab. »Vielleicht solltest du nicht so viele Fragen stellen. Schließlich hinterfragt man die Machenschaften seines Herrschers nicht.«

Verdutzt schaute Aviur ihn an. »Sag mal, schnallst du es nicht?«, fragte er fassungslos. »Sieh dich um. Nur die Hälfte der Rekruten und Krieger irren durch das Eis und gewiss hat er ein Ziel, aber das sind nicht die Arbaro-Wälder allein. An der Unterweisung stimmt etwas nicht. Sieh dir unsere Mitstreiter an, sie frieren, sind übermüdet und sie sind es leid. Sie kommen mit den Umständen des wechselhaften Wetters und der Kälte nicht zurecht, und dieser Umstand wäre nicht …«

»Dann sind sie es nicht wert, Krieger zu sein«, unterbrach ihn Vukan trocken und zog dabei abwertend die Brauen hoch.

»Jungs. Ich will euch in eurer Auseinandersetzung nicht stören, aber unsere Dompteure haben längst ein Auge auf diese Reihe geworfen und da ich unmittelbar neben euch ackere, würde ich gerne auf eine Tracht Prügel verzichten.«

Die beiden Männer drehten sich Mallorie zu, die sich rechts neben Aviur dehnte und vielsagende Blicke erntete.

»Was glotzt ihr denn so blöd?«, fragte sie verächtlich und fing Vukans weiße, sternenförmige Pupillen auf, die ihr wohlgeformtes von Fuchshaar umsäumtes Dekolleté angetan betrachteten.

»Nicht alles ist schlecht auf dieser Reise, mein Freund.« Weiterhin schaute Vukan genüsslich auf die »anderen schönen Augen« der einladenden Figur. »Vielleicht haben wir zwei Hübschen nachher noch etwas Zeit für uns?« Lüstern strich er mit der Zunge über seine schwarzblaue Oberlippe und fuhr sie entlang der spitzen Eckzähne wieder ein.

Mallorie rollte mit den Augen. »Deine Anmachversuche langweilen mich«, entgegnete sie und dehnte ihren in Morgenrot getauchten Körper zu einer Brücke. Sie schmiegte ihre zartrosa, orange angehauchten Flügel an ihren Rücken und vollführte schwungvoll einen Überschlag. Ihre Knie setzten auf dem eisigen Boden auf und sie warf Vukan einen sündigen Blick unter leichtgeöffneten Lippen und schwerem, dunstigen Atem zu.

Vukan starrte entgeistert auf ihren Mund, weshalb Aviur prusten musste und Nyx kichernd mit einstimmte. Die azurblaue Schönheit lugte aus ihrer Eisbärenfellkapuze, hinter einer kleinen Schneedüne hervor. »Ich gebe dir meinen gesamten Proviant, wenn dein Gesicht für immer so bleibt«, spottete sie.

»Ach Vukan«, ertönte Adreanas verführerische Stimme aus der Reihe zuvor. »Gib dich doch nicht mit diesen schmucklosen Frauen zufrieden. Sie sind dir nicht ebenbürtig. Nicht so wie ich.« Sie drehte sich auf den Bauch, winkelte die Beine an und streichelte von einer Spitze zur anderen ihr Ohr. Doch Vukan schenkte ihrem Angebot keinerlei Beachtung.

»Hört hört«, gab Aviur kopfschüttelnd von sich, während Vukan weiterhin Mallorie betrachtete.

Der Sonnenaufgang in ihren Iriden strahlte frech auf, während sie Vukan lasziv anschmunzelte und das neckische Spiel, das sie mit ihm trieb, verriet. Zufrieden lächelte er und fuhr mit den Übungen fort.

Nyx rollte mit den Augen und ließ sich im puderigen Schnee rücklings fallen. Mallorie drehte sich ihrer Freundin zu und die beiden Frauen schnitten diverse Grimassen, die nicht mehr oder minder ausdrücken sollten, was sie von Adreana hielten.

»Vukan, du weißt nicht, was dir entgeht«, behauptete Adreana ihnen den Rücken zugewandt und strich sich über ihren Nacken.

»Ein jeder weiß um deine frivolen Neigungen und den Verschleiß an Männern, Adreana«, brachte Aviur hervor, was Adreana im Rekeln innehalten ließ. »Und kein Mann von Ehre würde dich je anrühren.«

Sie warf einen Blick über Schulter und funkelte Aviur böse an, der ihr angewidert entgegensah.

»Die Männer reden über dich, Adreana. Insbesondere Nurit und Uriel, die am Lager Lieder über deine leichte Hingabe zum Besten geben.«

Die Zwillinge, die beieinandersaßen, lauschten aufmerksam, als sie ihre Namen hörten und sahen sich belustigt an. »Kann Mann haben«, begann Nurit lautsagend, »muss Mann aber nicht«, ergänzte Uriel, der seine Hand hob, damit Nurit in diese einschlug.

Mallorie schmunzelte spöttisch, während Aviur siegreich grinste und sofort einen strafenden Blick von Nyx erhielt. Die Zwillinge schlugen sich weitere Sprüche über Adreana um die Ohren. Doch Adreana ignorierte den Spott, der auf sie niederging. Sie legte sich mit dem Rücken auf das Fell und berührte wie beiläufig mit ihren Fingern Vukans Spann.

Aviur schüttelte verständnislos den Kopf, während Vukan sich der Berührung entzog, was Mallorie nicht unbemerkt blieb.

Aviur wandte den Blick von Adreana ab und ließ ihn über die Reihen der Krieger und die schneeüberzogene Landschaft schweifen. Vor ihm erstreckte sich die unebene Eiswüste mit vereinzelten Fichten und Kiefern, während in weiter Ferne der mystische Blutwald begann.

Wer jenem nicht würdig war, den würde angeblich der Irrsinn einholen und derjenige würde aus dem Wahn nicht mehr herauskommen, ebenso wie aus dem Wald selbst. Laut den Sagen verschwanden dessen ungebetene Gäste auf geheimnisvolle Weise. Doch für Aviur waren es nur gut erzählte Ammenmärchen, deren schaurige Geschichten der Nafga-Nachwuchs liebte.

Seine Augen wanderten vom Westen gen Norden, wo sich nur noch kleine vereiste Moränenhügel fanden und auch einzelne Nadelhölzer standen. In östlicher Richtung, aus der sie kamen, vermochte er sich momentan nicht umzusehen, deshalb richtete er seine Aufmerksamkeit dem Süden zu, in dem der riesige Vulkan Jarol fast greifbar vor ihm thronte.

Was mochte dieser Gigant einst für ein erhabenes Feuerwerk abgegeben haben?

Die weitreichende Hügel- und Berglandschaft, die ihn umgab, zeugte von einer hohen Entladung von flüssigem Gestein. Seine Eruptionen mussten immens gewesen sein, da hier heiß auf kalt traf. Und an Orten, wo sich das Feuer schnell abkühlte, bildeten sich die Kriegertränen, unterschiedlich geformte, vielfarbende Obsidiane.

Aviur war sich sicher, dass er unter der dicken Eisschicht die glänzenden Steine hervortragen könnte. Der Legende nach entstand jede schimmernde Träne für einen gefallenen Nafga-Krieger.

Augenblicklich keimten Erinnerungen an Eigin auf, jene dem einzigartigen Gestein bis aufs Genaueste glich. Traurig schmunzelte Aviur und legte den Blick auf die Eisschlote, die auf dem Gletscherhügel vor ihnen emporragten.

Er blinzelte, als seine Augen ein perlendes Glitzern erfassten. Er verengte die Lider und meinte zu erkennen, dass sich das Funkeln von der harten Kälte abhob.

Als ob sich seine Augen an die Dunkelheit gewöhnten, zeichneten sich nach und nach die feinen Konturen eines cremeweißen Wesens auf dem strahlendweißen Schnee der Anhöhe ab. Und Aviur wusste sogleich, dass dieses Geschöpf sie beobachtete und seine Schlüsse aus ihrer Anwesenheit zog.

Kristell konnte sich dem Anblick der ungewöhnlichen, jedoch schönen Kreaturen nicht entziehen und fragte sich, wieso sie in die Tiefen der Eislande vorgedrungen waren.

Sie war erleichtert, dass ihr Atem, den sie herzklopfend entließ, sie nicht verriet, da ihre ausscheidende Atemluft auf denselben Kältegrad der Eisigkeit traf.

Bedacht grub sie sich tief in den Schnee, dabei knisterte ihre Kleidung, wie zerbröselndes Laub. Vorteilhaft entschied sie sich zur frühen Sonnenzeit für unauffällige Farben, was ihr in dieser Situation zugutekam. Die weiße, feinkristalline, kurze Hose und das ebenso gefertigte Hemd verschmolzen förmlich mit ihrer blassen Erscheinung und dem Versteck.

Auch Fiollas blassblaues, feinsplittriges Kleid kam kaum zum Vorschein, während diese steif, mit angezogenen Beinen hinter dem Schlot verweilte und sich nicht traute, an dem vereisten Gestein vorbeizusehen.

Fiolla zerrte unmissverständlich an Kristells kristallinem Hemd, das sogleich in ihrer Hand raschelte. »Lass uns gehen«, bat sie flehentlich. »Wir sind schon viel zu lange hier.« Dabei stand Angst in ihren petrolblauen Iriden.

»Willst Du nicht wissen, weshalb die Nafga in den Eislanden sind?«, fragte Kristell sie aufgeregt.

»Mir ist egal, was sie vorhaben. Es kann nichts Gutes verheißen. Wir sollten zurück zur Kristallstadt und dem Kreis der Fünf von ihrer Anwesenheit erzählen«, meinte Fiolla mit zittriger Flüsterstimme. »Bitte. Mir bereitet ihre Nähe Unbehagen. Und mein Bauchgefühl sagt mir, das es nur eine Frage der Zeit ist, bis sie uns entdecken.« Sie schaute Kristell eindringlich in ihre spiegelartigen Augen, dessen Pupillen wie geschliffene Diamanten funkelten.

Unter Fiollas greifbarer Verzweiflung brachte Kristell ein zaghaftes Lächeln hervor. »Habe keine Angst, Flocke. Wir werden rechtzeitig verschwinden. Außerdem können wir zur Not auf die unterirdischen Tunnelgänge zurückgreifen.« Sie wies mit einem Kopfwink auf die zwei Schlundlöcher, die sich unmittelbar hinter ihnen befanden.

Fiolla nickte, um die Rückzugsmöglichkeiten wissend, dennoch stand ihr Sorge ins Gesicht geschrieben. »Ist gut. Eine Weile noch, Kristell. Aber wirklich nur eine Weile.«

Kristell lächelte ihre Freundin dankbar an und wandte sich wieder dem Geschehen zu. Sie selbst hatte nicht den Eindruck, dass die Krieger eine Gefahr darstellten, deshalb robbte sie durch den Schnee auf den dritten und letzten Schlot zu, der sich bereits durch die Neige des Gletscherwalls stieß und auf Bergeshöhe durch den Überhang hinaus und hoch hinauf ragte.

Entsetzt starrte Fiolla ihr nach. Sie schüttelte verneinend den Kopf, doch Kristell ignorierte die Warnung ihrer Freundin und lehnte sich an der spärlichen Aufwölbung des Gesteins an.

Ein Schatten legte sich über das Geplänkel und sorgte dafür, dass das letzte Weiß der Wolkendecke verschwand, um den weiteren Tagesverlauf einzuläuten.

Wachtherr und Ausbilder Dours Aufmerksamkeit richtete sich gen Himmel, dessen Verheißung ihn missmutig zum Aufschnauben brachte. Er blieb am Ende der Reihen aus stöhnenden Rekruten bei Nag Mahvan stehen, neben dem der ihm unterstellte, Wachhabende Nathan stand.

»Wir müssen uns auf den Weg machen. Die Sonnenzeit ist gezählt«, meinte Dour. Er deutete auf die wolkenverschleierte Sonne, die sich zur südwestlichen Richtung neigte.

Die Kältezeit, die momentan in den südlichen Breitengraden der Eislande vorherrschte, gab nur wenig Licht an die Sonnenzeit ab. Je näher sie dem Südpolarkreis kamen, desto eher wurden die Tage zur Nacht.

»Ich bestimme, wann die Krieger genug haben. Und so, wie es aussieht, ist es noch lange nicht genug«, zischte Nag Mahvan Dour ins Ohr. Unzufrieden über das Verhalten seiner Untertanen und deren Motivationslosigkeit bekam seine Haut eine blaue Färbung.

»Verzeih«, mischte sich Nathan in das Gespräch ein, »aber möglicherweise liegt es daran, dass sie keinen Grund sehen, hier zu sein?«, gab er ihm zu bedenken, räusperte sich und trotz der verächtlichen Mimik des Herrschers ließ er von der entschlossenen Körperhaltung nicht ab.

»Einen Grund? Ist es keine Ehre, aus Tausenden Kriegern erwählt zu sein?«, grollte Nag Mahvan aus der Kehle heraus. »Und dennoch sehe ich nur einen Haufen Schwächlinge, die es nicht wert sind und deren Existenz somit unwürdig ist.«

»Gewiss, und doch muss ich Nathan beipflichten. Du solltest die Krieger motivieren. Schließlich befinden wir uns in der Eisigkeit und nicht im milden Inyan-Gebirge. Glaube mir, wenn sie mehr Ansporn erhalten, werden sie mit Freude das Wagnis und die Kälte auf sich nehmen«, wandte Dour ein.

Nag Mahvan schloss kurz die Lider, sog tief die kühle Luft ein und sprach gefasst, beinahe gelangweilt, »nun gut, sollen sie weitere Gründe bekommen.« Ohne noch eine Silbe zu verlieren, ging er an den Aufsehern vorbei, zur vordersten Front.

Die Reihen der Rekruten verstummten und sahen dem Schreiten ihres Gebieters nach. In vorderster Front angekommen kehrte sich Nag Mahvan seinen Kriegern zu, während er die Umgebung mit Argusaugen betrachtete.

Die öde Eislandschaft und den entfernten Blutwald im Rücken atmete er nochmals tief durch und besah sich sein Gefolge, das erwartungsvoll zu ihm aufschaute. »Erhebt euch, meine Krieger!«, befahl er mit weisender Hand.

Ohne Worte, jedoch nicht geräuschlos kamen die Männer und

Frauen seiner Aufforderung nach und stellten sich in Reih und Glied auf.

Er murrte zufrieden. »Ich kann an euren erbärmlichen Gesichtern ablesen, dass ihr die Aufgabe nicht zu würdigen wisst. Ihr benehmt euch schändlich, verhaltet euch wie Versager, ihr seid ehrenlose Diebe der wertvollen Zeit.« Er ließ die Worte wirken und sah sich in den niedergeschlagenen Reihen um. »Ich will euch verinnerlichen, warum wir uns inmitten der Eislande befinden.« Mit erhobener Stimme fuhr er fort: »Wir wurden verraten und der Verrat muss vergolten werden.« Er ließ das Gesagte leer stehen, bis der eisige Wind pfeifend die Stille durchbrach. »Wir haben ein Mischwesen unter uns verweilen lassen, von dem keiner ahnte, dass es eines ist. Dieser besagte Mischling«, kleine Flammen bildeten sich auf seiner Haut und hoben die aussagekräftigen Worte hervor, »ist teils eine Nafga und teils eine Wenetra.«

Vereinzelndes Raunen fand sich zwischen den Kriegern ein, denn sie erhielten Bestätigung für die Gerüchte.

»Schweigt still!«, durchbrach er das Gemurmel. »Die Brut hat sich bei uns eingenistet, blieb viele Monde lang unentdeckt und missbrauchte das Vertrauen unseres Volkes.« Seine Haut knisterte, ehe Flammen auf ihr auflodern. »Am Mond ihrer Hinrichtung floh sie und nahm all unsere Geheimnisse mit sich. Sie floh zu ihrem wahren Volk, dessen Lebensraum sie zuvor unter Folter verriet. Dieses Mischwesen hat mich gedemütigt und unsere Ehre verletzt. Sie muss dafür bezahlen«, grollte er ausdrucksstark. »Ebenso die Wenetra, deren einziger Lebensinhalt darin besteht, die Vulkanlande durch den Schmutz zu ziehen. Das ist sträflich genug, aber ich werde ebenso wenig dulden, dass dieser Mischling das Blut der Nafga weiterträgt und unsere Linie unwiderruflich unrein macht.« Stichflammen stießen gen Himmel, während er eine Hand fest zur Faust ballte. »Eigin, das Mündel, welches ich auflas, ist eine Verräterin. Sie muss sterben. Wie jeder, der die Regeln der Feuerwesen missachtet und unsere Bräuche und Sitten nicht respektiert!«

Die Reihen eiferten sich rufend, stimmten ihm zu. Er ließ sie gewähren, denn er brauchte ihren Antrieb.

»Wir werden ein Mahnmal setzen, das die Völker nie mehr vergessen lässt, was es bedeutet, einen Nafga zu hintergehen.«

Jubelschreie erhoben sich.

»Geht an eure Grenzen, trotzt der Kälte, denn wir wollen den Moment der Überraschung für uns beanspruchen. Durch diesen werden wir unbesiegbar sein.«

Von Nag Mahvan beeinflusst schlugen die Rufe wellende Bahnen und hallten über die Geröllhügel, Eisberge und Gletscheranhöhen hinweg.

Aviur besah sich die jubelnden Krieger, die um ihn herum zu den anfeuernden Zurufen Nag Mahvans johlten, sprangen und euphorisch die geballten Fäuste erhoben. Einige wenige zeigten sich verhaltener, andere sahen sich fassungslos in den Treiben um, jedoch feierten die meisten Nag Mahvans kriegerische Worte.

Aviur selbst hatte das Gefühl, nicht anwesend zu sein. Weggetreten versuchte er, das Gesagte zu verarbeiten.

Eigin sollte eine Verräterin sein? Sollte sie alle betrogen und belogen haben? Auch ihn? Es wollte nicht in seinen Kopf hineinpassen. Was war passiert?

Auf der Suche nach der Wahrheit erfasste er das enttäuschte Gesicht seines Freundes. Jeder Muskel trat gespannt durch dessen Haut hervor, während die Krallen sich in seine Handinnenflächen bohrten und das blaue Blut zum Hervorquellen brachten.

Aviur senkte sein Haupt, derweil die Augen jedweden bläulichen Tropfen verfolgten, der auf den Schnee niederfiel.

Mallorie starrte gedankenverloren durch die tobende Meute, während Nyx hinter ihr näher an ihren Bruder heranrückte und seine Hand vertraulich umschloss.

Unter tränengelagerten Lidern schaute er zu seiner Schwester herüber, die ihm bedauernd mit gerunzelter Stirn und ihren kraterförmigen, anthrazitfarbenen Iriden mutmachend zu trösten versuchte. Er schüttelte nur den Kopf, doch sie gab nicht auf und zog ihn weiter zu sich und Mallorie heran.

»Das darfst du nicht glauben«, flüsterte sie ihm zu.

»Was soll ich denn glauben?«

»Du weißt, was für ein Scheusal Nag Mahvan ist«, redete sie weiter auf ihn ein.

»So ist es nicht gewesen. Eigin hat das nicht getan«, kam Mallories Stimme leise zwischen ihnen hervor. Mallories einnehmender Seitenblick fesselte den seinen.

»Warum bist du dir so sicher?«, fragte er verwirrt.

»Weil ich die Wahrheit kenne und es Zeit wird, dass wir über ebendiese sprechen«, beteuerte sie überzeugend.

Er fixierte sie perplex und versuchte, ebenso wie Nyx, die Worte zu entschlüsseln. »Woher willst du …«, setzte er an und wurde von Vukan unterbrochen.

»Eigin ist eine Verräterin. Findet euch damit ab«, entfuhr es ihm, während er das Bärenfell aufsammelte. Er kehrte seinen Freunden den Rücken zu und verließ die kleine Gruppe, deren Blicke ihm folgten.

Auch Aviur schaute ihm entgeistert nach, auch noch als Vukan sich drei Reihen vor ihnen einordnete und erneut begann seinen Körper zu stählen.

Aviurs trauriger Blick verließ seinen Freund und schweifte durch die Reihen, in denen die Hochstimmung allmählich verebbte. Seine Aufmerksamkeit richtete sich auf Wachtherr Dour, der links an ihnen vorbeieilte, direkt auf Nag Mahvan zu.

»Habt ihr nicht gehört! Macht unser Volk stolz und geht an eure Grenzen!«, befahl dieser betont streng, weiterhin die Aufmerksamkeit voll und ganz auf dessen Gebieter gerichtet.

Aviur erfasste ein ungutes Gefühl, weshalb er Dours Bestreben quer durch die Menge hindurch folgte. Achtlos rempelte er einige

Kameraden an, während Nag Mahvan den Wachtherrn unterhalb der Gletscheranhöhe unbeachtet stehenließ und an der vereisten Aufwölbung vorbeizog.

Aviur hatte sich mittlerweile drei Reihen gen Jarol vorgearbeitet, als er schlagartig erkannte, dass Nag Mahvan den Gletscherüberhang unterquerte, damit er von der linken Seite aus auf die Anhöhe steigen konnte.

Vom Schock erstarrt, erinnerte er sich. Er hatte in der Aufregung die Gestalt oberhalb des Eishügels vollkommen vergessen. Seine Gedanken überschlugen sich. Er schloss die Augen und versuchte durchzuatmen, um die albtraumhaften Bilder zu verbannen, die sein Gehirn vorahnend fabrizierte. Konzentriert auf eine gleichmäßige Atmung, konnte er das Drumherum für eine Winzigkeit ausblenden, zumindest solange, bis Vukan ihn am Oberarm packte und fluchend hinter sich her zerrte.

Es durchlief ihn schauderhaft, als entsetzliche Schreie durch das ewige Eis wallten. Noch im Rückwärtsgang sah er dabei zu, wie Nag Mahvan von der Anhöhe des Gletschers hinabstieg und eine weißblaue, feenhafte Erscheinung über den unebenen Boden schleifte. Sie unter ihrem Winseln und Flehen an den Haaren hinter sich herzog, um sie anschließend wertlos vor die Reihen der Krieger zu schmettern.

Kristells Herz schlug hart gegen ihre Brust. Ihr Körper verharrte bewegungsunfähig hinter der kurzen Aufwölbung des Schlotes, der auf das unterirdische Labyrinth der Eisgänge hinwies. Nur ihr Atem zitterte hervor.

Sie hatte den Nafga nicht kommen sehen, hatte ihren Blick fest auf die Rekruten geheftet und ihre Freundin aus den Augen gelassen.

Viel zu schnell war er bei ihnen, packte Fiolla an ihrem weißen Haar, deren hilfesuchende Augen Kristells ein letztes Mal fanden, und zerrte sie mit sich fort. In dem Augenblick als Fiolla schrie, erwachte Kristell aus dem Schock und erkannte die Gefahr. Sie wäre dennoch nicht im Stande gewesen, Fiolla zu helfen, da die Entfernung zwischen ihnen zu groß war.

Kristell schloss ihre Lider und wartete darauf, dass er zurückkommen würde, um auch sie zu holen. Doch anscheinend hatte er sie nicht bemerkt, denn es blieb still um sie herum.

Bedacht hatte sie sich flach auf den Boden gebettet, während sie sich an den eisigen Überresten des Jarols festhielt und im Schnee versteckte. Im Gegensatz dazu hockte Fiolla zusammengekauert hinter der ersten Säule und harrte mit Unbehagen die Neugierde ihrer Freundin aus.

Fieberhaft überlegte Kristell, wie sie aus der verzwickten Lage rauskommen würden, und wusste dennoch, dass sie einer Übermacht gegenüberstanden. Verzweifelt zog sie sich bis zum Rand der Anhöhe und ließ ein Schluchzen entweichen, als sie sah, dass der Hüne ihre Freundin auf den harten, eisigen Untergrund warf, als ob sie der kümmerliche Rest eines Tierkadavers wäre.

Sie erstickte die erbärmlichen Laute, die sich aus ihrer Kehle hinausdrängen wollten, im Keim und spürte, wie der grünliche Saft der Galle ihre Speiseröhre hinaufkroch. Angewidert schluckte sie die beißende Flüssigkeit hinunter, die ein Brennen in ihrem Hals hinterließ.

Es blieb ihr nur zu hoffen, obwohl ihr bewusst war, dass Hoffnung ein wankelmütiger Halt war.

»Das hier …« Nag Mahvan atmete schwer, ehe er sich vor der Schar der Krieger aufbaute. Seine schwarze Haut verfärbte sich in einem zornigen Blau. »Ist das Ergebnis von Unachtsamkeit. Von eurer Inkompetenz.«

Mit versetzten Beinen stand er über Fiolla, dabei berührte sein

Fuß den Saum ihres Kleides. Fiolla zuckte zurück, als die brennende Hitze auf ihren Oberschenkel prickelte und Angst die Kehle zuschnürte. Ihre zarten Hände bedeckten ihr Gesicht, denn sie wollte nicht sehen, was mit ihr passierte.

Nochmals packte er sie am Schopf und hob ihren Oberkörper an. »Das ist eine Eskim. Ich konnte ihr trügerisches Fleisch schon von Weitem riechen.« Er schüttelte Fiolla bei jedem Wort, das er den Kriegern entgegen schrie, so heftig, dass ihre Kopfhaut schmerzte und sich einzelne Haarbüschel aus den Hautschichten lösten.

Instinktiv betastete sie mit zitternder Hand den Haaransatz, obwohl sie damit der Pein keine Erlösung verschaffte.

»Keiner von euch hat sie bemerkt. Ihr seid schwach und entbehrlich, genau wie dieses Geschöpf«, grollte er und fasste tiefer in die weiche Fülle, damit er den Kopf zu sich herumrücken konnte.

Fiollas Arm sank ergeben.

»Sieh mich an, schmutzige Eskim!«, befahl er ihr und umfasste mit der Linken ihren schmalen Hals, dabei löste sich Fiollas ausgerissenes Haar aus seiner Hand und verteilte sich verwehend unter ihr auf dem gefrorenen Boden.

Fiollas übermächtige Furcht war überall und erstickte den letzten Funken Mut im Keim. Der Druck seines Daumens auf der Luftröhre ließ sie hart schlucken und nach Sauerstoff ringen. Tränenschwere Eisperlen glitten aus ihren Lidwinkeln und kamen mit einem klaren Klirren auf den eisigen Boden auf.

Kristell wollte nur noch weinen. So wie ihre Seele weinte, weinte und schrie. Diese trommelte hartnäckig gegen ihre Brust, während sie hilflos versuchte, sich einen Weg aus Kristells Inneren zu ebnen.

Kristell durfte ihre Gefühle nicht freigeben. Sie konnte nicht riskieren, auch unter die gewalttätige Hand zu geraten, die ihre

Freundin quälte. Sie verabscheute ihre Neugier, die sie hierhertrieb, und den Egoismus, der nicht allein das Risiko eingehen wollte.

Das Geschrei, des leibhaftigen Bösen trat im Hintergrund, als Fiollas Eistränen auf der dicken Eisschicht zersprangen.

Erschrocken zuckte Kristell zusammen, während Fiollas Leid ihr selbst die Tränen hinauftrieb. Verzweifelt durchkämmte sie ihre Gedanken, während sie auf ihre zitternden Hände starrte. Sie schloss die Finger zu Fäusten, um das Zittern zu unterdrücken.

Zögerlich richtete sie sich dem Albtraum zu, doch statt Fiollas Antlitz zu erfassen, fingen sie zwei mineralsteinblaue Iriden auf, die dafür sorgten, dass sie das Grauen für einen Augenblick vergaß. Erst als die beruhigenden Augen des Mannes sie für einen Nanomoment verließen, konnte sie sich aus der Leere befreien.

Kristell erfasste den Krieger, der unweit von ihr entfernt war und verzweifelt weg und wieder zu ihr hinaufsah.

Der Moment gefror, als seine Augen bei ihr verharrten und seine Lippen ein einzelnes, lautloses Wort hauchten.

»Lauf!«

Kapitel 19

Sahira drehte sich während des schnellen Gangs zu Eigin um. »Kommst du?« Sie lief ein Stück rückwärts und strahlte die Nafga-Hybride an.

Eigin erhöhte ihr Tempo, ehe sich Sahira wieder vorwärts an den Stämmen vorbei wand.

»Dann wollen wir mal«, sagte die Kargon, doch ihre Stimme klang nervös.

Die Aussage ließ Eigin kurz stutzen, dennoch hielt sie mit Sahira mit und achtete dabei darauf, dass sie nicht über die knubbeligen Wurzeln der Bäume stolperte. Erst nach einigen Schritten bemerkte sie, dass der Wald einer grasübersäten, sonnenbeschienenen Wiese gewichen war.

Sie blickte vom Boden auf und erschrak innerlich, angesichts der vielzähligen, andersartigen Kreaturen, die sich auf der Lichtung eingefunden hatten und an Feuerstellen saßen und speisten.

Hitze wallte in ihr auf und ein Stechen im Bauch signalisierte ihr, dass Sahira sie inmitten eines Hornissennests geführt hatte. Mit Unbehagen schritt sie hinter der Kargon her, froh darüber, dass man ihr die Nervosität nicht sofort ansehen konnte. Denn auch, wenn ihr verdammt warm war, vermochte sie nicht zu schwitzen und da sie kein Haar besaß, stellten sich ebenso wenig Härchen auf ihrer Haut auf.

Nur ihre Augen wirkten panisch, als sie an den Wesen auf der Lichtung vorüberschritt, während Sahira beharrlich auf eine im Zentrum errichtete Feuerstelle zuhielt.

Ohne ihr Zutun trugen Eigins Beine sie an den feindlichen Blicken vorbei. Die Gespräche um sie herum wurden laut und Eigin erwartete, dass ihre Feinde sie jeden Moment mit Essensresten und Unrat bewerfen würden.

Was auch immer geschehen würde, die Nafga-Hybride nahm sich vor, mit Würde an ihnen vorbeizuschreiten. Denn sie würde ihnen nicht die Genugtuung geben, die Angst in ihr zu erkennen.

Demonstrativ straffte sie ihre Schultern und hob stolz ihre Flügel, was einige Wesen empört zum Raunen brachte. Dennoch hielt sie ihr Haupt erhoben und heftete ihr Augenmerk fest auf Sahiras Rücken, der nicht entgangen war, mit welcher Verächtlichkeit und welchem Argwohn sie gemustert wurden.

Sahira hatte kein Interesse daran, irgendjemandem einen Anlass zu geben, Eigin in die Enge zu treiben, deshalb ging sie schnurstracks auf die Feuerstelle zu, an der ihre Freunde saßen. Sie blickte sich immer wieder zu Eigin um und ärgerte sich über das abwertende Verhalten.

Oberhalb des Zentrums der Lichtung blieb sie abrupt stehen und wartete, bis Eigin dicht hinter ihr war. Eigin konnte gerade noch innehalten, bevor sie in Sahira hineinstolperte.

Mit verengten Augen schaute diese sich um, bevor sie ihre Arme von sich streckte und ihr Äußeres prüfte. »Stimmt etwas mit mir nicht?«, sprach sie lauthals und gab sich keine Mühe, den Hohn in ihrer Stimme zu verhehlen.

Eigin senkte den Kopf, denn sie konnte sich ein Schmunzeln nicht verkneifen, und schüttelte ihn als Antwort.

»Nicht? Dann frage ich mich, was es hier zu gucken gibt?« Sahira warf einen beißenden Blick in die Runde und streifte dabei den strafenden Gesichtsausdruck ihrer Mutter.

Die Gespräche wurden lauter, jedoch kehrten sich die Schaulustigen von Eigin und Sahira ab.

Utah schüttelte verständnislos ihren Kopf. »Dieses Kind bringt mich eines Tages um den Verstand.« Hörbar atmete sie aus.

»Sei nicht so hart mit Sahira. Sie ist zu einer stolzen Frau herangewachsen, der man nichts vormachen kann, und das ist gut so.« Hamita lächelte ihre Freundin beruhigend an. »Außerdem kann ich mich an ein wildes Mädchen erinnern, das ihr ziemlich ähnlich war.« Verschmitzt zuckte ihr Mundwinkel.

Utahs schmale Lippen hoben sich zu einem Schmunzeln. »Verrate es ihr nicht. Es könnte sonst sein, dass deine Beliebtheit sinkt.«

»Guter Tipp.« Hami senkte lächelnd ihren Blick und schaute in das klare Wasser des hölzernen Bechers. »Ich werde ihn beherzigen.« Sie setzte diesen zum Trinken an ihre Lippen an, nahm einen kleinen Schluck und atmete durch, als die Flüssigkeit den trockenen Gaumen benässte.

»Doch lese ich aus den Gebärden der Anwesenden, dass die freudige Erwartung über Eigins Eintreffen ausbleibt«, urteilte Utah, während sie ihrer Freundin das Gefäß aus der Hand nahm und sich das kühle Nass ebenfalls einverleibte. »Die jungen Wesen gehen mit der befremdlichen Situation besser um.«

Hami schwieg und Utah bemerkte ihre Nachdenklichkeit.

»Die Älteren werden sich schon daran gewöhnen. Sie brauchen nur noch etwas Zeit.«

»So wird es sein«, sagte Hami, aber das Gesagte klang traurig.

Noch ein Schluck folgte, ehe Utah weitersprach: »Wie kommst du mit der Herausforderung zurecht?«, eine herablassende Nuance färbte die Frage.

»Wenn ich ehrlich bin«, Hami hielt einen Moment inne und stöhnte auf.

»Ja?« Utah runzelte ihre bröckelige Stirn.

»Sie hat mehr von einer Nafga.«

Utahs Augen weiteten sich. Sie betrachtete Hami eindringlich, während diese gedankenverloren in den Wald hineinstarrte. »Wie meinst du das?«, fragte sie.

»Nun ja, ich habe viel Arbeit vor mir. Eigin ist sich nicht bewusst, welchen Schaden sie anrichten könnte und sie lernt gerade erst, die andersartigen Völker zu akzeptieren und, wie ich hoffe, zu respektieren. Ich spüre deutlich, dass sie die Zuneigung und das Wohlwollen nicht annehmen möchte.«

»Wie du sagtest, sie ist eine Nafga«, unterstrich Utah. »Wir alle tragen unsere Wesensnatur in uns und gleichen einander nicht. Und doch zeigt der geschichtliche Verlauf, dass in Eigin eine zerstörerische Macht wohnt. Die Vergangenheit ist unabänderbar und noch nicht vergessen. Für sie wäre es besser, wenn sie sich zügig anpassen würde.« Utahs Augenspiegel wirkte hart und voller Konsequenz, jedoch wusste ihre Freundin, dass sie sich um den Verlauf der Zeit sorgte.

»Sei beruhigt. Heute werde ich die Fledermaus fliegen lassen und mir scheint, dass deine Tochter einen guten Einfluss auf sie ausübt.«

Skeptisch betrachtete Utah die Wenetra. »Dann will ich hoffen, dass die Verbindung der beiden nicht zu Tränen führt. Und werde davon ausgehen, dass sie nicht allein ihre Nafga-Gene mitgebracht hat.« Utah räusperte sich und besah sich Hamis missmutige Miene. »Weißt du, ob sie tatsächlich Nag Mahvans Kind sein könnte? Ich will mir nicht ausmalen, was geschieht, wenn sich die Vermutung nicht bewahrheitet.«

Erweckt von Utahs Worten wandte Hami sich vom Wald ab und ihr zu. »Wir werden es bald erfahren, oder nicht?«, wollte Hami wissen, während ihre Augen aufmerksam auf Utah lagen.

»Bisher fand kein Treffen statt und somit haben wir noch keine Informationen erhalten«, erwiderte sie wahrheitsgemäß. »Ich nahm an, dass Eigin sich dir gegenüber auffällig verhalten würde.« Utah wartete die Antwort ab, doch es kam keine.

Hamis Blick glitt zu ihren Füßen, während sie gedankenverloren mit ihren Fingern über die Gräser streifte.

»Gut.« Utah nickte verständnisvoll, »es ist besser, die Wahrheit vor einer Lüge zu schützen. Jedoch, wenn du dir sicher sein solltest …«

Hami spürte, wie sich ein feuchter Film auf ihrer Haut legte. »Wenn dem so ist, werde ich es dem Kreis mitteilen.« Sie strich sich über die Stirn und rieb ihre schwitzigen Hände aneinander.

Gelassen lächelte Sahira Eigin an. »Geht doch«, meinte sie und ging die letzten paar Schritte auf die Feuerstelle zu.

»Na ihr Hübschen, das ist Eigin«, sagte sie, obwohl es nicht nötig gewesen wäre, denn alle hatten bereits von der Nafga-Hybride gehört und fest ihre Blicke auf Eigin geheftet.

Die befremdliche Situation verunsicherte Eigin etwas, weshalb ihre Wangen leicht erblauten und dennoch wirkte sie auf die anderen vollkommen ungerührt und selbstbewusst.

Ein zaghaftes »Hallo« floss über ihre Lippen und abwartend verharrte sie angespannt.

Sahira sah ungeduldig in die Runde. »Nun dann. Das hier ist Bele«, sie legte die Hände auf die Schultern einer Kargon, deren dunkelbraunes Haar ihr bis zur Rückenmitte reichte.

Bele saß locker im Schneidersitz vor der Feuerstelle und lächelte Eigin freundlich an.

»Schön dich kennenzulernen, Eigin. Wir haben schon viel von dir gehört«, begrüßte diese sie und zwinkerte ihr ermutigend zu.

Beles warme, herzliche und fast schüchterne Ausstrahlung zog Eigin sofort in den Bann. Ihre steifen Glieder lockerten sich ein wenig, während ihre Augen von einem zum anderen wanderten.

Amüsiert blieben sie bei einem jungenhaft aussehenden Wenetreaner hängen, der sich eine Handvoll Früchte in den Mund stopfte und sie mit vollen Pausbacken angriente. Der rote Beerensaft tropfte von seinem Kinn, während kein einziger Krümel mehr Platz im Mund gefunden hätte.

Eigin prustete in ihre Hand und kam nicht um ein leises Glucksen herum. Sie hatte ein Déjà-vu, denn dieser Kerl erinnerte sie eindeutig an Nevis.

Sahira lenkte sogleich die Aufmerksamkeit auf seinen rechten Sitznachbarn. »Dieser gut aussehende Warkrow«, erzählte sie, »ist Meomari.«

Eigin betrachtete den maskulinen Mann, dessen dunkelgraue bis bläuliche Felslandschaft zum Anfassen einlud.

»Doch nimm dich in Acht. Viele gebrochene Herzen hat er vor dem Inyan-Gebirge zurückgelassen.«

Das konnte sich Eigin durchaus vorstellen, denn er sah ziemlich verwegen aus. Er besaß ein markantes Gesicht und wilde, hellgraue Augen, über die schwarzglänzende Strähnen fielen. Seine Art und sein Aussehen kamen ihr irgendwie vertraut vor, dennoch vermochte sie nicht zu sagen, woher sie ihn zu kennen glaubte.

»Und nicht nur da«, raunte Meomari verheißungsvoll und bewertete Eigins Figur mit einem süffisanten Nachtschleierblick. »Aber ich hatte noch nie eine so hübsche Hybride, wie dich, unter mir.«

Eigin begegnete sein Abschätzen mit einem arroganten Augenaufschlag. Sie streckte sich ihm wohlwollend entgegen und sah ihn gekonnt von oben herab an. »So eine Hybride wie ich«, sie machte eine winzige Pause und öffnete lasziv ihre Lippen, »liegt niemals unter einem Mann.«

Der Wenetreaner, mit den vollen Pausbacken, prustete los und unverkennbar veränderte sich seine distelgrüne Gesichtsfarbe. Wild gestikulierend rang er nach Luft, bis Sahira ihm auf den Rücken klopfte.

Meomari hingegen schmunzelte, während seine Augen sie herausfordernd anfunkelten, ehe er einen Dolchstoß direkt ins Herz nachahmte und sich rücklings fallenließ.

Schallendes Gelächter brach aus. Selbst Eigin konnte sich das Lachen nicht verkneifen, das sich herzhaft aus ihrer Brust drängte.

Meomari richtete sich träge auf. »Ach Schätzchen. Was nicht ist, kann ja noch werden«, flötete er grinsend und trotz der Heiterkeit schwang das Angebot auf mehr mit.

»Danke«, sagte sie verneinend, »doch ich bin mir sicher, dass du meinen Bedarf kaum decken kannst und meine Vorlieben nicht erahnst«, holte sie erneut aus.

Der junge Mann, der sich zuvor verschluckte, wischte sich den Saft von den Lippen und lachte Tränen. Sahira stand wieder dicht neben Eigin und war froh, dass die zuvor verhaltene Atmosphäre sich entspannt hatte.

Brummiges Murmeln kam nebst Sahira und Bele hervor. »Die ist sich zu fein, einen andersartigen Mann auszuwählen.«

Aufgeschreckt erstarrte Eigin und ein vom Himmel fallendes Kribbeln durchzog ihren Bauch. Sie kannte die samtige, tiefe Stimme und stellte fest, dass sie Féin bisher nicht wahrgenommen hatte. Was sicherlich an der Reizüberflutung lag.

Das Gelächter verstummte und die Köpfe wandten sich verwundert an denjenigen, der die gewonnene gute Stimmung zum Schwanken brachte.

»So viel Selbstverliebtheit hält doch keiner aus«, murrte er.

Alle blieben stumm, nur Koa schmunzelte kopfschüttelnd. Ungerührt warf er sich eine Beere in den Mund, bevor die Darauffolgende sein Gegenüber traf. »Witzig, Féin. Morgens bist du echt charmant«, äußerte dieser und bewarf Féin abermals mit einer Beere.

Die Frucht landete saftverlaufend auf Féins Stirn. Rote Flecken der Wut bildeten sich auf seinen Hals. Mit bebenden Nasenflügeln starrte er zur Beerenschleuder herüber.

»Ich vergaß. Sie ist etwas nie Dagewesenes, dass macht sie interessant und deshalb müssen wir sie mögen«, verhöhnte Féin ihn, während er sich aufgebracht erhob und sein zorniger Blick sich in Eigins bohrte. »Verdammt«, er ließ den Kopf sinken und fuhr sich unruhig durch das Haar. »Macht doch was ihr wollt«, zischte er hervor und ging abwinkend davon. Ungläubig sahen seine Freunde ihm nach.

»Koa, was sollte das?«, kritisierte ihn Sahira.

Immer noch grinsend, mühte Koa sich auf. »Schatz, wenn du mich so böse anschaust, siehst du aus wie deine Mutter.«

Sahira blieb der Mund offenstehen. Entsetzt protestierte sie: »Das ist doch ... das ...«, stammelte sie und wurde sogleich von Koa unterbrochen.

»Schön, dass du mich verstehst, meine Löwin«, sagte er, amüsiert von ihrer Sprachlosigkeit. »Und du, Schönheit des Feuers«, richtete er seine Aufmerksamkeit auf Eigin, »hast unseren guten Féin ganz schön durcheinandergebracht.« Er schmunzelte Eigin keck an und gab ihr einen leichten Kuss auf ihren Handrücken. »Entschuldigt mich, denn ich muss mich um meinen Freund kümmern«, teilte er ihnen mit, als er sich entfernte und Sahiras entflammter Wut auswich. Er zuckte bedauernd mit den Schultern und warf ihr ein schiefes Lächeln zu.

»Komm du mir nach Hause, Freundchen«, rief Sahira ihm hinterher, während sie mit ihrem Finger drohte. Doch keinen Wimpernschlag später zeichneten sich feine Schmunzelgrübchen auf ihren Wangen ab. Koa warf noch einen Blick zurück und zwinkerte ihr frech zu.

»Was war das denn?«, fragte Bele ungläubig. »Féin ist doch sonst nicht so.«

Eigin spitzte die Ohren, während sie Féin nachsah, und Beles fragenden Blick auf sich spürte. Unwissend und selbst über seine Worte erschrocken schüttelte sie den Kopf.

Wie sie sehen konnte, war er tatsächlich ziemlich sauer, da er Koas freundschaftliche Geste ausschlug, der einen Arm über dessen Schultern legen wollte.

Unweigerlich musste sie an die vergangene Zeit denken und es tat ihr leid, dass sie mit dem Gesagten so über die Stränge geschlagen war. Ein Gefühl von Bedauern nistete sich in ihr ein. Sie merkte, dass sie nicht damit klarkam, dass er sie nicht mochte, und egal, wie sehr sie sich auch anstrengen würde, er würde niemals seine Meinung über sie ändern. Das konnte sie vergessen.

Er hatte sein Urteil über sie bereits gefällt und war so verbohrt, dass er niemals ein vernünftiges Wort mit ihr wechseln würde.

Nicht mehr!

»Verschwinde!« Féin wehrte die freundschaftliche Geste mit dem Vorziehen seiner rechten Schulter im schnellen Gang ab. Die Gräser raschelten und der dunkle Sand knirschte unter seinen Füssen.

»Féin, jetzt mach mal halblang«, hielt Koa ihn an, doch seine Gedanken hingen an Sahiras überraschtem Gesichtsausdruck fest, weshalb er das Schmunzeln nicht so recht vertreiben konnte.

»Alter, findest du das komisch?« Féin begutachtete die Mimik seines Freundes aus verengten Lidern. »Mir reicht es! Hau ab und behalte deinen unangebrachten Humor für dich!« Wütend ging Féin auf den Wald zu.

Koa biss sich auf die Lippe. »Man, du übertreibst maßlos. Ich finde sie nett und was sollte sie schon vorhaben? Alle Völker im Alleingang erledigen? Reiß dich mal zusammen, dann kannst du sie besser kennenlernen. Vergiss die anfänglichen Schwierigkeiten. Sie hat Dummes gesagt, du hast Dummes gesagt, es ist halt nicht gut gelaufen. Deshalb ist sie noch lange nicht …«

Féin blieb stehen und drehte sich abrupt mit geballten Fäusten zu ihm um. »Nicht gut gelaufen? … Nicht … gut … gelaufen?« Er presste die Worte hervor.

»Dann erklär es mir.« Koas Augen suchten nach einer Antwort in der verzerrten Mimik seines Freundes. Er schaute Féin ernst an, was dieser selten zu Gesicht bekam.

Zwischen Féins Brauen bildete sich eine Furche. »Ich habe versucht, auf sie einzugehen, und dennoch hat sie mir deutlich klargemacht, was sie von mir hält. Was sie über mich denkt, was sie über uns alle denkt.« Das vorangegangene, fehlerhafte Bauchgefühl klammerte er aus. Ebenso den impulsiven Moment, als er sie küssen wollte. Ja, vielleicht hätte er sie küssen sollen. – Ein wenig Süße für die Wut in ihm.

Nachdenklich verblieb seine Hand im Nacken. Mit gesenktem Kopf sah er auf. »Sie meinte, sie sei etwas Besseres. Dass sie Hunderte mehr wert sei als jeder Einzelne von uns, dass wir alle Schatten neben ihr wären.« Féins Blick hob sich. »Nur weil das Grün ihrer Iriden schillert, wie das Himmelmeer der Pole und ihre weiche Haut im hellen Sonnenschein wie Tausende Regenbögen schimmert, falle ich nicht auf sie rein.«

Koas Brauen hoben sich. Abwartend betrachtete er seinen Freund, obwohl er bereits die Arme vor der Brust verschränkt hatte.

»Als sie die Worte aussprach, war sie aufrichtig. Alles fühlte sich echt an. Ich konnte Arroganz, Hinterlist und Hass spüren, Koa. Ich konnte in ihren Augen Verachtung lesen.«

Koa legte beschwichtigend seine Hand auf Féins Unterarm und schmunzelte ihn an. »So wie ich dich kenne, warst du nicht ganz unschuldig an ihrem Verhalten. Ist es möglich, dass du sie gereizt hast oder ihr deine uncharmante Seite gezeigt hast?«, fragte Koa spöttisch.

Schnaubend zog Féin seinen Arm weg. »Womit soll ich sie gereizt haben?« Die Unsicherheit wich der Ärgerlichkeit. »Ich war ehrlich. Womöglich verträgt sie die Wahrheit nicht«, stöhnte er und sah gen Himmel.

»Welche Wahrheit?«, fragte Koa vorsichtig.

»Die Wahrheit über die Seele der Feuerlande. Darüber, was sie ist und was ihr Volk immer sein wird. Gewalttätig, die unausweichliche Zerstörung.«

»Was? … und du wunderst dich über ihre Reaktion? Das ist ein reiner Selbstschutz.« Koa schüttelte verständnislos den Kopf und bemerkte den nachdenklichen und überraschten Gesichtsausdruck seines Freundes. Ein »Oha« seufzte er hinaus. »Du steckst in echten Schwierigkeiten.« Ein schiefes Lächeln umspielte seinen Mund.

»Was denn für Schwierigkeiten? Ich bin nicht verpflichtet, sie zu mögen.«

»Oh doch, und das Schlimme ist, wenn du es nicht versuchst, wird dir eine schmerzhafte Erfahrung zuteilwerden.«

Féin zog die Brauen zusammen. »Blödsinn! Jetzt hat sie doch genug Freunde und Verehrer.« Grimmig wandte er sich von ihm ab und wollte gerade gehen, als Koa es nicht bleibenlassen konnte.

»Weiche Haut? Polarlicht grüne Iriden?«, Koa lachte abwinkend auf, während er sich bereits im Rückwärtsgang von Féin entfernte. »Du hast ein echtes Problem. Und du solltest dich schleunigst darum kümmern. Fang mit deinem Ego an. Mit dem Chaos in dir, wäre es schade, wenn du es vermasselst.« Koa kehrte sich ab und lief auf die Feuerstelle zu, dennoch warf er einige Male einen Blick zurück. Die Fassade seines Freundes bröckelte und Koa hoffte, dass Eigin in der Lage wäre, sie zum Einsturz zu bringen.

Féin starrte in den Wald hinein, der sich ihm ruhig und unmittelbar zeigte. Die Zweige bogen sich wiegend im Einklang mit Amga. Er hingegen fühlte innere Unruhe. Sein Instinkt war geweckt und warnte ihn vor ihr.

Nicht nur Eigins zutiefst unnahbares Verhalten verstörte ihn, sondern ebenso das Gesagte unter den Mitgliedern des Kreises der Fünf.

Was meinten sie damit, ob Eigin diejenige welche sei? Was wussten sie von ihr, was sonst keiner erahnen konnte?

Ein unangenehmer Kloß bildete sich in seinem Hals. Féin schluckte und versuchte, das unbehagliche Gefühl loszuwerden, doch es wollte sich nicht vertreiben lassen.

Noch bevor sich ihm die Wahrheit aufdrängen konnte, verschwand er im Wald und lief vor sich selbst und den seltsamen Emotionen davon.

Er wurde schneller. Sein Atem ging hastiger. Und obwohl Seitenstechen einsetzte, die Muskeln in seinen Beinen zu pochen begannen und die Lunge brannte, jagte ihm die Angst vor Nähe und Verlust hinterher.

Die Späße und das Lachen waren verblasst und Eigin konnte nicht anders, als die beiden heimlich zu beobachten.

Aufgebracht unterhielten sie sich und dennoch vermochte sie keine einzige Silbe zu verstehen, meinte aber, in der Körpersprache einen Streit auszumachen. Sie seufzte in ihre Gedanken versunken.

»Geht es dir gut?«, fragte Bele besorgt und ergriff beruhigend Eigins Hand.

Reflexartig zuckte Eigin zurück, denn die Nähe löste wieder einmal Unbehagen in ihr aus.

»Doch doch«, behauptete sie mit Wehmut in ihrer Stimme und rang sich für Bele ein Lächeln ab.

Sie senkte den Blick und richtete ihn in die Gluten. Die Streitigkeiten mit Féin bereiteten ihr Sorge. Sie wusste nicht, wie sie ihn umstimmen konnte, doch solange die anderen sie nicht ablehnten, würde sie sein Misstrauen ertragen müssen. Hauptsache sie kam unbemerkt an Informationen.

Möglicherweise gelang es ihr, Zwietracht zu streuen und Féin aus der Gruppe auszugrenzen. Dann müsste sie sich nicht mehr mit ihm auseinandersetzen oder ihn gar töten, wenn er ihr in die Queere kam.

Ihre Gedanken drifteten dahin, versanken mit dem Blick auf die Gluten, bis kühler Sprühregen auf ihre hitzige Haut traf. Sie machte einen Satz nach vorn, zugleich Sahira ein Aufschrei entwich und Bele erschrocken zusammenzuckte. Die drei Frauen sahen sich beinahe gleichzeitig um und schauten in das kichernde Gesicht Marees, die sich amüsiert auf den Schenkel klopfte, weshalb weitere Tropfen durch die morgendliche Sommerluft flogen und sie trafen.

Die Frauen lachten auf und hielten Maree an damit aufzuhören. Doch diese hatte ihren Körper ausreichend mit Wasser getränkt und neckte sie mit spritzenden Fingern.

Das konnten Bele und Sahira nicht auf sich sitzen lassen. Bele sprang unter einem, »na warte!«, auf, während Sahira mit, »jetzt bist du fällig!«, zum Wasser gefüllten Baumstumpf rannte.

Eigin faltete ihre Flügel zusammen, zog sie dicht an sich und trat etwas zurück. Mit großen Augen schaute sie denn beiden Frauen dabei zu, wie sie versuchten, gegen Marees unerschöpflichen Wasservorrat anzukommen.

Auf Meomaris Lippen zeichnete sich ein Schmunzeln ab, als die schöne Hybride ihm die Rückansicht gewährte. Entspannt zurückgelehnt, betrachtete er Eigin und ein angenehmes Kribbeln breitete sich in ihm aus. Er konnte sich durchaus vorstellen, sich von dieser schönen Frau das Bett wärmen zu lassen. Sein Blick wanderte an ihrem kaum bekleideten Körper hinab und endete in der Glut des Lagers. »Ich störe vermutlich«, unterbrach er das spaßige Treiben. »Aber verspürst du keinen Schmerz, dunkle Schönheit?«

Eigin kehrte sich zu ihm um und folgte seinem Blick auf das Lager. Erst da bemerkte sie, dass sie einen Fuß in die glimmenden Überreste gesetzt hatte.

Beles Lachen erstarb, als sie einen Blick zurückwarf und schockiert die Situation erfasste. Maree eilte sogleich auf Eigin zu und wurde von Sahira aufgehalten, die amüsiert grinste.

Ungerührt zog Eigin den anderen Fuß nach und konnte greifbare Atemstille vernehmen. Unter dem Knacken und Knistern der brechenden Scheite kniete sie sich auf die Gluten hinab, grub ihre Knie hinein und streckte sich aufreizend Meomari entgegen. »Ich habe dir gesagt,« hauchte sie, während er erstaunt von den Gluten zu ihrem Gesicht aufblickte, »dass ich zu heiß für dich bin.« Das Wort »heiß« trat genüsslich aus ihrem Mund, weshalb er dem Verlangen nachgab, mit der Zunge über seine Lippen zu fahren.

»Schönheit, wenn mir mal kalt werden sollte, komm ich garantiert zu dir«, schnurrte er und war ihr so weit nahegekommen, dass sie den süßlichen Duft seines Atems bereits schmecken konnte.

Er betrachtete sie hungrig, als ob er jeden Moment über sie herfallen würde, um sie zu vernaschen.

»Verbrenn dich nicht, Meo«, unterbrach Bele das Knistern zwischen ihnen und lupfte amüsiert eine Braue.

Eigin zwinkerte ihm frech zu, kehrte sich lächelnd zu Bele um und erhob sich, als die Kargon sich setzte und ihr den Platz neben sich anbot. Die Nafga-Hybride kam der Aufforderung mit etwas Abstand nach. Bele reagierte nicht auf Eigins Distanz und reichte ihr wortlos eine Holzschale mit Sämereien. Eigin griff beherzt zu und fand wenig später in einer anderen hölzernen Form ihre derzeitige Leibspeise.

Immer wieder warf Meomari ihr lüsterne Blicke zu, doch Eigin ignorierte den Warkrow, während sie aß.

Ihre Gedanken verweilten bei Féin, der gerne etwas mehr wie Meomari sein durfte, dessen unverhohlenes Angebot spürbar zwischen ihnen stand.

Nach einigen zumeist lustigen Gesprächen und einem ausgedehnten Frühstück, zusätzlich bestehend aus rohen Eiern und süßen Früchten, konnte sie die Gruppe für sich einnehmen.

Zufrieden ihre Beine von sich gestreckt, verlagerte sie ihren Oberkörper auf ihre nach hinten gestützten Ellenbogen. Sie streckte ihren Kopf mitsamt ihrer Flügelenden der Sonne entgegen, deren Strahlen sie sanft streichelten, während ihre Füße mit den Grasbüscheln spielten. Gemächlich zogen weichfederige Wolken am hellblauen Himmelszelt vorbei, jedoch bedeckten sie die Sonne nie in Gänze.

Die genießende Ruhe unterbrechend, stieß Sahira sie an. »Sonnenanbeterin, dein Typ wird verlangt.«

Eigin entwich ein Seufzen, bevor sie die Augen öffnete und in den hellen Schein blinzelte. Die feine Gestalt, die auf sie zuschritt und deren Körper von einem Blütennetz umrankt war, lächelte freundlich.

Eigin ließ sich nach hinten fallen. »Schon wieder?«, stöhnte sie hervor, wobei sie ihre Sicht vor dem grellen Licht abschirmte. Kühl legte sich Hamis Schatten über sie.

»Guten Morgen, Eigin«, sprach diese wohlgesinnt. »Ich hoffe, du hast gut gefrühstückt, denn wir haben noch einiges vor«, trat ihr, flüsterhaft sanft und wie immer ausgesprochen herzlich, Hamis Stimme ins Ohr.

Sie erschauderte und widerstrebend stand sie auf. »Wenn dem so ist«, antwortete sie leicht bissig, ohne die höfliche Begrüßung zu erwidern. Sie würdigte Hami keinen Blick, denn sie wusste, dass sie nicht in der Lage wäre, ihre Zweifel zu verbergen. Hami hingegen ließ sich von Eigins Reaktion nicht beirren und ging anmutig an der Feuerstelle vorbei. »Dann eile dich.«

Eigin verabschiedete sich von der Gruppe, ehe sie der Wenetra folgte. Bei Hami angekommen, machte die Neugierde dem Misstrauen Platz.

»Wohin gehen wir«, fragte sie mit ehrlichem Interesse.

»Ich werde dir deine Aufgabe für die nächsten Monde zuteilen. Du musst dich an der Gemeinschaft beteiligen«, befand Hami beim Voranschreiten.

Die Lichtung endete und sie traten in den Wald ein. Eigin wischte sich einen blätterschweren Zweig aus ihrem Gesicht. »Wie soll meine Beschäftigung aussehen?«, wollte sie wissen und ärgerte sich darüber, dass ihre Tätigkeit nicht mit den neu geknüpften Verbindungen einherging.

»Du wirst Heilkräuter im Gebirge sammeln«, informierte Hami sie, ohne sie direkt anzusehen.

Offenbar würde sie die Sonnenzeit mit der Wenetra verbringen, hinter deren Freundlichkeit sich mehr als nur Wohlwollen verbarg. Das vermutete Eigin zumindest und sie würde sich zusammenreißen müssen, denn ihr Bauchgefühl verriet ihr, dass diese Frau ihr ansonsten großen Ärger bereiten würde. Skeptisch beäugte Eigin sie unter einem Seitenblick.

Sie musste eine Basis zu ihr finden und versuchte es mit belangloser Konversation. »Bist du schon lange die älteste Wenetra im Kreis der Fünf der Waldlande?«

Hamis Ohren zuckten verräterisch, zugleich sie zweifelnd zu Eigin herübersah.

Es machte ganz den Eindruck, als ob Eigin das falsche Thema wählte.

»Die meisten Ältesten starben in den Flammen des Tueney-Waldes oder fielen dem meuchelhaften Morden zum Opfer.«

Eigin schluckte. Wahrhaftig, sie hatte das falsche Thema gewählt. Angestrengt überlegte sie, wie sie sich aus dieser Misere winden könnte.

»Die Wenetra, ebenso wie die Eskim und Warkrow, verloren viele, besonders in der ersten Generation. Fünfzig bis etwa hundert vereinigte Monde, nachdem das Sterben ein Ende fand und die Pause des Krieges zur Normalität wurde, erschufen die Völker die länderübergreifenden Verbindungen.«

Eigin stutzte: »Die Pause?« In den Bann gezogen, hörte sie Hami zu und war nun nicht mehr gewillt das Thema zu wechseln.

Hamis Mundwinkel zuckten spöttisch. »Wie ich annehme, weißt du, dass niemand aus dieser Sinnlosigkeit als Sieger hervorging.«

Eigin nickte.

»Dein Volk hat eine ganze Schar Wenetra getötet und auch eine Menge andersartiger Wesen, die keine Schuld an dem Dilemma trugen.« Hami unterbrach sich kurz kopfschüttelnd. »Aber das tut hier nichts zur Sache. Die Gepeinigten verließen die angrenzenden Randgebiete nahe den Vulkanlanden, während die Nafga die letzten Verbleibenden gefangen nahmen, folterten oder töteten.« Eingehend sah Hami Eigin an. »Weit flohen wir, schufen uns ein neues Zuhause ohne Feinde und dennoch war uns bewusst, dass wir niemals die Monde des Schreckens vergessen durften.«

Hami blieb stehen und hielt Eigin an den Oberarmen fest. Es wurde nachtleis im Wald, dessen lebendige Laute sie doch zuvor umgaben. Kein Blatt raschelte, kein Hauch wehte, nicht ein

Klang war zu vernehmen. Nur ein kleines Wispern kam näher und schlich langsam an ihnen vorbei, wie die Nebelfäden am Morgen.

Eigins Herz trabte aufgeweckt an.

»*Es muss aufhören, Eigin. Auch für uns*«, flüsterte ihr die Stille zu. »*Für das Wohl Amgas*«, vernahm sie die vergehenden Klänge, deren letzte Worte Hami deutlich mitsprach.

Heftig gegen ihren Brustkorb klopfend, galoppierte Eigins Herz davon.

»Eigin«, holte Hami sie zurück.

Der Wind wirbelte leicht Hamis Haar auf und sie konnte das Singen der Vögel wieder vernehmen und sie Flattern sehen.

»Wir müssen an das Wohl Amgas denken.«

Verschreckt über die Wortwiederholung zuckte Eigin unmerklich. »Das sagtest du bereits«, kam es prompt aus ihr heraus.

Hami zog die Stirn kraus. »Wie dem auch sei«, meinte sie und ging weiter. »Wir schaden nicht nur uns, wir zerstören Amga. Unsere Welt wehrt sich. Sie fordert uns auf, dem ein Ende zu setzen.«

Eigin sah sie aus großen Augen an, während sie neben ihr herschritt.

»Wir wissen, dass die Monde der Flucht gezählt sind«, ergänzte Hami.

Eigin blinzelte, denn sie musste sich unweigerlich fragen, wie viel sie von ihrem Vorhaben wussten.

Mutvoll ersuchte Eigin um Antworten für die geisterhaften Fragen ihres Verstandes. »Wenn ihr davon ausgeht, dass die Feuerwesen nach eurem Blut lechzen, warum habt ihr mich aufgenommen? Warum hast du mich nicht sterben lassen?«

Hamis verschleierter Blick verweilte, fortgeträumt auf dem Waldboden. »Weil wir dem Unvermeidlichen nicht ausweichen können und weil ein unschuldiges Leben es nicht verdient hat, grundlos getötet zu werden«, löste sie zwei Herumtreiber der Gedanken auf.

»Du meinst«, fuhr Eigin umgehend fort, »kein Halbling?«

»Nein, ich meine kein Wesen.«

Ihre Aussage sorgte bei Eigin für kurzzeitige Sprachlosigkeit, während die Fragen des Geistes zunahmen. »Du, du hättest mir auch geholfen, wenn ich eine reine Nafga gewesen wäre?« Sie wartete auf eine Antwort und bekam sie nicht. Diese Frau schien rätselhafter, als sie zuvor annahm.

Hami blieb still und Eigin spürte, dass es Zeit war, die Fragerei einzustellen.

Sie gingen weiter durch den Sonnenstrahlen versetzten Wald, der doch so laut von sich erzählte, während das Unausgesprochene und Eigins Wissensdurst, Hamis Schweigsamkeit unerträglich machten.

Sie brachen durch das Dickicht und schritten an den letzten Bäumen des Waldes vorbei. Heilfroh, dass sich die Stille im Tal verstreute, atmete Eigin beim Betreten der Blumenwiese befreiend durch. Gleichwohl sie die Weite erkannte, die bis zu den Füßen des Inyan-Gebirges reichte, dessen Zungen schmale Nadelbaumstreifen säumten und auf der sie einst gelandet war.

Die Gräser und Blumen hatten sich zum Teil wieder aufgestellt und doch verblieben die Spuren des Sturzes, durch die Ansicht auf die braune, freigeschobene Erde.

Eigin schluckte erinnernd. Ihre Kehle fühlte sich trocken an, denn hier hätte sie sterben können, hätte sie nicht gefunden, was sie suchte. Sie ging auf die mehr und mehr geknickten Halme zu, die ihren neuen Lebensweg zeichneten, hockte sich hinab und befühlte die verletzte Fläche mit ihren Händen. Ihre Fingerkuppen fanden einen ihrer Flügelhautsplitter, der halb in den Sand geschoben war. Vermutlich von ihr selbst, von der Last ihres Körpers.

Während sie ihn herausscharrte, gedachte sie ihrer Reise, sammelte ihn auf und betrachtete den glanzvollen Schimmer, der durch den Schein der Sonnenstrahlen hervortrat.

Der späte Morgen zeigte sich von der Sonne erwärmt, dennoch wehten hier im Tal die Winde stark. Die glänzende, dünne Haut flatterte in ihrer Hand, bis sie sich mit dem Flug der Pollen in die Morgenluft erhob.

Eigin ließ von dem umhertreibenden Stück Gleichzeitigkeit, der Vergangenheit und der Zukunft, ab und wandte sich zu der Wenetra um.

Hamis verträumte Gestalt stand nah bei ihr, derweil der windige Hauch an ihrem Haar und Rankengewand zerrte. Die Ostwinde verwehten die Strähnen linksseitig und auch die Rispen neigten sich gen Westen. Hami selbst schien in den Wirbeln mit einem leicht nostalgischen Blick zu warten.

»Eigin, ich werde jetzt gehen«, kam ihre Stimme unerwartet hervor. »Ich möchte, dass du dich aufwärmst.«

Eigin versuchte, zu verstehen, was sie damit meinte und trat näher an sie heran.

»Entfalte deine Schwingen, es ist an der Zeit.«

Eigins Flügel zuckten aufgeregt. Sie konnte ihr Glück kaum fassen. Endlich. Endlich würde sie durch die Wolken gleiten dürfen, dem unendlichen Blau entgegen.

Als sie Hami gegenüberstand, fragte sie, »hast du keine Angst, dass ich einfach davonfliege?« Das Grün ihrer Iriden leuchtete auf.

»Eigin«, sanft umfassten Hamis Fingerspitzen ihr Kinn, um es auf gleicher Höhe zu senken. »Wenn du das wirklich gewollt hättest, wärst du schon längst fort.« Hami löste ihre Finger streichelnd. Sie wandte sich von Eigin ab und sagte nachdenklich: »Ich weiß, wer du bist. Mehr, als du zu ahnen vermagst.«

Eigin versteifte sich.

»Aber ich bin mir sicher … du, weißt es noch nicht.«

Hami entfernte sich. Sie schritt auf den Waldrand zu und schloss für eine Winzigkeit ihre Augen.

Ganz leis, ohne das Rascheln eines einzelnen Farns, tauchte Brave zwischen den angrenzenden Bäumen auf.

»Keine Angst!«, rief Hami gegen den wehenden Wind an, »wir alle tragen Geheimnisse in uns. Aber Eigin … sei du selbst die Veränderung«, bedeutete sie ihr, bevor sie in den Wald verschwand und Eigin in ihrer Verwirrung mit dem Kargonjer auf der Wiese zurückließ.

Kapitel 20

Nag Mahvan streichelte sanft mit dem Daumen Fiollas Kehle, während sich seine Klauen langsam durch die dünne Hautschicht seiner Fingerkuppen schoben und das Streicheln übernahmen.

Beim Anblick der wunderschönen Kreatur in seinen Händen verrauchte die Wut über das Unvermögen seiner Untertanen, und eine dunkle Zufriedenheit legte sich auf die Schwärze seiner Seele.

»Nun gut«, sprach er gefasst, dennoch so laut, dass jeder Krieger ihn deutlich hören konnte. »Wir werden uns jetzt mit dem lebendigen Anschauungsmaterial beschäftigen.«

Ein selbstherrliches Grinsen umspielte seine Mundwinkel. Er setzte das linke Bein kniend ab, während er sich zu Fiolla hinabsenkte. Mit einer Hand ihr Gesicht vollständig umschlossen, streichelte er genüsslich ihre Wange.

»Eskim, sind das Volk der Eislande.« Sein Daumennagel trat in ihre blassweiße Wangenhaut ein. »Ihr Blut ist durchsichtig.«

Ein Jaulen entwich Fiollas bebenden Lippen.

Anhaltende Stille – niemand wagte, sich zu rühren, wagte, eine Silbe zu sagen. Nur die schneetreibenden Wirbel gaben sausende Eile von sich.

»Die Eskim haben einen hohen Verwandtschaftsgrad mit den Lewedes.« Nag Mahvan verlagerte sein Gewicht, wodurch der Schnee knirschend stöhnte. »Sie beziehen ihre Kraft aus dem Eis, dem Wind und dem Wasser.« Tief bohrte er die Kralle in die verletzte Haut und riss sie quer durch das Fleisch.

Stoßweise, bei jedem Ruck durch ihr zartes Gewebe, schrie Fiolla auf und verklang wimmernd.

Schmatzend zog er den pfeilscharfen Nagel aus ihrer Haut. Durchsichtiges Blut quoll hervor, überlief ihren Kiefer und den Hals, verlor sich im Haaransatz und tropfte auf die weiße Schneedecke. Ihr Körper zitterte. Ihre Lunge drückte die verbrauchte Atemluft träge hinaus. Lethargisch verlor ihr Herz den schnellen Rhythmus der Angst und ebenso saumselig entschleunigte sich ihr Puls.

Mit Daumen und Zeigefinger presste Nag Mahvan die klaffende Wunde zusammen.

Es war so still, dass er ihre gleichmäßige Atmung hören konnte, die kühl ihre blutbeträufelten Lippen verließ.

»Genau wie bei den Lewedes lagern in ihrem Blutkreislauf winzige Moleküle, die dafür sorgen, dass die Organe, die Muskeln und ihr Blutkreislaufsystem nicht gefrieren.«

Er senkte auch das rechte Bein und kniete sich vollständig vor Fiolla nieder. Dicht zog er sie zu sich heran, um sie unwirsch auf seinem Schoß zu betten.

Sie stöhnte auf.

»Der den Umständen angepasste Körper ermöglicht ihnen, in der Kälte zu überleben.« Nach klarem Erkennen suchend, flog Nag Mahvans Blick über die Gesichter der Krieger. »Zumindest solange man den Kreislauf nicht unterbricht.« Tief in sich gehend, schloss er die Lider. »Ihr Herz schlägt seicht. Die anhaltende Zeit erzählt ihr, dass der Schlaf sie ruft. Eine süße Lüge des Todes.« Er reckte seinen Kopf und nahm einen tiefen Atemzug durch die Nase. Konzentriert rieb er die Fingerspitzen aneinander und wartete, bis die Kuppen um seine Krallen entflammten. »Von diesem kleinen Schnitt ist der Organismus nur gestört, leicht irritiert und handelt ebenso, als ob sie sterben würde. Ihr Gehirn setzt Unmengen an Morphinen frei und lindert mit der Bewusstlosigkeit der Sinne die Schmerzen.« Noch einmal sog er die kühle Luft nicht minder kräftig ein. »Nur durch einen weiteren schmerzvollen Auslöser wird der Zustand der Trance unterbrochen.« Theatralisch seufzte er. »Aber ich will euch mit meinem Vortrag nicht ermüden.« Gekonnt umfasste er Fiollas Genick und presste seine erhitzten Finger mit festem Druck auf das offene Gewebe. Fürsorglich umrundete sein Daumen die aufgerissenen Hautschichten, während der Gestank von Tod und Verderben durch die Reihen wehte.

Ein hartes Geräusch des Einatmens folgte einem schmerzverzerrten Schrei.

Kristell zuckte zusammen. Sie atmete hektisch und kollabierend unregelmäßig. Genauso wild und durcheinander, wie ihr Herz schlug und ihr Verstand funktionierte.

Jeder einzelne Schmerz, der durch Fiollas Nervenzellen jagte, traf auch sie, beutelte die Seele und häufte die Schuld. Deren Dasein sich in jedem weiteren Augenblick des Leidens, das Fiolla ertragen musste, um ein Zehnfaches erhöhte.

Der Nafga, der sie warnte, sah unauffällig zwischen ihr und Fiolla hin und her. Sie konnte nur hoffen, dass er sie nicht verriet, denn das merkwürdige Verhalten und die ausweglose Situation steigerten ihre Nervosität. Es galt keine Zeit mehr verstreichen zu lassen, ansonsten würde sie das Schicksal ihrer Freundin besiegeln. Also verließ sie sich auf ihre Instinkte und tat das Einzige, was ihr in diesem Moment richtig erschien.

Aviur war fassungslos, fassungslos und verwirrt.

Er sah zu seinem Freund auf, dessen steinerne Züge deutlich zeigten, wie viel Abscheu und Ablehnung jener für die Kreatur empfand. Er hatte sogar den Eindruck, dass dieser liebend gerne seinen Vater unterstützen wollte. Ihm gar dabei behilflich zu sein gedachte, das wehrlose, zierliche Geschöpf zu quälen.

Doch die Eskim, die dort auf Nag Mahvans Schoß lag, konnte nicht dieselbe sein, die er glaubte, entdeckt zu haben.

Das Wesen vor ihnen war von reinweißer Gestalt, wohingegen er sich klar an das feine Glitzern erinnern konnte. Also schaute er die Anhöhe hinauf und erfasste sogleich das gebrochene Blau ihrer Iriden.

Leider konnte er immer noch ihre Konturen hinter den Schloten des Gletschers sehen und genau das machte ihn wütend.

Warum war sie nicht geflohen, als er sie vor dem Unvermeidlichen gewarnt hatte?

Deutlich traten blauschimmernd seine Adern hervor und pulsierten brennend durch die dünne Haut. Die Gewissheit darüber, dass ihr Herrscher grausam über eine hilflose Kreatur richtete, züngelte Aviurs Hitze herauf. Die Frau vor ihren Füssen war kein Krieger, sie war ein Opfer.

Wieder blickte er das Wesen an, das kaum älter als er und seine Freunde sein mochte und bewusstlos in Nag Mahvans Armen lag. Er war dabei ihr Leben auszulöschen, und zwar mit vollem Vergnügen und unter den Augen seines Gefolges.

Gewiss würde sein Herrscher sie nach der ersten schmerzhaften Bekanntschaft mit einem Nafga in Sicherheit wiegen, um ihr alsbald aufzuzeigen, dass er noch etliche Arten des Schmerzes für sie bereithielt.

Aviur wusste, dass sie rein gar nichts tun konnte, um Nag Mahvan milde zu stimmen, außer das Leid zu ertragen und würdevoll zu sterben.

Er senkte den Blick, denn er wollte das ihm gebotene Spektakel nicht länger mitansehen. Seine Haut brannte inzwischen, wie loderndes Feuer und er presste die Lippen fest aufeinander, um es nicht zu entfesseln.

Eine eisige Böe erfasste Aviur, deren frostige Kühle ihn erschaudern ließ. Die zunehmenden Winde trugen Nag Mahvans kehliges Lachen zu ihm, weshalb er zu seinem Herrscher aufblickte.

»Freunde. Wir bekommen Gesellschaft.«

Die Krieger drehten sich in die Richtung, in die ihr Gebieter deutete.

Amüsiert lachte dieser weiter. »Sei willkommen kleine Eskim. Ich dachte mir bereits, dass du nicht feige davonlaufen würdest.«

Sofort wies Wachtherr Dour einige Rekruten an, ihm zu folgen, und marschierte auf die Anhöhe des Gletschers und dessen Schlote zu.

»Halt!«, donnerte Nag Mahvans Stimme über das Eis. »Sie ist unser Gast.«

Abrupt hielt Dour inne und winkte das Kommando ab.

»Eskim, du brauchst nicht um dein Leben zu fürchten, aber du darfst deiner Freundin beim Sterben zusehen!« Sein krankes Lachen scholl durch die Reihen, in Aviurs Kopf hinein und zu dem Gletschereisgestein hinauf, auf dem sich Kristell mit windverwehtem Haar und eiserner Entschlossenheit erhob.

Der Klang des tiefen, geistesgestörten Lachens widerte Kristell an.

Sie war sich im Klaren darüber, dass sich Fiolla in den Klauen des personifizierten Bösen befand, deshalb musste sie ihre Angst hinter einer großen Portion Mut verstecken.

Obwohl ihr Körper bibberte, stand sie breitbeinig neben den Schloten des Jarols. Die Arme nach oben gestreckt, erfasste sie den Wind und die einzelnen Flocken, die durch ihre gespreizten, zittrigen Finger glitten. Aus dem geflochtenen Zopf hatten sich mehrere Strähnen gelöst, die wild auf ihrem Gesicht und um ihren Kopf umhertanzten und die Sicht verschleierten.

Sie entschloss sich, ihre Freundin nicht kampflos aufzugeben, denn sie gehörte ihm nicht.

Zu dem Mut gesellte sich Hass. Ja, sie hasste dieses Etwas, hasste es dafür, was es Fiolla antat. Ohne Reue, ohne ein Gefühl der Achtung anderen Geschöpfen gegenüber. Kristell hatte nicht vor, sie ihm zu überlassen, auch wenn sie mit ihrer Freundin untergehen würde.

Sie spreizte ihre Finger intensiver und streckte sich stärker dem Himmel entgegen. Luftwirbel bahnten sich einen Weg vom graubedeckten Himmelszelt zum eisigen Untergrund. Sogen feine Eiskristalle und splittrige Gesteinsnadeln wirbelnd und klirrend von der erkalteten Anhöhe auf und umhüllten Kristell zirkulierend in einer Röhre aus windigen Lüften und Perlen kleinen Eispartikeln.

Fiollas Lider flatterten auf. Ergeben suchte sie nach Erlösung, doch der Schmerz ließ sie nicht entkommen, ließ sie nicht los. Ihre Muskeln krümmten sich unter der unerträglichen Pein und ihr Gesicht pochte, pochte und brannte, trieb sie an den Rand des Wahnsinns.

Sie kauerte sich zusammen und wünschte sich, wieder zu träumen, so wie ihr Körper es ihr gerade eben noch gestattete. Sie konnte die fremden Hände auf ihrer Haut spüren, deren Nähe ihr Unbehagen bereiteten.

Zittrig führte sie die Finger zu der klaffenden Wunde, jedoch hielt er sie zurück. Er ruckte sie auf seinem Schoß zurecht, wodurch sie deutlich seine Erregung spüren konnte, die ihre Qual ihm gab.

Ihr wurde speiübel.

Japsend suchte ihre Lunge nach Luft. Sie schlug um sich, wand sich, versuchte, sich aus seinen Armen zu lösen. – Vergebens. Die einzige Hilfe, die er ihr gab, war ihren Oberkörper ein Stück über seine Schenkel zu schieben und ihren Kopf mit festem Griff im Haar anzuheben.

Sie würgte und erbrach die Magensäfte auf das glitzernde Weiß des Schnees. Dampfend sickerte die grüne Flüssigkeit auf die darunter liegende Eisschicht und verbreitete den bestialischen Gestank des Verderbens.

Mit dem Handrücken wischte sie sich die Feuchtigkeit von ihrer Unterlippe, wobei glasklare Perlen in ihren Wimpern hängen blieben und darauf warteten, unbehelligt zu fallen.

Sie schluckte den bitteren Geschmack des Speichels und das aufkeimende Weinen hinunter, während er sie wieder zu sich heranzog, um sie rücklings auf seinem Schoß zu drapieren. Sie begann ihn zu schlagen, als sie merkte, dass eine Kralle ihr Brustbein hinabstrich.

Er packte ihre Handgelenke, zerrte sie zurück, presste ihre Hände fest auf ihren Unterleib und riss mit der Daumenklaue den hauchsplittrigen Stoff, ab dem Dekolleté bis hin zum Bauchnabel, auf.

Ihr Körper erbebte angstvoll und unkontrolliert. Sie konnte die Tränen nicht mehr aufhalten und entließ sie klirrend auf der Eisigkeit. Das Pochen in ihrem Gesicht war vergessen und übrig blieb nur die Demütigung, die Scham.

Ihr Brustkorb verengte sich und sie schluckte mehrmals, als sie spürte, wie sich die schwieligen Finger unter das Kleid schoben und der Stoff ihre linke Brust freigab.

Jetzt weinte sie laut, bitterlich und unaufhaltsam, während er zu ihrem realen Monster wurde.

Schniefend flehte sie ihn an, aufzuhören, wobei sie sich wünschte, bereits tot zu sein.

Glitzernd begegnete Nag Mahvan die helle Haut, auf jener stellenweise feine Eisspitzen wuchsen.

Ein Raunen kroch aus seiner Kehle, während er mit der Kralle des Mittelfingers einen Kreis unterhalb der entblößten Brust aufzeichnete. Er setzte die Eskim auf dem Schoß auf und stützte ihren Oberkörper mit dem seinen ab.

Unaufhörlich malte er den Kreis nach, bis er knackend in die oberste Hautschicht eintrat, während Fiolla verstört vor sich hin wimmerte.

»Sieh nur, schönes Kind.« Seine Stimme klang schroff und rauchig. »Deine Freundin will dir helfen.« Er neigte den Kopf in Kristells Richtung und lachte herzhaft auf.

Die Krieger sahen konsterniert zu der wirbelnden Säule, die sich um Kristell aufgebaut hatte und stetig an Geschwindigkeit gewann.

Desinteressiert, was auf der Anhöhe geschah, durchbohrte Nag Mahvan vorsichtig Fiollas Lederhaut. Durchsichtiges Blut lief über seinen Daumen, benässte die zerrissenen Fasern des Gewandes und tropfte auf ihren Schoß.

»Hier!«, schrie er in die luftlose Stille, »befindet sich ihr Herz.« Er durchstieß die Unterhaut und fügte ihr einen breiten, sichelförmigen Einschnitt zu. In Strömen floss die dickliche Flüssigkeit hinab auf ihre gletscherhafte Blöße, durchnässte ihr Kleid, dessen Stoff sogleich gefror und legte sich feuchtkalt auf seine Knie.

Eilends und geschickt rutschte Nag Mahvans Hand in das Fleisch der klaffenden Wunde, während die Klauen sich tief hinein gruben, bis seine Finger die vier unteren Rippenbögen umschließen konnten. Er stieß blitzschnell und heftig mit der Handballung zu, wobei der Bruch einen massivknackenden Hall verursachte, der das ewige Eis durchzog und Aviur durch Mark und Bein ging.

Die Rekruten richteten ihr Augenmerk wieder ihrem Gebieter zu, jedoch warfen sie ständig einen verunsicherten Blick zu der geballten Kraft auf der Anhöhe hinauf.

Aus der Kehle stöhnend entließ Fiolla den Atem, blinzelte die schweren Lider auf und konnte vage in der Ferne den Eissturm, welcher Kristell umgab, erkennen.

Das Schneegestöber, das sie alle zuvor umwehte, wurde von der wirbelnden Säule verschluckt. Die Atmosphäre still und atemleer.

Noch bevor Fiolla die Augen erneut schloss, erfasste sie eine dankbare Beseeltheit. Ihr Traumland erwartete sie bereits und während sie in den wachen Schlaf glitt, umfing sie ein wissendes Lächeln.

Das Rauschen des Sturms sättigte Nag Mahvans Ohren. Unbeeindruckt und unbeirrt lag seine Konzentration beim Schlagen in Fiollas Brust.

Kontrolliert fuhr er die Krallen in die Kuppen der Fingerspitzen wieder ein und lenkte die Hitze in seine Hand.

Achtsam schob er die Finger an den Rippen vorbei und tastete nach den betäubten, gleichmäßigen Trommelschlägen, die ihn verlangend berauschten. Das Fleisch wich vor den zu hohen Temperaturen zurück und gab Lungenarterien, Aorta sowie alle übrigen Stränge frei.

Er wartete kurz, bis seine Hand sich ein wenig abkühlte, ehe er ihr Herz umschloss.

Seine Atmung setzte aus und bei jedem hämmernden »Babum«, entließ er sie stockend. Der unerwünschte Stillstand blieb aus und triumphierend führte Nag Mahvan das lebenserhaltende Organ, mitsamt dessen Strängen, an die Oberfläche der Eiseskälte, während sich ihr fleischliches Inneres nach und nach wieder ausdehnte.

Ihr klopfendes Herz lag samt einer Pfütze und einer tropfenden Eisummantelung in seiner Handinnenfläche.

Er betrachtete das feine Gebilde achtungsvoll.

»Seht her!«, schrie er gegen den Sturm an. »Denn ihr werdet nie wieder das Zentrum des Lebens so greifbar gewahren können!«

Aviur kam nicht drumherum, immer wieder von dem Starren auf seine Füße, zu dem seidenen Faden, der Fiollas Leben hielt, aufzublicken. Er mahlte mit dem Kiefer, um die Tränen zu unterdrücken, die aus Mitleid seine Augen füllten.

Der Himmel donnerte aufgebracht und ein helles Leuchten bewirkte, dass er sich der anderen Eskim zukehrte.

Lichtkegel durchzuckten die massive Säule, die unaufhörlich um sie herumwirbelte.

Mit einem Donnerschlag, der die Erde unter seinen Füßen zum Erzittern brachte, entlud sich die wirbelnde Energie und unter ihrem markerschütternden Schrei fegte eine eisige Druckwelle über die Reihen der Krieger und die Weite der Eiswüste hinweg.

Ohrenbetäubend pfiff das Rasen des undurchsichtigen Eiswindes durch das Tal, während sich feine Kristallsplitter in die Glieder der Ungläubigen bohrten, nadellange Gesteinsspitzen Häute und Flügel zerschnitten, Millionen winzige Eisnesseln die Muskeln und Gedärme der Feuerwesen durchstießen und sie schreiend zu Fall brachten.

Aviur warf Vukan schützend zu Boden, weshalb die messerscharfen Eiskristalle tief in das Fleisch seiner Waden eintraten. Gepeinigt kreischte er auf und vergrub die Hände in die kalte Decke des Schnees, deren Krallen auf dem Eis entlang scharrten.

Die geordneten Reihen verloren sich in einem wilden Durcheinander aus blauem Blut, Schmerzensschreie und klagendem Verlustlauten.

Mit verkniffenen Lidern sah Aviur sich hektisch nach seinen Freunden um und entdeckte inmitten des unbändigen Wehens Nurit, der sich taumelnd zu der schlaffen Hülle seines Bruders niederkniete. Er selbst, zeigte sich schwer verletzt. Sein Mundwinkel war bis hinab zum Kieferknochen aufgeschnitten und die geöffneten Flügel von durchscheinenden Löchern übersät, während Uriel in einer bläulichen Pfütze lag und sich nicht mehr rührte.

Er schluckte und sofort huschte sein Blick weiter, denn er sorgte sich um seine Schwester.

Ein Krieger kreuzte seine Sicht, der entrückt versuchte, das Auge, das er zwischen den Fingern hielt, in die leere, ausgefranste Augenhöhle zurückzusetzen. Jener trat einen Schritt vor und erleichtert erfasste Aviur Nyxs Gestalt, die augenscheinlich nur einige leichte Schnittwunden davongetragen haben musste. Jedoch lehnte Mallories zitternder Oberkörper an ihr, während seine Schwester beruhigend auf sie einsprach. Der Länge nach klaffte an Mallories Oberschenkel eine aufgefräste Wunde, die offensichtlich höllisch schmerzen musste. Doch Nyx schien es, gut zu ergehen.

Schwerfällig stützte er sich auf. Ihm entwich ein Stöhnen, bevor er den Blick auf die vordersten Reihen legte, um im Wirrwarr der Verwundeten nach dem leblosen Körper der Eskim zu suchen. Doch anstatt sie tot auf der Eisigkeit vorzufinden, entdeckte er Nag Mahvans flammende Flügel, die jener schützend vor dem zarten Wesen ausgebreitet hatte.

Alles passierte so schnell, dass Kristell die Dynamik, die sie entlud, kaum erfasste. Sie fühlte sich wie ein Teil von etwas Größerem, ein Teil von Amga.

Noch nie hatte sie ihre Fähigkeiten soweit heraufbeschworen und über sich selbst schockiert, wurde ihr klar, welche Energien in ihr schlummerten.

Wie ein Kreisel und mit Geschrei gab sie die einwirkende Triebkraft frei, um sich anschließend erschöpft und nach Sauerstoff ringend auf den Boden fallenzulassen. Sie sank auf die Knie und stützte sich schweratmend mit einer Hand am Schlot ab. Hustend wusste sie, dass sie ihre Kraft vollends verbraucht hatte.

Sie hob den Kopf und sah im rauschenden Wind, dass kein Krieger von dem Angriff verschont geblieben war. Einige Nafga krümmten sich auf der Eisebene und stießen Schmerzensschreie und Flüche aus, vereinzelnde Kreaturen rührten sich nicht mehr, während der Großteil mit leichten Blessuren davonkam.

Unter dem Keuchen lächelte Kristell, denn sie hatte das Kollektiv geschwächt. Sie suchte das endlose Weiß nach Fiolla ab, jedoch konnte sie ihre Freundin nirgendwo entdecken. Große, rot glühende Flügel breiteten sich an jener Stelle aus, an der sie zuvor noch lag. Der ansonsten schwarze Nafga, dessen Rückenhaut und Flügel von einem Flammenmeer bedeckt waren, drehte sich zu ihr um. Auf Händen trug er Fiollas schlaffen Körper, deren Herz unterhalb ihrer entblößten Brust in einer Pfütze schwimmend schlug.

Erschrocken legte Kristell ihre Finger auf die bebenden Lippen und fühlte jeden Herzschlag wummernd im Bauch.

Gestützt am Schlot krümmte sie sich, presste eine Hand auf ihren schmerzenden Magen und kreischte über das blutgetränkte Feld: »Nimm mich! Nimm mich und lass Fiolla gehen!«

Sie meinte, ein Aufflammen in Nag Mahvans Augen gesehen zu haben, bevor er Fiolla behutsam absetzte und sich in den dunklen, wolkenverhangenen Himmel erhob.

Stimmlos und bestaunend heftete Kristell den Blick auf die imposante Erscheinung am Himmelszelt. Machtvoll und erhaben flog er auf sie zu und trotz seiner Unbarmherzigkeit war er in seiner Dominanz von rabenschwarzer Schönheit. Fast schon anbetungswürdig schön.

Sie schluckte ihre Gedanken hinunter und erkannte, dass er das Spiel gewonnen hatte, wusste, dass sie dem Meister über Leben und Tod höchstpersönlich gegenübertrat.

Er landete lautlos und fesselte mit seinen flammenden Pupillen ihre funkelnden Iriden.

»Du bist mutig, weißt du das?«

Kristell schluckte abermals. »Ich dachte eher, ich sei dumm.«

Er lachte gönnerhaft auf. »Wenn nur ein paar Krieger meines Volkes so viel Courage wie du aufweisen würden, wäre ich ein stolzer Anführer. Aber ist dir bewusst, dass du dich zum Tausch für deine Freundin angeboten hast.« Es war keine Frage. Es handelte sich um eine Tatsache.

»Das weiß ich. Doch wie kann ich darauf vertrauen, dass du dein Wort hältst?«

Er grinste schief. »Kluges Mädchen.«

Sie versuchte, ihn zu lesen, und erahnte doch die Antwort. »Du wirst sie nicht gehen lassen.«

»Kind«, mit spitzer Kralle hob er ihr Kinn an, »warum sollte ich das?«

Ihr Herz beschleunigte sich. Waches Adrenalin strömte aus. Sie riss ihren Kopf aus der Berührung, während sie einen Schritt zur Seite machte. Nur eine kurze Entfernung trennte sie vom Eisloch des Tunnels, das zum Labyrinth hinabführte. Sie könnte einfach hinabgleiten und dann rennen, um ihr Leben rennen.

Sie warf einen Blick hinter sich, um den Abstand zu dem mit Eiszapfen umrahmten Schlund auszumachen, doch ihr Spähen blieb nicht unbemerkt.

Die Flammen in seinen Augen stießen lohend auf.

Erkennend wich Kristell zurück, als seine Hand vorschnellte und ihr Handgelenk packte. Ein brennender Schmerz durchschoss ihre Sehnen, zugleich die Hitze dafür sorgte, dass ihre Finger kribbelnd ertaubten.

Aviur witterte seine Chance.

Er biss sich auf die Unterlippe, um das Stechen in seinen Waden zu untergraben. Zug um Zug zog er sich auf der unebenen Eisfläche voran. Er wollte sich erheben, doch Vukan hielt ihn mit seiner blutverschmierten Hand am Knöchel fest. Aviur kehrte sich seinem Freund zu und sah in dessen kopfschüttelnde Gebärde.

»Tu es nicht, Aviur! Sie ist es nicht wert!«

Ohne darüber nachzudenken, schüttelte Aviur Vukan ab, richtete sich auf und hechtete los.

»Das bedeutet deinen Tod!«, rief Vukan ihm hinterher, während Aviur an verletzten Leibern und verstümmelten Gesichtern vorbeirannte.

Er war selbst von seiner Entschlossenheit überrascht, die ihn weiter vorwärtstrieb und er machte erst halt, als er schlitternd vor der Eskim zum Stehen kam. Aus dem inneren Gleichgewicht gerissen, vergaß er das Brennen in seinen Beinen, begutachtete das Chaos, das mit Fiollas Körper einherging und rieb sich zweifelnd über die Kopfhaut.

Sie wirkte, als ob sie schliefe, ganz ruhig und friedlich, und sie konnte froh sein, dass sie nicht um ihre körperliche Verfassung wusste.

Er zögerte, beugte sich aber dann doch zu ihr hinab. Ein harter Schlag traf sein Rückgrat. Stöhnend sackte Aviur vor ihr auf die Knie, bevor ein zweiter Hieb auf seinem Gesicht landete. Seine Unterlippe platzte Blut spritzend auf und ehe er sich versah, landete ein weiterer Treffer auf seiner Schläfe. Scheppernd schlug er mit dem Kopf auf dem eisigen Boden auf. Weiße Lichtpunkte zuckten vor seinen Augen, bis ihn nur noch Schwärze umgab – tiefe, dunkle Schwärze.

Ausrufungen unterbrachen ihren Augenkontakt und für eine Winzigkeit kehrte sich Nag Mahvan der Unruhe zu.

Ohne den Moment verstreichen zu lassen, riss sich Kristell von ihm los. Noch im Rückwärtsgang drehte sie sich um und rannte, rannte auf die trichterförmige Öffnung des vereisten Vulkanitgesteins zu.

Reaktionsschnell griff Nag Mahvan nach, doch er unterschätzte die Geschwindigkeit, mit der sie floh. Er fluchte, dabei schossen Flammen aus seiner Haut, breiteten sich vom Genick bis hin zu den Schulterblättern aus, während Kristells Füße auf dem gefrorenen Boden entlang schlitterten.

Sie kippte ihre Ferse und stieß die dreistufigen Kristallmesser in die dicke Eisgesteinsschicht, um ihr rasantes Tempo zu drosseln.

Schnee, gemischt mit geeisten Splittern, wirbelte unter ihr auf, jedoch kam sie immer noch viel zu schnell bei dem Schlundloch an. Zapfen brachen und eine undurchdringliche Schneewolke puffte auf, als sie krachend die Röhre hinab preschte. Hallend knallte sie seitlich mit dem Körper auf, rutschte über die spiegelglatte Fläche, der im Eis eingefassten Geröllmassen, und prallte an dem gewölbten Kältewall ab. Die eisigen Spitzen, die ihr folgten, zerbrachen durch die Wucht des Aufpralls lautstark, um sich in Abertausende Mosaikstücke auf der erkalteten Haut des Vulkans zu verteilen.

Stöhnend stützte sich Kristell auf, dabei durchfuhr sie ein hinaufziehender Schmerz, ab dem Oberschenkel bis hin zum Schulterblatt. Kurz vermochte sie sich nicht zu rühren, da das Stechen ihr den Atem raubte, bis das donnernde Gebrüll des grausamen Nafga-Kriegers zu ihr hinabdrang.

Sie zog sich am unebenen Eisgestein der Wand hoch, setzte ihren Fuß auf und entließ einen leidvollen Klagelaut, auf dem ein peitschenhiebartiger Knall folge, der sie schwindelig werden ließ.

Sie besah sich den tiefen Einschnitt oberhalb ihrer Ferse, aus dem zerfetzte, faserige Stränge hervortraten, und bemerkte sogleich, dass sich ihre Atmung verlangsamte, ihr Puls sich entschleunigte.

Wehrlose Tränen traten ihr in die Augen und unter Schmerzen zog sie den verletzten Fuß hinter sich her.

Sie stützte sich mit ihrer Hand am glatten Wellenmeer der Eiswände ab, während sie von Angst getragen durch den geröllartigen Eisgang humpelte, im Bewusstsein, dass ihr Körper sie jeden Moment narkotisieren könnte.

Kapitel 21

Wärme durchflutete Eigins Haut. Versiert duckte sie sich. Mit der Geschmeidigkeit einer Wildkatze, die auf ihre Beute lauert, spähte sie über die Halme und Blütenköpfe der Wiese hinweg.

Auf jeden Laut konzentriert. Die Sehnen und Muskeln in ihrem Körper gespannt, lauschte sie in den Wind hinein. Ein raschelndes Geräusch hinter ihr machte sich bemerkbar und ließ sie vor Anspannung aufhorchen. Ohne zu zögern, preschte sie los, stieß sich mit einem kräftigen Satz vom Boden ab und noch in der Drehung öffnete sie ihre Flügel.

Sie grinste Brave von oben herab an, »Schon aus der Puste?«, stemmte ihre Hände in die Hüften, während ihre Schwingen sie mit ein … zwei seichten Schlägen in der Luft hielten.

Braves Mundwinkel zuckten und er hätte fast über die Dreistigkeit lächeln müssen, stattdessen hob er die Augenbrauen und verschränkte seine Arme vor der Brust.

»Pass auf, das geht so«, erklärte Eigin lehrhaft. »Eigin, wie hast du das gemacht?« Sie kicherte. »Du bist viel zu schnell für mich.«

Brave schüttelte den Kopf, kehrte sich abwinkend um und lächelte ungesehen breit. Der anfängliche Argwohn löste sich mit Zunahme der Trainingseinheiten in Selbstgefallen auf und anstelle dessen füllte sich Braves Brust mit Stolz.

Eigins Talent und Auffassungsgabe waren beeindruckend. Jeden Fehler, den sie zu spüren bekam, merkte sie sich auf Anhieb. Sie beobachtete Brave genau und bald musste er aufpassen, dass er sein Vorhaben durch die wiederholenden Bewegungsabläufe nicht verriet.

Kurz dachte er daran, wie sie vor ihm stand, als er aus dem Wald auf sie zukam. Seine Lust, sich um sie zu kümmern, hielt sich in Grenzen, dennoch hatte er Hami versprochen, sich ihrer anzunehmen. Sie schien neben sich zu stehen. Wahrscheinlich durch die Konversation, die sie zuvor mit Hami geführt hatte. Als sie ihn entdeckte, rümpfte sie angewidert ihre feine Nase und wirkte arrogant und abweisend. Doch jetzt schien sie aufgetaut zu sein und Brave fing tatsächlich an, sie zu mögen.

Er atmete durch, drehte sich um und deutete ihr an, näherzukommen. Sie sank hinab, während die leichten Lüfte ihre Flügel aufstülpten, und landete sacht. Bevor sie aufsetzte, schaute sie auf ihre Füße und in dieser Winzigkeit lauerte der Feind, die Unachtsamkeit.

Brave ließ die Gelegenheit nicht verstreichen. Blitzschnell holte er aus, fasste ihren Hals in seine Armbeuge und riss sie rücklings zu Boden. Ächzend lag sie vor ihm. Orientierungslos schüttelte sie den Kopf und blinzelte Brave benommen an. Spöttisch schmunzelnd, wies er abwechselnd mit Mittel und Zeigefinger auf seine und dann auf ihre Augen.

»Verstanden«, sagte sie.

Gestützt auf ihre Hände, federte sie sich auf und noch ehe sie sich aus der Hocke erhob, ließ sie bodennah ein Bein auf ihn zu schnellen. Den Fußballen angewinkelt, verankerte sie die Zehen mit seinem Knöchel und sorgte dafür, dass er den Boden unter den Füssen verlor. Schwungvoll richtete sie sich vollends auf, während Brave polternd auf dem harten Untergrund landete. Stöhnend öffnete er die Lider und wurde sogleich von der Sonne geblendet.

Ein Schatten versperrte dem gleißenden Licht den Weg und ein einseitiges, gehobenes Lächeln empfing ihn. Eigin streckte ihm die Hand entgegen, wobei die andere auf ihrer Hüfte verweilte.

Zwinkernd schwang der Hohn mit: »Ich denke, ich habe dich verstanden«, sagte sie und deutete die gleiche aussagekräftige Geste an, auf die er sie zuvor verwies.

Applaus erklang seitlich von ihnen und sie wandten sich ihrem Publikum zu. Eigins Wangen erbläuten, während sie Brave aufhalf. Verlegen schielte sie zu ihren Zuschauern.

Den Händedruck erhöht, forderte Brave ihre Aufmerksamkeit ein. Er suchte ihren Blick und formte das Wort »Morgen« mit seinen Lippen.

Sie blinzelte, als er sie eingehend taxierte und antwortete ihm mit einem einfachen »Ja«.

Zufrieden nickte Brave.

Achtungsvoll hob Eigin ihr Kinn und heftete den Blick auf seinen, abwartend das er sich zuerst abwandte. Kurz musterte er sie überrascht, jedoch erkannte er an ihrer Haltung, dass sie ihm Respekt erweisen wollte.

Anerkennend drückte er ihre Schulter, weshalb ihr Kopf sich zu der Geste senkte. Mit gerunzelter Stirn wandte sie ihm erneut ihr Gesicht zu. Für sie war es vollkommen normal, Ehrerbietung gegenüber ranghöheren Personen oder ebenbürtigen Kriegern zu zollen. Sie erwartete keine Bestätigung und umso merkwürdiger empfand sie seine Güte.

Er löste die Hand und krümelhaft verschwamm seine Konturen vor ihren Augen. Sie schlug ihre Lider mehrmals auf und nieder, um dem Trugbild zu entgehen. Doch bemerkte sie, dass es keines war. Der Wind zerrte an Braves Haar, zerrte an seiner Haut, während er sich in beigefarbene Sandkörner auflöste. Von den Böen fortgetragen, verstreute sich seine Gestalt über das weite Tal.

Eine geraume Zeit lang sah Eigin fasziniert dem Treiben des Sandes auf den Wellen des Windes zu.

Der sonnenblaue Himmel erstreckte sich über sie, während einzelne Kumuluswolken in malerischen Geschichten an ihr vorübertrieben. Sie atmete tief die spätsommerliche Luft ein und befreiend wieder aus. Es war ein schöner Tag, dennoch kündigte sich am Horizont der Ferne eine düstere Wolkenfront an, die sich gemächlich auf sie zubewegte.

Eigin wollte nicht an aufkommenden Regen denken, dafür ging es ihr viel zu gut. Sie hatte Spaß an den Bewegungen, sie befreiten sie förmlich, verschafften ihren Frustrationen ein Ventil und genau das hatte sie gebraucht.

Wohlgesinnt kehrte sie sich ihren vermeintlichen Freunden zu und freute sich auf ihre bevorstehende Aufgabe. Schlendernd dachte sie darüber nach, wie ihr ein paar brauchbare Informationen die Sonnenzeit versüßen könnten. Sie knetete ihre Hände und ihre Entschlossenheit auf Erfolg wuchs. Beschwingt fiel Eigin in einen leichten Lauf, dabei hob sie den Arm und winkte allen entgegenkommend zu.

»Nimm mir das Zeug vom Rücken«, zischte Sahira Koa an. Dabei holte ihre Hand nach ihm aus und versuchte mit der anderen, das haftende Klettlabkraut zu entfernen.

Koa duckte sich, lief um sie herum und hinterließ einen weiteren Streifen an ihrem Bein. Sie schüttelte es, dennoch wollte sich das Kraut nicht lösen. Wütend schnaubte sie, riss sich das klebrige Gewächs von ihrer Haut, wobei sie ihren Weidenkorb fallenließ und Koa mit einem entnervten Schrei hinterherrannte. Koa lachte schallend und pfefferte einen Strang auf Bele, ehe er von Sahira erwischt wurde.

Bele fuhr fahrig suchend mit den Fingern über ihr Gesicht. Krampfhaft fummelte sie das Kraut von Mund und Nase, während Sahira auf Koas Rücken sprang, ihn wie ein kleines Äffchen fest umklammerte, und ihm die gesammelten Pflanzenstränge in seine vor Überraschung dümmlich aussehende Visage rieb. Sie schrie und keifte dabei, als ob sie jenseits jedweder Zivilisation wären.

Zufrieden blies sich Bele eine Strähne aus ihrer Sicht und straffte die Lederhautgurte, die ihren Korb hielten. Sie hatte das Gefecht gegenüber dem widerspenstigen Klettlabkraut gewonnen und machte ein glückliches »Hach«. Zwar bemerkte sie, dass es nicht mehr in ihrem Sichtfeld hing, übersah jedoch unter dem verzweifelten Gewusel, dass es sich einen Platz an ihrem Haaransatz gesucht und gefunden hatte.

Féin kam mit gemächlichen Schritten hinter der Truppe her, hingegen Meomari vor dem Treiben vorweg ging. Er grinste Bele an, »Schätzchen, du hast da noch was.«

Bele runzelte ihre Stirn und die Freude entglitt ihrem Gesicht. Hektisch fing sie an, danach zu suchen. Meomari klopfte sich lachend auf den Schenkel, kehrte sich Eigin zu und trabte ihr entgegen.

Überschwänglich bückte er sich und umfasste Eigins Oberschenkel, unterhalb der Rundungen ihres Gesäßes. Er hob sie hoch und wirbelte mit ihr herum. Nach zwei Drehungen ließ er sie an seinem steinernen Körper hinabgleiten, während seine Hände an ihrer Taille verweilten.

»Das sah vielversprechend aus, Schönheit.« Meomari schmunzelte sie unverhohlen an.

Eigin lächelte gelassen. Aus dem Augenwinkel sah sie, dass die anderen näherkamen, und überrascht stellte sie fest, dass wohl auch Féin seinen Spaß hatte.

»Du hast Brave ganz schön ins Schwitzen gebracht. Das schafft …«

Aber Meos Worte verschwammen im Nirgendwo, als Féins Blick auf ihren traf. Die müden Falter erwachten und zappelten wild in Eigins Bauch umher. Jedoch erstarben sie in einer Starre, als Féins Kopf sich senkte. Er fuhr sich durch das volle Haar und schenkte ihr keinerlei Beachtung mehr. Sie schluckte.

»Eigin, alles klar bei dir?«, fragte Meomari und beugte sich in ihr Blickfeld.

Sie schaute auf und direkt in wolfgraue Iriden, die sie unmissverständlich einluden. »Glasklar, ich bin ganz bei dir«, meinte sie und zauberte sich ein süßliches Lächeln auf ihre Lippen.

»Jetzt bist du das«, bestätigte er grinsend. »Wir sind vielleicht ein bunt gemischter Haufen. Aber ein Haufen, der gerne Spaß hat.« Immer noch umschlossen seine rauen Hände ihre Taille und etwas verlegen fragte er: »Werde ich dich beim Fest sehen?« Über ihr Gesicht huschte Unwissenheit, also setzte er hinterher: »Auf der Lichtung zelebrieren wir die Neumondnacht und können die darauffolgende Sonnenzeit genießen.« Er zwinkerte ihr zu.

»Warum schenkt ihr dem Neumond Anerkennung?«, fragte sie überrascht und sah erwartungsvoll zu ihm auf.

»In jener Nacht, als der Krieg begann, vereinigten sich die zwei Monde zu einem leuchtenden Kreis.« Er ließ die Worte auf Eigin wirken und schweigsam beobachtete er ihr Aufhorchen. »Aber es war die Dunkelheit der mondlosen Nacht, die uns in Sicherheit wog.«

Eigins Augen wanderten zwischen den seinen hin und her. Mit offenem Mund stand sie ihm sprachlos gegenüber und wusste nicht, wie sie darauf reagieren sollte. Im Hintergrund wurde das Geplänkel lauter und dennoch trieben ihre Gedanken wild umher, denn sie konnte sich wohl kaum etwas Besseres vorstellen, als an dem unwetterreichsten Tag ihrer Nafga-Vergangenheit zu feiern.

Angestrengt zwang sie sich ein Lächeln auf und schluckte den aufkeimenden Ärger hinunter. Dennoch bemerkte Meo ihr Unwohlsein.

»Es ist eine wirklich schöne Nacht. Wir erzählen uns Geschichten am Feuer bei Trunk und Tanz und genießen die endlose Nacht bis in den Morgen hinein.« Er zog sie zu sich heran, ließ langsam die Finger von ihrer Taille über ihre Hüfte hinabwandern und Eigins Blick wanderte mit. »Und wer weiß«, sagte er anzüglich, weshalb Eigin zu ihm aufschaute. »Möglicherweise fällt uns ein anderer Zeitvertreib ein.« Wollüstiges Glitzern durchlief seine Iriden.

»Habt ihr noch vor?«, tauchte Sahiras Stimme neben Eigin in einem spöttischen Singsang auf.

Eigin schob seine Berührungen von sich und nahm ein wenig Abstand.

»Ich habe unsere aufreizende Hybride eingeladen, an den Feierlichkeiten teilzunehmen.«

»Das klingt doch gut«, mischte sich Bele ein.

»Aber sie hat noch nicht zugesagt.«

Erwartungsvolles Schweigen.

»Kein Wunder, so wie du sie bedrängst«, spottete Koa.

Meomaris Augen weiteten sich und fragend richteten sie sich an Eigin. Die schaute sich um und wieder in Meomaris hoffendes Gesicht. Kurz gedachte sie seiner Worte und befand: »Ich nehme die Einladung gerne an.« Deutlich konnte sie die Freude in Meomaris Augen sehen, bevor jemand anderes ihre Aufmerksamkeit auf sich zog.

Frei nach dem Motto die Letzten werden die Ersten sein, kam Féin auf sie zu. Sein Blick streifte ihren und brachte ihre Haut zum Prickeln. Seine Bewegungen wirkten angespannt und wie beiläufig rempelte er beim Vorbeigehen Meomari geflissentlich an, dabei schaukelte der Weidenkorb, den er nur mit einem Riemen über der Schulter trug, hin und her.

»Was soll das?«, zischte Meomari ihn an und schaute ihm nach.

Féins Finger umschlossen krampfhaft den Riemen. »Wir sind zum Arbeiten hier. Nicht um das nächste Abenteuer klar zu machen.«

Aufgebracht traten Meos Gesteinsmuskeln unter dem Aufwallen seiner Wut hervor. »Ich kann dich gleich mal klarmachen«, knurrte er ihm schmallippig hinterher, doch Féin schritt unbeirrt weiter.

Verärgerung machte sich in Eigin breit, die sich in ihrer Miene widerspiegelte.

»Ruhig Blut.« Koa legte seinen Arm um ihre Schultern. »Féin hat zu viel Männlichkeit gefrühstückt und muss deshalb jedem erst einmal ans Bein pinkeln.«

Sahira schüttelte ihren Kopf, hakte sich bei Bele unter und ging mit ihr hinter Féin her.

»Davon verstehst du nichts!«, rief Koa Sahira nach. Er drückte Eigins Oberkörper freundschaftlich zusammen. »Revier markieren.«

Eigin nickte, aber nicht, weil sie wusste, was er genau damit sagen wollte, sondern weil ihr klar wurde, dass Koa sich nicht zurückhalten konnte.

»Komm Meo. Du hast Féin gehört. ... Der Spaß kann zu Hause bleiben. Hier wird gearbeitet.«

Koas Umarmung trieb Eigin an, während die Fröhlichkeit mit Féin fortzog. Vermutlich zu einer anderen Gruppe, bei der die Aussicht auf Erfolg größer war. Immer gab es Streit, wenn sie aufeinandertrafen. Das gefiel Eigin nicht, ganz und gar nicht. Hörbar blies sie den Sauerstoff aus.

»Schneckchen, wenn du weiterhin so viel nachdenkst, verbleiben Falten auf der Stirn.«

Ihre Augäpfel wanderten nach oben. Koa knuffte sie und lachte. Eigin hätte gerne über die Situation mitgelacht, aber sie hielt sie im Unbehagen gefangen.

Sie ließ den Kopf sinken, bevor sie fragte: »Warum hasst Féin mich?«

Koa drückte sie fest. »Spätzchen, er hasst dich doch nicht.« Seine Miene wirkte traurig, was so gar nicht zu ihm passen wollte. »Du erinnerst ihn nur an ein anderes Leben, ein Leben, das er zu vergessen versucht.«

Eigin zog die Brauen zusammen und sah zu ihm auf. Das einnehmende Lächeln war aus seinen braunen Augen verschwunden.

»Wie meinst du das?« Irritiert suchte sie in seinem Gesicht nach einer Antwort.

»Weißt du, ich habe vom Krieg und den Schlachten nicht allzu viel mitbekommen, zumindest kann ich mich nicht daran erinnern.« Er seufzte und ließ den Arm sinken. »Ich war gerade zwölf Monde jung und wurde wohlbehütet in Sicherheit gebracht, doch Féin ...«

Deutlich konnte Eigin die Unruhe in Koas Stimme vibrieren hören.

Er schluckte. »Féin war bereits neunundvierzig Monde alt. Zu jung, um zu verstehen und doch zu alt, um zu vergessen.« Sein Blick verklärte sich und er schluckte erneut. »Du musst wissen, seine Mutter …« Koa schüttelte den Kopf. »Weißt du«, er wuschelte sich durch sein fuchsbraunes Haar, »ich denke, das geht nur ihn persönlich etwas an.«

Nachdenklich nickte sie, obwohl eine ängstliche Neugier in ihr aufkeimte.

Koa musterte sie interessiert. »Was ist mit dir?«

Eigin sah zu ihm auf und verstand einen Nanomoment später. »Ehrlich gesagt, scheinst du älter, als ich zu sein.« Sie lachte auf. »Kaum zu glauben«, und stieß ihn neckisch an, »aber ich wurde erst in der Nachkriegszeit geboren. Außerdem bin ich eine Nafga. Mein Zuhause war von allen das Sicherste.«

Koa hob seine Brauen und schmunzelte verschmitzt. »Da hast du recht. Ich finde auch, dass ich mich besser gehalten habe.« Frech ließ er die Ohren wackeln. Eigin gab ihm einen leichten Klaps auf den Oberarm. »Du Idiot«, sagte sie und lachte.

»So werde ich des Öfteren genannt. Man kann sich seine Kosenamen bekanntlich nicht aussuchen.« Er grinste über das ganze Gesicht. Eigin hakte sich bei ihm ein und schmunzelnd kamen sie an der Zunge des Inyan-Gebirges an. Achtungsvoll schweifte ihr Blick den zerklüfteten Riesen hinauf, ehe sie sich den anderen zukehrte.

»So ihr Hübschen«, sagte Sahira. »Die Sonne neigt sich bereits über den Westen hinweg und wir sollten zusehen, dass wir vor Anbruch der Nacht unseren Beitrag geleistet haben.«

Koa gesellte sich zu ihr. »Das hast du schön gesagt, mein Schatz.« Sahira schob sein Annähern von sich und sprach dabei weiter. »Koa und ich sammeln die Wiese und die untere, also die kolline Stufe, ab. Féin und Bele nehmen sich die mittlere montane Vegetationsstufe vor und Meo und Eigin kümmern sich um die oberen Hänge der nivalen Höhe.«

Féin gefiel die Aufteilung nicht und er verschmälerte die Lider, denn er war nicht gewillt, Eigin zu vertrauen.

Die Übrigen nickten einverstanden. Nur Eigin entging Féins verkniffener Seitenblick nicht und sie war erleichtert, dass sie nicht in seinem Team spielte.

»Welche Kräuter sollen wir dort oben auflesen?«, fragte sie und schaute abermals hinauf.

Sich bereits umsehend, antwortete Sahira: »Das wird dir Meo erklären«, und ging auf eine Fichtengruppierung des Bergfusses zu.

»Ist gut.«

Eigin grinste Meomari an, während Féin genervt mit den Augen rollte und hörbar Luft ausstieß.

»Lernt man in der Einöde keine Pflanzen und Kräuterkunde?«, spottete er.

Eigins Miene verfinsterte sich. »Und lernt ihr Hinterwäldler kein Benehmen?«, fauchte sie zurück und taxierte ihn missbilligend.

»Ganz ruhig«, mischte sich Bele ein und sah von einem zum anderen. »Lasst uns anfangen und die Sonnenzeit nicht mit Nichtigkeiten vergeuden.«

Féins Wangenmuskeln fuhren auf und ab. Er kehrte Eigin den Rücken zu, stieg auf das Geröll der weitreichenden Gebirgszunge und reichte Bele die Hand.

Bele streifte sich den leeren Weidenkorb von ihren Schultern und übergab ihn an Eigin. Sie hatte ihn gerade an sich genommen, als ihr auffiel, wie Bele Féin anstrahlte. Entrückt umklammerte Eigin den Korb, während die Kargon Féin sonnengleich anlächelte.

Ein Piksen in Eigins Brustgegend signalisierte ihr, dass ihr dieser Anblick missfiel. Die miesen Magenmaden hatten sich in bösartige Bienen verwandelt und stachen unaufhörlich zu. Genervt und fahrig schulterte sie den Korb zwischen ihren Flügeln, rannte rückwärts, um Anlauf nehmen zu können, und hob steil aufwärts ab.

Die Aufmerksamkeit war bei ihr, als sich ihre Schwingen majestätisch in Gänze öffneten und das Licht der Sonne ihre Regenbogenobsidianhaut zum Schimmern brachte.

Nach mehr gierend betrachtete Meomari ihre Eleganz und in aufgeregter Erwartung kletterte er flugs über Schutt und Geröll. Er griff in die Brocken, als ob es kein hartes Gestein wäre, und trat in das bergige Massiv der zerklüfteten Gebirgswand ein.

Noch bevor sich die anderen von Eigins Flug abwandten, verschmolz Meomari mit der grauen Fassade, die ihn einatmend in sich aufsog.

Eigins Zorn ließ sie mehrere Runden am Himmelszelt drehen. Ein gesunder Sprössling von Freiheit keimte in ihr auf und gab ihr Raum zum Denken.

Normalerweise kannte sie sich, hatte ihre Emotionen unter Kontrolle, doch dieses unbekannte Gefühl machte ihr das Atmen schwer.

Warum berührte er sie so? Wie konnte es sein, dass sie vor ihm andauernd ihre Fassung verlor? Und vor allem, warum war es ihr wichtig, was er über sie dachte?

Sie schüttelte den Kopf, denn das musste aufhören, ein Ende finden und sie schätzte, dass es für ihre emotionale Ebene besser wäre, wenn Bele und Féin zusammengehören würden.

Ihr Herz schmerzte bei dem Gedanken und sie merkte, wie Tränen aufstiegen. Sie versuchte, die beißende Eifersucht abzuschütteln, und flog ziellos eine Schleife über einen großflächigen Felshang.

Die Umstände mussten sich verändern, sie fragte sich nur, wie? Ungewollt erinnerte sie sich an Hamis Worte: »*Sei du selbst die Veränderung*«. Doch diese rätselhafte Aussage, verstand sie noch weniger als ihre Gefühle.

Sie landete abfedernd auf dem steinernen Untergrund und faltete ihre Flügel um den Korb herum zusammen. Suchend rotierte sie um ihre eigene Achse, jedoch fehlte von Meomari jegliche Spur.

Genervt stieß sie Luft aus und bereitete sich darauf vor, noch eine weitere Runde über die Berggipfel und deren Hänge zu drehen. Doch noch bevor sie ihre Schwingen öffnete, vernahm sie eine unscheinbare Bewegung aus dem Augenwinkel und kehrte sich ruckartig um.

Die graublauen, kantigen Steine, oberhalb der moos- und grasbewachsenen Anhöhe, veränderten ihre Gestalt, bewegten sich, als ob sie die Plätze tauschen würden. Sie wirkten lebendig.

Ihre Zerstreuung musste überhandnehmen. Zweifelnd massierten ihre Finger die Schläfen, ehe sie zögerlich die Steigung erklomm, die mit Zunahme der Höhe an Vegetation abnahm. Als sie bei der fragwürdigen Erscheinung ankam, betrachtete sie eingehend die Wellenbilder der Felsen, die sich ihr im Wechselbad entgegenstreckten, während ihr ein grauweißes Gesteinsstück schalkhaft zuzwinkerte.

Sie streckte ihre Hand nach den Unebenheiten aus, zugleich ihre Augen atemnah die merkwürdigen Punkte fixierten. Voller Neugier befühlte sie behutsam die Kanten und Formen und konnte eine Regung unter ihren Fingerspitzen spüren.

Noch bevor sie begriff, dass sie Meos Haut streichelte, kletterte er aus dem Gestein heraus. Sie wich zurück, doch er schlang haltgebend einen Arm um ihre Taille und zog sie dicht an sich heran. Sein Atem streifte warm ihr Gesicht, während sich ihre Nasenspitzen berührten. Hitze wallte in ihr auf und plötzlich kam ihr die Nähe zu viel vor.

Sie stützte den Handballen auf seinem Oberkörper ab und versuchte, ihn kraftlos und wortlos wegzuschieben. Er belächelte ihren halbherzigen Versuch, ihn loszuwerden, und koste mit seiner Nase die Seidigkeit ihrer Nasenbögen. Sein rauer Mund tastete über die Fülle ihrer Lippen.

Ein ungewohntes Knistern durchfuhr Eigins Körper und entfachte die Aufgeregtheit in ihr. Selbstständig gierten ihre Lungen nach dem ausstoßenden Lebenselixier, das aus seinen geöffneten Lippen trat. Dem Moment ergeben senkten sich ihre Lider.

Schwer hob sich sein Brustkorb, als sein Mund abermals den ihren streifte, an ihren Mundwinkeln verharrte und langsam ihre Wange hinaufstrich. Einen schmetterlingszarten Kuss hinterließ er auf der erbläuten Wangenhaut, bevor seine Unterlippe hauchfein ihr Ohr berührte.

Eigin begann unkontrolliert zu zittern und feine Erhebungen überzogen ihre Haut.

»Noch nicht«, flüsterte er. »Ich werde warten«, schwebten weitere Worte in ihr Ohr, als er sich von ihr löste und sie stehen ließ.

Eigin war überwältigt von der Nähe, seinem Fordern und seiner dennoch zurücknehmenden Art. Der Impuls verstrich, ließ ein beklommenes Gefühl zurück und doch befeuchtete ihre Zunge, den Genuss schmeckend, die vollen Linien ihrer Lippen.

Eigin schluckte, bevor sie die Lider öffnete. Sie musste sich eingestehen, dass er ein anziehender Mann war. Direkt, aber nicht zu einnehmend, attraktiv und kräftig, ein wenig schroff gleichwohl ehrlich. Und auch wenn sie es genoss, – wer könnte es nicht? – wartete irgendwo die richtige Frau auf ihn. Eigin wäre es nicht, dessen war sie sich sicher, trotz dieser kleinen Hingabe, die noch an ihr zerrte.

»Komm Süße, wir müssen weiter hinauf«, kam unsicher seine Stimme hinter ihr hervor. Meomari räusperte sich und Eigin kehrte sich zu ihm um. »Sonst verpassen wir noch das abendliche Vorhaben«, er zwinkerte ihr zu und schob die schwarzen Strähnen aus seiner Stirn. Sie lächelte ihn dankbar an, da er dafür sorgte, dass keine befremdliche Stimmung aufkeimte.

»Na dann«, meinte Eigin und rieb sich arbeitsschaffend die Hände. »Wo willst du mich haben?«, fragte sie und ging auf ihn zu.

Er lachte schallend auf. »Weiterhin unter mir.«

»Vergiss es«, hielt sie dagegen und stieß ihn erheitert an.

Eine gewisse Zeit neckten sie sich, bis Meo sie über seine Schulter warf und geschwind über die Anhöhe und die darauffolgenden Felshänge kletterte. Spielerisch trommelte sie mit ihren Fäusten auf seinen Rücken, wobei sie und der Weidenkorb durch das Hinaufsteigen hin und her wippten. Meomari setzte sie auf einem Felsbrocken ab, der an den Abgrund der zerklüfteten Tiefe grenzte.

Eingeschlossen von der Gebirgskette des Inyan-Gebirges, besah sie sich ihre Umgebung. Die südöstliche Sonne ließ die Felsen in einem gelblichen Grün leuchten. Eigin stand auf, um das Farbenspiel besser betrachten zu können. Sie sah zu den schneeüberzogenen Bergkuppen hinauf, welche wirkten, als ob das reflektierende Weiß mit Blut beträufelt wäre. Darunter liegend, verteilten sich, zwischen nackten, gräulichen Gesteinsstreifen, Farberhebungen von einem Braunorange bis hin zu einem Olivgrün und gingen in das leuchtende Gelbgrün der ihr gegenüberstehenden Felswand über.

Wunderschön und versteckt erstreckte sich die Flora auf den Hängen der nivalen Höhe.

Meomari riss sie aus ihrer Faszination. »Wie ich unschwer erkennen kann, hast du die Schönheit der Flechtenvielfalt bereits wahrgenommen.« Er lächelte zufrieden. »Und genau diese werden wir heute abtragen und einsammeln.«

»Das ist beeindruckend«, brachte Eigin hervor.

»Das ist es. Ich bin sehr stolz auf die Artenvielfalt und Schätze, die uns die Gebirgswelten bieten. Die meisten Wesen halten jene für hart und nutzlos, aber dem ist nicht so. Diverse Mineralien, Metalle, Bakterien und Mikroben besiedeln die Gesteinswelten auf diesen Ebenen.«

Meo lehnte sich an die Felswand an und bat Eigin mit einem Wink, sich wieder zu setzen. Sie folgte der Aufforderung und wartete wissbegierig auf weitere Erzählungen.

»Die farbintensiven Flechten, jene die Steine verschönern, sind Symbiosen aus Pilzen und Algen, wobei der Pilz den dominanteren Part übernimmt.« Meo schmunzelte schelmisch.

»Du nun wieder«, sagte sie abwinkend.

Meo kam ihr näher und beugte sich zu ihr hinab. Er stützte seine Arme links und rechts von ihr auf. »Sie haben sozusagen eine sexuelle Verbindung miteinander«, hauchte er ihr zu, während ein verführerisches Lächeln seine Lippen umschmeichelte.

Eigin räusperte sich und wandte ihren Kopf ab. »Meo, das hatten wir doch bereits.« Sie sah seitlich zu ihm auf.

Er grinste verschlagen, drückte sich vom Gestein ab und trat zurück. »Ohne den Pilz könnte die Alge nicht überleben und ohne die Alge wäre der Pilz auf Dauer verloren. Die Komponenten enthalten Mineralien und heilende Wirkstoffe, aus denen wir erst ein Pulver und anschließend ein reichhaltiges Extrakt oder einen Saft herstellen.«

»Was bewirken die Inhaltsstoffe bei euch?«, unterbrach sie ihn, mit einem interessierten Unterton.

Meo griff an seine brockenhafte Schulter und zog ein steinernes Messer hervor. Er kratzte an der gelblichgrünen Flechte, die sich vor ihm an der Wand befand und löste sie vom Untergrund ab.

»Das ist ganz unterschiedlich und von den jeweiligen Wesensarten abhängig.«

Eigin sah überrascht aus. Sie richtete sich auf, trat an Meomari heran, fuhr die Krallen aus und ahmte das Absammeln der in Symbiose lebenden Pilze nach.

»Mir verschafft das Elixier Energie. Besonders, wenn ich mich in anderen ländlichen Gefilden befinde. Jedes Wesen außerhalb seiner natürlichen Umgebung verliert Kraft und da der fertige Sirup aus dem Gebirge stammt, erhalte ich, als ein Teil davon, die überlebenswichtige Energie zurück.«

Eigin nickte verstehend.

»Außerdem wirkt das Heilmittel entzündungshemmend und beruhigend bei diversen Verletzungen.«

»Dann habe ich den Saft oder das Extrakt nicht nötig«, entfuhr es ihr.

Meo legte den Kopf schief und sah sie neugierig an.

Eigin räusperte sich und ärgerte sich zugleich darüber, dass ihr Mund schneller war als ihr Verstand. »Mein Blutkreislauf enthält entzündungsgegenwirkende Enzyme, die dafür sorgen, dass äußere und innere Blessuren nicht infektiös enden. Obendrein heilt das Fleisch eines Nafga rascher als das der anderen Wesen.«

Erstaunt und mit gerunzelter Stirn sortierte er eine Flechte in den Korb und begann die nächste abzutragen.

»Wie schnell?«, kam die Frage aus der Stille der Nachdenklichkeit.

Verwundert über die angespannte Ruhe, die von Meomari ausging, antwortete sie ihm: »Das kommt auf die Größe der Wunde an. Kleinere Schnittverletzung heilen innerhalb eines halben Sonnenlaufes des bestehenden Tages. Großflächige Fleischwunden brauchen zwei bis drei Monde. Danach verbleiben jedoch keinerlei Spuren, weder schmerzliche noch ersichtliche.«

Er schaute von seiner Tätigkeit auf und starrte sie ungläubig an. »Das heißt keine Narben?«

»Im Grunde ist das richtig, keine Narben. Doch ein abgeschlagener Arm oder derartiges wächst natürlich nicht nach«, erklärte Eigin und erinnerte sich an Auspeitschungen, Schläge und kindliche Quälereien, die sie über sich ergehen lassen musste und an jenen Schmerz, der ihre Seele noch immer peinigte.

»Könnt ihr nicht überall Kraft schöpfen?«, lenkte sie von sich und seiner nachdenklichen Schweigsamkeit ab. »Ich meine, Gestein findet man doch überall.«

Meo schien wie aufgeweckt und ein seitliches Schmunzeln huschte über sein Gesicht. »Tatsächlich haben wir diverse Möglichkeiten auf Amga zu überleben, dennoch gibt es unglaublich viele, unterschiedliche Gesteinsarten und Mineralien. Somit können die Inyan-Warkrow aus der Wüstenlandschaft der Kargon nur geminderte Lebenskräfte ziehen. Auch im Eis oder in dem endlosen Meer wären wir verloren. Es sei denn, man ist ein Mischling. Beispielsweise zwischen Warkrow und Eskim oder Lewedes und Warkrow. In diesen und anderen Fällen kann natürlich alles möglich sein.«

Sie nickte zustimmend. »Das heißt, ihr habt immer hier gelebt?«, fragte sie betont belanglos.

Stolz hob sich Meos steinerne Brust. »Wir waren immer hier und werden immer hier sein, dennoch existieren viele unterschiedliche Gesteinswesen auf Amga. Nehmen wir die Eis- und Eisen-Warkrow des Tjeerd-Gebirges, das an die Kristallstadt Arjuna Lumen grenzt, hingegen die FeuerWarkrow, die einst in den Vulkanlanden lebten, durch den Krieg ausstarben.«

Sein Blick sank traurig.

Eigin starrte ihn fassungslos und ein wenig beschämt an. Ein zu hohes: »Es tut mir leid«, floss über ihre Lippen, doch Meomari wehrte kopfschüttelnd ab.

»Es ist nicht deine Schuld«, gab er sanft zurück und dennoch spannte sich sein Gesteinskiefer, deshalb sprach er schnell weiter: »Genau wie die Kargon haben wir uns an die meisten Gegebenheiten angepasst und leben weit verbreitet.« Er räusperte sich und schluckte hart.

Obwohl er ihr mehrere wichtige Informationen dargelegt hatte, fühlte Eigin sich mit dem neugewonnenen Wissen unwohl. Beklommen hielt sie sich an ihrer Aufgabe fest, das Geflecht abzutragen, wohingegen sie ein Gefühl der Ungerechtigkeit nicht abzuschütteln vermochte.

Beide gingen still ihrer Arbeit nach, bis sie den Korb randvoll gefüllt hatten. Meo steckte das Messer in die Schnittstelle der Schulterpartie zurück und drückte anschließend den Inhalt des Korbes hinunter, während Eigin den Weidenkorb unterstützend festhielt.

»Das hätten wir geschafft«, meinte er zufrieden.

»Aber eine Kleinigkeit für heute Abend fehlt uns noch.« Er zwinkerte Eigin zu.

Eigin richtete sich auf und rieb sich fröstelnd über ihre Oberarme. Der Verlauf der Sonne hatte sich mittlerweile gen Südwesten gewandt und ließ die Gebirgshälfte, auf der sie sich befanden, in einen dunklen Schattenwurf zurück. Meomari drückte ihr den Korb an die Brust und zeigte auf eine Anhöhe, die von der Dunkelheit jener Schatten noch nicht eingenommen worden war.

»Flieg dort hinauf, und warte auf mich«, bat er und verschwand im nächsten Moment in das umliegende Gestein. Eigin tat wie ihr geheißen und flog mit kräftigen Flügelstößen die sonnenbeschienenen Hänge empor. Sich in der Luft haltend, wartete sie, dass Meo auftauchte, und setzte erst zur Landung an, als ihre Augen ihn erfassten.

Seicht kam sie neben ihm auf, wobei sie den feinen Staub, der sich auf den Felsvorsprung gelegt hatte, mit dem Schlagen ihrer Flügel verwehte.

Der Vorsprung war schmal und reichte gerade eben für sie beide aus. Geröll und Schutt, dessen Spuren auf einen Bergrutsch hinwiesen, hatten die ansonsten weiträumige Fläche eingenommen. Meomari kniete sich vor der Gesteinsansammlung auf und rieb mit den Fingern über die Kanten einer kleinen Öffnung der aufgetürmten Steine. Er betrachtete seine Fingerspitzen, deren Grau einem saftigen Rosarot gewichen waren. Er lächelte zufrieden, wandte sich der Brockenansammlung wieder zu und fing vorsichtig an, die obersten Steine abzutragen.

Stetig vergrößerte sich die Lücke und wurde zu einem weitreichenden Spalt. Eigin wollte ihm helfen und wurde einen Augenblick später von ihm vehement zurückgewiesen.

»Schau einfach zu. Die Gefahr ist zu groß, dass du Sie verletzt.«

Zu ihm aufblickend, zuckten ihre Mundwinkel erheitert. »Sie?«, fragte sie spöttisch.

»Ja, Sie«, antwortete er, mit einer ausdrucksstarken Souveränität, während er noch einige Steine beiseitenahm und den Blick auf seidig zarte, rosarote Blüten freilegte.

Voller Neugier reckte Eigin ihren Hals und spähte an Meos arbeitsschaffenden Händen vorbei.

»Das ist Narisarola«, hauchte er liebevoll, als er die atemberaubende Schönheit der Berge samt ihrer Wurzel aus ihrem Versteck barg. »Sie ist fast so imposant wie du«, und reichte, unter einem verschmitzten Grinsen, die Pflanze an Eigin weiter.

Unverkennbar beeindruckt, ließ sie die fruchtige Blume behutsam zwischen ihren Fingern gleiten.

Meomaris Augen folgten den sanften Bewegungen ihrer Andacht und er verwünschte sich, den greifbaren Augenblick verstreichen lassen zu haben, als er das Schlagen ihres Herzens hautnah spürte.

Seine Finger berührten die ihren und bedacht las er die Kostbarkeit der Berge aus ihren Händen auf. Verträumt blickte er auf die siebenstrahligen Kronenblätter, bevor er mit funkelnden Iriden zu Eigin aufsah.

»Sie ist ein Geschenk und wird dir heute Abend den Atem rauben«, hauchte er mit einem verheißungsvollen, rauen Unterton in der Stimme.

Kapitel 22

igin schritt in das kühle Nass des Waldsees, bis die Tiefe nur noch die obere Wölbung ihrer Flügel freigab.
Wohltuend wusch sie den Staub der Monde von ihrer Haut.

Die Kälte des Wassers ließ sie beim Eintreten erzittern, zumal sie vorab in der wärmenden Umarmung des Feuers lag. Aufgewärmt und verschlafen entschied sie die Fährte von ihrer Höhle bis hin zum See, den Féin ihr zuvor dargelegt hatte, aufzunehmen und sich ein ausgiebiges Bad zu gönnen. Wieder einmal verdankte sie es ihrer guten Nase, dass sie ohne Hindernisse den Weg zu dem lagunenartigen See fand.

Die letzten Sonnenstrahlen verabschiedeten sich und zeichneten den Himmel in gefächerten Blautönen, von einem hellen Blassblau bis hin zu einem nachterzählenden Blaugrau. Die Monde versteckten sich vereint vor Amgas Augen im gleißenden Licht der Sonne und dennoch gaben die dunklen Abendfarben die Sterne allmählich frei.

Neumondnacht, dachte Eigin, während sie ihre Unterlippe ins Wasser eintauchte. Ihr Blick schweifte über die Wasseroberfläche, als sich Luftblasen des Ausatmens auf dem welligen Blau des Lebens bildeten. Verschiedenfarbende Seerosen tanzten am gegenüberliegenden Ufer des bescheidenen Wasserfalls, wobei die peltatförmigen Blätter überlappten und zwischen Schilf und Seebinsen ein Meer aus zusammengedrängter Blütenpracht präsentierten.

Das Leuchten der Nacht, das ihr die Sprache verschlagen hatte, trat gemachsam hervor, nur die Insektenvielfalt ließ auf sich warten.

Sie tauchte ab und schwamm auf die schäumende Kaskade zu, die sich plätschernd am moosüberzogenen Granitgestein ihren Weg zum See suchte.

Zeitnah kämmte sich Féin raschelnd und geduckt einen Weg aus dem Röhricht. Kaum wahrnehmbar schlich er in das ufernde Wasser, das sogleich an Tiefe gewann. Schutzsuchend hielt er sich inmitten der Halme und Gräser auf, während er sich entlang des sandigen Ufers fortbewegte.

Er verließ das Dickicht und zog sich unter die Wurzeln einer wässernden Weide, deren herabhängende Zweige ihn zusätzlich verbargen. Eine winzige Ewigkeit beobachtete er Eigin, jedoch erst nachdem sie abtauchte, traute er sich aus seinem Versteck heraus.

Kleine Käfer, die sich in dem Hohlraum der verästelten Arme versteckten, beäugten ihn kritisch. Sie krabbelten aufgeregt mit leuchtenden, grün-rötlichen Flügeln auf dem Wurzelgeflecht herum. Er fegte ein Insekt fort, das protestierend in sein Ohr summte und fragte sich, was Eigin hier wollte. Schließlich handelte es sich um seinen Rückzugsort und er ging davon aus, dass sie kein Interesse verspürte, jenen Ort jemals wieder aufzusuchen. Aber scheinbar irrte er sich, denn unverkennbar tauchte sie in ihrer Nacktheit an der Treppe der Kaskade auf. Das Wasser rann ihren Rücken bis zu ihrem Gesäß hinab, als sie sich auf der untersten Stufe aufstützte und sich anschließend aufsetzte.

Féin senkte den Blick und horchte auf, als er wenig später ein Schluchzen vernahm. Nachdenklich zog er die Brauen zusammen und hob den Kopf.

Sie weinte. Brustbebend weinte sie, dabei presste sie die Hände auf ihre Ohren.

Ein Kloß bildete sich in seinem Hals und ein Dolch stieß schmerzhaft in sein Herz. Unter schnellem Herzklopfen trat er aus dem Wurzelgewirr, und schwamm behutsam auf sie zu.

Sie sah auf, während sie sich die Tränen aus ihrem Gesicht wischte, obwohl Wasserfäden an ihrer Stirn hinabliefen.

Schemenhaft tauchten Féins Konturen in dem schwachen Leuchten des grünlichblauen Sees auf.

Sie hielt den Atem an und überlegte, seit wann er sie beobachtete, denn sie hatte ihn nicht bemerkt. Wahrscheinlich war sie zu sehr in ihre Gedanken versunken, die sie zu ihrem Vater schickte.

Zeit verging und mit ihr sammelten sich die Informationen, die er von ihr abverlangte und fast alles gab sie ihm preis.

Sie erzählte ihm von den Flussläufen bis hin zur Lichtung, erklärte die Bauten der Wenetra und das soziale Gefüge unter der Obhut des Kreises der Fünf. Auch berichtete sie Nag Mahvan vom Gespräch mit Meomari und von den Steinlanden und der Steinländer-Familie, die sie doch so herzlich bewirtete. Nur die Erinnerung an die Lewedes im Weißen Wald beim Baum der Seelen, die zum Schutze der Kinder ihr Dasein verpflichteten, verriet sie ihm nicht. Sie brachte es einfach nicht über ihr Herz, die Kleinen sterben zu lassen.

Einerseits erfasste sie Erleichterung, andererseits schämte sie sich, denn die Zweifler in ihrem Kopf schrien ihr ins Gewissen, weshalb sie fest ihre Hände auf ihre Ohren presste und hoffte, die Ermahnungen ihrer Gedanken nicht mehr hören zu können.

Warum tust du das?, brüllten die Stimmen Eigin an, während sich das Bild von Nevis frechem Lachen und die Umarmungen von Parsem und Ariella in ihren Verstand einnisteten. *Sie begegneten dir fair und freundlich. Du bist eine Verräterin. Wegen dir werden sie alle sterben.* Doch das allerschlimmste Gefühl, was sie traf, war die Zuneigung. Sie mochte sie und das Leben, das sie führten.

Sie versuchte, ihre inneren Zweifel kopfschüttelnd, mit dem Flug der Tropfen, zu vertreiben. Mehrere Ringe aus Wellen schlugen in den See. Auch Féin bekam ein paar Perlen ab, als er unmittelbar vor ihr angeschwommen kam.

»Eigin, geht es dir gut?«, fragte er zaghaft.

Eigin schluckte. »Warum sollte es mir nicht gut gehen?«, entgegnete sie ihm barsch.

Féin sah verlegen auf das Wasser hinab, wobei ihn die gleichmäßigen Bewegungen treibend an Ort und Stelle hielten. »Weil ich dachte, dich weinen zu hören«, flüsterte er dem welligen Spiegel zu.

Eigin schob sich vom Gestein und landete mit angezogenen Flügeln leise platschend im See, um sich anschließend schwimmend von Féin zu entfernen. »Da musst du dich geirrt haben. Eine Nafga weint nie.«

Féin folgte ihr und ergriff ihren Oberarm. »Eigin hör doch mal auf damit. Auch wenn wir ein schwieriges Verhältnis haben, würde ich nie wollen, dass es dir schlecht geht.«

Eigin stellte sich auf und wandte sich zu ihm um, dabei reichte ihr das Wasser bis zur Mitte des Halses. »Was weißt du schon über mich? Ich brauche deinen Trost nicht«, fuhr sie ihn mit fliegenden Nasenflügeln an.

Er zog sie dichter zu sich heran und erkannte in ihren Augen die Traurigkeit, die nicht zu dem Gesagten passte.

»Lass los. Lass mich gehen«, kamen die Worte brüchig über ihre Lippen.

Er ließ von ihr ab, weil er akzeptierte, dass sie nicht darüber sprechen wollte, und nickte verständnisvoll.

»Danke«, wisperte sie, bevor sie sich von ihm abwandte und ans Ufer schwamm.

Er sah ihr nach, als sie anmutig in ihrer Nacktheit aus dem Nass trat und die feuchten Perlen glänzend von ihren Flügeln tropften.

Wortlos, ohne sich nochmals zu ihm umzudrehen, lief sie in das schattenhafte Dunkel des Waldes hinein.

Braungraue Schwingen durchkreuzten das Firmament des sternenbehangenen Abendhimmels. Im Gefolge befanden sich links und rechts von ihm je drei zusätzliche Flügelpaare, die einen respektvollen Abstand zu ihm hielten.

Er fächerte die Flügel ein Stück zusammen und sank direkt auf die spiegelnde Fläche des Tueney hinab. Seine Füße streiften die Wasseroberfläche und hinterließen eine wellenschlagende Rinne, bevor er abermals die Schwingen in Gänze öffnete.

Sein Tross zweigte sich beidseitig von ihm ab und verschwand in den Wäldern des Inyan-Gebirges.

Er setzte einen weiteren Schlag nach und legte sich dezent zurück. Der Luftrausch wehte unter seine Flügel und hob ihn an, ehe er ihn treibend sinken ließ. Kurz vor den großen Fichten, die sich an der Zunge des bergigen Massivs, in einer Waldformation versammelten, kam er auf und landete sacht. Sogleich kontrollierte er die Umgebung und ging suchend das Ufer ab.

»Meine Freunde sind überall, genau wie deine«, gab sich eine weibliche Stimme aus den dicht an dicht gedrängten Bäumen zu erkennen.

Ein einseitiges Lächeln erhob sich seinerseits. Er kehrte sich zu der Fichtengruppierung um und schritt auf die Schattengestalt zu, die auf einen Felsen im Schneidersitz saß.

Sie stützte sich mit den Händen nach hinten weg auf, dabei wirkte sie betont entspannt, wohingegen er nervös die Finger ineinander verflocht und die Daumen knetete.

»Traust du mir nicht?«, fragte sie interessiert.

»Dieselbe Frage könnte ich dir stellen. Schließlich bist du auch nicht ohne Begleitung hergekommen. Aber nein, in diesen hoffnungsschwangeren Zeiten traue ich niemanden«, gab er zu und blieb mit Abstand vor ihr stehen.

Sie seufzte. »Es sind Monde vergangen, seit wir uns das letzte Mal gesehen haben.«

Er nickte wissend und wagte, die Distanz zwischen ihnen zu verringern. »Ja, das sind sie.«

Sie schmunzelte, stand auf und nahm ihn in eine kurze, dennoch herzliche Umarmung. »Lass dich ansehen«, sprach sie freudig und fasste sein Gesicht in ihre Hände ein. »Du bist alt geworden, mein Freund. Die Ewigkeit des Feuers hat deinen Blick trübe werden lassen«, befand sie unter sorgenvoller Miene.

»Die Augen Amgas mussten viel Leid ertragen, ebenso wie die meinen. Die Hand Nag Mahvans kennt keine Güte, kennt kein Erbarmen«, erklärte er sich.

»Davon bin ich überzeugt.« Sie löste sich von ihm und während sie an ihm vorüberschritt, rieb sie mutmachend seinen Oberarm. »Da du dich aufgrund der Kunde hier eingefunden hast und eine Nafga-Hybride bei uns angekommen ist, will ich annehmen, dass sie das Kind des Bündnisses ist?«, fragte sie, sich dennoch bewusst über seine Absichten.

Erleichtert seufzte er auf und ließ die Anspannung sinken, während sie auf das zirpende Treiben des Sees zuschritt.

Er wandte sich zu ihr um. »Gewiss ist dem so. Es existiert zweifelsohne kein weiterer wenetreanischer Halbling in den Feuerlanden. Seit Eigins Entsendung wurden bereits einige Vorkehrungen getroffen. Jedoch ist Vorsicht geboten, denn Nag Mahvans Kundschafter sind überall.«

Nachdenklich und sich bestätigt fühlend, verweilte ihr Blick auf dem dunkelgrünen See, der im fahlen Schein der Sterne das Kleid der Nacht trug. Die windigen Lüfte hielten ihn lange, wellige Bahnen werfend in Bewegung, während die Brise hohe Erwartungen vor sich hertrieb.

Sie strich sich eine Strähne hinter ihr Ohr. »Niemand hat gesagt, dass es einfach werden würde.« Sie ging in die Hocke und fuhr mit den Fingern durch das wippende Wasser des Ufers. »Oder haben wir eine Wahl?«

Er näherte sich ihr und legte die Hände ruhevoll ineinander. »Es gilt immer den eigenen Weg zu beschreiten, jedoch wurden bereits zu viele Entscheidungen getroffen. Nag Mahvan ist längst in kriegerischer Absicht auf dem Weg. Allerdings hat er den Pfad durch die Eislande gewählt und nur einen Teil der Krieger mit sich genommen.«

Sie sah vom Hinabtropfen ihrer Hand auf und kehrte sich fragenden Blickes zu ihm um. »Weshalb verweilen die übrigen Krieger in den Vulkanlanden? Was hat er vor?«, entkam es ihr prompt.

»Für mich ebenso ein Rätsel, wie der Weg durch die Eisigkeit. Dennoch verbleibt die Vermutung, dass Ardere mit dem zweiten Trupp über das Inyan-Gebirge in die Wälder vordringt, hingegen Nag Mahvan in den südwestlichen Teil des Arbaro-Waldes vorstößt. Dort wo die Ausläufer des Inyan-Gebirges verweilen und er ungesehen vordringen kann. So würden sie von zwei Fronten aus die Wenetra angreifen.«

»Jetzt nicht mehr«, entgegnete sie ihm, mit einem leichten Schmunzeln auf den Lippen. Eine kleine zufriedene Pause entstand. »Ardere hält das Zepter in der Hand?«, meinte sie wenig angetan.

»Ja leider. Und ich gehöre nicht zu ihrem direkten Gefolge, daher entziehen sich die momentanen Geschehnisse meiner Einsicht.«

Sie erhob sich und wandte sich ihm direkt zu. »Dann müssen wir mit den Informationen auskommen, die uns zur Verfügung stehen und achtsam sein. Die Krieger der Kargon müssten bald bei euch eintreffen, da wir bereits Boten in alle Lande ausgesandt haben. Yas und Sahel bringen die Familien und deren Kinder fort und Eigin geht es gut«, betonte sie, sich gewiss. »Zumeist wurde sie gutherzig aufgenommen. Natürlich gibt es ein paar wenige, die ihr Verachtung schenken, ungeachtet dessen beggegnet ihr ebenso Toleranz.«

Er murrte zufrieden und erleichtert. »Und wie sieht es mit Eigins Einstellung aus?«

»Sag du es mir. Schließlich tauscht sie mit euch die Informationen aus und nicht mit uns«, setzte sie entgegen.

»Soweit mir erzählt wurde, hält sie Nag Mahvan die Treue.«

»Das ist nicht gut. Wie du sagtest, befindet er sich bereits in den Eislanden, daher ist es nur eine Frage von Monden, bis wir handeln müssen.«

»Aber ...«, begann er und räusperte sich. »Ich werde euch nicht mehr mitteilen können, ob sie rechtzeitig ihre Meinung gegenüber ihrem Vater abändert. Meine Quellen neigen sich dem Ende. Wenn sich nichts Offensichtliches ergibt, müsst ihr davon ausgehen, dass sie an das Versprechen gegenüber ihrem Vater festhält.«

Sie wehrte mit der Hand ab. »Die Kleine ist eine gut trainierte Gauklerin und verweigert jedem einen Einblick hinter ihre Fassade. Ich, für meinen Teil, will es für sie hoffen.« Sie schritt auf ihn zu und sah ihn entschlossen an. »Du weißt, dass sie uns im Weg ist, sollte sie sich gegen das Kollektiv entscheiden.«

Der Ausdruck in seinen Zügen bekam eine harte Bestimmtheit. »Dann liegt es an euch, sie umzustimmen. Wir brauchen Eigin!«

Ihre Augen funkelten spöttisch. »Hoffentlich schätzt Eigin den benötigten Verrat.«

Er sah verstimmt auf sie herab. »Dies ist meine Bürde. Kümmere du dich darum, dass sie es rechtzeitig versteht und sich nicht auf die falsche Seite schlägt.« Sein Blick glitt zum rabenschwarzen Himmel hinauf. »Es wird Zeit.«

Sie nickte bestätigend, während er seine Flügel entfaltete.

Mit kräftigen Schlägen stieg er empor.

Sie sah ihn nach und sich erinnernd, rief sie ihn haarverwehend zu: »Vergiss das Schutzgeleit des Blutes nicht!«

Er lachte auf. »Sei dir gewiss, unsere Schwingen werden des Waldes Zeichen streifen.«

Sein Geleit kam aus den Wipfeln der Bäume hervor und flog schützend vorweg. Er warf noch einen Blick zurück, doch das Ufer lag still und verlassen vor dem geheimnistragenden Tueney.

Weit schien das Feuerspektakel in den Wald hinein, als Eigin sich des Lebens bunter Hülle durch das Geäst näherte.

Der Mischwald zog in einem Schatten umwobenen Spiel an ihr vorbei. Die massiven Stämme der erhabenen Laubbäume leuchteten grüngelblich, während sich das Blattwerk über ihr in einem Rotorange erhob und die prachtvollen Nadeln der Tannen ein blaugrünliches Leuchten von sich gaben.

Sie strich die Erscheinungen der phosphoreszierenden Farne beiseite, bevor sie auf die feuerhelle Lichtung trat. Der Schein des Waldes beeindruckte sie und zeitvergehend ließ sie das Phänomen auf sich wirken, jedoch ahnte sie nicht, wie viel mehr Schönheit auf der Waldschneise auf sie wartete.

Verschnörkelte, filigrane Blumenbilder, eingefasst in Kieselsteine, durchwanderten in einem leidenschaftlichen Verband die Gesamtheit der Lichtung. Erhöhte Fackeln stellten die nektartragenden Stempel der Kunst dar, die eingefriedet inmitten der lebensfrohen Blüten hervortraten. Um die Bemalungen des Bodens schwebten tänzelnd Feder geschmückte Wesen, die geschwungene Feuerfächer und Kettenfackeln durch die Luft schleuderten. Flötentöne und Trommelklänge, begleitet von Gesang, der abenteuerliche Geschichten erzählte, umgab das fröhliche Treiben des in der Mitte errichteten Lagerfeuers, an dem die Völker sich in mehreren Reihen bunt gemischt drängten.

Kinder tobten um ihre Eltern herum, trugen spielerisch mit geschnitzten Holzschwertern Gefechte aus oder übten mit Brave das Schießen mit Pfeil und Bogen.

Eigin lächelte Brave zur Begrüßung zu, wobei er ihr mit einem freundlichen Nicken begegnete.

Die Atmosphäre in sich aufnehmend, ging sie feierlich auf das Lagerfeuer zu, an Mädchen mit geschmückten Blumenkränzen im Haar vorbei, die geeint zu den trommelnden Klängen und dem

Gesang tanzten oder verlegen in die Gespräche der Erwachsenen hineinkicherten.

Eigins Blick fiel auf die Ansammlung am Feuer und dennoch konnte sie niemanden ausmachen, den sie kannte. Sie stellte sich auf die Zehenspitzen und entdeckte erleichtert die feminine Verzierung auf sommerbrauner Haut. Sahiras Hand lugte aus dem Gedränge hervor und winkte sie zu sich heran.

Zwischen »könnte ich bitte« und »entschuldige vielmals« kam sie bald bei Sahira an. Dennoch fiel ihr auf, dass keine Feindseligkeit ihr gegenübertrat und die meisten ihre Abbitte mit einem schmunzelnden Lächeln abwinkten, was wohl an dem festlichen Anlass lag.

Sahira zog sie freudestrahlend in eine Umarmung und schrie ein, »schön, dass du gekommen bist«, in ihr Ohr.

Eigin kniff ein Auge zu, weil die Worte doch lauter in ihr Gehör drangen, als es beabsichtigt war, und rief zurück: »Den Zauber hätte ich mir nicht entgehen lassen können«.

Sahira nickte wippend im Takt der Klänge.

Eigin sah sich in dem Meer der Wesen um und konnte auch Utah, die sie einst in der Höhle besuchte und zu dem Kreis der Fünf gehörte, entdecken. Utah unterhielt sich angeregt mit Maree und einer Lewedesandes, die Eigin nicht kannte.

Sahira folgte ihrem Blick und deutete auf die Warkrow.

»Ob du es glaubst oder nicht, das ist meine Mutter«, sprach sie lautstark über das Getümmel hinweg.

Eigin schaute zwischen Sahira und Utah hin und her, »besonders viele Gene hat sie dir nicht mitgegeben. Ehrlich gesagt, hätte ich das nicht gedacht.«

»Amga sei Dank«, sagte Sahira prompt. »Wer will schon wie die eigene Mutter sein?«

Eigin zuckte unwissend mit ihren Schultern, bevor Sahira sie am Handgelenk packte und hinter sich herzog.

Sie drängten sich an etlichen feiernden Gestalten vorbei, ehe Eigin die kleine Gruppe ihrer neugewonnenen Freunde erspähte.

Meomari saß lässig im Schneidersitz und schmunzelte ihr entgegen, während Koa sich vor Lachen den Bauch hielt und mit einem Fingerzeig auf Féin deutete. Dieser stieß Bele spaßig murrend an, die wackelnd nach hinten fiel und schallend mitlachte.

Umgehend rebellierte Eigins Magen und sie senkte irritiert den Blick. Sich sträubend, tapste sie hinter Sahira her, wobei sie hoffte, dass sie dennoch einen schönen Abend haben würde.

Während Féin Bele durchkitzelte, setzte sie sich seufzend neben Meomari, der sie in eine mehr als herzhafte Umarmung nahm. Sie räusperte sich und er ließ mit einem Zwinkern von ihr ab, jedoch nicht, ohne ihr einen Kuss auf die Wange zu geben, die sofort erbläute.

Spitzbübisch schnalzte Koa mit der Zunge. »Was ist denn bei euch los? Sieht aus, als ob ihr mächtig Spaß im Gebirge hattet.« Koa bewegte aussagend die Brauen.

Eigin schüttelte verlegen den Kopf, wohingegen Meomari unter einem schiefen Lächeln nickte.

Koas Sprüche holten die Aufmerksamkeit aller ein und obwohl Bele noch kicherte, taxierte Féin die beiden ausgiebig. Der harte Ausdruck in seinem Blick fand ihren verunsicherten. Befangen starrte sie ihn an und auch er ließ den Blick nicht von ihr ab, während er seine Worte an Meomari richtete: »Ich hoffe für dich, dass Eigin deinen Annäherungsversuch zugestimmt hat?«

Meomari lachte auf: »Sonst was?«

Féin hob aussagekräftig eine Braue.

»Man Féin, du müsstest dich mal sehen.«

Das Gelächter der Übrigen fiel zögerlich mit ein. Nur Eigin kam aus ihrer Fassungslosigkeit nicht raus.

»Glaub mir, es wäre bestimmt schön gewesen, aber zwischen uns ist nichts geschehen. Zumindest nicht so viel, wie ich es mir erhofft hatte.«

Eigin entschwand Féins Blick und sie legte ihr Kinn auf ihre angewinkelten Knie ab. »Das ist auch nicht möglich«, flüsterte sie betreten.

Meos Lachen wurde leiser. »Weshalb sollte das nicht möglich sein?«, fragte er amüsiert, während die anderen sie erwartungsvoll betrachteten.

»Weil ich es wollen muss. Mein Gewand öffnet sich nur, wenn sich Körper und Geist im Einklang hingeben wollen.«

Kurzanhaltende Stille, dann prusteten Sahira und Koa los.

Sahira stieß Eigin lachend an: »Den Fetzen musst du mir ausleihen.«

»Bitte nicht«, protestierte Koa sogleich.

Bele biss sich verlegen auf die Unterlippe, derweil Meo sie geschockt betrachtete und Féin sich schmunzelnd, mit gesenktem Blick, durch das Haar fuhr. Eigin kicherte und nahm an, dass ihr Gesicht vor Scham blau leuchtete.

»Anders würde ich dich nicht wollen«, holte sich der Warkrow zurück in die Wirklichkeit. »Unser hübscher Nafga-Mischling steckt voller Wunder«, meinte er und nickte Féin auffordernd zu. »Du solltest dich zu ihr setzen, damit sie sich deine Verletzung ansehen kann.«

Überrascht sah sie zu Meo auf, während Féin fragend die Stirn in Falten legte. Sie überdachte kurz, was der Steinländer preisgab und stand entschlossen auf.

Aus einnehmenden Iriden und mit offenstehendem Mund fixierte Féin ihr Herannahen. Sein Freund reagierte sogleich und rückte von ihm ab, um für Eigin Platz zu machen. Wendig, den Blick weiterhin auf Féin gerichtet, trat sie an Sahira und Koa vorbei. In einer vorsichtigen und geschmeidigen Bewegung kniete sie sich neben ihm nieder. Behutsam las sie seinen verletzten Arm auf, während Féins Blick ihren fließenden Bewegungen folgten.

Sein Herz hämmerte ungestüm gegen seine Brust, dabei rauschte das Blut durch seine Ohren. Er sah abwechselnd in ihr Gesicht und auf seinem Arm, jedoch schaute sie ihn nicht an. Konzentriert und fürsorglich wickelte sie die Leinen ab und löste die letzte Bandage quälend langsam von der feuchten, verwundeten Haut.

Sie blendete die neugierigen Blicke und entsetzten Laute aus, als sie die rotgeränderte Wunde freilegte.

Entschuldigend sah sie zu ihm auf. »Das, das wollte ich nicht«, stotterte sie beschämt hervor.

»Ich weiß«, antwortete er gebrochen und wurde umgehend von ihren schimmernden Iriden gefangen genommen.

Sie befeuchtete ihre trockenen Lippen, während sie erneut schluckte. Die wirbelnden Splitter in der Tiefe des endlosen Blaus seiner Augen zogen sie magisch an. Sie zwang sich, auf ihre Handfläche hinunter zu sehen, damit sie dem verführerischen Treiben in seinen Augen entfliehen konnte.

Er sah ihrem herabsinkenden Blick nach und auch, wie eine einzelne Kralle aus ihrem Zeigefinger hinauswuchs. Sein Körper spannte sich an, doch Eigin streichelte beruhigend über seine Haut. »Ganz ruhig. Es wird nichts Schlimmes geschehen«, sprach sie im Flüsterton und schnitt sich mit dem pfeilscharfen Nagel in die Ballung ihres Daumens.

Warm quoll das blaue Blut hervor, floss in Rinnsalen aus ihrem Fleisch und über ihr Handgelenk.

Erschrocken wollte Féin zurückweichen, jedoch ließ sie seinen Arm nicht los und träufelte gleich darauf ihr heilsames Blut in seine Wunde. Seine Blutkörperchen vereinten sich mit den ihren und rauschten, schnell getragen durch das erweckte Adrenalin, durch seine Blutbahn. Mit einem Blick in seine verwirrten und fragenden Augen gab Eigin seinen Arm sacht frei.

Fassungslos fixierte Féin sie. Seine Fingerspitzen begannen zu kribbeln, während ihr Blut seine Lebensgeister weckte. Befreiend atmete er durch und fing sogleich zu husten an. Er senkte seine Augen und sah, dass Eigins Hand nicht mehr blutete und der Schnitt bereits kleiner wurde.

Voller Bedenken beobachteten seine Freunde sein befremdliches, aufgescheuchtes Verhalten.

Mit weit aufgerissenen Augen schüttelte er sich. »Was hast du mit mir gemacht?«

Eigin grinste erheitert, dabei setzte sie sich zurück. »Genieße es, du wirst nicht lange ich sein«, sagte sie, während sie ihm ermunternd über den Oberarm rieb.

Seine Haut prickelte, denn ihre Berührung kam tausendmal intensiver bei seinen Nervenenden an. Die feinen Härchen auf der Haut stellten sich auf, gleichzeitig zuckte er überreizt zusammen.

Erwartungsvolles Schweigen.

»Das ist …«, fand er die Sprache wieder, »das ist fantastisch«, während er die Umgebung und seine Freunde eingehend betrachtete.

Eigin kicherte.

»Du!« Er deutete aus dem Nichts auf Meo, der ihn skeptisch musterte und eine Augenbraue hochzog. »Du duftest wie eine Blume.«

Koa prustete los.

»Genauer gesagt nach Löwenzahn«, jetzt stimmten alle feixend und lachend mit ein.

»Und noch?«, fragte Meo entgeistert.

»Nur nach Pusteblume«, antwortete Féin amüsiert.

Sahira kniff Meo liebevoll in die Wange, derweil dieser Féin entsetzt anstarrte.

»Ein Pusteblümchen«, stieß sie kichernd aus.

»Lass das«, knurrte Meo und schlug ihre Hand weg.

Aufgeregt und voller Enthusiasmus wanderte Féins Finger weiter. »Du kannst aufhören zu lachen, Koa.«

»Das geht nicht«, gab er unter Tränen von sich.

»Dein Eigengeruch verströmt eine bittere, penetrante Note tödlicher Gifte.«

Koa wurde aus dem Lachanfall gerissen und sah mehr und mehr geschockt drein, dabei musterte ihn Sahira mit in Falten gelegter Stirn.

Féin machte unaufhaltsam weiter.

Als sich sein Blick auf Eigin richtete, senkte er sich zu ihr hinab und berührte mit seinen Lippen leicht den Schwung der

Ohrspitze. »Aus dir«, hauchte er, dass sie erschauderte, »strömt allumfassendes Leben.« Sanft fuhr er mit den Fingerspitzen über ihren Handrücken bis hin zu den Fingerknöcheln. Streichelnd verflochten sich ihre Hände ineinander. Den Moment genießend schloss sie die Lider und ließ es geschehen. »Du riechst, wie der Morgentau an einem warmen Frühlingstag«, flüsterte er weiter »wie eine sommerliche Brise am Meer. Der Augenblick, in dem man erkennt, dass man lebendig ist. Zuversicht, Hoffnung.«

Ihr Atem stockte. Der Schmerz in ihrer Brust ließ ihre Hand unter seiner weichen.

Hoffnung. Wie konnte sie nach Hoffnung riechen?

Eigin spürte, dass sich Tränen in ihren Augen sammelten, weshalb sie sich nicht traute, sie zu öffnen.

Sie wusste nicht, wonach sie roch. Zumal ihr Gehirn den Eigengeruch ausblendete, um die Sinne nicht zu überreizen.

Ein kühler Hauch brachte sie zum Frösteln, weil Féin von ihr abrückte und sich mit gesenktem Kopf von ihr abwandte. Sicherlich, weil er dachte, dass seine Nähe ihr zu viel war, aber dem war nicht so. Allein sein derzeitiger Impuls machte ihr Angst.

»Da Féin endlich ein wenig gelöst ist, hätte ich für uns auch etwas zur Entspannung«, meinte Meo grinsend, zog ein Ledersäckchen auf seinem Schoss und zupfte die Bänder auf. Vorsichtig, beinahe sanft holte er die farbenintensive Schönheit der Berge hervor.

Eigin sog Luft und atmete tief durch, ehe sie gefasst die Lider öffnete. Ihr Blick begegnete der Blütenpracht Narisarolas, die verführerisch im Schein des Feuers schimmerte.

Meo seufzte, während er sorgsam ein Blütenkronblatt abknipste, und reichte die Pflanze andächtig an Eigin weiter. »Die Ehre gebührt dir«, sagte er, wobei er sich zu ihr rüber beugte und die Blume an Eigin weiterreichte.

Umsichtig nahm sie Narisarola entgegen, betrachtete respektvoll ihre Feinheiten, bevor sie es Meomari gleichtat und sich das samtige Blütenblatt auf die Zunge legte.

»Lehn dich zurück, Süße. Gleich wirst du von weichen, fetten Wolken fortgetragen.« Vielsagend schmunzelte er sie an.

Eigin kam seiner Aufforderung nach, legte sich zurück, während sie einen Arm unter ihrem Kopf bettete.

Sie sehnte sich nach Entspannung, wollte, dass die Schuld sie, und wenn auch nur für einen Augenblick, verließ. Und sie wünschte sich, in einer klitzekleinen Ewigkeit des Glücks und der Zufriedenheit, schwelgen zu dürfen, um in jener, die beiden Attribute, die sie verströmte zu finden. – Starkanhaltende Zuversicht und ein wenig Hoffnung.

Hami trat aus dem Wald und ging auf die Feuerstelle zu, an der nur noch eine kleine Gruppe ihrer Freunde und Verbündeten saß.

Utahs Stimme drang in ihre Ohren und sie vernahm, wie diese ausschmückend, mit großen Gesten die Geschichte ihrer Flucht aus den brennenden Behausungen erzählte.

»Das ist der Grund, warum wir die Neumondnacht preisen. Sie hat uns in jener Nacht ein schützendes Heim geboten und uns das Gefühl von Sicherheit zurückgegeben.«

Gespannt hörte Eigin Utahs Worten zu, die in der Luft bildhaft an ihr vorübertrieben. Immer wieder versuchte sie, nach den laufenden Geschöpfen und dem lodernden Feuer zu greifen, dabei fasste ihre Hand ins Leere.

Sie schaute sich kichernd in den Reihen der übrig gebliebenen Gestalten um, die genauso entspannt waren wie sie selbst, während Hami den Platz zwischen ihr und Brave einnahm. Doch dieses Mal war es Eigin egal. Viel zu beseelt wirkten die Halluzinogene auf sie ein.

»Ich hoffe, euch haben die Erzählungen gefallen«, trug Utah an die Anwesenden weiter, »vielleicht sollten wir die Geschichte aus einer anderen Sicht erfahren. Eigin, ich glaube wir alle würden uns sehr freuen, wenn du uns eine Sage aus den Vulkanlanden vorträgst.«

Eigin blinzelte sich aus ihrer Träumerei heraus. »Klar«, antwortete sie gleichgültig, setzte sich gelassen auf und überdachte kurz ihr bisheriges Leben.

»Vorab kenne ich die Legenden meines Volkes vom Hörensagen und kann wahrheitsgemäß nur das Eigenerlebte darlegen.« Einvernehmliches Nicken durchlief die Runde und Eigin räusperte sich, bevor sie begann.

»Vor vielen, vergangenen Monden hörte ein junger Mann das Geschrei eines winzigen Geschöpfes vor den Füssen des wellenschlagenden Samudras. Verunsichert über das Leben, das zum Sterben abgelegt wurde, öffnete er die Felldecke, die das schreiende Kind umhüllte.

Zarte schwarze Säuglingshaut und hilflose, polarlichtgrüne Iriden erfassten unter wimmernden Klagerufen sein Herz. Er drückte das Mädchen fest an seinen Körper und hielt in alle Richtungen Ausschau, um sich zu vergewissern, dass niemand ihn beobachtete.

Unruhig trieb die See ihr Spiel und schlug hart dort auf, wo das kleine Wesen zuvor lag.«

Unterstreichend machte Eigin mit ihren Armen und Fingern wellende Bewegungen. Gespannte Stille hatte sich um das Feuer eingefunden und neugierige Gesichter traten ihr entgegen.

»Vom Dampf getragen, tauchte er in die Öffnung einer Fumarole ab und in das unterirdische Höhlenlabyrinth seines Zuhauses ein.

Er nahm das Bündel mit in die Kammern seiner Gelasse, wo seine geliebte Gemahlin auf ihn wartete. Jedoch erzürnte sie das Kind, welches nicht aus ihrem Leib entstand.

Seit jenem Tag wandte diese sich von ihrem Gemahl ab, versorgte ihn weiterhin und schenkte ihm, wie es in ihrer Pflicht stand, eigenen Nachwuchs. Auch, um ihrer Linie Treue zu gewahren. Dennoch mied sie den Kontakt zu dem aufgelesenen Geschöpf. So erfuhr das Kind, das zu einer wachen Persönlichkeit heranwuchs, keine mütterliche Zuneigung. Und da ihr einverleibter Vater von hohem Rang war, konnte er die Verbundenheit, die er ihr gegenüber empfand, nicht nach außen tragen.«

Sie schaute in die zutiefst mitleidigen Gesichter, die sie umgaben. Nur Hami hielt still ihr Antlitz im Schutz ihrer Haare gesenkt.

»*Schon bald bemerkte er, dass sie nicht der Normalität seines Volkes entsprach. Immer wieder drang sie in seine Gedanken ein, während ihre Lippen unbewegt blieben. Zunächst ängstigte ihn das befremdliche Verhalten und er sperrte sie in eine abgelegene Fumarole ein.*

Ihren Freunden entzogen, postiert von Wachen, ergab sich für sie keine Möglichkeit, der Gefangenschaft zu entfliehen.

Die Wachdienste wechselten ihre Schichten einmal täglich, sodass immerfort dieselben vier Krieger auf sie achtgaben. Binnen Kurzem freundete sie sich mit den Männern an, die ihr spielerisch das Kämpfen beibrachten. Ganz besonders ein Krieger, dessen Name der Gebende bedeutete, widmete sich ihren außerordentlichen Fähigkeiten.

Monde vergingen, bis ihr Ziehvater sie besuchte und mit ansah, wie sie mit der Hilfe des Gebenden gegen ihre Einsamkeit ankämpfte.«

Alles war ruhig. Niemand traute sich, sie zu unterbrechen und trotz der bisher traurigen Geschichte huschte über Eigins Lippen ein Schmunzeln.

»*Er unterbrach das Treiben, ging auf das Kind zu und hob ihr Kinn an, um sie direkt zu betrachten.*

In grünen Stolz sehend, baute er sich vor dem Geschöpf auf und sprach mit tiefer Stimme: »Ich werde aus dir eine Kämpferin machen. Eine Kriegerin des Volkes Nafga, aber du darfst es nicht verraten. Kein Sterbenswort darf jemals über deine Lippen kommen.« Sie nickte eifrig, was ihn wohlwollend stimmte. »Ich rieche keine Angst aus deinen Poren, nur Mut und Willensstärke. Das ist ungewöhnlich und eigentümlich. Ab der heutigen Mondnacht wird dich jedermann Eigin nennen.«

Selbstbewusst und mit Tränen in den Augen straffte sich das Mädchen, denn er gab ihr mit der Benennung eines Namens eine Persönlichkeit. Sie war nicht weiterhin unsichtbar, sie hatte einen Wert.
Schützend nahm er sie an die Hand und begleitete sie aus dem dunklen Gefängnis hinaus.«
Still weinte eine Lewedesandes und drückte ihr Kind an sich. Vereinzelt hörte Eigin ergriffenes Schluchzen, dabei spürte sie das fassungslose Starren auf sich.

Féin konnte kaum glauben, was sie preisgab. Beschämt, von seinem vorangegangenen Verhalten ihr gegenüber, fiel es ihm schwer, sie anzusehen, daher blieb sein Blick steif auf die tanzenden Flammen gerichtet.

Eigins Brust war gesättigt von Ehrgefühl, denn für sie war es ein besonderer Tag, an dem ihr Vater sie als vollwertige Nafga akzeptierte.

Vertieft in das Erlebte fuhr sie fort.

»Er brachte sie zu den Unterkünften der Rekruten, wo sie den Großteil ihrer Freunde wiederfand.

Auch Vukan, ihr jüngerer Bruder, mit dem sie eine intensive Verbindung teilte, durfte sein Können als Krieger unter Beweis stellen. Er war der leibliche Spross ihrer Familie, demzufolge würde er in geraumer Zeit den Rang des Vaters übernehmen und so stand es in seiner Pflicht, die Ausbildung als Kämpfer zu absolvieren.«

Wehmut hüllte Eigin ein.

»Doch nicht all ihre Kameraden bewältigten die Anforderungen, die den Lehren vorausgingen. Aus diesem Grund entschied sie sich, zu helfen und die schwächsten Glieder der Kette zu stärken. Dabei entwickelte sich zwischen ihr und einem Krieger ein ganz besonderes Band der Freundschaft.«

Vollkommen versunken in ihre Geschichte schmunzelte sie.

»Sie verstand sich auf Anhieb mit dem Nafga, dessen Name Aviur war und bewunderte den Ehrgeiz, der ihn antrieb.«

Eigins Bilder verschwammen vor ihrem inneren Auge.

»Aviur war nicht nur klug, sondern auch von eleganter Gestalt.«

Das Basaltgestein der Pupillen trat hervor. Ihre Haut erkaltete, während das Trugbild einen eisigen Hauch des Ausatmens entließ.

»Und obwohl es ihr verboten war, verriet sie ihm unterschwellig ihr Geheimnis, indes ...«

Ein dumpfer Schmerz erfasste sie, ihre Schläfen pochten.

Es war so kalt. Die Kälte war überall.

Sie stöhnte auf.

Kaum Leben war in ihr und der Tod schlang bereits seine Klauen um ihre Seele. Sie fühlte sich gefangen und schlug mit den Armen um sich. Hände hielten sie fest. Gemurmel erhob sich, dennoch trieben ihre Gedanken sie tiefer hinein.

Den Blick starr ins Nichts gerichtet, schrie sie laut: »Ich muss sie retten! Sie darf nicht sterben!«

Sie riss ihren Arm los und fuhr sich mit den Handrücken über ihre Unterlippe. Ihr Herz hämmerte hektisch, ebenso wie sie den Atem entließ.

Verschreckt standen einige Wesen auf und rückten von Eigin und dem Feuer ab. Hami kniete neben ihr, während sie Eigin in einer kräftigen Umarmung hielt. Brave half, den sich wehrenden Körper ruhig zu halten, derweil Féin geschockt mit Abstand verharrte.

»Kämpfe, kämpfe mein Freund!«, entfuhr es Eigin.

Ihre Lider flatterten mit offenen Augen.

Ächzend leckte Aviur sich über den Mund.

Er schluckte hart, da der Gaumen trocken kratzte. Jemand sprach mit ihm, brüllte ihn an aufzustehen, zu erwachen. Er versuchte, die Gedanken abzuschütteln, weshalb sich sofort ein hämmernder Kopfschmerz einstellte.

»Bitte Aviur. Sprich mit mir!«, flehte ihn die Stimme an.

Benommen zerrte er die Lider auf, um anschließend in die Nacht hinein zu blinzeln.

»*Aviur!*«, schallte es in seinem schmerzenden Kopf nach und mit dem Ruf erfasste ihn Klarheit.

»Eigin!«, entwich es ihm kläglich.

»*Du lebst. Wo bist du?*«, kamen seine Gedanken bei Eigin an. »Aviur!«, rief sie aus, bevor Féin sie aus ihrer Trance rüttelte.

Wärme floss zurück in ihren Körper, als sie die verängstigten Gesichter der Anwesenden erfasste.

Verwirrt und bedauernd betrachtete Féin sie. »Eigin komm zu dir! Wach auf!«, befahl er ihr, den Blick fest auf ihre Augen gerichtet, deren reliefförmigen Pupillen sich allmählich verschmälerten.

Sie wehrte ihn ab.

»Warum sehen mich alle an?« Irritiert legte sie die Stirn in Falten. »Ich brauche euer Mitgefühl nicht.« Der Zorn übermannte sie. »Ich kenne keine Pein. Ich bin eine Nafga. Kriegerin des Feuers und Tochter des …!«

»Schluss jetzt!«, fuhr Hami Eigin über den Mund. »Es wird Zeit, schlafen zu gehen.«

Verunsichert über Hamis Ausbruch und der befremdlichen Situation, verschlug es Eigin die Sprache.

»Féin, du begleitest unsere ungestüme Hybride zu ihrer Höhle. Sorge dafür, dass sie sich erholt.«

Er nickte sprachlos, nahm Eigins Hand in die seine und zog sie hinter sich her.

Eigin wusste nicht, wie ihr geschah. Ohne Unterlass rannen Tränen auf ihre Wangen hinab, während Féin mit ihr durch das Dickicht des Waldes hastete. Sie sträubte sich nicht, wisperte unentwegt Aviurs Namen und bemerkte nicht, dass die Stimmen und Klänge der Lichtung immer leiser wurden. Erst als Féin mit ihr vor dem Höhleneingang ankam, konnte sie die schwere Stille hören. Sie schniefte auf und sah sich verwirrt um.

Nicht wissend, wie er ihr helfen konnte, streichelten seine Finger vorsichtig ihre Hand. Er gab ihr einen flügelleichten Kuss auf die Stirn, ganz zaghaft, als wäre sie aus Glas, ehe er sie tröstend in die Arme zog. Warm streichelte sein Atem ihre Haut, als er flüsterte: »Ich werde hier sein, wenn du mich brauchst. Ich bin bei dir, Eigin.«

Sie lächelte matt an seiner Schulter, löste sich von ihm und wandte sich von ihm ab.

Mit mutlos gesenktem Kopf schritt sie in die Höhle. Sie fühlte sich leer, unendlich leer. Nur der Gedanke, dass es ihrem Freund schlecht ging, war gegenwärtig, entsprach der unumstößlichen Wahrheit.

Schluchzend, der Machtlosigkeit ergeben, legte sie sich auf das aufgestapelte Klaubholz nieder, kauerte sich zusammen und umschlang ihren vor Traurigkeit bebenden Körper mit ihren Flügeln.

»Aviur«, schluchzte sie und verfiel tränenschwer der Einflusslosigkeit.

»Aviur.«

Ende
ERSTES BUCH

DANKSAGUNG

MEIN SONNENSCHEIN … Dir gebührt der meiste Ruhm, denn Du hast geduldig die Stunden des Schreibens Deiner Mutter toleriert. Mich sogar noch ermutigt und mir gezeigt, dass Du stolz auf mich bist. Ich liebe Dich. Du bereicherst mein Leben und bist das Beste, was mir je passiert ist.

LONI … Du bist eine der wenigen, die intensiv an meinem Buch teilhatte und mit der ich stundenlang über Eigins Reise gesprochen habe. Nie warst Du zu müde, nie hatte ich das Gefühl, ich würde Dir auf den Keks gehen. Von Dir bekam ich so manche Inspiration und Denkanstöße, die mich in jeder Hinsicht weitergebracht haben.

SABRINA … Wenn wir uns nicht sehen können, steht das Telefon nicht still. Es ist schwierig, zu sagen, was Du alles für mich getan hast, denn die Liste ist lang. Angefangen vom Betalesen, bis hin zur Starthilfe am Schluss. Ideenaustausch mit einer Gleichgesinnten und eine Schulter, wenn ich mal wieder ins Zweifeln geriet. Mit Dir habe ich die intensivsten Schreibstunden erlebt und wir beide haben unseren Geschichten beim Wachsen zugesehen. Ich werde mich Dir weiterhin aufdrängen und bin froh, dass es Dich gibt.

JULIA SEITZ … Du hast mich sofort verstanden. Wusstest anhand nur einer Mail, wie ich mir mein Cover vorstelle, und hast ein wunderschönes Kunstwerk für mich hergezaubert. Ich kann nicht sagen, wie glücklich Du mich gemacht hast.

ENRICO FREHSE ... Deine Liebe zum Detail und Dein Tatendrang, haben mein Cover zum Erstrahlen gebracht. Nie hätte ich geglaubt, dass mein Buch noch schöner werden kann, doch Du hast mich eines Besseren belehrt. Ich bin ein Fan von Deiner Kreativität und Deines Händchens für besondere Nuancen, die sich in meinem Werk wiederfinden. Ebenso gebührt Dir der Dank für Deine Hilfsbereitschaft, denn wann immer ich diese brauchte, Du warst da und hast mir ohne Wenn und Aber weitergeholfen.

A.C. LOCLAIR ... Mein Flöhchen, – ich höre Dich schon fluchen bei diesem Kosewort – Dein sprachgewandtes Lektorat hat mir so manche Lachträne beschert. Auf charmante, wenn auch direkte Art und Weise hast Du mir meine Fehlerchen nähergebracht und mich auf so manchen Fauxpas hingewiesen. Durch Deine Hingabe sind meine Zeilen noch viel schöner und manches Mal sinniger geworden und ich möchte die Zusammenarbeit mit Dir nicht mehr missen.

HEIKE ... Vielen Dank für Deine akribische Arbeit als meine Korrekturleserin. Du hast mit viel Sorgfalt und Liebe mein Werk studiert und ich habe Deine Tipps gerne angenommen, denn sie sind Gold wert.

NESSI ... Mit Hingabe hast Du jede Zeile verschlungen und konntest Dich in Eigins Welt intensiv einfühlen. Es war schön, zu sehen, wie emotional Du von den Auf und Ab's betroffen warst. Danke, dass Du da warst, wann immer ich Dich brauchte.

SVEN ... Mit niemanden kann ich so angeregt diskutieren wie mit Dir. Du bist die Kritik in Person und Du bist der Mensch, der es schafft, mich zur Weißglut zu treiben. Dennoch weiß ich, dass Du mich im positiven Sinne an meine Grenzen bringen willst, damit ich über den Horizont hinaussehe. Auch bist Du immer da, wenn der Kahn im Dreck steht, und ziehst mich hinaus. Du hast mich unterstützt, wo Du nur konntest. Auch wenn Du meine

Launen ertragen musstest, immer warst Du da. Danke für Deine Hilfe, Deine Kritik und Deinen Glauben an mich.

Für Inspiration, Verbesserungsvorschläge, Geduld, Meinungen danke ich ebenso Stefan, Kay, Anna, Volker, Isabell, Jutta und Manu. Ein jeder von Euch ist großartig.

EURE ARIA

Die Reise auf Amga geht weiter!

Fernab der Waldlande verfolgt Nyx die Entführer ihres Bruders durch den sagenumwobenen Blutwald der Eislande. Dabei ahnt sie nicht, dass der gefährliche Weg sie ins Herz der Eiskristallstadt Arjuna Lumen führt. Dort erfährt sie die verhängnisvolle Wahrheit über ihr Volk, welche gegenwärtig Einfluss auf jede Seele Amgas nimmt. Mit der Vergangenheit konfrontiert, muss sie am kriegerischen Bestreben ihres Herrschers zweifeln.

Gnadenlos hält Ardere das Zepter der Feuerlande in der Hand. Einige, der im Volk versteckten Abtrünnigen werden durch ihre grausamen Spielchen gezwungen, sich zu offenbaren. Es bleibt ihnen nichts übrig, als sich gegen das dunkle Regime zu erheben. Unaufhaltsam bricht ein blutiger Aufstand unter den Feuerwesen aus.

Was geschieht, wenn ihr Volk erfährt, dass es belogen wurde?

Wie viele Verluste können die Schuldigen mit sich vereinbaren?

Fest steht: Ein jeder muss die Konsequenzen für sein Handeln tragen!

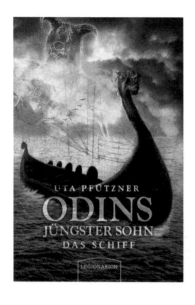

Uta Pfützner
**Odins jüngster Sohn
Das Schiff**

ISBN: 978-3-96937-023-0

Nordische Mythologie trifft auf Moderne
Der Umzug nach Oslo eröffnet Dominik völlig neue Welten. Er kommt nicht nur der Möglichkeit näher, Schiffe zu bauen, sondern zieht auch die Blicke einer jungen Frau auf sich, die ihn fasziniert. Durch sie lernt er eine Gemeinschaft kennen, die in ihrer Freizeit ein Leben nach altem Brauch der Wikinger führt. Sein geheimnisvoller Tutor Asbjörn spielt dort eine große Rolle.
Das kleine Dorf, von seinen Bewohnern Upsala genannt, zieht Dominik immer tiefer in seinen Bann. Hinter den rituellen Gepflogenheiten scheint mehr zu stecken, als nur die nordische Tradition. Dominik wird von besonderen Träumen überrascht, die sich zunehmend verstärken, realer werden und den jungen Mann verunsichern.
Spielt seine Fantasie verrückt oder bergen die Menschen in Upsala ein großes Geheimnis?

Jean-Marc Lyet
Waldheim
Das fremde Universum

ISBN: 978-3-96937-050-6

Mell führt ein wunderbares Studentenleben und genießt es in vollen Zügen. Bis er sich eines Nachts auf ein scheinbar unverbindliches Abenteuer einlässt. Doch sein Weg führt ihn nicht nur in die Wohnung seiner neuen Bekanntschaft, sondern geradewegs in ein anderes Universum. Bevor ihm klar wird, was genau passiert und wo er sich befindet, beginnt das Abenteuer seines Lebens – das alles andere als »unverbindlich« ist.
Während Mell eigentlich nur nach Hause will, sieht er sich plötzlich mit der unmöglichen Aufgabe konfrontiert, eine fremde Welt zu retten. Waldheim ist in Gefahr! Und ausgerechnet er soll das Schlimmste verhindern?
Davon muss er nicht nur sich selbst, sondern auch die Baumgeister überzeugen, die in ihm keinen Retter sondern nur eine weitere Gefahr sehen. Portale werden geöffnet, die nie hätten berührt werden sollen, die Grenzen zwischen Freund und Feind verschwimmen und zu allem Überfluss muss Mell auch noch feststellen, dass sein Techtelmechtel mit dem Fremden noch weit größere Nebenwirkungen hat, als die Reise durch Raum und Zeit.

Jean-Marc Lyet
**Waldheim
Zwischen den Welten**

ISBN: 978-3-96937-056-8

Die Geschehnisse in Waldheim und den anderen Welten spitzen sich dramatisch zu. Mell ist nach der Klärung des Bruderzwists der Zwerge auf die Erde zurückgekehrt und hat alles vergessen. Die Babtash wüten immer mehr in den Multiversen, löschen ganze Zivilisationen aus. Waldheim und seine Bewohner brauchen ihren Menschen mehr denn je. Können seine Freunde ihn zurückholen? Wird Babarim, der seltsame Vogel, helfen, die Geschehnisse zu entwirren, oder ist alles verloren und die Babtash richten alle Welten zugrunde?

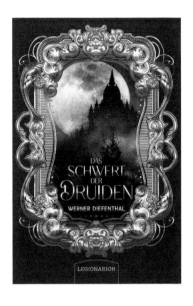

Werner Diefenthal
Das Schwert der Druiden

ISBN: 978-3-96937-052-0

Eigentlich ist der siebzehnjährige Michael ein ganz normaler Teenager. Doch als er nach dem Tod seines Großvaters in dessen Zimmer ein geheimnisvolles Schwert entdeckt, wird sein Leben plötzlich auf den Kopf gestellt.
Er findet sich in einer fremden Welt wieder und erfährt, dass er der letzte in einer langen Reihe von Kriegern ist, dazu ausersehen, eine alte Prophezeiung zu erfüllen und die Menschen Arcadias vor einer finsteren Bedrohung zu schützen. Und es bleibt ihm nicht viel Zeit, um seiner Aufgabe nachzukommen, denn das schwarze Schloss ist bereits zum Leben erwacht. Dunkle Mächte rüsten sich zum Schlag gegen Arcadia …

Ann B. Widow
**Einzige Chance:
Überleben**

ISBN: 978-3-96937-004-9

Plötzlich und ohne Vorwarnung hat sich die Welt in ein Schlachtfeld verwandelt.
Mittendrin vier Freunde auf der Flucht. So hatten sie sich ihren Urlaub nicht vorgestellt.
Niemand weiß, was die Menschen verrückt macht und sie zu Monstern mutieren lässt. Doch sind in einer Welt ohne Gesellschaft und Regeln für die kleine Gruppe Überlebender wirklich die Monster die größte Gefahr?